罪连环 2
CRIME OF A SERIAL

死亡名单
DEATH LIST

天下无侯 作品

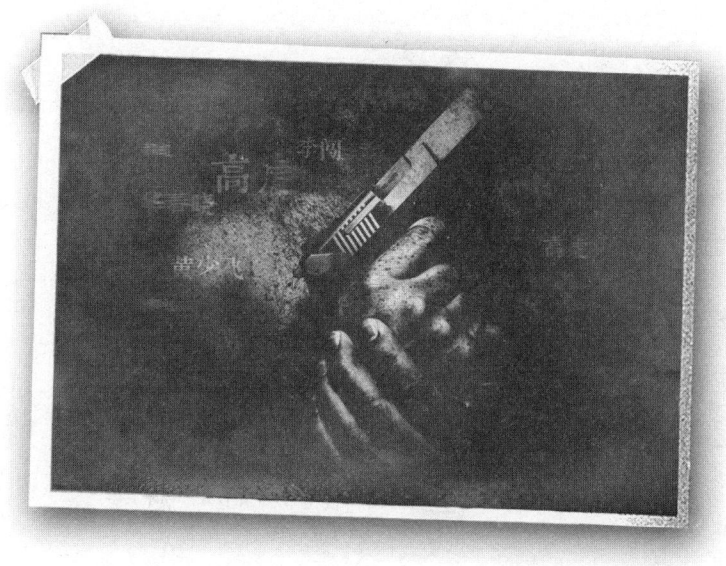

南方出版传媒
花城出版社
中国·广州

图书在版编目（CIP）数据

罪连环. 2, 死亡名单 / 天下无侯著. -- 广州：花城出版社，2019.4
ISBN 978-7-5360-8809-2

Ⅰ. ①罪… Ⅱ. ①天… Ⅲ. ①长篇小说－中国－当代 Ⅳ. ①I247.5

中国版本图书馆CIP数据核字(2018)第285597号

出 版 人：	詹秀敏
特邀策划：	天沐影视文化
责任编辑：	陈宾杰　杨淳子
技术编辑：	薛伟民　凌春梅
封面设计：	荆棘设计

书　　名	罪连环. 2, 死亡名单 ZUI LIAN HUAN. 2, SI WANG MING DAN
出版发行	花城出版社 （广州市环市东路水荫路11号）
经　　销	全国新华书店
印　　刷	佛山市浩文彩色印刷有限公司 （广东省佛山市南海区狮山科技工业园A区）
开　　本	787毫米×1092毫米　16开
印　　张	23　1插页
字　　数	342,000字
版　　次	2019年4月第1版　2019年4月第1次印刷
定　　价	49.00元

如发现印装质量问题，请直接与印刷厂联系调换。
购书热线：020-37604658　37602954
花城出版社网站：http://www.fcph.com.cn

目 录
CONTENTS

第 一 章　　愤怒 / 1

第 二 章　　亡者雕塑 / 16

第 三 章　　五行斩 / 35

第 四 章　　永恒的报复 / 50

第 五 章　　双杀 / 70

第 六 章　　无解：道德冰点 / 89

第 七 章　　无字灵位 / 107

第 八 章　　幕后人 / 126

第 九 章　　好朋友们 / 146

第 十 章　　死亡笔记 / 161

第十一章　　漏洞 / 176

第十二章　　失落的片段 / 195

第十三章　　最后一个 / 209

第十四章　　全错了 / 228

第十五章　　所谓动机 / 254

第十六章　　吃马抽车 / 273

第十七章　　大赢家 / 293

第十八章　　华山一条路 / 309

第十九章　　荧光 / 328

第二十章　　尾声 / 356

第一章 愤怒

"七情"，佛家谓之喜、怒、忧、思、悲、恐、惊，是人对外来事物情绪的反应。这七情里，要说起破坏力，最强的恐怕就是一个"怒"字。历史上，前有大哥刘玄德因关二哥之惨死，怒起西川举国之兵，反被陆逊火烧连营；后有吴三桂冲冠一怒，打开山海关，助清廷定鼎。正所谓王者之怒，天下缟素；匹夫之怒，血溅五步，此等事例实在数不胜数。日本战国时代，有名的政治家、军事家德川家康的家训里，有一条叫"视怒如敌"。表面看，说的是对待"怒"的态度，实际上是在说"怒"的可怕，叫人远离愤怒，少发怒，怒字当头时别做决定，把"怒"当成敌人。今天，在我们的故事里，也有个愤怒的人，一个小人物。

这一天，在省城滨海市栖凤区的一条街道上，程功正坐在一辆破旧的五菱面包车里。他想抽根烟，手却抖个不停，打火机怎么也打不着火。他狠狠甩掉打火机，用车载点烟器点上烟，深深吸了几口，用力吐出。他的气息很长，直到再呼不出一丝气，整张脸被憋得通红。

他不想吸气，好像空气里到处都是愤怒的味道，令人窒息。深呼吸要是能平息所有的愤怒，世界早就和平了。近几年来，他的日子每况愈下。作为男人，他坚强、忍耐，本想百忍成钢，从头再来，却不料昨天，仅仅一天之内，交织累计的种种苦闷、委屈、愤怒就彻底爆发了。

他的视线透过车窗，掠过人群，投向灰蒙蒙的天空。天边升腾着一簇黑云，随风变幻着形状。程功呆呆地盯着那片云看了很久，直到黑云再次变换了形状。在程功看来，那个图案像是个大大的"杀"字，杀气腾腾，悬天而挂。街道上的行人步履匆匆，暴风雨就要来了。

那么接下来，我们先花点耐心，来了解一下程功这个人，以及他倒霉的经历。程功，34岁，是个生产水溶性肥料的小老板，这几年滨海市周边大力发展钢结构蔬菜温室大棚，程功为人聪明、能干，在这个行当里摸爬滚打，从业务员干起，十几年下来，也算是小有成就，有车有房，老婆漂亮，女儿可爱，有个小公司，有自己的兴趣爱好，业余时间喜欢玩玩小魔术，小日子有模有样，未来充满希望。谁知，幸福竟这么不牢靠，两件事就让程功的日子过不下去了。

两年前，也就是2014年9月，有个女人打电话告诉他，他老婆杨梅跟别人上床，被当场抓奸，还被拍了微信小视频。程功赶过去才知道，跟他老婆杨梅上床的，是他的一个客户，打电话的女人则是客户的老婆。被当场抓住，杨梅除了被挠得青一块紫一块，并未多做辩解，事后她告诉程功，之所以那么做，是为了要账。

听到这样的理由，程功只能冷笑。要账？以前那些难收的账，杨梅也是这么要的吗？这个想法一旦冒出来，就像附骨之疽，他没法求证，却怎么甩也甩不掉。冷静了几天，程功意识到，他不可能带着这个想法，再跟杨梅睡在一张床上。

"账多了去了。为要账，我是不是可以跟每个客户的老婆上床？或者说，我程功也出去跟别的女人上床，只要打着要账的名义就行？"程功抛下这句话，就和杨梅离了婚，女儿程璇璇才十一周岁，归他抚养。

离婚后不久，推不过朋友的热心，经介绍，程功认识了孙丽萍。对方经营农产品，算是程功的半个同行，小模样也过得去，离异，带着个十七岁的女儿。几经接触和打听，程功觉得孙丽萍是个过日子的女人，也有事业心，以前在男女关系上也不混乱，就和孙丽萍草草领了证，但两人财务上还是分开的。

谁知，婚后孙丽萍玩起了金融，把钱投到了一个还算有名的网上融资平台，想拿高息。领了几笔高额利息之后，孙丽萍尝到甜头，就劝程功也投点。可是程功很务实，对金融这块完全不感兴趣，孙丽萍就以进货的名义，"借了"程功三百八十万元，又全部投到了那个融资平台。

天有不测风云，不到半年，那个融资平台因非法集资被查。在经管部门全力追缴下，程功的资金只返回来二十万元，其他都打了水漂。孙丽萍实在无颜面对程功，关了自己的农产品公司，一夜之间杳无踪迹。孙丽萍跑路，留下十七岁的女儿王媛。孙丽萍前夫吃喝嫖赌，自己都顾不过来，姥爷早就过世了，姥姥又行动不便，王媛无处可去，程功只好让她留在自己家。再说，法律上他和孙丽萍并未离婚，他还是王媛的法定监护人。

杨梅和孙丽萍使程功对婚姻彻底绝望，尤其是孙丽萍搞的那一出，让程功的生意彻底无力运转。偏偏这个时候，程功的母亲因为受到打击生病住院，被诊断为肾衰竭晚期，得换肾才有希望。省医学院附属医院主治医生华春晓告诉程功，肾源可是绝对的稀缺资源，不管哪个医院都极度紧张。医院可以帮忙联系肾源，但需要时间。

在那期间，病人可以留院治疗，也可以回家，定时到医院透析即可，住不住院，由病人家属自己决定。住院费贵，回家省钱，这是最简单的道理。程功是个大孝子，坚持让母亲留院治疗，等待肾源。他多次找到华春晓，希望对方在肾源方面多多帮忙。华春晓让程功别抱太大希望，即使找到肾源，费用方面，也是个不小的数目。程功当即表示，多少钱也行，只要能找到。程功和母亲在医院坚持了半年多，随着透析次数的增加，程功渐渐无力再维持后续费用，为此，他无奈卖掉了厂房和设备，只留下仓库和一仓库的货，用作他日东山再起。

他之所以留下仓库，还有另一个原因。程功干企业这几年，一直是一个叫吕胜的人在给他看仓库，同时，吕胜还在厂里做搬运工，也干车间的活，肥料生产技术门槛低，吕胜得心应手，真正地卖力。

吕胜，看起来三十来岁，婚姻状况未知，籍贯未知，长相普通，脸上有很多疙瘩。他话很少，为人却没得说，能干，不计较，多年来仓库方面没出过一丁点岔子，再加上车间和搬运，一个人干着三个人的活儿，却从未主动提过加工资的要求。

程功是个好老板，给吕胜加了工资，还特意在仓库里隔出个单间，收拾了水电暖，方方面面非常妥帖。吕胜接受之余，非常感激程功给他这么个稳定的有吃有住的地方，干起活来更是勤恳。

程功明白，吕胜那是发自内心的感恩。对任何老板来说，吕胜这种人都是稀缺资源，哪怕他干的活儿很低端。这些年下来，从某种意义来说，程功和吕胜之间，不是朋友，却胜似朋友。要是卖掉仓库，吕胜怕是一时就没住的地方了。程功这是为吕胜考虑，算是有情有义，可吕胜要是知道程功的处境，又怎好意思继续在仓库住下去呢？这个话头，我们暂且按下不表。

程功卖了厂房设备，筹到一笔钱之后，接到华春晓的电话。是个好消息，肾源找到了，让程功准备二十五万元现金。二十五万元换个肾，在黑市上倒不算便宜，但程功还能勉强承受。他二话不说，就把钱送到了华春晓办公室。华春晓明确表示，这钱可不是给他个人的。他坦诚地告诉程功，是通过中间人找的肾源，不是无偿捐献。程功心里明白，这所谓的中间人，十有八九是组织卖肾的贩子。他不知道具体怎么运作，但他知道那个行当风险很高。风险高，当然就有暴利。

当天，华春晓约中间人跟程功见了面。中间人三十来岁，黑黑瘦瘦，外号黑子。

黑子对程功说："你母亲的肾脏配型，华医生早就给我了。你知道，肾源紧张，直到昨天，才找到合适的配型供体。"说完，黑子拿出一沓材料让程功签字。

程功浏览材料，黑子解释："这是合同，还有近亲属证明文件，需要你这边准备的材料，里面都写着，搞肾，得先把肾源提供方和被提供方，搞成近亲属关系，明白吗？得到公证处公证，法律上这么规定的。这块我们一手包办，你放心，顺风顺水。"

程功皱着眉翻看材料，没说话，随手捏了捏装钱的袋子。

黑子看在眼里，随即沉稳说道，"钱不急，啥时手术，啥时付款。不过，我们只负责提供合适的配型，如果手术过程中出现意外导致换肾失败，到时候你还是要付这笔钱的。"

闻听此言，程功刚想说什么，华春晓适时说道，"手术这块你大可放心，整体上，医疗界这一块的技术已经相当成熟，至于我个人嘛，我也不敢保证这种手术没有意外，不过，我的口碑，程老板你是了解的。怎么样，换不换，你自己做决定。"华春晓跟很多医生一样，把概率往自己身前一放，把选择权交给病人家属，实际上，病人家属往往没得选。但有一点华春晓说的是实话，他虽然还不到四十岁，但外科手术这块，在本市也算小有名气的。

程功呢，被别人叫着"程老板"，这令他很不舒服。只有他自己清楚，他手里那三十几万元现金，已是他全部的家当了。花费方面，除了肾源费用，手术及相关费用也不少。房子不能卖，程璇璇还小，孙丽萍的女儿王媛也没地方去，母亲以后倒可以回农村老家，但没人照顾。再有就是一辆开了十几万公里的奥迪A4，再用钱时，还能卖点钱。程功这人很沉稳，不轻易表露情绪，这两年生活、事业急转直下，像陡崖飞瀑，他无力阻止，更不敢考虑将来，心里长长叹了口气，面上却平静如水，只想尽快把母亲治好，放下时时悬着的心，再计较别的，于是干脆地说："华医生，麻烦你尽快安排手术吧。"

程功说着，眼光扫了扫近亲属证明文件上肾源供体的名字：艾丽。

母亲住院期间，程功简单了解过，我国每年急须器官移植的病人，少说几百万人，但能顺利得到器官的，顶多几万人。用市场来形容，这就是个极端到头的卖方市场。有钱的主在生死关头，碰到合适的器官，别说几十万，几百万甚至更多的钱，都会毫不犹豫。

2015年以前，我国人体器官的合法来源，主要有两个，一个是红十字会，一个是死刑犯。2007年死刑纳入最高院核准后，死刑每年成倍下降，直到2015年，我国停止了死刑犯作为器官移植的来源，公民自愿捐献器官，也就成为器官移植的唯一合法来源。国家通过红十字会，做了大量的人体器官无偿捐献公益宣传，很多医院的重症监护室门口，都贴着一幅八个字的标语：捐献器官，延续生命。但是这种方式所能提供的器官，相比庞大的需求，简直是杯水车薪。况且，通过红十字会获得合法的无偿器官，有一套严格苛刻的捐献、获取、分配、移植程序，就算排队拿到了使用指标，对面临生死的人来说，效率也非常低下，而病情却一分钟也耽误不得。

在这种情况下，也就必然地催生了地下人体器官黑市。一句话，有需求就有市场，有市场就有犯罪。再简单地说，有需求，就有犯罪。

七天后，华春晓通知程功，肾源马上到位，准备手术，但需程功再加十万元。程功很疑惑："合同不是签字了嘛，为什么加价？"华春晓告诉程功，供体加了价，合同就只能跟着增加个文件附件，程功可以不接受，再等别的供体。

"别的供体？那得等到什么时候？"程功心里琢磨着，蹙眉沉默。

华春晓在电话那边说："要不咱就等别的供体？可能久一点，但也可能很快。"

程功左右为难，来不及考虑是不是被人临阵宰了一刀，心里飞快地权衡着：不能再等了，一来母亲的病情拖不得，二来自己得尽快从这事脱身，收拾别的烂摊子，再说，三十五万元一个肾，相对于母亲的命，严格来说也不算贵，自己没钱，那是自己的问题。想到这，他说："华医生，安排手术吧！"

手术这天一早，程功开着辆破旧的五菱宏光赶往医院。前几天把奥迪卖了，他觉得一切已经不能再糟，跟十几年前的一无所有比起来，他已不再年轻。年轻是最大的财富，可如今……以后该怎么办呢？他觉得自己像一台超负荷运转的机器，一匹苦苦挣扎的骆驼，虽经受那么多变故和打击，但忙于母亲的事使他无暇多想。但愿手术成功，一切顺利，那么他也该停下来好好想想自己的事了。

可是这台机器，这匹骆驼，一旦停下来，会不会崩溃？谁知道呢？

车开出去不久，经过一个城中村，城中村是个"几"字形，里边封闭，路两边有大大小小的店铺，店铺外边有很多石台，供小商贩赶集摆摊之用，五天一个集。今天恰好逢集，"几"字形的市场里人山人海，煞是热闹。市场靠外的路两边，依次停着很多车，开车路过赶集的人可不少。程功路过此地，心念一动，把车停在了路边。手术安排在下午，他想去集市买两只老母鸡给母亲炖汤喝，时间还来得及。

不到二十分钟，程功拎着两只鸡从人群里挤出来，来到车前，把鸡扔进车里。他擦了擦汗，刚要上车，抬眼瞅见车窗上贴着张违停罚单，罚款一百元，记

2分。

望着这张新鲜的罚款单，程功笑了。他笑得很不自然，掏出烟点上，朝四周看了看，见周边其他车辆，除了那些横七竖八停着的电动三轮和电动小汽车，也都被贴上了罚款单。他叹了口气，又看了看周围，没见到禁停标志，也没见到执法的交警。

"简直太过分了！不就是赶个集吗？再说这里是'几'字形街道，停车也不妨碍交通，我去你……"他默默吐槽了几句，猛地吸了口烟，丢掉，狠狠踩灭，抬手去撕罚单。罚单和车玻璃向来贴合完美，第一下他只撕下一个角，第二下又撕下一个边，第三下，第四下，第五下……他每撕一下，嘴里就嘟囔一次："杨梅，孙丽萍，女人，三百八十万，肾脏，三十五万……"

他越撕越快，指甲狠狠地抓在玻璃上，发出刺耳的声音。终于，他把罚款单撕得支离破碎，左一块、右一块，残留在玻璃上，像一些斑点。透过斑点，他看到了车窗映出的自己，满脸通红，牙齿紧咬，面容扭曲。他定定地看了几秒，猛地停了手，心道，我这是怎么了？

下午的手术做得很顺利，程功久悬的心终于落了下来。不过，他并没看到那个叫"艾丽"的肾源供体。对此，他并不在意，这是一桩生意，你情我愿，他付了足够的钱，甚至还加了十万元的码，管对方是谁呢，手术顺利就足够了。即使组织贩卖器官违法，一旦日后出事，也跟他程功无关，不管从什么角度说，这事，在程功这里都完结翻篇。不过，手术前发生的一个意外，却令程功始料未及，尤其愤怒。

手术前，黑子按行规，赶到医院附近，只等手术顺利完成结账收钱。程功揣着一张三十五万元的卡，在手术室外边等着。程功之前从华春晓那再三确认了供体提供的肾没问题之后，对手术过程还是有些不放心。思来想去，他决定给华春晓包个五千的红包，想让医生手术时再认真些、负责些，千万别出什么意外。程功看了看表，见几个护士不时从手术室进进出出，知道那是在做准备工作，起身往华春晓办公室走去。

他一路琢磨好了措辞，来到办公室门前，本想着要是对方不在，再给对方打电话。甚好，办公室的门开着一条缝，华医生应该在。程功想也不想，刚要推门进去，此时，房间里传出的一句话打断了他的脚步，那是个女人的声音，听起来妩媚，甜腻。

"我不管！反正不可能打掉孩子！你答应我要离婚的！"

程功闻言嘴角动了动，知道又是个老套的小三怀孕闹上门，看来华医生魅力不小，而里面的女人呢，进出不好好关门的毛病也不小，这时候进去可不合适。他刚想转身离开，华春晓接下来的几句话却把他定在了原地。

"姑奶奶，婚嘛，肯定是要离的！但是孩子你一定得拿掉，你知道，我老丈人可是副院长，你这有了孩子，我这婚还没离，万一被别人知道，坐实了传到老丈人那里去，我还怎么在医院混啊？"

"我不管！那就赶紧离啊？"

"哎哟，急不得！我跟你说过，我呢，前几年工作忙，加班太多，我老婆出轨偷腥在先，这不假！可我一直没抓到直接证据。再等等，等我忙完这阵，找机会抓她个现行，再离婚不是顺理成章吗？到那时，她那副院长的爹，也说不出来我的不是！"

"呃！你们男人，真是复杂！那个，反正你要好好补偿我！"

"那当然！喏，这有十万元，拿去好好补补身体。"

"才十万元？哼！"

"呵呵！一会有台换肾手术，我呢，才从那个小老板身上榨了十万元，手术后付钱，都给你！再多，我看他也出不起了！"

"这还差不多！老公真能干！"

"那里更能干！"

"真坏……"

显然，华春晓所说的小老板就是程功。听到这，程功一下子惊呆在原地，几秒后才反应过来，悄步离开。前几天华春晓给他打那个电话，加价十万，他不是没琢磨。做生意，坐地起价的事时有发生，这次他没得选，认了。他知道华春晓肯定不白干，加价的这十万元也肯定有华春晓的提成，但他实在没想到，那根本就是华春晓的讹诈。他和华春晓接触了这么久,对方看起来热心、负责、文质彬彬,他实在想不到华春晓能干出这种事。

这年头,也不奇怪。程功愤愤地想,这要是平时也就罢了,偏偏赶上自己连续婚姻失败、破产,屡遭打击,母亲重病,真是屋漏偏逢连夜雨!这时候遇到个人渣,只怪自己运气实在太差。他重重地一拳打在墙上。要是这一拳打在华春晓脸上就好了!可是不能。对方不但不会承认,换肾的事闹不好也要黄。只能忍,不过这么一来,五千的红包倒是省下了,对方讹去了十万元,手术肯定好好做。程功竭力平复了情绪,到病房安抚了母亲一番,这才若无其事回到走廊上等着。

手术成功了。程功总算顺畅地喘了口气。他没对华春晓表示感谢,安顿好仍昏睡的母亲,在病房里静坐了一会,匆匆离去。

黑子早在医院门口等着了,他接过程功那张三十五万元的卡,扬起笑脸想说几句祝福的话,程功却径自离开了。卡里的钱怎么分都和他无关,此事到此为止,程功只觉得胸口像是塞着一大团棉花,点根烟都可能把那团棉花点燃。

开上面包车,程功匆匆往家走。今天是女儿璇璇的生日,他可没忘这个茬,自己离了婚对不住孩子,给孩子过生日,不是补偿,是应有的父爱。很快,程功又来到早晨被贴罚单的"几"字形城中村市场。市场早就散了,还有些卖花、卖水果的商贩。程功远远望见里面有几家卖生日蛋糕的店铺,心头一动,把车开了进去。

他顺着路开到了"几"字形的最里边,然后掉头往回开,想看看到底有没有"禁停"标志。他本以为没有,结果却在"几"字形路段的中间,看到了"禁停"标牌——全路段禁止停车。看着那块牌子,程功隔着车窗发了会呆,突然摇下车窗,对着那块牌子吐了口痰。随后他把车停在一家蛋糕店门口。店里很清闲,很快,程功就带着蛋糕走了出来。可谁也料不到,这时,他的车窗上又被贴了张罚单。

上午的罚单还没撕干净,新贴的这张,刚好覆盖了上午的痕迹。程功紧紧咬着牙四处张望,然后跳上车,沉稳地把蛋糕放好,沉稳地打火、挂挡。他手背暴起的青筋却出卖了他,他那不是沉稳,是故作沉稳。他开起车向前追去,他看到了，在他前方不远处，有辆交警巡逻车正在缓慢行驶。

巡逻车被程功别在了路边，两个警察下了车，敲了敲程功的窗户，其中一个年纪较大的，一边敲窗户一边问："什么情况？"

程功仔细看了看车外的两人，猛地推开车门，把那个交警推了个趔趄。

不待对方发火，程功跳下车，重重地拍着车窗上的罚单问："这谁贴的？"

年纪较大的交警明白对方为什么用车门推他了，神色平静地说："我。"

"你？我这就停车买个蛋糕，你至于？就你执法认真？就你干活勤？"

"同志，此路段禁止停车，那边有提示牌。有什么异议，到交警大队处理。"交警不急不缓地说。

"提示牌？你们把提示牌弄得那么靠里，过往不熟悉的人谁看得到？算哪门子的提示牌？"

"呵呵，这个呢，确实有群众向我们反映了，也确实是我们考虑不全面。过几天，我们打算在路段外面也立个牌子，谢谢您的意见建议。"

"好做派啊！"程功有些颤抖地说，"我这破车，今早路过，就买只鸡的工夫，在这已经被贴了一张，这都散集了，路过买个蛋糕，你们还贴？上瘾？城中村，'几'字形封闭路段，你们这么上心？"

"城中村你也得遵守交规！"交警说着，翻了翻手里的记录，说，"还真是！巧了！早上你那张，也是我贴的！同志，没办法，碰上了，就得秉公执法，希望您别有意见，下次多注意吧。"

程功不理会这话茬，深吸一口气说："我没看错的话，你俩都是辅警吧？"

"是的。"对方脸色微变，声音如常。

"辅警你贴罚单？你有执法权？"

"我们按程序来，一个正式民警，带几个辅警。带我们的小队长在那边十字路口呢，"交警朝远处指了指，"你违停，我碰上了，贴单，没毛病，不管你一天被我贴几次！"

"你叫什么名字？"程功问。

"高虎，栖凤区交警大队辅警，如有意见，可以来队里投诉！"

程功不再多说，上车离去，这次，他没撕窗上的罚单。

天慢慢黑了下来，他面无表情地开了一会，才想起要给女儿打个电话，这个点，女儿该到家了。他拨通程璇璇的电话，没想到提示关机。他又打了一遍，还是关机。可能是电话没电了，他正想着，电话响了，一看，是女儿的美术老师李志堂打来的。程璇璇打小喜欢画画，天赋不错，以后上了高中，肯定要尊重孩子的兴趣和选择，进美术班。现在孩子还小，程功平时却没少跟她的美术老师沟通。

李志堂的声音有些急促："程哥，璇璇到家了吗？"

"我也不知道啊，下午我母亲手术，我这才往家赶，刚才打她电话，关机了。"

"这……"李志堂踌躇了一会说，"是这，下午的美术课她没上，也没请假，听同学说她回家了，当时我也没在意，下了班想起来这事，就联系孩子，可是，打不通。"

"可能她电话没电了吧，我回家看看再说？"

"嗯。不过，这孩子最近情绪有些不稳定。"

"什么意思？"程功急问。

"那个……课后培训班的事。"

"培训班？"

"嗯。程哥，我知道你家里的事，你呢，手头肯定紧，所以呢，这几个月来，有两个课后培训班，我都没让程璇璇报名。你可能不知道，搞那几个培训班的，要么是学校某老师的家属，要么和学校某领导有关系，他们惯于和老师搞业务，课后把整班的孩子全拉去，教不出什么像样的东西，实际上就是替家长哄孩子，完事给老师提成。我在学校干，没办法，只能配合。我不让她报，一来你手头紧，二来也为她好，咱俩这关系，我能不好好教她？直到最近，我发现她情绪不大对，才意识到，这么一来，可能是伤了孩子的自尊，别的孩子课后都一块去培训班，唯独她不能去，时间长了，就可能被孤立，显得不合群、不正常，甚至还可能被同学嘲讽装逼、没钱之类的……"其实李志堂跟程功一样大，他连连称

呼程哥,显然是心虚了。

"你!李志堂!要你替我想那么多?报个培训班的钱我没有?你他妈多事!"程功直接把电话扔掉,又拿起来吼了句,"璇璇要是有什么意外,李志堂我饶不了你!"

程功急匆匆赶回家一看,程璇璇不在,书包也不在。他犹豫了一会,还是给前妻杨梅打了个电话。

离婚以来,他极少给杨梅打电话。这次为找孩子,他放下了面子、尊严,心里着实苦涩,同时心里蹿起一股无名邪火:要怪,都怪那个美术老师李志堂多事,害老子要给杨梅打电话!

在电话里,他没直问,而是拐了个弯,说孩子问她能不能来一起过生日?

杨梅也早就另嫁他人,没好气地说,"你爷俩过吧!我要想孩子,会单独见她!"

程功刚挂断电话,李志堂打来了。得知孩子没回来,李志堂在电话里说:"我给她要好的同学都联系过了,没人见过她。"说完,李志堂沉默了一会,又说:"先别急,说不定到哪玩去了。"

程功直接挂断电话,默默地坐在沙发上。程功忽然想到,应该回来陪程璇璇过生日的王媛也没回来,这俩孩子平时处得还行,莫不是她俩在一块?

还没等他打电话,电话响了,是王媛打来的。孙丽萍愧对程功跑路后,这王媛没表现什么异常情绪,程功也就没把孙丽萍亏了他三百多万元、令他破产的"好事"告诉王媛,毕竟孩子才十七,年后要高考了,不要影响她的心理状况。

程功急忙接通电话,刚要问王媛是不是和程璇璇在一块,王媛说:"程叔,今晚我有事,不回去陪璇璇过生日了。"这王媛之前随着孙丽萍来到程功家,一直叫他"程叔"。

"你没和璇璇一块?"程功心里一凉。

"没啊,我这刚下课。对了,程叔,还有个事,上次我过生日,你不说下次要送我一礼物吗?不会反悔吧?今天提前送我吧!反正离我生日也没几天了,就送我一台iPhone7Plus吧,刚上市的。"

这一天下来，一连串的事，程功心里早就乱成了一锅粥，他沉默了一会，还是强忍着笑道："还是国产手机吧，便宜一半，性能不差。"程功这么说，实在是本能反应，即省了钱，又兑现了承诺。加上刚才李志堂说的因为没报培训班，对程璇璇心理可能造成诸多影响，他现在再难，也得答应王媛。

"别啊！今晚是'觅觅'苹果之夜，从'觅觅'上买苹果手机，赠钻石会员呢！"

"'觅觅'是什么？"

"一个APP啦，说了你也不懂，把钱打给我哦，么么哒！"王媛说完就挂了电话。

程功的大脑处于空白状态，他在沙发上呆呆地坐了一会，起身出门。估计母亲也该醒过来了，他得赶回医院。

在医院走廊，程功上网搜了搜"觅觅"。那个APP功能挺多，出自滨海市比较有名的飞虹网络公司，需身份证验证注册，只要输入自己的生日，具体到时辰，就能免费给出一个非常完整的命理分析，还有一个西方的星座、血型分析，还能免费玩塔罗牌预测。此外，达到一定会员等级，还能玩六爻、八卦等更加专业的预测。APP上介绍，他们的预测，是基于权威、系统的六爻、八卦命理学编译成的程序，程序的编译有多名国内外著名命理专家参与，相比民间众多半吊子打着六爻、八卦名义的算命先生，他们的程序极为专业。经过一段时间的推广和炒作，这个APP注册了不少人，尤其是年轻人的认可，在年轻人中间流传甚广。另外，达到一定会员等级，系统还会给你推荐同年同月同日生的异性会员，会员等级越高，推荐的会员越多。"寻寻觅觅，找到与你同年同月同日生的那个TA"——是"觅觅"主打推广语之一。此外，它还能玩网络直播，培养了不少网红……

程功浏览着网页和贴吧，注意到一句出现频率很高的网友回复：觅觅，最新约炮神器。

看到"约炮"二字，程功的眉头越来越紧，他来不及吐槽世风日下，也没心思谴责这些APP的开发者。给不给王媛打钱呢？不打，万一王媛再闹出类似程璇璇的异常状况；打，他不希望王媛再玩这种软件。再说，他这最难的时候，自己都穷得揭不开锅了。

不打钱她就不玩了吗？程功想，现在担心也解决不了问题，重点是王媛别再给自己搞出新的麻烦。想到这，程功果断做了决定，用手机给王媛转了八千块钱。按下转账的确认键，他发现自己似乎连叹气的劲也没了。他觉得自己太累了。

接下来的四十八小时，程功白天到处找女儿，晚上就在医院胡乱对付一宿。四十多个小时很快过去，女儿依然杳无消息，当他意识到问题的严重性，要报警时，他接到了一个让他彻底崩溃的电话。

电话是王媛的班主任打来的，对方说王媛无故旷课快两天了，电话也打不通，问他王媛为什么不去上课。

一番紧张的对话下来，程功确认从他给王媛打钱那晚之后，王媛就失去了消息，换句话说，王媛也已经失踪了将近四十八个小时。

从医院出来，程功无力地坐进他的面包车。镜头来到这个故事最开始的那一幕——省城滨海市栖凤区的一条街道上，程功坐在一辆破旧的五菱面包车里。他想抽根烟，手却抖个不停，打火机怎么也打不着火。他狠狠甩掉打火机，用车载点烟器点上了烟，深深吸了几口，用力吐出。他的气息很长，直到再呼不出一丝气，整张脸被憋得通红。他不想吸气，好像空气里到处都是愤怒的味道，令人窒息。深呼吸要是能平静所有的愤怒，世界早就和平了……作为男人，他坚强、忍耐，本想百忍成钢，从头再来，可是，生活不容假设。

他这匹负重挣扎、早已疲惫不堪的骆驼，终于在这个黄昏的某一刻，彻底崩溃了。

细数一下，压死这匹骆驼的，有那么几根稻草：

一、华春晓的讹诈。

二、一天之内，在同一个地方的两次违停罚单，尽管罚单本身没什么毛病。

三、李志堂"多事"导致程璇璇的失踪。

四、玩"觅觅"的王媛的失踪，此时的程功，不可能不把王媛的失踪，跟一个APP联系到一块，他认为，都是什么"苹果之夜"闹的。

他坐在车内，两眼发红，不知道接下来该怎么办。

对！先报警！可是报警之后呢？找个朋友聊聊？扯淡！聊来聊去，无非是朋友的敷衍安慰，真正的朋友，能有几人？

很早他就知道一个道理，生意上的朋友，不是朋友。

他没料到，这时自己想到的人，竟是吕胜，那个曾经在他的肥料小工厂里，一天到晚干着三份活的、沉默寡言的人。

他两眼茫然，无计可施，他承认，自己再也扛不住了！

他想死！他把所有的事考虑了一遍，跟多数人一样，没有过多埋怨之前背负的那么多沉重，而是把所有怨气都集中在了那几根稻草身上。

此时，他的逻辑异常简单，要是华春晓不讹诈他，那个叫高虎的协警不给他开那两次罚单，美术老师李志堂不多事，世上没有那个狗屁约炮神器"觅觅"，程璇璇和王媛，都不会莫名失踪，他已彻底捉襟见肘，还能余下十万八千块钱，他也绝不会崩溃，不会有扛不住想死的觉悟。

"不对！该死的，绝不是我程功！而是一个医生，一个交通辅警，一个老师，一对开网络公司的狗男女。"

程功突然坐正了身子，恶意的念头越来越放纵，他很快搜到了飞虹网络公司老板的名字：黄少飞，郝虹。

谁也不能预料自己的未来。但对程功来说，至少此时此刻，他心里有一把杀气纵横的刀。

那么，一份死亡名单，也就这么出来了，只是程功怎么也料不到，他愤怒之余意淫的这份死亡名单，很快就会变成现实。

第二章 亡者雕塑

　　时间很快过去了三个月，外地警方在一次扫黄行动中，接到群众举报，从一个偏僻的乡镇找到一个秘密窝点，解救了四个女孩。其中有个女孩叫王媛，在警方的失踪人员登记名单里。外地警方迅速联系滨海警方，通知程功去领人。

　　据王媛讲述，她是在半年前的"觅觅"苹果之夜，被一个男会员骗到了外地，连同其他几个女孩，被关在地下室，成了那个男人的"后宫团"。那个男人每隔几天会送食物过去，再把垃圾收走，女孩们吃喝拉撒全在那么一间地下室里。里面有台老旧的DVD播放机，连着电视，看连续剧是女孩们仅有的娱乐生活，男人去的时候，电视剧会被换成黄碟。

　　最初，女孩们以不同方式进行了反抗，绝食，打闹，拒绝和那男人上床。反抗持续的时间很短，当她们发现反抗徒劳无功，没有希望，而不反抗或少反抗的女孩总能得到更好的食物，更好的待遇，反抗变成了顺从，后来又发展成争风吃醋，一个比一个献殷勤……

　　那是一段极其悲惨的经历，王媛回来后，见到陌生人就瑟瑟发抖，只能待在屋里，拉上窗帘，不见阳光。

　　程璇璇还没有确切下落，好消息是警方在一次联合打拐行动中，从一名被抓获的人贩子口中，得知有个疑似程璇璇的女孩被同行卖到了外地，警方仍在全力追查。

两个孩子，时隔三个月，终于安全回来一个。程功看起来却波澜不惊，不欣喜，也不难过。谁也不知道这些天以来，他经历了怎样的心路历程，是在煎熬中麻木？还是麻木中隐藏着更深的愤怒？没人知道。

也就是王媛被找到的这一天，滨海市栖凤区公安分局接到了一个奇怪的报案。在多米诺骨牌案中，秦向阳因为立了大功，登上了公安部最高荣誉舞台，得到大力表彰，升任栖凤区公安分局刑侦大队长，时至今日，他在这个位置上也快两年了，其间，他还把老战友孙劲从清河县公安分局调到了自己手下，任中队长。

孙劲接待了报案人，秦向阳路过接待室，静坐一旁倾听。报案的是个男人，五十多岁，叫艾文章。

艾文章有些语无伦次，他说自己的女儿被做成了干尸雕塑。

"干尸雕塑？"孙劲精神一下子上来了，他调过来有段时间了，还没碰到过大案子。艾文章看起来很激动，说的话没头没尾。

孙劲连连安抚，叫他把话说清楚。艾文章连说带比画了一阵，大家才听明白。

前几天市里有个很特殊的展览，叫"不朽"。那是个人体展览，通俗地说，可以把它理解成干尸展览，但跟通俗意义的干尸、古尸又完全不同。

《不朽》展览的人体，全部是新鲜的真人尸体，经过特殊工艺塑化而成，可以永久保存。尸体先用福尔马林浸泡，固定，消毒，然后被解剖，肢解，将尸体肌肉组织中易腐烂的脂肪全部剔除，只剩下骨骼、肌肉和一些神经系统，然后再脱水，冷冻，切片，根据需要定型，做成各种各样的造型和姿势。展览的那些尸体塑化模型，有的在踢球，有的在打牌，有的在托腮沉思，有的在奔跑，有的摆出武松打虎的造型……一个个造型生动，生龙活虎，无比震撼。经塑化的尸体能永久保存，也就有了市场，可以购买收藏，价格相当高。单是经过塑化造型的人体零件，比如一条腿，或者头部，就起码好几万人民币，整个人体塑化模型的价格，则最少在七八十万左右，普通人难以企及。

说起《不朽》这个展览，秦向阳和孙劲都知道。这种展览在本市尚属首次，新奇、惊险、刺激、大胆，上了当天报纸的头版，网上的消息更是铺天盖地。对此，人们的分歧也很大，有的强烈反对，有的支持，闹得动静不小，但实地参观的人数并不多。一来票价不低；二来，尽管做了种种处理，但要零距离面对那种尸体，也不是每个人都有勇气的。

实际上，生物塑化技术有其实际意义，它始于塑化尸体，却被广泛应用于解剖学、胚胎学、生物学、法医学等多种学科和领域，观众通过参观了解人体结构，能唤起人们对卫生健康的重视，从而逐步提高整个社会的健康水平。

《不朽》展览了很多塑化尸体模型，其中有一具模型最为引人注目，也最为特殊。那是一个女人的身体，或者说尸体。模型的身体修长，经过了完整的塑化处理，摘掉了内脏、大脑等，整个模型呈跪姿，双臂前撑，臀部后翘，脸部微微抬起，身体呈完美的流线型，浑身上下，透着最原始的狂野。准确地说，那应该是一个女人最诱惑的动作，让人一下就联想到美女在床上的撩人姿势。

此外，那个模型与其他模型最不同的是，其他模型身体的肌肉、骨骼、甚至血管都清晰可见，那个模型却被精心包裹了一层材料，使她跟正常人一样，全身上下每个部位，都拥有完整的皮肤，尽可能还原了她本来的面目。那层材料应该非常特殊，看起来尤其白皙、光滑、细腻，尤其是模型的胸部，显得异常饱满、圆润。另外，模型的头上还带着假发，面部画着精致的妆。换句话说，那个模型，要么，会被参观者当成真人模特；要么，会被误认为是个塑料模特。而实际上，那的确是一具真人尸体的塑化模型。

这个模型理所当然成了展览的焦点，网络和新闻上出现的频率也最高。正因如此，艾文章从新闻展示的图片上一眼就认出了它，那是他的女儿，艾丽。

这怎么可能？从疑惑、震惊和恐惧中缓过来之后，艾文章起初以为那只是个塑料模型，只是恰好跟他女儿长得像，后来他从新闻中得知，主办方曾多次强调，展览的所有模型，全部是真人尸体塑化模型。

全部的意思，当然就包括那具最特殊的模型。

这简直是个晴天霹雳，艾文章的老伴当场昏了过去。

"女儿这是被害了啊！"艾文章意识到问题的严重性，首先想到的是找主办方的负责人问个清楚，看到底怎么回事，女儿怎么就死了？叫他怎么活！还被做成了模型？还弄成那么个样子？叫他老脸往哪放！但是展览在滨海搞了三天，就移师到别的城市，艾文章找不到对方的联络方式，只是从网上找到了主办方所在的企业，归零人体塑料有限公司。

这个企业名字很有中国特色，法人却是个法国人，叫欧佩里·德洛克，在国外也算是个有名的生物学家。这个企业就在滨海栖凤区，是个外资企业，也算是市里招商引资的成绩之一。艾文章一看这还牵扯到个外国人，这才慢慢恢复理智，跑来报警。

"警察同志，我女儿，太惨了！你们可得给我女儿申冤啊！"艾文章越说越激动。

好不容易送走艾文章后，秦向阳没有急于立案，就目前的情况，也肯定没法立案，一切都有待进一步调查。在刑侦大队长的位置上，经过将近两年的锻炼，秦向阳变得更加沉稳，只是性格上一点没变，办案执着、缜密、灵活，可为人处世上，不到非需要不可的地方，就不太讲究城府。他这两方面的巨大反差，却颇受手下拥戴。

由于还不能立案，秦向阳只把孙劲叫到了办公室，当了队长就得有队长的样，你得先听听手下的想法，手下有好表现，成长了，有成绩，就等于自己有成绩。

孙劲一进门，就迫不及待地说了三点：

1. 得先搞清楚归零人体塑料有限公司的基本情况，这个企业从事的业务太特殊了。

2. 这事背后可能涉及凶杀，但仅就展览来讲，却有个逻辑悖论。正是因为这个企业的特殊，他们应该比谁都明白，也比谁都希望他们的展览能有更多曝光率和社会认知度。那么，他们为什么搞出那么一具特殊的塑化模型？他们难道不清楚那样一来，艾丽的家属，完全有可能看到展览的新闻，从而认出那个模型，从而报警？他们难道不怕死者家属报警？为什么不怕？如果艾丽的死，和这个企业有关，他们这不是不打自招吗？他们完全可以不搞特殊化，把那个艾丽的模型搞得跟其他模型一样，谁也甭想认出来那是谁。

3. 模型为什么是那么个姿势，而不是其他姿势？因为她长得漂亮？漂亮就得搞成那个姿势？仅仅为了吸引眼球，增加展览效果吗？

孙劲说到这里，几乎跟秦向阳同时打开了手机，手机页面上正是艾丽那个极尽诱惑的模型图片。艾丽的身后，还有好几个模型，一个个筋骨外露，张牙舞爪，牙齿森白，肌肉像风干的腊肉，跟艾丽的模型，形成了强烈反差，这种反差加上艾丽本身的姿态，让人看一眼就血脉偾张，久久难以忘怀。

秦向阳先关掉了手机，习惯性用拳头擦了擦鼻头，说："我同意你的分析。这样，你带两个人去趟归零公司，跟那个欧佩里·德洛克接触一下。他要是不在，你就不用回来汇报了，直接跟去展览会，算是给你个机会，跟艾丽近距离接触。我想，你的大部分疑问，那个德洛克都能给你解决。但是一定要注意工作方法，那是个外资企业，很可能是市里某个领导的工作政绩，千万别给我惹事！"

孙劲嬉皮笑脸地说："秦头，你还怕惹事？你后台多硬啊，丁副局长和丁厅长可都拿你当宝贝呢！"

秦向阳说："少扯！宝贝都是用来卖的！"

孙劲走后，市局的原法医副主任、现法医主任苏曼宁来到了秦向阳办公室。这个警花自从两年前，跟秦向阳密切配合，帮着秦向阳破了赵楚策划的多米诺骨牌连环案，也升了职，早就成了秦向阳的老熟人。

因多米诺骨牌案，原市局局长丁奉武升到了省厅，郑毅被判刑处理。市局局长和刑侦支队长的位子，就都空了出来。上级部门空降了一个邓局长，一个主管刑侦的副局长兼支队长，叫丁诚。

丁诚三十来岁，年轻有为，听说很有背景，最重要的是单身，而且跟丁奉武是本家。后来在丁奉武大力撮合下，丁诚跟苏曼宁走到了一起，最终步入婚姻殿堂。

自从结了婚，苏曼宁看起来更是秀丽动人，摇曳多姿。

秦向阳就任栖凤区刑侦大队长后，想方设法把苏曼宁从市局"借"到了分局。这种借法有些不靠谱，分局比市局低一级，苏曼宁一个市局法医主任，到分局上班，怎么说都不合适。

但秦向阳也有自己的理由，他说多米诺骨牌案，亏了苏曼宁能力出众，跟自己配合默契，才侥幸破案。然后他突然从一个刑警队的兵升到了刑侦大队长，这是上级领导的安排，违逆不得，但自己实在是能力不足，怕在那个位置上干不好，到时候丢领导的脸。秦向阳把苏曼宁临时调来分局工作一段时间，既是帮助，也是监督，可以更方便他跟市局丁诚汇报自己的工作状况，有助于进步。

市局副局长丁诚也被他这番说辞弄得实在没办法，同时丁诚也确实爱才心切，还深知，新任厅长丁奉武对秦向阳很是欣赏有加，加上这也就是个内部的临时借调，也不怕别的系统有什么说法，就勉为其难同意了。可是他也没想到，秦向阳这一"借"就是两年，也着实有些说不过去。

丁诚为官多年，哪会不明白秦向阳那是借故抢人才，又是调孙劲，又是借苏曼宁，无非也是为了工作上大展拳脚。丁诚考虑到秦向阳一线经验有余，领导经验不足，也就听之任之，没往回要苏曼宁。

苏曼宁级别高，一般的活，下面的法医、痕检人员就办了，这两年里倒也还算清闲，加上最近正在备孕，倒也乐得清闲，也不再提回市局的事。

秦向阳见是苏曼宁，站起来笑道："也就是你，进我办公室直来直去，不敲门不关门！"

苏曼宁揶揄道："秦大队长可真是越来越有官样了！"

秦向阳嘿嘿一笑，说："专门来找我的？"

"想得美！顺路来你办公室瞅瞅。"

"顺路就算了，我还有事，先走了。办公室它不长腿，你慢慢瞅吧，替我问候丁局长。"秦向阳一边说，一边往外走。

"你这家伙！从老丁那给你顺了条烟，扔这了！"苏曼宁扔下烟也抬脚往外走。这时，走在她前头的秦向阳突然停步转身，差点跟她撞个满怀。

苏曼宁无语，退了两步，道："听到烟就来劲了。还这么毛躁。"

秦向阳没接她的话，掏出手机打开个页面，递给她，说："帮我看看这个图片，然后说说你想到了什么？第一感觉。"

第二章 亡者雕塑

苏曼宁明白过来，刚才秦向阳急停、转身是因为想到了案子，表情很是欣慰，接过手机的同时，嘴上却说："我在备孕，不无偿给你打工！"

秦向阳也不说话，走到门口点了根烟，想起苏曼宁在备孕，又把烟扔了，等着苏曼宁的反应。

他叫苏曼宁看的，正是艾丽那张模型图片，图片下面配着展览的一些相关说明。苏曼宁毕竟"久经尸场"，进入工作状态，向来是面无表情。秦向阳见对方面无表情，只顾细看，也不发问，就把艾丽的情况简单说了一遍。

苏曼宁听完，想了一会，说："单就这个模型，第一反应，男人。"

秦向阳不插话，苏曼宁接着说："这个模型效果，是个男人，都能留下深刻印象。"

"没了？"

"没了！那就是第一感觉。"

"再说点别的。"

"别的？这种展览，对它感兴趣的，我想大多数都是男人吧。很少有女人对尸体感兴趣。这个模型，能大大增加它的受众眼球。"

秦向阳一边听一边想，没有说话。

"行了！它里头要真牵扯案子，等你们立了案，有需要我的地方，你说就是了！我还有事，先回了！"苏曼宁说完径自离去。

归零人体塑化有限公司设在郊区，孙劲带着两个刑警在中午之前才赶到那里。想象中，那应该是个阴森恐怖的地方，实际上它更像是医院解剖室跟塑料手工业作坊的混合体。公司办公楼倒是窗明几净，孙劲等人亮明身份后，有人接待了他们。

孙劲说明来意，要了解一些情况，结果欧佩里·德洛克不在，去了外地的展览会。孙劲按捺不住心里的好奇，想参观工作车间，好说歹说人家才同意。

换上防菌服后，穿过一扇厚重的大门，孙俊终于得以窥见这个神秘工厂的全貌。

车间很大，充满刺鼻的福尔马林的味道，四周全是透明玻璃，车间内光线很足，或者说阳气很足。车间最外面有个巨大的水池，一格一格的，被分成许多小格。格子里充满了不知名的黑色液体，里面泡着各种各样的尸体，有的安详，有的恐怖，有的是车祸死亡，有的是难产而死，有的自然死亡……死者的脸上，凝固着他们对生命最后一刻的感知。车间再往里，像课桌一样，摆着一排排整齐的工作台。工作台旁边放着停尸车，工人们把缠着塑料布的尸体从停尸车上搬下来，放到工作台上，就开始了一天的工作。工人们拿着各式各样的工具，像庖丁解牛一样，分解尸体，取出该取出的，留下该留下的。该切片的切片，该切条的切条，一具尸体经过千刀万剐，才能成就一具完美的模型。再往里，有很多固定的铁架子，一些半成品被固定在架子上进行后续工作。另外，还有很多独立单间，孙劲也不知道那里面在捣鼓些什么。

孙劲看了几眼就待不下去了，倒不是因为怕，而是活人待在那里，有种严重的不适感。毕竟在普通人的印象里，人即使死了，也不应该像动物一样被加工。待在这里，孙劲觉得死亡的庄严感和神圣感被彻底剥夺了。

走出车间后，孙劲问公司的陪同人员，制造一个完整的塑化模型用多长时间。

陪同人员说："简单说吧，按一天八个工时算，一个完整模型最起码得消耗一千六百个工时，再算上局部切片模型，那就更多了。"

"这么麻烦！"孙劲又问，"那你们的尸体来源是？"

"哦，全部是进口，全部是外国人生前自愿无偿捐献或有偿捐献。这么说吧，以前我们的展览会都在国外搞，每次展览完都有人留言捐献。尸体经过国家质量监督检验检疫总局和地方检验检疫局重重检验后，才能入关。"

从工厂离开后的第一顿饭，谁也没什么兴趣，一行人迅速赶往展览会所在城市，终于在一个酒店的房间里见到了欧佩里·德洛克。

德洛克大概六十多岁，中文讲得不错，见警察上门，略有惊讶，知道对方来意后，很快就恢复了镇定。

点上雪茄，德洛克用厚重的声音说："那是艾丽小姐，那确实是我一生当中，最为特殊的作品。尸体本身没有科学性，经过复杂、科学处理的尸体，就具有了价值，具有了科学性，她是女神，具有了另一种生命！"

孙劲打断德洛克："德洛克先生？我想知道的不是这些！"

"不！孙警官！"德洛克说，"艾丽是我的作品，是女神，刚才是我对她的敬意！我没有谋杀她，她是自己找上门的！"

孙劲认真做着笔录，示意对方说下去。

德洛克说："严格来说，她的做法不符合我们企业的规定，我们一直用进口尸体，因为在中国，还没有人愿意死后让我加工，重塑价值，我尊重你们的文化！艾丽小姐是第一个找上门的！这件事，好像要到有关部门备案，毕竟，我干的这一行太特殊了。为此，我都准备好了，我们的合同，艾丽小姐的自愿捐助书，还有她的一份视频说明。我最近太忙了，这件事，我还没有处理。"

"那些文件呢？有没有带在身上？"

"怎么可能？都在公司。"

"能详细说说当时的情况吗？"

"详细说说？哦！大概三个月前的一天，有个漂亮的小姐找到我，你知道，那是艾丽，她说愿意无偿向我捐献遗体。"

"等等！第一，据我了解，一个完整的人体塑形，至少需要一千六百个工时，一天工作八小时的话，就得两百天。你确定是三个月前？第二，她为什么向你捐献遗体？她怎么知道自己什么时候会死？第三，她的模型为什么是那个奇怪的姿势？"孙劲又打断德洛克，一口气问了三个问题。

德洛克吸了口烟，才缓缓说道："小伙子，你的问题可真多！你知道吗？在我们法国，打断人讲话，是对人极大的不尊重！哪怕你是警察，我都没法立刻原谅你！"

德洛克慢慢说完，见这次没被打断，才接着说："看来你对我的工作做过最简单的了解，这很好，不过你了解得很不全面。我进口的尸体，在进厂上工作台之前，在国外就得提前浸泡福尔马林四个月左右。为什么提前泡那么久？为了消毒，防腐，固定。不然，尸体漂洋过海，在路上会坏掉的！你以为尸体塑化，是很简单的工作吗？我希望你更多了解我的工作，到我的工厂去，那么不久以后，你一定也会喜欢上人体塑化。好吧,不要用那种眼神看我!我来回答你的问题,第一,你说的没错,一天工作八小时,的确最少要用两百天,可我让工人三班倒,就只需要六十多天,再加上我亲自上阵,那就更快了!上帝啊!那是我遇到的最完美的人体标本,我必须亲自上阵!第二,她得了重病,是子宫癌。她说她死后,会有人把她的尸体送过来。第三,那个奇怪的姿势,以及她身体外面包裹的特殊塑料,尽量去恢复她的真容,都是她的要求,那是遗嘱,我必须尊重并履行!那加大了我不少工作量,改变了我的作品风格,不过不可否认,那是件完美的作品,与众不同,充满创意,我的辛苦是值得的!"

孙劲见德洛克说完了,才问:"尸体是谁送去的?"

德洛克摇摇头说:"不知道,有天早晨,我的工人在工厂门口附近发现了尸体,包裹得很好,没有腐烂。我认出来那是艾丽,就接收了。"

孙劲皱着眉记好笔录,又问:"她为什么那样做?那个奇怪的姿势……你不觉得她的要求很奇怪吗?"

"奇怪?我不觉得,那是她的事。每个人都有留下遗嘱的权利,我见过比她更加奇怪的遗嘱。另外,她的模型是非卖品,只能用作展览。这也是她的要求。"

"非卖品?只能展览?"这条要求同样奇怪,孙劲认真在笔录上记好。

"还有件事我必须告诉你,她的尸体送来的时候,五脏已经被掏空了。"

"五脏被掏空?"

"是的,心肝脾胃肾,都被摘除了,而且,手法看起来很专业。"

"为什么?"

"我哪知道,我知道的就是这些。用你们中国的话说,我这个砂锅,已经被你们打破问到底了!"

"你为什么按她的要求做?你考虑过她家人的感受吗?"

"天哪!孙先生!每个人都首先属于他自己!她有她的要求,那是她的权利!我只是忠于她的要求!我实在不明白,孙先生你这么年轻,却这么保守!你的问题太愚蠢了!请原谅我这么直接。"

孙劲不想和他抬杠,知道再也问不出什么,好在了解到不少有价值的情况,至少,他那个逻辑悖论得到了完美的解释。就目前的情形看,德洛克的确跟艾丽的死没有直接关系,只好告辞回滨海。

临出门前,德洛克叫住孙劲,说:"小伙子,有时间常去我的企业参观,我相信,你会成为我的粉丝的!"

孙劲一路无语,回到滨海,第一时间把相关情况向秦向阳做了汇报。简单地说,有两个关键点:一、艾丽的尸体是谁送过去的,或者说,五脏是被谁掏空的?二、她为什么留下那么奇怪的遗嘱?

对于孙劲了解到的情况,秦向阳并未表现过多惊讶。他斟酌着,要查清楚这两点不难,既然五脏被掏空,那极大概率牵扯到脏器移植,那么,只要查查本市三个月前,各大医院的脏器移植手术记录,多半会有收获。至于艾丽为什么留下那么奇怪的遗嘱,得首先摸清她的人际关系和生活状况,也就是说,得先弄清楚,那个艾丽到底是个什么样的女人,包括学历、性格、情感、收入来源、爱好、宗教信仰,甚至价值观等,事无巨细,了解得越多越好。

秦向阳说完自己的想法后,孙劲提了自己的疑问:"要是涉及艾丽的脏器手术不是在本市医院做的,那排查起来难度就大了,这事还没立案,程序上没法请外地警方协查。"

秦向阳笑笑说:"一般来说,脏器移植是就近原则,毕竟脏器是越新鲜越好,再说脏器本身要保持活性也是有时间限制的,就先从本市查。"

"那怎么去确定查到的脏器来源就是艾丽呢?"

"你傻了?器官移植,必须得近亲属关系,得公证。非法脏器移植,那个近亲属关系能造假,但是器官供体和受体的本人身份信息,谁也不敢,也没法造假,医院跟公证处登记的信息是一致的。"

"嘿嘿,我没碰过这方面的案子,以为给了钱怎么都行。"

孙劲一溜烟出了办公室。他自己清楚,主要是查的这件事还没法立案,他的心态有些随意。但他深知一点,不管立不立案,作为警察,都有义务弄清事情真相。

实际上，孙劲的办事效率很高，他立即再次联系德洛克，进一步确认了艾丽三个月前找到德洛克的时间，以及德洛克接收艾丽尸体的时间，这样就确定了一个有效的时间段。此后他又用了一天半时间，就把滨海市大大小小的医院在那个时间段内所做的脏器移植手术摸了个门清。严格地说，当他查到华春晓所在的省医学院附属医院时，就已经找到了有价值的情报。

调查结果很清楚，艾丽的肾、心脏，在华春晓所在医院做了器官移植，主刀医生都是华春晓，肾脏移植给了叫孙桂珍的病人，也就是程功的母亲，心脏移植给了一个叫王大力的人；肝脏在另一个医院做了移植，主刀医生叫刘秀贞，移植对象叫王文吉。艾丽的脾和胃没有移植记录，不知道原因，有可能是配型不成功，也可能是没找到相应的移植病人，还可能被送到了外地。不管怎么说，这里面显然牵扯非法人体器官交易。秦向阳正式立案，接下来的调查，也就理直气壮了。

出于案情需要，秦向阳没把这些情况通知艾文章，只告诉对方立了案，正在全力调查，会还死者一个公道。他派人分别对孙桂珍、王大力、王文吉展开问讯。孙桂珍对相关情况一无所知，孙桂珍的儿子程功出面接受了警方的调查，王大力和王文吉对相关情况倒是很清楚。

面对警方的调查，这三个人都很配合，如实述说了当时的情况，三名患者都是因病情需要，迫于无奈，主动求医生帮忙联系器官，同时，他们都提到了一个叫黑子的人，医生算是他们和黑子的中间介绍人。三名患者，分别向黑子支付了三十五万、五十五万、二十五万。说到这一点时，不知是有意还是无意，程功略过了一个细节：华春晓曾以肾源供体加价的名义，讹了他十万块。也许是他明白一个事实：他是偷听才得知真相，如今时过境迁，他手里既无录音，也没证据，说出来也不一定有用。

对医生华春晓和刘秀贞的初步问询，都是在医院办公室里进行的。孙劲先找的刘秀贞，他的问询很有技巧："刘医生，你认得黑子吧？你是现在和我谈，还是等见到他，再和我谈？"

刘秀贞四十来岁，看起来挺沉稳，但一听这句话立马慌了，在她听来，孙劲的意思分明是黑子已经在警方手里了。

她脸色发白地说："我不认识他，他以前来找过我，叫我提供器官移植病患者信息，我一时财迷心窍，从他那联系了一个肝脏，收了他五万元提成。"

"不止五万元吧？"

一听这话，刘秀贞像吃了秤砣，果断、坚硬地说："就五万元！三个月前有个病患叫王文吉，苦苦央求我帮他找个肝脏，我一时心软，就帮他介绍了黑子，完事他给了我五万块钱，就这。警察同志，我、我这不犯法吧？顶多算个不当交易，跟收红包的医生性质一个样吧？"

"你这是参与非法组织贩卖人体器官！黑子叫什么名字？"

"叫……好像是张小白，对，张小白。"说完，刘秀贞找到张小白的联系方式给了孙劲。

"今天在这找你谈这事，算是客气了，好好配合，等候处理吧。"孙劲甩下一句话，带人去找华春晓。

孙劲想，华春晓做了肾脏和心脏两个手术，牵涉数额较大，按道理能拿不少提成，肯定是块硬骨头，不会轻易承认。没承想，他见到华春晓刚亮出身份，对方交代得比刘秀贞更快。

"黑子私下里找过我多次，都没搭理他，犯法的事，咱肯定不干！后来，经不住那两个病患的苦苦哀求，心一软，就帮忙联系了黑子。"

"完事收了提成？"

"对！肾十五万元，心脏十五万元，一共提成三十万元。"

"你能做两个脏器手术？"

华春晓没理会孙劲的话，继续道："那个肾脏，本来定的是二十五万，后来我跟程功多要了十万元。"

"为什么？"

"因为当时黑子拟的那份合同有漏洞，他忘了注明一个肾二十五万元，还是一对肾二十五万元。"

"这个空子你怎么钻？"

"我给程功的母亲换了一对肾。当时取来的肾就是一对,既然合同有漏洞,为什么不换?"

"你意思是说,手术当天,运来的是器官,而不是供体本人?"

"是的。"

"程功母亲一个肾尿毒症,你他妈换两个?"

华春晓笑了笑:"你以为她另一个肾就很好?"

"这么说你还做了好事?"

"对!"

"那你为什么不好事做到底,不多收那十万元?"

"警官,你这就不懂了。合同虽然确实有漏洞,但你敢拿那种合同打官司吗?万一事后黑子觉得吃了亏,来找我麻烦,我还能再去人家身上把肾掏出来还他?所以,我就提前跟程功多要了十万,防备黑子以后找麻烦时用。"

"你这是典型的'两头吃'!"

"话可不能这么说!"

"程功知道他母亲换了两个肾吗?"

"我不说他就不知道。"

"那他知道你讹了他十万元的事吗?"

"孙警官,请注意用词,我话还没说完,那不叫讹。至于程功,我想,他应该是知道了。"

"你怎么知道他知道了?"

"手术当天,我在办公室跟朋友说起过这件事,他在门口应该听到了。当时有个同事恰好看到他在门口偷听,后来跟我说了。"

"你为什么不跟程功解释?"

"公道自在人心。"

"华春晓,你倒是很坦白。不过,你已经犯法了。"

"犯法?我早把钱交给医院了,让医院帮我处理。这事,从头到尾,我压根就没想过收黑钱,我这么做,既帮患者解决了生死攸关的问题,又把钱上交,成

全了自己。我说过,公道自在人心。"

华春晓一上来知无不言,孙劲颇觉轻松,但他实在没想到,华春晓最后来了这么一出,说把收的黑钱上交给了医院。

"钱具体交给了谁?"

"主管业务的副院长蒋斌。"

话说到这个份上,华春晓的气质形象只剩"伟光正"了,自无必要继续问询,孙劲只能起身告辞。

华春晓忙说:"孙警官,你们要是还没抓到黑子,我也可以帮你们出头联系他。警民共建和谐社会嘛,我也尽尽义务。"

华春晓当真是口若悬河,自始至终笑容沉静,面不改色。

孙劲离开后,一边走一边想,也不能光听华春晓一面之词,除了要找那个副院长蒋斌核对情况,最关键的是立刻回局里申请拘留证,抓到黑子,免得夜长梦多。

此时天色已黑,再去申请拘留证也来不及了,他找地方吃了晚饭,回家整理好调查材料,又上了会儿网,正打算洗刷休息时,收到一条短信。

"还记得你父亲吗?凌晨一点,华晨公寓502,谜底揭晓,不见不散。"

看完短信,孙劲心里顿时波澜骤起,两眼一黑,手机摔落在地。

他使劲甩了甩头,找到烟点上深吸几口,猛地站起来走了两步,又转身坐下。来回坐立不安反复几次,才又捡起手机,把短信重新看了一遍。

看完短信,他转身推开窗户,深吸了几口吹进来的冷风,头脑这才逐渐清晰起来。

谁发的短信?

他怎么知道我父亲的事?

到华晨公寓干什么?

孙劲眉头紧皱,在房间里走来走去,一段痛苦的记忆就此揭开。记忆是痛苦的,但事情说来却也简单。

1998年,那时孙劲才九岁。那年夏天我国南部发了大洪水,北方更是酷暑难当，得热感冒的特别多。孙劲那天感冒发烧，被父亲孙成茂送到郊区一家社区私人诊所打针。然后父亲有事离开，完事再来接孙劲回家。

诊所在二楼，有个挂式空调，这在当时，算是稀罕物。夏天，周边居民有个头疼脑热，都爱去那挂吊瓶，不为别的，就为吹空调。诊所有个下拉门，吹空调时就把门拉下来。怎料那天诊所突然起了火，火急势大，下拉门被火势和热气冲得骤然膨胀弯曲，从里面一时打不开。诊所还有两个窗户，有老式插销开关的那种，当时都关得紧紧的。起火后，诊所里很快就黑烟弥漫，一屋子人，像没头苍蝇似的，到处乱撞。很快，连熏带烤，十几个人只活了两个。一个男人憋着最后一口气，好不容易摸到窗户插销，浑身带着火跳了下去，另一个活下来的，就是幼年的孙劲。

现在的孙劲记忆里只剩下一片通红，根本不知道自己当时怎么出去的，只记得当时呼吸困难，两眼一抹黑地往前冲，后来"当"的一声，不知道撞到了哪里，头上剧痛，然后就不记得怎么回事了。

醒来后，人们告诉他，他肯定是狠狠撞到了门上，慌乱挣扎中稀里糊涂，借着头部的撞击力，把门拉起来一小段，钻了出去。当时年幼的孙劲无心感叹命大，孤零零坐在台阶上，眼里看着赶来救火的人狼狈逃命，心里盼着父亲赶紧来接他回家，他好告诉父亲：以后再也不挂吊瓶了！不，以后挂吊瓶，再也不吵着要吹空调了！

可是，孙劲怎么也料不到，父亲自从那个中午跟他在诊所分别，从此就人间蒸发，杳无踪迹。此后孙劲在母亲拉扯下慢慢长大，直到后来参军。

至于诊所起火的原因，是源于诊所正下方一楼的爆炸。当时，诊所下方一楼是个便民煤气罐加气站。说是加气站，其实很小，主要做存储用，平时那个小老板把加气设备装上三轮车，到处上门给人加气。那天午后，小老板夫妇都在店里睡午觉，没人知道什么原因导致了煤气罐爆炸，小老板夫妇当场殒命。

同样是那个夏天的滨海，还发生了一件事。多米诺骨牌案的策划者，赵楚刚满十八岁。那年夏天他考取了大学，到娱乐场所玩乐，认识了个漂亮的女孩，叫张素娟，后来关系深入，导致张素娟怀上了孩子。之后一天晚上，赵楚跟张素娟小聚，酒后骑摩托车回家，路上出了车祸，撞死了行人李文志。李文志的妹妹叫李文璧，是秦向阳的女友。这才有后来，赵楚撞死李文志后车祸逃逸，为脱罪入伍十年，退伍后认了李文璧做干妹妹，一心帮助李家，为自己赎罪。赵楚入伍后，张素娟因吸毒被关进戒毒所，加上值班实习警员金一鸣的失误，导致孩子没吃没喝惨死家中——一切皆有因果。退伍后的赵楚，由此伙同张素娟，策划了完美惊天的多米诺骨牌案，这才有了那一系列的故事，此处不再赘述。孙劲参军后，新兵连三个月的带队班长就是赵楚。赵楚看孙劲小伙不错，私下里在擒拿格斗和射击方面，给了孙劲很大帮助。孙劲和赵楚的师徒之谊，就是那时确立的。

孙劲突然收到这样一条短信，自是激动万分，同时又疑惑重重。十八年了，在他的意识里，父亲早就死了。这世上，每一位父亲，只要活着，不管经历怎样的磨难，都会回到孩子和妻子身边，除非他已不在人世。

父亲的离奇失踪，困惑了孙劲多年。凭借职业上的方便，他也曾苦苦打探，到处寻找。每一轮努力，都是希望燃起，再心灰意冷，不停重复。现在，不说他早就彻底心灰意冷，至少来说，他已从心里接受了父亲不在人世的事实。

"父亲肯定不在了。"他喃喃自语，"可这短信……难道真能一解多年的困惑，揭开谜团？"

孙劲拿着手机，手指微颤，猛然按下了呼叫键，他呼叫的，自然是那个短信号码。

手机提示对方已关机。

孙劲茫然地摇了摇头。其实这早该在他的意料之中，对方如果有意和他通话，又何必神秘兮兮地发那样一条短信呢？激动导致他的头脑远无平日清醒。

"玩哪门子捉迷藏？"孙劲一边想，一边把自己浑身上下收拾妥当。

很简单，不管谁发的短信，不管动机何在，按时赴约，到那地方看看就知道了，他很快做了决定，这令他浑身兴奋。

华晨公寓是一座酒店式单身公寓，一到五层作为单身公寓出租，五层以上是酒店房间。公寓一楼大厅是酒店前台，凌晨一点差五分，孙劲赶到时，两个工作人员正趴在前台玩手机。

孙劲看了看表，径自走向电梯间。电梯一共两部，有一部刚好停在一楼，孙劲走进电梯，按下数字"5"，心脏扑通扑通急速跳动。很快，随着"叮咚"一声提醒，电梯平稳地停了下来。他下意识按了按腰间的枪，调整着呼吸，快步走出电梯。

走廊很长，黑漆漆的，好在有声控灯。

孙劲把灯踏亮，看了看门牌号的顺序，很快找到了502房间。

来到502门前，他的呼吸又急促起来，慢慢抬起的手似乎格外沉重。

所谓近乡情更怯，而这，只不过是来赴个约！他调整好情绪，不再迟疑，果断有力地敲响了房门。

房门后会是谁呢？会不会是那阔别多年的父亲？他现在是什么样子？

孙劲敲了几遍房门，里面似乎没有任何动静。

这是怎么回事？来早了？

他刚"咦"了一声，门无声地开了，门轴转动，发出轻微嘶哑的声音。

孙劲浑身骤然警觉起来。

敲击的惯性，使得房门开到一半便停下了。里边黑洞洞的，听不到任何声音。孙劲拔枪在手，一手单握，另一只手轻轻探到里边，想摸摸墙上的卡槽里有没有房卡。

"哦！有房卡，悬插在卡槽里！"孙劲想起来，房卡插入后，屋里顿时亮堂起来。

他举起枪，慢慢往里走。地上铺着地毯，轻踏上去，几乎发不出任何声音。他先小心地移步到卫生间，往里看了看，没人。

房间是一室一厅户型。再往前两步，转过墙角，就是客厅。走到这，孙劲才察觉到浓烈的血腥味道，味道弥漫了整个客厅。实际上，刚才开门时就该有所察觉了，他暗自责怪，是自己太紧张了。

"不好！有情况！"闻到血腥味，他迅速举枪转过墙角冲进客厅，四处看了一遍，随后冲进卧室。

接下来映入眼前的一幕，令他大惊失色。就在他眼前不远处有张床，床前的空地上，仰面躺着一具男性裸尸。尸体双臂伸直，双腿分开，呈完美的大字形。尸体泡在一大摊血里，双手、双脚、头部，都被砍掉了，伤口部位仍不时有血滴落，血肉模糊，甚是凄惨。

凌晨一点，华晨公寓502，等待孙劲的，就是这具无头、无手、无脚的尸体。

第三章　五行斩

一个人呈"大"字形躺下后，把头、双手、双脚所在的点连起来，就是个不太规则的五角星。中医上，常用五角星来表示五行，在五角星的五个点上，分别标上金、木、土、水、火，然后再标上相对应的肺、肝、脾、肾、心，要么再添上相对应的五官，一幅简易的中医五行图也就出来了。今夜孙劲眼前这具破碎的尸体，也是被摆成"大"字形，像极了一个不太规则的五角星，只是那头部、双手、双脚，五角星的那五个角被斩去了，若是非要用个名字来形容这等手法，"五行斩"这个名字就再恰当不过。

孙劲当然注意到了这点。

难不成这里头有什么含义？他无心琢磨太多，看了看房内再无别的异常，立即报警。报完警，又打给秦向阳。秦队长立刻赶往案发地。

打完电话，孙劲才发现那血泊早就渗进地毯，弥漫到了自己脚下，他不想破坏现场，挪动着带血的脚印回到走廊。

分局骨干除了苏曼宁没得到通知，基本都到了案发现场。秦向阳赶到时，孙劲越琢磨越觉得奇怪：到底是谁发的短信呢？这约见的地方，竟是案发现场！难道发短信的，是这被杀之人？如果是，凶手又是谁？为什么杀人？死者跟父亲，到底什么关系？这一大串的问题实在让人头疼，可今晚的经历，又确实诡异……

法医吴鹏和痕检人员到达后，忙着处理现场。

二中队队长叫李天峰，带人维持秩序，封锁了酒店的出入口和停车场。可能是酒店式公寓的缘故，这里的房子卖得一般，五楼住户很少，502房的邻居还是空的，想找个邻居了解相关情况都不能。

见到孙劲，秦队长第一句话就是："你报的警？你怎会出现在这里？"

孙劲嘴唇翕动，犹豫了一会，才把手机掏了出来。

看完短信，沉默了一会，秦队长说："怪不得从未听你谈过你父亲。"

孙劲点点头，简单地把往事说了一遍。

秦向阳回味了一会，又看了一遍短信，才道："看看现场勘查情况吧，这事儿太怪。当前最重要的，是先确认死者身份。"

他一边说，一边记下短信的手机号，交给技侦人员。

"手机号我打过了，关机。"孙劲想了想，又说，"确实怪！凶手为什么把尸体搞成那个样子？"

秦向阳点点头，说："这事很不简单。不过仅就眼前的情况，我实在想不出你父亲和这事有什么关系。照理说，这么些年过去，你父亲该当早就……"

"但是我父亲的失踪本就是个谜。"

"那咱就一起解谜！"

秦向阳说完到现场转了一圈，急匆匆走出来对孙劲说："你几点到的？"

孙劲说："到楼下时我看了表，一点差五分。"

秦向阳说："我问了吴鹏，死者死亡时间在凌晨十二点半左右，前后误差不大。那就是说，你到之前，凶手只有大约半小时自由时间。可是尸体的双手、双脚、头部都不见了，加上作案工具，那可是一大堆东西，凶手怎么带着它们离开的呢？"

孙劲想了想，说："也许他人离开了，东西还留在这座楼里。"

秦向阳点头道："理论上，也可能他人和东西都还在楼里。"

"对啊！"孙劲急道，"不管哪种可能，咱得搜啊。"

秦向阳丢给孙劲一支烟，自己也点上一支，说："凶手的身份，有几种可能？"

孙劲没领会对方的意思，一时无法回答。

秦向阳自顾自说道："一到五楼的住户，五楼以上的酒店顾客，外来临时潜入者，酒店工作人员，只有这四种可能。不管哪种可能，如果我是凶手，那么，我绝不会冒险，让自己在时间和空间上被动。凶手不傻，我们是拿工资的，人家可是拿命在玩，怎可能被堵在楼里，等着我们上门搜呢？"

"那也得搜吧，我们就是干这个的！"孙劲的话里透着失落。

这时，几个负责外围搜索的警员赶来汇报，在安全通道一楼窗口的外墙上发现血迹，秦向阳立刻带人赶了过去。

华晨公寓毕竟有酒店业务，设计上考虑也算周全。安全通道一楼的窗户是从里面封死的，外面还加了一层金属护栏，防止外人翻窗进入一楼安全通道。警员发现的血迹，就喷溅在窗外靠近地面的墙体上，此外，地面上也有少量血迹残留。顺着再往外找，就不见血迹了。

法医助手取出工具，立刻投入工作。这些血迹是不是来自死者的，检验一下很快就有结果。如果是，那结论就很明显了，血迹只能来自死者被砍下的身体部位，它们被凶手从窗口扔出，然后带走。当然，肯定不是从五楼窗口直接扔下来，那样动静太大。

窗口外的护栏没有被破坏的痕迹。秦向阳很清楚，这种护栏多半是铝合金材质，其实很不牢靠，从窗户里边用力一脚就能踹开。但凶手并没那么做，显然是考虑到动静太大。

他琢磨了一会，转身从安全通道上了二楼。

来到二楼窗口一看，全明白了：二楼及以上楼层窗口都没装护栏，但比起来，二楼离地面最近，肯定是最佳选择。凶手一定是将砍下的肢体和凶器用编织袋或塑料袋层层裹住，然后从二楼窗口扔了下去。而扔下去的位置，正好是楼的背面。之后凶手再迅速从安全通道离开，也可能选择电梯，出去后再绕到楼背面捡起包裹离开。有血迹的地面再往外找，之所以不见血迹，显然是凶手对他的"包裹"进行了重新包装，此人胆大心细。

"这哪里是安全通道！以后改叫犯罪通道算了！"孙劲也看明白了怎么回

事，无奈地吐槽着。

秦向阳叫人在二楼窗口及附近仔细检查，随后离开安全通道，来到一楼大厅，叫工作人员调出监控仔细看了起来。

午夜前后进出的人不多，大都是酒店的顾客。秦向阳慢慢拖动播放条，当监控时间来到午夜12：36，画面上的安全通道里出来一个人。那人目测一米七左右，穿着厚厚的长款羽绒服，头部蒙着羽绒服的帽子，别说长相，连胖瘦都看不出来。他双手插在上衣兜里，脚步轻快，侧身三五步就跨出了监控画面，不见踪影。

秦向阳反复看了几遍，直起上身呼了口气。监控画面很清楚，零点到一点之间，出酒店的一共六个人，进来了二十三个，包括孙劲在内。出去的六人，只有那一个家伙走了安全通道，其余五个走电梯，而且那人的装扮、行踪明显是在躲避监控。

秦向阳对孙劲说："天亮后，你安排人逐一核对，把昨晚这个时段出去的人都给我找出来！要是坐电梯的那五个人能对上号，那么，凶手八成就是这家伙了！"

孙劲想了想，说："要是凶手恰恰反其道行之，坐了电梯呢？"

秦向阳道："华晨公寓电梯里虽然没装监控，但那五个人来到一楼监控的画面里很容易分辨，其中有三个人是一起的，彼此有说有笑，另外两个是单独的。单独的两个都是女孩，十七八岁的样子，她们要是凶手，那满大街都是凶手了……"

说完秦向阳又补充道："另外，你叫人把视频拷回局里，把视频往前多撸几遍，找找这个走安全通道的家伙啥时候进酒店的，也许能拍到正脸！查仔细！"

孙劲一一安排完毕，问："那酒店我们还搜吗？"

"搜！该干的活儿，哪怕是无用功也得干！叫李天峰的人继续封锁酒店，天亮后弄来搜查令再慢慢搜！"秦向阳没好气地说。

这天凌晨天才蒙蒙亮，栖凤分局就召开了案情分析会。这天是2016年12月10日，距离iPhone7Plus上市，也就是王媛说过的"觅觅"苹果之夜，刚好过去3个月多一点的时间，这个案子自然就被称为1210案。

法医吴鹏在投影仪前一边展示现场照片一边说："死者男性，死亡时间进一步确定为凌晨深夜零点半左右，头部被砍，双手从齐腕部被砍去，双脚从脚踝以下被砍去，死者衣物被丢弃到一边。现场留有大量血迹，地毯上留有利刃砍尸体的痕迹，能确定华晨宾馆502就是第一现场。从尸体断口痕迹上判断，断口相对整齐，凶手用的，应该是斧子之类的工具，如果用刀具，就应该是切割断口。现场没发现被砍去的身体部位。痕检方面，现场收集到多枚带血脚印，现在我们知道，那是孙中队长留下的。此外未发现其他痕迹，也就是说，凶手没有留下任何痕迹。现场留有死者生活痕迹无数，包括毛发、牙刷、皮肤碎屑、指纹、烟头、方便面盒、马桶方便痕迹等，对此已经做了全面提取，未发现其他干扰痕迹，就是说，死者单身居住，没有外人干扰。房内物品摆放很随意，甚至可以说有些杂乱，但没有财物丢失，洗脸池、马桶、刷牙杯子、肥皂盒等更是脏乱不堪，很符合一般单身男人的生活习惯。现场留有华为手机一部，初步检验，为死者所留，初步结论可断定，死者身份为502的住户。"

法医吴鹏的话，让大家的心思沉重起来。杀人，碎尸，带走砍下的人体部位，没留下任何痕迹，充分说明凶手心思缜密，计划充分，行动利落干脆，这种对手可不简单。

不等秦向阳发问，二中队长李天峰顶替了吴鹏的位置，说："502户主身份已查明，是育才中学的一名美术老师，叫李志堂，34岁，未婚，家庭情况一栏，写着孤儿，没家属可通知。育才中学是一到九年级直升制，暂时没有专业的美术老师，李志堂是学校外聘的，辅导五到六年级的美术课。"

"除了现场的生活痕迹，还有别的能确定死者身份的方式吗？"秦向阳琢磨了一会才问。当然，他这个问题，既是问别人，也是问自己。

孙劲想了想，说："有。比如对他身体熟悉的人，比如女友。"

孙劲此前已经看过了死者手机通信录，里面的联系人大部分是学生家长，其余的联系人有男有女，但人数很少。看来死者的性格相对孤僻。

"还有吗？"秦向阳又问。

中队长李天峰说："我从死者手机里找到一些照片，有自拍照，有全身照。"说着，李天峰把照片也连到投影仪上，指着一张全身照说，"单从照片上看，李志堂样貌清秀，形体匀称，跟现场死者体型几无差别。"

孙劲说："那可是穿着衣服的照片，你能看出来他体型啥样？"孙劲这一说，大家都笑了。

李天峰无所谓地咳嗽了一声，说："我是说胖瘦相当，这总看得出来吧？当然，照片也可能不是最近拍的，还得找跟死者相熟的同事帮着再辨认。另外我想说的是身高！刚才我请吴鹏估算过了，死者虽然被砍了头砍了脚，但就死者体型也能大致估计个身高，估算起来，死者身高绝对有170，李志堂资料上的身高就是170。"

"你这估算也太不靠谱了！"孙劲插了一句。

李天峰说："哎，你靠谱。秦队说了，各抒己见，广开思路！你赶紧去把李志堂女朋友找来认人，我可提醒你，万一他没女友呢？"

秦向阳也不说话，一边习惯性用拳头擦着鼻头思考，一边听两个手下拌嘴。

这时李天峰又说："秦头儿，既然现场留有大量生活痕迹，咱跟死者做个DNA比对不就啥都出来了吗？你刚才的问题，会不会有些多此一举呢？"

大家一听这话，也都纷纷点头称是。

秦向阳等现场安静了，才说："李队长说得对，做完DNA比对就啥都出来了，可现在比对结果不是还没出来吗？再说，就算比对结果出来了，DNA可不会告诉你死者的名字。大家都清楚，无头尸的案子，最重要就是确定死者身份，不然就无从下手。这个案子，凶犯手法相当残忍！现在，我们还不能因为尸体出现在华晨公寓502，就断定死者是李志堂，那叫先入为主。刚才也就那么随口一问，给大家开开思路，大家接着讨论吧。"

大家听完秦向阳的话，也都连连点头。

这时孙劲说："监控视频都带回来了，人家可是严格遵守相关规定，三个月内的视频都保存着，我只拷了最近一个月的回来，琢磨着应该够用。不过谁知道那戴帽子的家伙哪天进公寓的？这活可费时间，一秒一秒挨着撸，结果一时半会出不来。"

秦向阳点点头，叫孙劲增加人手，越快越好。

李天峰又回到投影仪前，接着说："给孙劲发短信的号码查到了，是被害人的，就出自现场那部华为手机，短信还在信息。"说着，他把那部装在物证袋里的手机连到了投影仪上。

"是他？一个美术老师和我父亲有什么关系？"孙劲深感意外，皱起了眉头。

这就有意思了！秦向阳想，短信发自李志堂的手机，那么接下来有两种可能：一、短信是李志堂本人发的，而后很可能因此被灭口，那么，凶手就跟孙劲的父亲孙成茂失踪有直接关联；二、短信是凶手借用李志堂手机发的，可是凶手为什么这样做呢？结合那条短信内容——"还记得你父亲吗？凌晨一点，华晨公寓502，谜底揭晓，不见不散"——秦向阳琢磨来琢磨去，觉得短信的语气，似乎更倾向于第二种可能。难道凶手所谓的"谜底揭晓"，就是想让孙劲看到被肢解的李志堂，从而告诉孙劲，李志堂跟孙成茂当年失踪有关？若如此，凶手为什么这么做呢？替天行道吗？秦向阳越想，越觉得自己进了死胡同。

他把自己的想法讲了出来，两种可能，让大家分析短信的语气更倾向于哪一种。

会场上一时七嘴八舌，热闹非凡。其实从办案角度来说，这种分析没有太多实际意义，办案更讲究捋线索，无线索可捋就找线索。可是秦向阳又不得不这么想，这是他多年一线刑警生涯养成的习惯，如今当了大队长，把这个习惯放大到了讨论会上。

众人讨论了半天，自然没什么结果。接下来的讨论，来到凶手的动机上。现场无任何财物丢失，那么抛开那条短信的话，仇杀和情杀就都有可能。现在多了那么一条短信，再加上凶手的杀人方式，几乎可以排除情杀的可能，但凶手的动机却似乎更扑朔迷离了。

最后，大家的讨论又集中到了杀人方式上。凶手为什么要砍去死者的头、手、脚？是有其用意，还是出于泄愤、率性而为？这个问题大家的观点基本一致，单单杀人，何必那么费劲？弄得跟中医五行图似的，五行杀？凶手一定有其意图。是出于模仿吗？模仿历史上著名的"五芒星"杀手，绰号"恶魔的门徒"，理查德·雷瓦·拉米雷斯？可是理查德·雷瓦·拉米雷斯只是习惯在杀人现场留下个倒置的五芒星标志，以此把他的案子跟别人区分开来，其杀人方式根本没有规律。

心理上，秦向阳更希望凶手是出于模仿。

在他看来，模仿，是最无意义的炫耀。试想，一个凶手要是连一点原创精神也没有，那他能高明到哪里去？警方头疼的，从来都不是模仿，而是原创，那令警方在得到突破性线索之前，极难掌握凶手的犯罪动机。

讨论会开了半天，说来说去难有结果，当前最重要的是落实死者身份。会议结尾，秦向阳申请了搜查令，安排二中队长李天峰带人去华晨公寓楼做进一步的详细搜查。虽然已经确认了凶手和被砍肢体都已不在现场，秦向阳也清楚这种搜查很可能无实质性意义，但对警察来说，这种搜查也是必要的。警察的工作性质，决定了它的工作方式，不怕一万就怕万一，宁愿麻烦做了无用功，也不放过丝毫的可能性。

随后，他又安排法医吴鹏去育才中学，联系跟李志堂相熟的人员，顺便仔细检查李志堂的办公室，取回相应的痕迹，用来做办公室痕迹、现场生活痕迹及尸体的三方检验，这三块的检验结果要是能合到一起，那么无头尸的身份也就确定无疑了。

"哎！干队长和干队员就是不一样！"安排好一切，秦队长觉得头脑鼓胀。这可不是他想要的状态，他使劲甩了甩头，生怕忽略掉什么。

想到那具惨不忍睹的尸体，秦向阳顿觉身上的担子重起来。从那具尸体，他忽然又想到艾丽那具妖娆完美的模型，黑子还没抓，艾丽的案子看似简单，也还没线索。想到这，他把孙劲叫来，安排他先跟进艾丽的案子，务必尽快抓到黑子，把案子结了。

这一来孙劲可不干了。分局的人谁都知道，艾丽那个案子，顶多就牵扯到人体器官的非法组织、贩卖，跟刚发生的1210案比起来，缺乏挑战性，是个警察都想跟大案，跟搞业务的都想跟大客户一模一样。何况，1210案背后还跟孙劲的父亲有关联。

秦向阳当然清楚孙劲的心理，笑着说："别激动！这个案子背后跟你父亲有关，我这么安排，绝不是让你避嫌。我有我的想法：一、艾丽的案子，之前你已经做了不少工作，熟悉情况，跟进起来驾轻就熟。其实那个案子也很有意思，难道你不想知道艾丽为什么让德洛克把她搞成那个姿势吗？二、今天这个案子你也看到了，处处用人，我现在缺人手。艾丽的案子又不能不管，让别人去，肯定不如你办得快。这样吧，艾丽的案子你负责，尽快处理好，同时呢，给我查查凶手出了华晨公寓楼之后的行踪，他拎着那么多东西，有没有交通工具，之后去了哪里？能者多劳嘛！"

"这还差不多！"孙劲说，"不过，我觉得艾丽的案子，苏曼宁苏主任去办最合适！女人的案子女人办嘛！再说她似乎更喜欢跟尸体打交道，而且她还研究心理学。"

"用不着你提醒，我自有安排！"秦向阳打发走孙劲，随手翻阅起孙劲留下的艾丽案件调查整理资料。这时苏曼宁推门走了进来。

"听说有案子？怎么不通知我？"苏曼宁语气里带着不满。

秦向阳放下手里的资料，笑着说："说曹操，曹操就到！案子呢，天天有。不是不通知你，是不想打扰丁局长休息。"

"少来！我也没闲着。"苏曼宁说着，把手里的一沓资料递给秦向阳，说，"这是艾丽的一些资料，我还联系了归零公司的欧佩里·德洛克，了解到一些情况，艾丽的案子，很可能牵扯人体器官组织贩卖。于是我又查了查三个月前本市医院的器官移植手术，还真找到了。查到了两个医生，一个叫华春晓，一个叫刘秀贞，刘秀贞没啥背景，华春晓呢，岳父叫蒋斌，是其所在医院副院长。华春晓一个人就跨科室操作了艾丽的肾脏和心脏手术，可见其背景。刘秀贞操作了艾丽的肝脏手术。器官移植对象分别是孙桂珍、王大力、王文吉。孙桂珍本人什么也不清楚，她儿子叫程功，一手操办的。"

苏曼宁这番调查，令秦向阳很是意外。他连连感谢，说了几句恭维的话。

其实苏曼宁也是临时起意，之前见秦向阳问她看到艾丽那张照片的第一感觉，完事后就用自己的渠道查了查。这么一来，苏曼宁正好补足了孙劲的调查内容。

苏曼宁的调查结果显示，艾丽，31岁，单身多年，未婚，本市人，某化妆品品牌销售经理，省医学院毕业，经济条件不错，名下房产两处，聪明能干，追求者众，无宗教信仰。

"这个条件会单身多年？"

"别急，往后看。"苏曼宁一边说，一边翻看孙劲那份资料。

秦向阳继续看后边的内容。原来，艾丽之所以单身多年，是因为有个出国的男友，叫阮明涛。阮明涛，33岁，是艾丽医学院的师兄，长得是风流倜傥，一表人才，跟《倩女幽魂》中宁采臣的气质很相似，家是本省农村的，家里兄弟姐妹好几个，经济条件很差，一心苦读求学，以期改变现状。艾丽与之交好后，尤其喜欢他那份才气，以及城市青年身上少有的书生气，这可能跟艾丽父亲的知识分子出身有关。由是，艾丽对阮明涛可谓是照顾有加，付出良多，读本科时候就兼职多份工作，凭一己之力，出钱供阮明涛上了研究生。本科毕业参加工作后，艾丽更是包揽着阮明涛研究生求学期间学习和生活的所有费用。这阮明涛也是争气，后来又被医学院推荐到法国，攻读生物医学的博士学位，其间不少花销也是艾丽主动提供。

秦向阳看到这里连连感叹，"我怎么就没有这么懂事、多情、能干、肯为我花钱的女朋友。"一番感慨后，才又蹙眉往后看。阮明涛在国外多年，和女友聚少离多，直到两年前才学成回国。一回来就被医院院聘为副教授，还兼任一个很有名的生物医药公司的顾问，终于苦尽甘来，功成名就，前途一片光明，没辜负艾丽多年来的付出。他知道，最难得的是对方那份坚守。这阮明涛也是感恩的人，对他来说，艾丽岂止是爱人，那份恩情简直胜过再生父母。他用最短的时间，购置了两处房产，全都归在艾丽名下，每天更是晚出早归，对那个女人百般疼爱。艾丽自是幸福莫名，直到两人婚期临近，艾丽体检得知自己得了子宫癌，一切美好瞬间化为镜花水月。

"那她也不至于把自己做成人体标本吧？"秦向阳放下资料，疑惑地说。

"我也想不通。"

"你和孙劲的资料都提到，艾丽的模型是非卖品，只能用作展览，这是她的要求。难不成是她通过这种方式，留下自己最美好的一面，好让阮明涛有所寄托，有个念想？别忘了阮明涛是搞生物医学的，这种展览一定会关注，说不定还很有兴趣。天下有这么伟大的女人？"秦向阳用拳头擦着鼻头饶有兴致地说。

"她伟不伟大，我不知道。反正女人本就比男人伟大！"

苏曼宁说完咳嗽了一声，意识到自己跑题了，接着说："她完全没那个必要，生老病死，谁都得面对，谁不想有念想？可日子还得照过，她何必用那么具体的方式去搅扰生者呢？再说了，就算她是你说的那样，那她应该把自己的模型送给阮明涛啊，干吗弄成非卖品呢？"

秦向阳呵呵一笑，说："你认真了，我也是随口一说。对了，阮明涛感情生活上有没有别的女人，尤其是艾丽生病之后？"这次，秦向阳的语气认真起来。

苏曼宁想了想说："确定的信息都在资料里，阮明涛在得知艾丽生病之前，肯定专一无二，其他情况就都是道听途说了。不过艾丽生病之后，也没听说他有别的女人。"

"那别的男人呢？"

"你……你还有个刑警大队长的样子吗？"

秦向阳赶紧赔笑道："你看你，又认真了，我这是发散思维惯了。很多情况，它们可以没发生，但我得尽量都想到。这样吧，有时间你就见见那个阮明涛，也许从他身上有意外收获。"

苏曼宁点点头，又拿起孙劲的资料说："这个华春晓倒很有意思，先是'两头吃'，完事又把非法所得交给了医院。他的这个具体情况我倒不清楚，我没和他们这些当事人谈过。他这何必呢？完全多此一举！"

秦向阳说："你那资料里不是很清楚吗？他岳父叫蒋斌，是那个医院副院长。他说早把钱给了蒋斌你就信啊？孙劲调查他时，他完全可以临时撒谎，事后再把钱给蒋斌，到时候只要让蒋斌也撒个谎，说华春晓确实一早就把钱上交给他

就是了。"

"这么说就合理了,华春晓肯定在撒谎!"苏曼宁愤愤地说。

"但我们暂时拿他没办法,蒋斌主管业务,的确能代表医院。再说,华春晓也的确有可能提前把钱上交给他。"

"有可能提前上交?不可能!我说了,那纯属多此一举!你刚才也说了,他完全可以让蒋斌撒谎!必须想法治华春晓的罪!"

"错了,"秦向阳说,"要是华春晓只做了艾丽的肾移植,那他的确不可能把黑钱给蒋斌,但他又做了艾丽的心脏移植。那时,只要他够精明,就应该想到肾脏和心脏这两个脏器,竟都来自艾丽这同一个女人,那么这个女人肯定死了,那么他会认为黑子有可能涉嫌刑事犯罪。不管事实上黑子有无犯罪,他都没必要因为那两笔钱蹚黑子的浑水。想明白这一层,把钱上交才是最明智的!"

苏曼宁听完吸了口凉气,喃喃自语:"看来真是治不了华春晓的罪,可华春晓真有秦向阳说得这么善于从细节中权衡利弊吗?"同时她心想,华春晓这件事对刑警来说的确不算大事,换别的同样位置的刑警,甚至可能无心关注,可秦向阳这番分析实在过于细致,对事情细节的掌控以及人的心理把握,简直到了无微不至的地步。至少她之前认为女人往往比男人更关注细节,但刚才秦向阳那番分析,她的确没想到。这令她觉得眼前这个男人,似乎比之前更强大了。

花开两头,各表一枝。我们先按下秦向阳、苏曼宁、李天峰等人不表,单说孙劲去抓黑子。知道黑子的真名和联系方式,人也就不难找了。黑子本名张小白,36岁,名义上是个建筑包工头,干了有十来年了。黑子的媳妇开了个戴尔电脑专卖店,顺便开着淘宝网店,小日子应该过得不错。孙劲带人很快找到黑子位于栖凤区某小区的家,然后叫居委会的人上门打探情况。居委会的人很快出来说,家里没人。孙劲赶紧联系局里,叫人定位到了黑子的手机位置,带人赶了过去。

定位位置在郊区。那是片连成排的乡间三层小楼,其中有座楼前停着辆车,后备厢开着,有两个人正从车里往外搬东西,另外有个人站在一旁抽烟。楼里不时有青壮年男人进出,看打扮,那些人不像是正常上班族,但也绝不像干建筑的农民工。

孙劲等人把车停在附近，跟相关资料比对后确定，那个站在车旁抽烟的人正是黑子。

孙劲走了过去，开口叫道："张小白！"

平时这么称呼黑子的人可真不多，他先是愣了一下，扭头见几个陌生人直愣愣地快步走来，突然意识到了什么，连忙叫人关上后备厢，发动汽车就冲着孙劲撞了过去。孙劲侧身闪过，掏出枪喊了两声，取车就追。

黑子的车像发了疯，不管方向，见路就跑，速度一直保持在时速120公里左右，闹得路上鸡飞狗跳，惊险连连。

孙劲一看对方这架势，担心交通安全，便不敢追得太紧，只是远远地咬住。黑子的车开得像疯牛，脑子却很清醒，他知道不能往市区跑，不然很快就被警车截停，于是专挑小路，往乡镇奔去。

眼看着追赶他的车被拉得越来越远，黑子不禁喜上眉梢，这时车的正前方陡然出现了一条横亘小路的凸起。凸起是用土培起来的，土下面有一条塑料管道，管道里淌着水。很明显，那是农民临时跨路浇地的管道。黑子肾上腺素急升，车正飙得带劲，根本没注意那条凸起的管道，等到反应过来，刹车早已来不及。刹那间，黑子的车腾空飞起，伴随着车内同伴的惊叫，重重地摔落在地，斜着往路边树上撞去。尽管这个过程中黑子早就踩了刹车，一车三人还是撞了个口吐白沫，人仰马翻。

孙劲远远地看到黑子的车飞了起来，顿时乐了。赶过去一看，还好，车里三人均无生命危险，只是些不同程度的擦伤。除了黑子，车里另外两个，一个叫强子，一个叫骆驼。孙劲把他们控制住，带上车找了个诊所简单处理了伤口，带回局里分别审讯。

黑子人如其外号，长得确实黑，但样子并不猥琐，坐在审讯室里，哼哼唧唧，唉声叹气了半天，想必是很懊恼刚才的车技，要是发挥正常，现在就没警察什么事了。

审讯的开头，还是姓名、年龄等这些开场白，孙劲坐在主审位置，秦向阳陪审，另外有个警员负责记录。

"张小白，艾丽的死，你该很清楚吧？"孙劲单刀直入。

黑子闷头沉默了一会，说："给我根烟。"

秦向阳递给去一支烟，帮他点上。

黑子抽了几口，说："她是自杀的！和我无关！我就图点钱，算我倒霉，我认了！"

秦向阳和孙劲都不说话，静静地看着黑子。

"我是痛快人！"沉默了一会，黑子接着说，"你们能来找我，我是干啥的，估计你们也很清楚了。没办法，流年不利，败在了那个小娘们身上！"

黑子说的没错，他进审讯室之前，秦向阳就把该查的都查清楚了，黑子在郊外租的那两栋小楼，是给器官移植供体准备的。供体绝大多数是年轻力壮的青壮年，大多数从网上招募，来自全国各地，黑子统一提供食宿。表面上，黑子的确是个建筑包工头，他对外声称，那些住在郊外的年轻人，都是他包工队上的人。那些人平时进进出出，好吃好喝，常常逛郊区的KTV，要么就到网吧包夜，唯独不干活，这早就引起了当地居民的注意。起初有人怀疑那些人是干传销的，后来又看着不像，干传销哪有这么安逸。

黑子定时会过去送吃的，他为人确实很痛快，每次去，总是捎带着给那附近的邻居分些烟酒。三番两次下来，跟那一带的居民就处好了，同时住在那的年轻人，也没给当地治安带来什么麻烦，慢慢地就有了个平衡和谐的局面。多年下来，竟没有一个人就这么个不正常状况去举报。

有活儿的时候，黑子就带着提前选好的供体，去医院做器官配型检查，谁能和受体配上，就移植谁的器官。完事后黑子从受体那拿到钱，按事先说好的给供体一份，余下的归自己。供体自愿卖，受体自愿买。有这么两个自愿做保证，只要做人再讲究点，该给供体的钱给足，不拖欠；该收受体的钱收公道，不漫天要价，那么这个本来利润高、风险大的活，反而成了个很保险的活。这一行，能做长久的不多，黑子就是其中一个。出事的，多半是器官供体被恶意盘剥，拿到的钱太少，心理失衡举报了老板。

黑子又要了根烟，点上火叹了口气，说："那个小娘们，哦，对，艾丽，子宫癌，活不长了，她找到我，让我在她死后，把她的器官卖掉，再把她的尸体送到那个归零人体塑化有限公司。这要求也忒怪了不是？但是她说卖器官的钱全给我，她一分也不要。看在钱的份儿上，我心动了。当时，我也对那个归零公司做过了解，知道尸体在那要扒皮抽筋，不管怎么着，反正最后做出来的模型，她亲娘老子也甭想认出来，我觉得这事没什么风险，至少不会牵连到我的主营业务……没承想，后来她的模型出来是那么个屌样子，对，那个展览我关注过！当时，我就知道可能要坏事！要是早知道她做那么个模型，是绝不会接这个活的！从头说？好吧！这事说来话长。"

　　接下来，黑子从艾丽最初找到他时讲起。此时，已是夜里十一点多了，孙劲一边听，一边突然想到了另一件事，悄悄把设置成振动的手机掏了出来。昨晚，他的手机就是这个点收到的那条奇怪短信，他有种奇怪的感觉，觉得这事远没有结束。

　　今晚，会不会再次收到类似的短信呢？收到，就意味着更多线索，同时又意味着有命案了；收不到，意味着父亲的失踪之谜依然难解，同时意味着没人再因此而死。他时不时看手机，心情紧张，复杂，矛盾。

　　突然，他的手机振动起来，同时响起刺耳的提示音：您有新的短消息。

第三章　五行斩

第四章　永恒的报复

孙劲连忙打开手机看了一眼，才长舒了一口气。还好，那是条移动公司的系统短信。秦向阳看在眼里，悄声拍了拍他的背。

黑子一边抽烟一边回忆。

三个多月前的一天，艾丽通过网上的信息，辗转找到黑子。这么一个美人突然上门，黑子深感意外，起初对她很是防备，以为她是条子。艾丽开门见山，拿出一份病例告诉黑子，自己得了子宫癌，活不长了，想让对方把她的器官卖了，完事再把尸体送到归零人体塑化有限公司。

是买卖就能谈，黑子这才放下戒备，承认自己是器官贩子。眼前这个女人患了绝症，命不久矣，临死前想卖器官，一切都合情合理，但是，这个买卖显然比自己往常的生意多了个枝节：把尸体送到归零公司。黑子很明白，多出枝节，就意味着风险的不可控性，生意自然也就不划算。

艾丽很明白对方的意思，进一步说明心肝脾胃肾能卖的都可以卖，收益都是黑子的，自己一分钱不要，全算作黑子帮忙的酬劳。至于为什么把尸体送到归零公司，艾丽说自己是欧佩里·德洛克的粉丝，多年来一直对人体塑化深感兴趣，早就立志死后捐献遗体做人体模型，如今自己绝症在身，也算了却一桩心愿。黑子听说对方一分钱不要，当即就动了心，只是面上仍不为所动，先是上网对归零公司做了一番了解，然后质问艾丽，为什么非要麻烦他把尸体送到归零公司。

艾丽说："钱都让你赚了，让你跑趟腿不是顺理成章吗？最主要的是，这事不可能通过我的亲人和朋友办，他们接受不了，没人同意我把尸体做成塑化模型。我是个想得开的人，器官卖掉，能帮别人延续生命，尸体送去塑化，既能永久保存，又算是为艺术献身，也算死得其所了！可是这两点，家人朋友都不会同意，我需要人成全！对你来说，顶多就算送份快递，还能赚到钱。"

黑子见对方说得头头是道，一切都合情合理，没什么可疑之处，就答应了。但具体操作起来，也有些小麻烦。

黑子先带艾丽去医院做了一些必要的检查，只等有合适的受体器官配型，然后告诉她："器官从摘离人体到移植手术，有一定的保存时间，超过既定时间，器官也就失去活性了。也就是说，你一咽气，器官就得马上摘除，然后最快时间送到医院，或者说，你干脆就死在医院，紧接着摘除器官。但是问题来了：一、你死在医院，摘取器官的话，尸体就会被保存在太平间，然后通知你家属，我就没法把你送到归零公司；二、你啥时候死，谁也不知道，但是你死后，我必须第一时间到现场，同时你死的时候，又不能有亲朋好友在场，那么你死的时候谁来通知我；三、你要是再活个一年半载……哎，你这钱，可不好挣。"

黑子的问题很专业，这些问题确实让人头疼。没承想艾丽却早有准备，当即果断地说："这个不用担心。一、我绝不会死在医院；二、我自杀。"

说着自己的生死，艾丽全然不放在心里，就像那是别人的事。对于死亡，她的言谈之中甚至还隐隐透着些许兴奋。黑子察觉到了，有那么一瞬间，他有点畏惧眼前这个漂亮、性感的女人。

艾丽说完，接着问："你考虑得很周全，很专业，看来我找对人了。我的尸体要送去归零公司，当然就不能在医院摘器官，那么你有摘器官的地方吗？"

"有！我有个自己的工作室，医生从外地聘的。"

艾丽对黑子的回答很满意，这么一来，细节之处就光剩下怎么自杀的问题。肯定不能选择跳楼等很暴力的方式，免得破坏尸体和内脏，最后两人商定，吃安眠药。

方式定了，那地点呢？艾丽的话异常直白，直白得让黑子哆嗦："我自杀，你必须守在我附近对吧,然后第一时间把遗体运走摘器官。我可不能死在床上,我怕自己刚吃下安眠药,你就强奸我。"

说到这里,艾丽直勾勾地盯着黑子:"我有让你强奸的欲望吧?你说是不是?"

黑子尴尬地笑了半天,面对艾丽那摄魂的眼神,最后无奈地点了点头。

艾丽见对方承认了,接着说,"这样吧,我先吃足量安眠药,然后开车上路,我会开得很慢,直到药效发作,车子撞哪算哪,也破坏不了尸体。到时你见车子停了,也就等于我凉了,你再过来,把我送工作室去。你总不会奸尸的,对吗?"

黑子再次无语。这个女人死都不在乎了,却一次次在计划怎么死的问题上,考虑会不会被强奸的问题。

艾丽似乎明白对方的想法,直接说:"这是一桩生意,我们之间是生意伙伴,不牵扯性的问题,那是另外一回事,可惜我看不上你,否则我现在就可以和你上床。我就这样,我愿意的事,谁也不用劝。哎,哎,你别不高兴啊,你不丑,是气质不合我口味。"

事就这么定了,黑子却久久不能平复。他承认,那是他一生中让他最无语的一场对话,最离谱的一桩生意,最难忘的一个女人。

为保证艾丽策划的那场所谓"交通事故"不引人注意,黑子把时间安排在了凌晨,同时还联系了一个做交通协管员的朋友到现场,以便应付可能出现的意外。好在"交通事故"还算顺利,艾丽的药效发作后,车越过马路牙子轻巧地撞到一棵树上便停了下来。那是辆红色的迷你奔驰,多数人都会认为是女人开的。

果然,这么一来还是引起一辆大货车的注意,两个司机停了车,热心地上前询问。

黑子的交通协管员朋友及时赶到现场,支开了货车司机,把艾丽的车开到了交管所,黑子则用自己的车,把艾丽的尸体送到工作室摘器官。

实际上,当时的艾丽刚刚进入深度睡眠状态,直到黑子把她运到工作室,她还未停止呼吸。摘完心肝脾胃肾这些器官后,黑子第一时间把心脏和肾,送到华春晓所在医院，让助手骆驼把肝脏送到刘秀贞所在医院。那天下午开始，直到晚上，华春晓跨科室连着做了两场手术，先是程功母亲的肾脏移植，然后是王大力的心脏移植。艾丽的脾和胃先保存在黑子的工作室里，因此前未找到合适的受体，在超过了一定保存时限之后，黑子只好把它们处理了事。

黑子一口气说完，长舒了口气，最后总结式地感叹："两位警官，从某种意义上说，我也是受害者，我的一切，都叫那娘们给毁了！"

孙劲无奈地笑了笑，说："你非法组织贩卖人体器官，罪有应得。我问你，你那个交通协管员朋友叫什么名字？"

"高虎。"

"他了解你做什么生意吗？"

"不了解。我和他算普通朋友。"

"你做这行多久了？"

"哦，快十年了。"

"你那个工作室主刀医生是谁？"

"是个开诊所的，叫张泽，以前干过外科医生，联系方式在我电话里。"

"你的受体信息来源都有谁？"

"信息来源？"黑子稍稍愣了愣神，随后坦然地说，"我全靠撒名片，主要撒到医生办公室，重症监护室。"

"劝你如实交代，否则对你没好处。"

"警官，我前边都竹筒倒豆子了，还有隐瞒必要吗？"

"你和华春晓、刘秀贞分别合作过几次？"

"都是初次合作。我说了，我这也算个团伙的话，我这团伙里没有信息源。就俩助手，一个叫骆驼，一个叫强子，你们不也正审着吗？可以问问他们。"

黑子被带下去后，秦向阳和孙劲针对黑子的口供讨论起来。

秦向阳觉得，这份口供最大的问题，就在于它来得太顺利了。黑子搞这行，不可能不清楚主犯判几年，可他刚才的精神状态，似乎对即将面临的牢狱之灾不甚在意。诚然，艾丽的案子在先，他就算抵赖也没实质性用处，但这番竹筒倒豆

子的坦白之下,还是有几点让人怀疑:

1. 一个经营了十年之久的地下人体器官组织贩卖团伙,它的业务流程不可谓不成熟,没有稳定的器官受体信息源,说不通。

2. 这种业务经营十年,涉及的利润应该非常庞大,可是从黑子的言行举止上,实在看不出来,与其说黑子像老板,倒不如说他更像个成熟些的混混。具体地说,黑子有什么产业呢?一个可有可无的包工队,一处房产,一个老婆经营的电脑专卖店兼网店。相比十年的黑色暴利,这算什么?钱去哪了?吃了?赌了?强子和骆驼的口供也说了,黑子平常顶多就是逛逛夜店,无赌博嗜好,更不沾毒。

"你意思是他替人顶罪?"孙劲蹙眉说。

"我没那么说,只是说疑点。"秦向阳斟酌着说。

"那很简单,明天查查他家的账户,也许他不露富吧。"孙劲说完伸了个懒腰。

时间不早了,秦向阳却毫无睡意,立刻组织了1210案第二次讨论会。这个会跟凌晨那个比起来,多了一个人,苏曼宁。

开会的同时,秦向阳派人连夜抓了黑子工作室的主刀医生张泽,另外派人联系派出所,尽快把黑子招募来的那些卖器官的年轻人遣返原籍。

二中队长李天峰今天对华晨公寓里里外外做了全面检查,无任何收获。这么一来结论就唯一了,凶器及被砍下的尸体部分,被凶手从安全通道二楼窗口丢下并带走。案发当晚走电梯离开华晨公寓的那五个人,也都一一联系到了,有四个是酒店客人,另一个是四楼某住户的朋友,在案发时间点,全都有不在场证明。也就是说,案发后,从安全通道离开的那个穿着羽绒服戴帽子的神秘人,就是1210案凶手。

法医吴鹏从育才中学李志堂办公室里采集到毛发和指纹若干,排除掉无效痕迹后,跟案发现场采集的痕迹及死者身体组织做了DNA比对,三方比对结果一致,死者血型跟李志堂档案记录一致,无头尸的身份,确定是李志堂。

据李志堂所在学校老师反映,李志堂来学校工作近两年了,其间并未处过对象。学校同事说，李志堂缺点就是矮了点，顶多170，但人长得秀气，很耐看，曾经有热心同事给他介绍对象，可他也懒得看。这么一来，找熟人进一步辨认尸体的想法只好作罢。

另外，吴鹏还从学校打听到一个情况，李志堂生前，曾利用业余时间做过归零人体塑化有限公司的尸体塑形美术指导。针对这个情况，他向归零公司做了了解，情况属实。对方说，尸体最后的塑形程序，需要美术指导，但这方面的专业老师极难找，很少有人喜欢跟尸体打交道，李志堂虽然没有美术专业相关证书，但造诣不低，双方合作得很愉快。

此外，吴鹏还带回来一个新情况："据李志堂同事反映，大概三个月前，李志堂因一个培训班的事，得罪了一个学生家长。怎么回事呢？那个学生叫程璇璇，家长叫程功。这个程功呢，本身和李志堂很熟，就算是朋友吧。当时有两个美术培训班，全班同学都上了，李志堂唯独没让程璇璇报名，说是给程功省钱，程功的母亲当时做手术，手里没钱，李志堂这么做也是好意。谁知这伤害了程璇璇的自尊，让她在同学面前抬不起头。之后，程璇璇就在生日当天失踪了。我查了派出所的失踪人口档案，这个孩子到现在还没找到！不过有线索了，跟人贩子有关。"

"程功？名字这么熟，有资料吗？"秦向阳神色警觉地问。

吴鹏的活儿干得很扎实，低头看了看调查资料，说："程璇璇的学校档案上很清楚，父亲叫程功，母亲叫杨梅，奶奶叫孙桂珍。不过，程功和杨梅好像离婚了，我是看了程璇璇档案后，又打电话问了问派出所的人，还没实际核对。"

"孙桂珍？换肾的那个？"秦向阳跟孙劲对视了一眼，用拳头擦着鼻头说，"1210案怎么还牵扯上艾丽案子里的人了？好像越来越有意思了！"

实际上，与会警员有很多人并不了解艾丽案子的具体情况，秦向阳就叫孙劲把案情和调查情况简述了一遍。紧接着，秦向阳又把黑子的口供及那几个疑点也说了。

苏曼宁听完，说："我同意秦队的分析，的确有疑点，这样，对黑子家账户的调查交给我吧。另外他媳妇不是还有个电脑专卖店嘛，对，还有个网店，那两方面的流水我也查查看。"

苏曼宁的网络技术自不必说，她负责这块最好不过，秦向阳赶紧说："苏主任辛苦！"

李天峰看起来总是活力十足，毫无倦意，跳到投影仪前说："李志堂虽是出于好心，却直接导致了程璇璇的失踪，那么目前看来，这个程功的嫌疑最大，秦队，我去查他？"

秦向阳点点头，说："目前看，这个程功和李志堂有私人恩怨，逻辑上，程功确有嫌疑，但也仅是嫌疑。李志堂呢，是好心办坏事。吴鹏也调查了，毕竟程璇璇失踪的直接原因是人贩子。仅就这件事，程功何必要李志堂的命呢？犯不上吧？"说完他又嘱咐李天峰，"调查方式上你一定注意，切忌鲁莽。"

"放心吧！"李天峰高高兴兴地领了活儿。

孙劲忙黑子的事，同时也早安排了人，调查凶手出了华晨公寓之后的行踪。他们把华晨公寓楼周边翻了个遍，包括所有的垃圾箱，以及旧衣物回收处理箱，结果一无所获。而华晨公寓本身的位置也很特殊，它背后有条暗巷，顺着暗巷一直走出去，就到了居民区之间的另一条小路。那条小路的两头，一头出去是个露天广场，另一头连着市区主干道。露天广场四周到处是卖各种小吃的商贩，人流昼夜不息。如果凶手走的是那条暗巷，那么接下去的踪迹怕是极难寻找。他们又调取了华晨公寓所在路段及附近相关路段的摄像头，也没查到任何可疑情况。这让孙劲很没面子。

实际上各相关路段摄像头查不到情况，实属正常，毕竟背后的可能性太多了。比如凶手出了华晨公寓立刻换装，再乘坐交通工具离开。而凶手的交通工具目前根本无从知晓，汽车、电动车、自行车都有可能。甚至还可能坐公交车：先找个背人之处躲到天亮，再换装大摇大摆地乘公交车离开。这个过程，凶手只需确保手里的"包裹"不引起别人注意就行。这是个很笨的法子，笨，却最有效。这让秦向阳想到了赵楚，两年前赵楚雪夜巧杀金一鸣，亲手启动多米诺骨牌案，完事后就是在案发现场小树林里站到天亮，然后整理了现场，神不知鬼不觉地乘公交车离开。不对，秦向阳接着否定了这个想法，这个凶手不可能搭乘任何交通工具，那太傻了，他提着一大包东西，那么做很引人注意，他只可能步行，或者有自己的交通工具。想到这，秦向阳不禁轻轻叹了口气，目前看来，虽然这个凶手的实力跟赵楚孰高孰低，还不能下结论，但直觉上他判断1210案很可能就是个开始。想到这，他感觉太阳穴那里扑通扑通跳了起来。

艾丽案子中涉及的器官买卖，事实俱已清楚，唯独那个尸体塑化模型为什么是那个姿势，依然谜题未解。也许那纯粹是艾丽的主观意愿，背后并无隐秘可言，但秦向阳并不这么认为。毕竟通过黑子的口供来看，艾丽那一系列言行实在异于常人。

接下来秦向阳安排孙劲，天亮后陪苏曼宁去会会那个阮明涛，也就是艾丽的未婚夫。至于苏曼宁怎么查黑子家这些年的资金流动情况和经营情况，那是苏曼宁的事，他不操心。他想亲自找黑子的朋友高虎，也就是那个交通协管员了解了解情况。

第二天上午八点半，苏曼宁赶到局里，跟孙劲会合后，赶往阮明涛任职的省医学院。她眼圈发黑，估计又在网上忙了半夜。

他们亮明身份后，很快找到阮明涛办公室，结果对方根本没来学校。

孙劲跟校办的人拿到阮明涛的地址和联系方式，赶到位于市中心的一个高档小区，终于见到了那个让艾丽付出良多、苦等多年的人。

阮明涛很客气地把两位警察请进了客厅。他看起来气色不好，但也着实令苏曼宁眼前一亮。这是个眉宇间略带忧郁的男人，五官端正，轮廓清晰，浑身上下除了书卷气，还透着几分正气，就是肤色太白，看起来柔弱了些。现在人们常用古典味形容某一类女人，而阮明涛恰恰是个很有古典味的男人。苏曼宁暗想，这人确有令女人心甘情愿为之付出的魅力。

阮明涛倒来两杯水，沉静地说："两位警官为艾丽的事来的吧？"

苏曼宁点点头，说了句不太相干的话："阮教授家房子很大啊！"

阮明涛面有悲戚地说："反正一个人住，大不大有什么关系！这里也没有保姆！"说完他叹了口气，朝四处看了看，像是在找艾丽的身影。

苏曼宁自打一进房间就格外留心，此时听阮明涛这么说，她心想，双方刚见面，自己只不过随口一问，对方完全可以不说什么，可他的话里却带出个"没有保姆"，可见这是个特别敏感的男人。而一个人要是特别敏感，就往往缺乏决断，心理也较为脆弱，惯于言语上保护自己。如果艾丽的死对他的打击巨大，也不知他是怎么挺过来的。

苏曼宁微微笑了笑，朝侧对着她的一台笔记本电脑瞟了一眼，说："阮教授怎么没去学校？害我们跑了不少冤枉路！"

阮明涛轻轻合上自己的笔记本，找出烟递给孙劲，见对方摆手不抽，才说："这段时间一直心情不好，你们也知道，艾丽她……我能在家待着，就尽量待着。"

"看来艾丽的事对你打击很大。"

阮明涛点了点头。

"你是什么时候得知艾丽的死讯？怎么知道的？"

"我是搞生物医学的，出于工作需要，很早就接触生物塑化技术。不瞒二位，一直以来，我都很关注归零人体塑化有限公司的展览，那些模型对我来说，就相当于古董之于收藏家，可惜无缘收藏一二。"

"既然志趣爱好和专业都牵扯到人体塑化模型，那为什么不收藏呢？"

"警官，恕我冒昧，你家里要是摆上那么个模型，你家人还能正常吃饭、睡觉、生活吗？我们都是正常人，总是要居家过日子的！"

苏曼宁点头称是，接着问："这么说，你也是从《不朽》的展览上看到了艾丽的塑化模型。"

阮明涛点点头，说："她的家人报的案吧？不然你们也不会来这里。"

"是的！"苏曼宁说，"她的家人也看到了那具模型。我特别奇怪，作为艾丽的未婚夫，你为什么不报案呢？"

"我？哎！"阮明涛用力搓了搓脸，说，"实际上，早在那之前，我就知道了她的死讯。"

苏曼宁闻言很是意外，她示意孙劲记好，静静地盯着阮明涛。

阮明涛说："一周前，也就是《不朽》展览前夕，我收到一份快递，里面有封信。谁寄的快递我不知道，但信的字迹肯定出自艾丽之手，那封信告诉了我她的死讯。"

"能看看那封信吗？"

阮明涛示意稍等，起身找到信件递给苏曼宁。

信纸上字迹娟秀，内容却很简单："阮明涛，你收到这封信时，我早就死了。我只想告诉你，我把我的器官给了别人。肾脏给了孙桂珍，心脏给了王大力，肝脏给了王文吉。这三个名字之前对你来说是陌生人，但在这之后，你应该会无比熟悉，因为他们身上跳动着我的脏器。另外，《不朽》尸体塑化展览即将开始，对此你应该很期待吧？我在那里给你备了一个巨大的惊喜，那对你来说，应该也是最好的礼物！"

信的内容就是这些，文末附着几个字："不见不散，艾丽。"另外，信里还包着几张照片，分别是孙桂珍、王大力、王文吉三人的证件照，照片背后分别写着三个人的基本信息，这些使得信纸上那三个名字生动具体起来。

苏曼宁来来回回看了几遍，才抬头说："这封信我们能带走吗？以后会还给你。"

阮明涛眼看着心爱女人最后的字迹被警察收了起来，没理由拒绝。

对苏曼宁来说，这封信有些奇怪。她反复看过几遍，只觉得信里的信息过于纯粹，内容除了器官移植和那几个人的名字，就是《不朽》的展览信息，再无任何情感表达。对于两个曾经恩爱至深、如今生死两隔的人来说，最后的一封信，不管从情感上还是逻辑上，都不该这么写。

苏曼宁没有把自己的想法说出来，而是继续问："既然提早收到这封信，为什么不报警？"

阮明涛盯着苏曼宁反问："警官，您觉得这封信有什么问题值得我报警吗？"他停顿片刻，继续道，"她明确告诉了我两件事，她把器官给了别人，她在展览上给我留了礼物。她是子宫癌中晚期，活不久了，她向来果断、干练，她这是告诉我她自己的决定啊！这里头好像没什么事需要警察出面吧？"说到这，阮明涛的眼圈红了。

第四章 永恒的报复 59

"你至少应该就此通知她家人吧?"

"不!"阮明涛闻言大声说,"伯父伯母知道后,怎不肝肠寸断?从我的角度讲,他们晚知道一刻也是好的!只是我也没想到,她的塑化模型那么特殊,以至于伯父伯母一眼就会认出来!"

"这正是我来找你的目的,在你看来,那个模型为什么那么怪异,与众不同,或者用你的话说,那么特殊?"

阮明涛低头一言不发,半晌后他突然抬起头说:"那是礼物!一份永久的礼物!"

"就因为你的志趣爱好和专业都牵扯到人体塑化模型,她又苦心给你留下那份礼物?"

苏曼宁见对方默认不语,心说,你这自我感觉也太良好了吧!

"我还有事需要出去一趟,警官您看……"阮明涛打破了沉默。

"最后一个问题,"苏曼宁语气强硬起来,"实际上从艾丽的死,到你收到她那封信,中间隔着将近三个月时间。这段时间对你来说,艾丽应该算失踪吧?"

"是的!那段时间我也在到处找她。"

"是吗?"

"你怀疑我的话?"阮明涛激动地站了起来,说,"我有报警报失踪!就在离这不远的派出所!你可以去查!"

听阮明涛这么说,苏曼宁暗自怪自己太粗心,没提前到派出所了解这个情况。她略有尴尬地跟着站起来,说:"不好意思!那你先忙。"

她往外走了两步,突然停下,转身问:"恕我冒昧,你现在的感情生活……"

苏曼宁话还没说完,就被阮明涛打断了:"你这叫什么话!艾丽才走了没多久,她是我最爱的女人,我怎么可能……"

"你想太多了,你就算有了新女友也不违法。"苏曼宁笑着说,"对了!艾丽的车还在栖凤区车管所,你去办个手续开回来吧,怎么处理是你的事。"说完和孙劲告辞离开。

两人回到车上，苏曼宁问孙劲有什么看法。

孙劲想了想，说："说不出哪不对，但是他肯定没说实话！"

苏曼宁笑了笑，说："是不是他自我感觉太良好了？"

"就那么个意思吧！还有，那封信语气也不对，不像诀别信。"

"你看出来了？"

"谁看不出来？"孙劲切了一声，说，"问题是谁发的那份快递呢？"

"只能是黑子！回去一审就知道！"苏曼宁说，"信上的信息，包括把器官移植给了谁，只有黑子知道。一定是艾丽从黑子那得到信息，提前写好信，嘱咐他在《不朽》展览前寄给阮明涛。"

"嗯，这不复杂。"孙劲说话的精神头有些涣散。

苏曼宁瞥了他一眼，说："你知道我们去之前，他上网看的什么内容？"

"上网？那我咋知道。"

"他在看胎儿方面的网页。"

"胎儿？你咋知道？"

"我看到了。坐下时，我刚好侧对着他的笔记本，瞄了一眼。"

"你确定？"

"当然！别忘了我在备孕，平时乱七八糟的没少看。字呢，当时我肯定看不到，但看到了一张图片，我确信，那是怀孕早期的子宫图片。"

"啊？要不我们现在回去光明正大'借'他的电脑！"

"不可能！他又没犯法！再说如果他有意隐瞒，这会就该删了，我总不能当着他面恢复浏览记录吧。"

"可他没女朋友啊，艾丽也死了，他看那些干吗？难不成是代孕？"

"对！"苏曼宁说，"两种可能：一、艾丽是子宫癌，他和艾丽早就分别提取了精子和卵子，做试管婴儿，再找人代孕；二、阮明涛现在有别的女人。"

孙劲跳下车点了根烟，说："其实也有第三种可能，就是阮明涛根本就是无聊，随意浏览那种网页。"

"这种可能性极小！"苏曼宁哼道，"你是男人，问你自己，就算平时再无聊，你会浏览那些信息？"

"呃！你说的也对。"孙劲皱着眉说，"不过，别忘了他本身就是医学院的，平时浏览那些信息也正常吧。"

"医学院怎么了，他又不研究妇科！"苏曼宁认真地说，"别争了，这是女人的第六感，这里头肯定有事。"

孙劲轻叹了口气，说："其实吧，我觉得就算里头有事，也是人家的私事。艾丽的案子也就是牵扯黑子那些事，我看咱就到此为止吧，你说呢，苏主任？"其实孙劲之所以这么说，无非是急着去调查1210案，哪怕到目前为止几乎毫无线索可寻，也比把时间耗在艾丽案子的细枝末节上要好。

"你这话就不对了吧！大道理我就不说了，车我开走了，你自己回局里歇着吧！"苏曼宁说着就挪到驾驶位，点火挂挡。

"哎，哎，我也没说不查啊！"孙劲甩掉烟头急忙上车。

上次苏曼宁交给秦向阳的资料里，关于艾丽和阮明涛的内容多半是通过中间渠道搜集打听，这次再去查就是公开、正式的了。苏曼宁和孙劲先到阮明涛工作的医学院，亮明身份，询问了跟阮明涛相熟的同事，尤其是一些好打听事的女同事，又联系了跟阮明涛交好的几个同学、朋友，这一圈下来已是午后，人们的说法却几乎都一样，没听说或者没见过阮明涛有别的女人。

这就怪了，苏曼宁心想，按说没有不透风的墙，难道自己的第六感是错的？

接下来他们马不停蹄，赶回局里跟秦向阳做了汇报。

秦向阳尤其对艾丽那封信的内容感兴趣，针对苏曼宁的想法，他说："阮明涛和艾丽先提取精子和卵子再找人代孕，不是没有这个可能，但这事得有个前提条件吧？"

他打开窗户点了根烟，站在窗边接着说："艾丽会同意吗？那么一来，代孕生下的，可就是个没娘的孩子，这一点艾丽生前不可能想不到。"

"对啊！"苏曼宁惊道，"孩子一生下来就没娘，对孩子太残忍了！对后续孩子的成长教育也不好！哪个女人愿意这么做呢？"

秦向阳点点头，说："艾丽子宫癌，显然无法生育。我们先假定阮明涛在艾丽生前，有过这样的想法，从阮明涛的角度，甚至还可以假定他先去医院提取并冷冻保存了自己的精子，然后再找艾丽商量，动员艾丽提取卵子。这样一来，即使艾丽病逝，起码还有个属于他俩的孩子，从他们的感情角度来说，我的这个假定完全合理。但是呢，艾丽作为女人，极大概率不会同意。"

他想了想，又说："如果苏曼宁的第六感是对的，那么阮明涛那个尚在孕期中的胎儿，要么确实是艾丽同意了代孕，要么是他和其他女人的。"

"刚才不是分析了吗？艾丽是不会同意留下个没娘的孩子的！"孙劲说。

"那也只是分析，验证一下就知道了。"秦向阳说。

"我明白了！"苏曼宁喜道，"去查查医院那边有没有阮明涛的精子保存记录。"

孙劲听了，也忍不住走到窗边点了根烟，说："有必要那么费劲吗？要是苏主任的感觉是对的，要是那胎儿是阮明涛和艾丽的，直接找阮明涛问问就行了！他有什么不敢承认的？就为了苏主任的第六感，你俩这弯绕的！"

秦向阳咳嗽一声，对孙劲说："闭嘴！啥叫为了苏主任的第六感？那是苏曼宁观察细致，再基于观察的合理分析。你直接去问阮明涛，要是苏主任是对的，阮明涛却偏偏不承认呢？"

"不承认就不承认呗！他就是有了孩子也不违法吧。"

秦向阳知道孙劲为啥不情愿在这些细枝末节上使劲，就不再理他，对苏曼宁说："其实要说调查对象，咱们还忽略了一个很重要的人。"

他不卖关子，直接说下去："你们该去找找阮明涛的母亲。从阮明涛之前的个人经历看，他应该很孝顺，一心苦读为了啥？不就因为老人供他读书不易吗？不就为了改变家里的状况？他孝顺，那么找他母亲了解情况一准没错。"

说完，他对孙劲正色道："事不宜迟，你赶紧和苏主任走一趟，路上注意安全！"

苏曼宁的确没想到这一点，临走问秦向阳："医院那边的情况等我回来再查？"

秦向阳说,"我安排吴鹏他们去,希望你们有所收获。"

阮明涛老家位于省城下面的一个小山村,来回怎么也得六七个小时。孙劲和苏曼宁走后,秦向阳把交通协管员高虎请到了分局。

高虎虽说是交警编外人员,但怎么说也是处理公事的,秦向阳对他的问询也就非常客气。实际上高虎干协管员这几年,工作上的确也算兢兢业业,没出过什么岔子,在协管员当中口碑也不错。

秦向阳把高虎叫到自己办公室,给对方发了根烟,笑着说:"找你来,主要想了解一下跟黑子有关的情况。"

高虎三十来岁、四十不到的年纪,见对方年纪轻轻却是个刑警大队长,还给自己发烟,赶紧起身给秦向阳点上烟,殷勤地笑着说:"有事尽管问,只要我知道。黑子是吧?他叫张小白,算是个普通朋友。"

"你们怎么认识的?"

"哦,我想想。对了,以前我给他贴过罚单,他去局里处理,很客气,请我吃了顿饭,一来二去的就熟了,那人倒也算仗义。"

秦向阳点点头,问:"大概三个月前,有天凌晨,黑子找你处理了一个小小的交通意外,记得这事吧?"

"三个月前?凌晨?哦!有!其实也不算处理交通意外,就是帮个小忙,你知道我没执法权……"高虎挠了挠头,说,"那晚正睡着呢,黑子打电话来,说他有个朋友最近情绪很差,好像是抑郁症,大半夜的开车在路上瞎逛,出了点小意外,叫我过去帮着处理下,我就赶过去了。过去一看也没啥,是个女的,没受啥外伤,就是晕过去了。当时有几个过路车司机围观,我给清场了,顺便把那女人的车开回了交管所,就这么回事。对了,车到现在还在那扔着呢,车主我记得叫艾丽,也联系不上。为此我还联系过黑子,他说我甭管,早晚有人去开。"

秦向阳点点头,问:"那女的长啥样,记得不?"

高虎摇了摇头,随后笑着说:"具体啥样,我现在说不好,不过挺漂亮!嘿嘿!再见到估计能认出来!我就想,黑子哪来那么漂亮的朋友?"

"就这些?"

"是啊！"

"确定没别的了？"

"确定！"

"有需要再找你吧，麻烦了哈！"

高虎莫名其妙地离开了秦向阳办公室。

傍晚五点多，孙劲和苏曼宁才赶到阮明涛老家。

阮明涛家是一座新盖的大瓦房，也算明亮气派。时值冬天，天刚黑，胡同里没什么人。

苏曼宁多了个心眼，让孙劲留在车上，自己进了阮明涛老家。她觉得一男一女上门，孙劲在那干杵着，效果反而不如自己一个人。孙劲巴不得在车上等，摇下窗户抽起烟来。

阮明涛父母健在，有三个姐姐，都嫁人了。苏曼宁进门时，阮明涛父亲中午喝多了，还在睡觉，堂屋里除了阮明涛母亲，还有两个老太太，应该是来串门的邻居。

阮明涛母亲见苏曼宁推门进来，站起来问："找谁啊，姑娘？"

"我是明涛朋友，来看看您老！"苏曼宁一边说，一边把捎来的水果放到一边。

阮明涛母亲招呼她坐下，上上下下看了她好几遍。

那两个老太太也不停地打量苏曼宁，嘴里不时发出"啧啧啧"的声音。

待苏曼宁坐下，阮明涛母亲端来一杯热水，热情地拉着苏曼宁的手问："姑娘，你是明涛……朋友？"

"嗯，朋友，朋友。"苏曼宁连连点头，同时心里打定了主意，先看看情况再说，暂不亮明身份。

"你姓啥？咋不跟明涛一块来家里？"

"阿姨，我姓苏，今上午才见过明涛，我就是来看看您老，也没啥事儿。"

"嗯，来看看好，好啊！"

这时旁边串门的那俩老太太嘀咕道："你看人家阮家二小子，就是能！就是能啊！这又来个媳妇，比那俩还好看！"

"不是！不是！那俩也好看！"

"是啊！明涛就是能！挣钱也多！明涛他娘，你真有福啊！"

"可是这么多媳妇咋办呢？"

"哎呀！二狗他娘你不懂！城里讲究媳妇越多越好，分大的小的，叫什么大奶，二奶，三奶……都是媳妇，都好！"

"你俩快别叨叨了！"阮明涛母亲赶紧叫那俩老太太闭了嘴，回头瞅了瞅苏曼宁，然后拉着苏曼宁的手说："姑娘你都听见了？可别生气！"

"啊！没生气！"别人误会了，错把她当成阮明涛对象，苏曼宁浑身不自在，她想亮明身份，但想了想，又忍住了。此时她心中已有计较，看来农村果然藏不住事，眼前这两个串门的老太太话里话外，知道的情况好像就不少，而且嘴一个比一个快，何不借故再听听虚实。

阮明涛母亲又上下看了看苏曼宁，才嗫嚅着说："姑娘，你是不是也……"话没说完，她突然站了起来，说："我还是给明涛打个电话吧，姑娘你姓啥来着？"

"哎呀！人家姓苏！老嫂子你们唠吧，天不早了，俺们走了！"旁边两个老太太一边说一边站了起来，她们感觉出自己在这，阮明涛母亲说话不方便。可她们脚底下想走，两颗八卦的心又不想走，嘴里那么说，脚下就是磨蹭着没挪窝，很想看看是怎么回事。

苏曼宁看明白了火候，她不希望阮明涛母亲去打电话，赶紧站起来挑明了误会，说："阿姨，不用打电话了，我该走了，其实我和你家明涛就是普通朋友！你们别想歪了哈！"

阮明涛母亲这才站住脚，拉住那俩老太太，说："别走，别走，省得你们出去把话传歪了，听见了吧，人家姑娘说了，是普通朋友。"说完，她略有惋惜地看了看苏曼宁。

"普通朋友也好着哩。"那俩老太太又慢慢坐了下去。其中一个一把抓住苏曼宁的手说："姑娘你不知道，几个月前有个姑娘找上门来，说她怀了阮家二小子的孩子,来找老人做主。嘿嘿,你这一进门,我们以为你也是那个啥……嗯,嗯,普通朋友就好!"

几个月前有姑娘找上门来?果然有情况。苏曼宁听得仔细,随即笑道:"误会,误会。我纯属路过!"

阮明涛母亲一看瞒不住了,索性直接说:"那也不是啥丢人的事!我儿子是有对象,可那个艾丽得了绝症,有别的姑娘找上门,我还能不给人做主?再说那个姑娘一看也很不错,你们说是不是这个理?"

"对着哩!"串门的老太太附和道。

苏曼宁笑道:"现在是新时代!婚姻大事还是儿女自己决定的好!"

"那不能!"阮明涛母亲急道,"我说了就算!我一把屎一把尿拉扯大他,供他吃穿念书,他阮明涛敢不听?再说他也不小了,把那么好的姑娘肚子弄大了,我也该抱孙子了!"

"对对!"苏曼宁跟着寒暄了几句,借故天色已晚,起身告辞。阮明涛母亲再三挽留,见人家执意要走,只好出门相送。

临出门时,苏曼宁琢磨着想问问那个找上门的女人叫什么,可是站在阮明涛母亲的角度,她打听那个实在没什么理由。眼看着就要上车了,她才下了决心,貌似随意地问:"那个找上门的女人叫什么?"

"姑娘,你打听这个做甚?"阮明涛母亲疑惑地问。

"没事,随便一问,就是好奇。"苏曼宁故作轻松地笑着说。

"姓蒋!那个姓蒋!和阮家二小子是同学!你姓苏!听一遍我就忘不了!"串门的老太太抢先回答,很是得意自己的好记性。

直到苏曼宁的车走远了,阮明涛母亲还在对那两个老太太唠叨:"哎呀!你这个嘴就是个火车!哎呀!这个姑娘可真俊哪……你俩回头可别乱说!"

车绕出村子回到正路,孙劲这才扭头看了看苏曼宁,问:"怎么样,有收获吗?"

苏曼宁闭眼靠在椅背上沉默了一会,长叹了口气,才睁开眼说:"事情现在很清楚了,艾丽那么做,是在报复!一个永恒的报复!哎!值得吗?"

"什么情况?什么永恒的报复?"孙劲一边开车,一边问。

"难道就这么简单?没别的可能了吗?"苏曼宁自言自语,没回答孙劲。

"别的可能?详细说说,我帮你分析。"

就在这时,孙劲的手机突然响起短信提示音。他正要继续追问苏曼宁,匆忙中瞥了一眼手机屏幕,紧接着跟触电似的,猛地把手机攥了起来。

"喂!注意!啊!"苏曼宁尖叫一声,才拉回孙劲的注意力。

孙劲连忙急打方向盘,那车擦着路边的一棵树窜了过去。

"怎么开车的你!"

孙劲看了看表,18:30,天色早已全黑。他顾不得头上的汗,把手机递给了苏曼宁。

"今晚19:00,栖凤区北外环农贸市场,谜底二、谜底三同时揭晓,不见不散。"

苏曼宁看完那条短信,脸色瞬间变了,忙说:"这是第二条了?"

孙劲点着头,脚底下加大了油门,同时说:"赶紧打电话!"

苏曼宁立刻把短信转发给秦向阳,紧接着拨通了电话。

电话已接通,秦向阳就说:"看到了!啥时候收到的?"

"刚刚!先叫那边的派出所派人过去!"

"我知道!"

"赶紧查查发短信的号码!"

"我知道!"秦向阳连说两个"我知道"就挂了电话。

苏曼宁也不顾自己刚才有些多嘴,又连连催促孙劲开快些。

二十分钟前,下班回家的高虎正路过北外环农贸市场,那是他回家必经之地。下午被叫到了分局刑警大队,高虎实在有些莫名其妙。

"咋搞的嘛?"他决定从农贸市场弄几个小菜,回家给自己压压惊。这个点,农贸市场里边的摊位早就散了,市场外围的门头,还亮着三三两两的灯。

高虎找了个卖熟食的门头弄了几个肉菜,出来刚想上车往家走,见十几步外,昏暗的灯光下,有个人站在台阶上冲自己招手。

招手之人背靠一个卖水产的门头，门头里一片漆黑。

"谁啊？"高虎把菜往车里随手一放，纳着闷走了过去。

他走近一看，认出来对方，脸色十分惊讶，刚说了句"竟然是你"，就被人狠狠地扣住了脖子。

对方出其不意玩阴的，高虎顿时火起，正要猛烈挣扎，头上就被狠狠砸了一下，登时疼昏了过去。不知过了多久，也许几小时，也许才几分钟，他猛地又从剧痛中醒来，见自己正赤裸裸躺在水泥地上。地上冰凉，他浑身打了个哆嗦。房间里拉着窗帘，有一束亮光，不是手电筒，就是手机光源。

"这是哪？你他妈要干什么？"他想出声，可是嘴巴被胶带封住了，他想站起来，可是双脚也被胶带死死缠住。这时疼痛再次袭来，他扭动身体，集中注意力去感知疼痛的来源，恍惚中他侧了侧头，才意识到自己的右手已被齐腕砍去，血液正顺着腕部断口源源不断地流出来。他那只吃饭的手，那只贴过很多罚单的手，那只爱抚过心爱女人的手，那只孩子拉着的手……就被眼前这家伙那么随随便便丢在一旁，看上去既熟悉又陌生。

"呜呜呜！"高虎疼得发出了声音。

他感觉到了，眼前这家伙不啰唆，不拖泥带水，不给人可乘之机，这就是个屠夫。生死当前，他再次奋力挣扎，怒目圆睁，眼中仿佛有血丝渗了出来。这时，寒光一闪，高虎震惊地看到一把沉重的利刃迎面砍了过来，那一刻时间仿佛变慢。他下意识想抬起左臂去挡，但为时已晚。他看得真真切切，斧刃划破空气迎面袭来，随后，他清晰地感觉到脖颈间骤然一热，有液体喷溅而出。

第五章　双杀

短信机主叫高虎，是个交通协管员。

高虎的老婆很快接到警方通知，前来认尸。

技侦的人把这个信息告诉秦向阳时，他顿时大惊失色，再也无法平静。怎会是他？下午才把他请来局里聊过，这么一会就被杀了？那么一个普通的人，干着一份普通的活儿，身上竟也藏着什么秘密不成？秦向阳彻底炸毛了，心里叫苦连天，后悔自己下午的问询过于草率，没察觉到高虎身上一丝一毫的异样。否则，这场血案就很可能避免。可谁又能未卜先知呢？

又是一具被砍了头、双手、双脚的赤裸男尸。死者的衣服分别被垫在尸体的五个断口之下，没有被特意整理。除了被砍切的部位，身体表面没有明显伤痕。死者的致命伤在头部，现场没有明显挣扎的痕迹，切割的工序一定是被害人死后完成的。至于为什么要脱掉受害人的衣物，只能有一个解释，天冷人穿得多，不利于切割肢体。凶手在杀完人之后，为了切割的便利，做了给死者脱去衣物这件不便利的事，同时把衣服垫在下面，以免切割尸体时发出更大的响声。这么看来，凶手至少比较有耐心。再从尸体断口痕迹看，所用工具，还是斧子之类相对较重的利器，但每个断口都不是一次性完成的，断口很不顺，骨碴上有很多顿挫之处，跟华晨公寓那具残尸的情况类似。这首先要排除掉凶器不锋利的可能，任何一个凶手做这样的案子，都不会粗心到拿一把锈钝的工具。这就只剩两个合理的解释：一、凶手力气不算大；二、凶手不想弄出太大的动静，毕竟作案现场是沿街房，虽然农贸市场早就收摊了，但外边总会有路人经过。

从现场这些痕迹能得出一些结论：凶手比较有耐心，杀人时天刚黑不久，其心理素质不错，胆大，力气不大，或者故意不用太大的力气。但很难通过这些结论去进行心理画像，从而判断凶手大致的职业范围。心理画像有其特定的对应现场条件，它肯定不是万能的。另外，现场这次留有血脚印，但没有鞋底纹印，还是跟上次一样，凶手带了脚套，而且一定是深色脚套，这样当他离开案发现场后，脱下脚套之前，即使有人注意到他，也很难看出他脚上的脚套，不会觉得他有什么奇怪。至于上次华晨公寓现场，之所以没有血脚印，那是因为房间里铺着厚厚的地毯，起到了很强的渗透作用。这个现场是水泥地，凶手再怎么小心，也无法避免血液流到脚下。血脚印从屋里直到门外，在门头房外不远处的拐角处就消失了。显然，凶手在那个位置脱去了脚套。

现场惨不忍睹，派出所的人早就到了，正在维持秩序。现场在农贸市场一家水产门市部里，门市部的小老板也被叫来了。小老板姓王，不久前才从别人手里转租了这个门头，想着年底大赚一笔。现在离年底还有些日子，门头还没拾掇，只运来一个冰柜，此外还有些杂物，整个房间空荡荡的，没什么值钱物件，也没装下拉门，只有两扇玻璃门，就那么随随便便地挂着个链子锁，没承想被人破门而入，成了杀人碎尸的凶地。

王老板苦着脸，坐也不是站也不是，连连叹气："真倒霉，今年的买卖是没法做了。"

分局刑警队的人赶到后立刻投入了工作。秦向阳在外边转了一圈，跟那几家还在营业的商户聊了聊，结果不出意外——都是干小买卖的，一个装摄像头的门头也没有。

秦向阳看了看表，才18：50，短信里留的是19：00，而孙劲18：30就收到了短信，看来凶手这次更谨慎了，给警方预留了足够多的出警时间，同时，给自己留的逃离时间也充裕了许多。

但短信里提到谜底二、谜底三，这又是什么意思？难不成农贸市场还有第二个现场?秦向阳苦着脸,扫视了一圈其他的门头房。

现场警戒线外围聚满了人,外面的马路上横七竖八停着很多车,都是路过看热闹的。秦向阳朝那些车深深看了一眼,心中顿时升起一个可怕的想法:那些被砍下的肢体和凶器,会不会就藏在那些车中的一辆?如果真是那样,放任不管岂不坐失良机?

实际上,这是个根本没法验证的想法。有时警方设卡查车,抓毒、抓逃犯,那是因为目标明确,手续齐全。在平时来说,这搜车和搜身没任何区别,没搜查令,没理由,仅凭一个猜想,怎么可能对看热闹的车辆进行全面检查呢?万一有所发现还好说,倘若什么也搜不到,那立刻就会弄出个"警察滥用权力、无视人权"之类的大新闻,甚至根本不用媒体报道,现场的微信小视频一夜之间就能传遍全城。执法必须讲程序,但程序有时反而会成为获取真相的障碍,这个矛盾的存在不可否认,对刑警来说体验更是深刻。当初秦向阳在赵楚的多米诺骨牌案中,被赵楚设计成重大嫌疑人、通缉犯,在逃亡路上为洗脱罪名的一系列调查,倒是曾违背甚至脱离过程序约束,但现在,他个人可解决不了这个矛盾。

现场传来一阵撕心裂肺的哭喊声,打断了秦向阳的思绪。那是高虎的媳妇,尽管尸身赤裸无头,她还是一眼就认出了自己的男人。准确地说,这个女人的哭泣,更多来自于惨烈现场带来的恐惧。她忍不住呕吐起来,被人带离了现场。

屋里,法医吴鹏正领着几个人围着尸体取证,大批警员挡在外面维持秩序。秦向阳叹了口气,安排人送高虎媳妇回家,再从高虎家采集相应的痕迹,用作必要的检验核对。

安排完毕,他看了看那具残破不全的尸体,又扫视了一遍房间,突觉哪里不对。他摸了摸鼻头,盯着房间角落看了一会,犹豫片刻,径自朝屋角那个大冰柜走去。来到冰柜前,他取出一副手套戴上,围着冰柜转了一圈,然后驻足猛地掀开了冰柜。

冰柜里面,另一具无头裸尸赫然出现在秦向阳面前。

他倒吸一口凉气,下意识地抬起手腕看了看表,巧了,刚好19:00。

他皱起眉头,轻轻叹了口气,"谜底二、谜底三",凶手的意思再明白不过,现场有两个死者。

18:30短信发出,凶手已经逃离。这个19:00,当然是凶手对警方发现尸体的预估时间,这次他给自己留的缓冲时间较长。秦向阳明白过来,这不是凶手无聊玩的灯下黑小游戏,那具尸体之所以被藏在冰柜里,是因为那是今晚的第一个受害者。凶手杀了人之后,又出去等高虎出现,然后把人挟持到屋内。但凶手很细心,如果第一具尸体就那么随意扔在地上,而高虎又迟迟不出现,门头房又是开着的,万一被路人或附近商店老板发现就糟了。另外,等高虎赶到时,还存在被高虎发现的可能,如果那时候高虎还没被控制住,那一切也全完了。

"这么明显的地方都不知道检查一下!"秦向阳几乎是吼着说出了这句话。对他的手下来说,他这种状态是罕见的,同时也能理解,毕竟这是他的辖区,不久前华晨公寓才被杀了一个,今晚又一次性死了两个,作为队长,怎能受得了?

众人默不作声,赶紧围过去处理第二具尸体。其实这也不能怪吴鹏等人,他们来到现场才几分钟,一进门就忙着对地上的尸体检查取证,还没来得及搜查、提取整个房间的痕迹。

第二具尸体身边搜出一部手机,显然也是死者的。手机的发件箱里保存着一条短信,内容和前面的一模一样:"还记得你父亲吗?今晚19点,栖凤区北外环农贸市场,谜底二、谜底三同时揭晓,不见不散。"但这条短信并没发出,那已经没必要了。凶手只是在死者手机上保存了短信内容,相当于在告诉你,这俩人,跟华晨公寓那个人,都跟孙劲父亲孙成茂失踪(或死亡)之谜有直接关系。

冰柜底部垫着死者的衣物,里面找到了死者的身份证,死者叫华春晓,省医学院附属医院的外科大夫。

"艾丽器官移植手术的主刀医生华春晓?"现场警员通过户籍科和医院迅速确认之后,秦向阳再次意外不已。

很快,华春晓的家人也赶了过来。来人叫蒋艳艳,是医学院附属医院副院长蒋斌的大女儿,也是华春晓的老婆。

跟高虎的老婆一样,蒋艳艳尽管也是吐得稀里哗啦,但还是一眼就认出了自己的老公。

第五章 双杀

"我老公左腰眼上有三颗痣！头呢！天啊！手脚也不见了！你们还我老公的头！"蒋艳艳哭得声嘶力竭。

秦向阳又赶紧安排人把蒋艳艳送回去，同时从她家采集相应的痕迹带回来。

孙劲和苏曼宁比预计回来得要快，刚好赶上案情分析会。

这次的会由市局副局长丁诚亲自来分局主持，栖凤区发生这么大的案子，丁诚实在坐不住了。

丁诚的话比较简单，归纳起来有两点：

1. 连续三条短信，三条人命，作案手法一致，案子并案侦查，档案代号1210连环杀人案。

2. 从赵楚的多米诺骨牌案到现在，这才平静了两年，栖凤区就出来性质这么恶劣的案子。鉴于案情重大，社会影响极坏，市委市政府领导极其关注，群众反应强烈，限定期限为年底前必须破案。否则案子交由市局处理，并上报公安部，到时，秦向阳作为分局刑侦大队领导负主要责任，撤销大队长职务。

领导开会，调子肯定要定的。定了调子，打了鞭子，丁诚当然忘不了再给秦向阳一块糖吃。他承诺，从省厅丁奉武到市局，只要案情需要，任何资源都将全力配合1210连环杀人案。如期破案后，所有办案人员统统给予重奖。

其实丁诚来不来打鞭子，秦向阳的压力都一样大，现在可不是担心逾期追责的时候。对他来说，破案是其一，帮孙劲查清父亲失踪真相是其二，他已经答应了孙劲要解开这个谜，这两点他都责无旁贷。

送走丁诚，秦向阳才得以集中精力整理思路。

并案的结论毫无疑问，同时高虎和华春晓的死，也使他最初的疑问得以澄清。1210案刚发生时，关于短信他曾提过两个可能：一、短信是李志堂本人发的，而后很可能因此被凶手杀人灭口；二、短信是凶手用李志堂手机发的，可是凶手为什么这样做呢？

现在再来看这个问题，结论就一目了然，所有短信，都是凶手用被害人手机发的。站在凶手的角度，如果凶手的一切行为都是有意义的，那么他的所作所为，除了达成杀人的目的，还在传递一些信息。参考短信内容，他想告诉孙劲的，或者说想告诉警察的，无非就是：所有被害人，都跟孙劲父亲当年的失踪案有关。当然，这也意味着凶手必然也跟孙劲父亲的失踪案有关，除非凶手是个疯子，或者凶手在恶作剧，那再另当别论。

二中队长李天峰向来积极，头一个发言："这么看，凶手有无可能是孙成茂？他回来报仇了！"

孙劲一听这话猛地站了起来，狠狠盯了李天峰一眼，不过接下来他还是气呼呼地说："有那个可能。"

秦向阳问孙劲："别激动，以你的了解，你父亲什么性格？"

"性格？当年他连只鸡都不敢杀。"

秦向阳点点头，说："那么多年了，没任何证据证明孙成茂还活着。"

"可也没证据证明他就死……就不在了！"李天峰紧接着说。

"你别一口一个孙成茂！"孙劲动气了，又狠狠瞪了李天峰一眼。

"我还不是为了工作？"李天峰抱屈道。

"行了，都坐下。"秦向阳终止了他们的争论，抖擞精神说，"毫无疑问，本案牵扯到孙劲父亲孙成茂的失踪，要想弄清事实真相，就得先弄清当年发生了什么。谁也别拿孙劲父亲说事了，过去了这些年，我倾向于孙成茂也是受害者。"至于当年的事该怎么查，秦向阳在心里打了个重重的问号。

听到这些，孙劲感激地看了秦向阳一眼。

"凶手不是孙成茂，就是在替孙成茂报仇！论动机，无非就是这么个方向嘛！"李天峰心直口快。

"你这点说的不错！"秦向阳赞道，"凶手替孙成茂报仇是个调查方向，也完全符合凶手那些短信语气，凶手不管跟死者，还是跟孙成茂，都有关联。"

"要是我记得当年那个起火的下午发生了什么就好了！哎！"孙劲使劲捶着自己的头。

"那不怪你！你自己稀里糊涂能活着逃出去就很好了！你父亲那天下午失踪倒是真的，和你无关！"李天峰安慰人也很积极。

此时，一直沉默不语的苏曼宁突然开口说："我很赞同李天峰说的仇杀动机！另外，严谨的比对结果虽然还没出来，但家属辨认已基本确定了死者的身份，大家有没有注意，目前的三个死者，李志堂、高虎和华春晓都涉及艾丽的案子，或者在调查艾丽时出现过，这里边会不会有什么蹊跷呢？"

苏曼宁的话让会议室热闹起来。趁着这个空，秦向阳叫人去拿了些方便面给孙劲和苏曼宁。他俩急着赶路，到现在还饿着肚子。

实际上，秦向阳在现场看到高虎和华春晓老婆的时候，就想到苏曼宁说的这一点了，为此他还为高虎的死耿耿于怀。

从丁诚走后他就一直在想，难道艾丽的案子跟1210连环杀人案还有什么关系不成？就对艾丽案子的调查结果看，说这两个案子有关联，完全没依据。可事实上1210连环杀人案的受害者，又的确是艾丽案子中出现的人：李志堂曾给归零公司做尸体塑化美术设计；高虎帮艾丽制造的"交通事故"维持过秩序；华春晓呢，是艾丽两个器官的移植主刀医生。

不对！秦向阳很快意识到自己绕远了，要是这么说，那个刘秀贞接下来岂不是也有被杀的可能？她可是艾丽肝脏的主刀医生。另外，艾丽案子中出现的人多了去了，还有王大力、王文吉、程功、程功的母亲孙桂珍，还有黑子，甚至黑子的助手强子和祥子，再甚至阮明涛、欧佩里·德洛克……

想到这，他果断摇了摇头。苏曼宁无非是想找死者的共性，他觉得仅凭借"三名死者都在艾丽案子里出现过"，这个所谓的共性，说明不了任何问题，那完全是一种巧合，逻辑上根本就狗屁不通。

那死者的共性是什么呢？

他不断念叨着"李志堂"这三个字，很快意识到从今晚案发以来，一直忽略了一点：矛盾。

程功和李志堂有恩怨矛盾，因为李志堂不给程璐璐报培训班，间接导致了孩子的失踪；

程功被华春晓黑了十万块钱，两人也有恩怨矛盾；

那么高虎呢？和程功之间，会不会也有恩怨矛盾呢？

如果有，那就是说，不是艾丽的案子跟"1210"连环杀人案有关联，而是程功分别跟这三个死者都有关联。要验证这个想法，就得对高虎的社会关系及工作情况做个详细调查。

大家的议论还在进行。

秦向阳心中打定了主意，摆摆手制止了讨论，问："痕迹这块呢？有没有发现？"

吴鹏摇了摇头，说："能肯定凶手进行了伪装，指纹方面没什么发现，甚至连血脚印也没完整的，他还是戴了鞋套，这对足迹鉴定影响很大。"

"现在的犯罪手段都这么高明了吗？真扯淡！"李天峰道。

"别吐槽了！"秦向阳给他安排了活，"老规矩，从交通局调相关监控，找找同时出现在华晨公寓跟农贸市场附近的车辆。"

是活就没意见，李天峰爽快地答应了。

"目击者呢？"秦向阳又问。

李天峰说："最后见到高虎的人，是个熟食店老板，当时大概18:00，那里是高虎下班回家必经之地。他说高虎的车就停在他门口，他看到高虎出了门就把买的东西放进了车里，然后走向一边。水产店和熟食店相距才十几米，分析起来，应该是高虎一出熟食店就被凶手叫了过去，然后被控制。当时，熟食店里亮着灯，熟食店到水产店之间的十几米没有光源，有个姑娘骑电动车路过，看到水产店前的阴影里有两个人影，此外也提供不了什么有价值的信息，别的目击者还在查找当中。凶手守株待兔，显然对高虎有所了解。"

秦向阳想，凶手对高虎了解就对了，所以还得从高虎的人际关系里捋线索。

"凶手显然是提前踩过点，选择了那个水产店当凶杀现场，可是，要是高虎今晚不去买熟食，凶手会怎么办呢？"孙劲插了一句话。

李天峰想了想说，"很简单，在路边等着，见到高虎的车拦下来就是了。"

"不用做那个无谓的假设，"秦向阳又问，"那华春晓呢？怎么到现场的？"

李天峰打开电脑，把市局指挥中心传过来的几个画面连到了投影仪上。

画面显示，华春晓的车从省医学院附属医院停车场开出的时间是16:49，此后经过数个监控探头，一路开到了北外环，然后下了正路，最后出现在路面监控的时间是17:25。"

李天峰一一述说完那几幅画面，接着说："华春晓的车案发后就停在农贸市场外边，也就是说，他是被凶手直接约过来的，中间没打拐去别的地方。约他的电话，是个网络电话。"

"网络电话？"

"嗯。案发到现在时间太短，技侦那边还没解析出到底用的是哪款网络电话软件，等到最后解析出IP还得大费周折。"李天峰无奈地说。

"这方面我来说一下吧，"苏曼宁接过话头，说，"简单地说，假设凶手在A地用网络电话，那么他得先上网。离A地最近的基站会有一个地址池，地址池会随机分配给凶手的手机一个IP，而这个IP呢，还分干网IP和子网IP，有了这个IP地址，凶手手机才能上网，之后他通过软件拨打网络电话，还牵扯到其他一些协议问题……"

"说人话。"秦向阳有些不耐烦了。

苏曼宁回瞪了他一眼，接着说："我们得先查到凶手打电话那个时间段，他手机被分配的IP地址，然后通过地址，再反向确认那个IP所分配使用的手机号码，也就是凶手的手机号。这些只要时间足够，加上运营商配合，理论上我能做到；问题是，如果凶手所使用的是不记名的电话黑卡，那查到也没啥用！"

"你直接说他用的是不记名卡，查了也白查，不就完了？"孙劲也顺势吐槽了一句。

"一群技术盲！"苏曼宁回了一句。

"行了！"

秦向阳来回走了两圈，做出了工作安排，叫李天峰去查监控，这是目前唯一可能找到线索的方向。

孙劲则去查高虎、华春晓、李志堂，摸清他们的社会关系，不管工作上还是生活上，和他们有矛盾的、有仇的，都得捋清楚。

安排完，他轻轻叹了口气，走到窗口呆呆地站了一会，使劲搓了搓脸，才转身问苏曼宁去阮明涛老家调查的情况。

苏曼宁说:"查阮明涛母亲的想法很对头,搞清楚了,阮明涛确实有别的女人。她几个月前去过阮明涛老家,怀孕了,找上门要公道呢。"

"哦!要到了吗?"

"阮明涛母亲说她做主,阮明涛不敢不听!"

"阮明涛是个香饽饽啊!这可跟你前面的调查不符吧?"

"是的!我也纳闷!怎么查也查不到他有别的女人!你说,这种事他至于藏得这么严实吗?"

"他一不是官,二不是已婚,常理来说,显然不至于!"

"我也想不明白。但艾丽那具模型为什么那么怪异的原因,总算搞清楚了,那个怀孕的女人,私下里一定找过艾丽,否则一切都解释不通。她那么做,对艾丽来说是不是过于残忍?艾丽为阮明涛做了那么多,身患绝症,将死未死之际,阮明涛不但不悉心照顾陪伴,珍惜最后在一块的机会,还有了别的女人!他还算男人吗?那女人呢,不但怀了孕,还找上艾丽,对后者来说,这是示威还是诅咒?这种伤害,怕是比病魔还要残酷!可想而知,艾丽当时该有多么失望,多么绝望!她对阮明涛背叛的切齿之恨,从黑子陈述她的那些怪异言行里,就能深深体会到。那么,也就不难理解她后来一系列的做法了!她在报复阮明涛!那个模型是永久的非卖品,以后会被不停展览,不停上头条。阮明涛呢,个人兴趣爱好和工作都跟生物塑化技术分不开,也就注定他今后跟艾丽那个模型分不开。艾丽这么做,等于把自己最美好的一面,深深印在了阮明涛的生活和脑子里!同时,她还把自己器官移植的三个对象,也就是王大力、王文吉、孙桂珍的个人资料,都留给了阮明涛,这对阮明涛来说,几乎等同于艾丽就附身在那三个人身上!今后你不管吃饭睡觉,睁眼闭眼,不管和哪个女人在一起,艾丽时时刻刻都会出现在你眼前!这很恐怖!"说到这,苏曼宁实在说不下去了。

"你说的这些,逻辑上合情合理,"秦向阳摸着鼻头道,"但有一点我还是想不通,按说阮明涛和艾丽情感基础很牢固,就算艾丽绝症,他要找女人又何必急在这一时?"

"想不通？事情都明摆着了！还能有别的解释？你们男人不都这个德行？"苏曼宁愤愤地说。

她的意思很明显，要验证这些很简单，有了阮明涛老家调查的情况，再找阮明涛就不难逼问出真相了。但秦向阳接下来的一句话，实在出乎她的意料。

"实际上，吴鹏下午已经查到了阮明涛精子的冷冻保存记录，就在省医学院附属医院的生殖中心。"

"啊！怎么会呢！"苏曼宁听到这话，有些手足无措。

过了一会，她才说："难道阮明涛和艾丽真有过要孩子的计划？那他感情上怎么会背叛艾丽呢？"

"别急，听我说，"秦向阳慢慢道，"但是阮明涛的冷冻精子失踪了，生殖中心的解释是，那份冷冻精子被主任医师蒋素素因工作失误弄丢了。如果阮明涛追责，这就是医疗事故，医院要负责任。实际上，这对医院来说不是什么大事，看怎么操作，说服男方不追责，再取一份精子，都是可行的。"

"弄丢了？真邪性！"苏曼宁蹙眉道，"蒋素素又是谁？"

"省医学院附属医院副院长蒋斌的女儿。"

"蒋斌的女儿？华春晓的老婆蒋艳艳和她姊妹俩？"

"对！蒋艳艳是她姐，华春晓是她姐夫。"

"巧了！去阮明涛老家的那个怀孕女人就姓蒋，和阮明涛同学，名字不知道。难道……"说到这，苏曼宁皱起了眉头。

"哦？搞不好还真是一个人！"秦向阳敲着桌子说。

旁边的吴鹏反应很快，立刻从电脑上调出了蒋素素的相关资料，资料显示，蒋素素和阮明涛果然是大学同学。

"看来去阮明涛老家的，十有八九就是这个蒋素素了！难道是旧情复燃？"苏曼宁调侃道。

吴鹏说："对了，蒋素素同事说她请假有段日子了，人不在医院，好像去了外地。"

秦向阳说："不管她在哪都快回来了，今晚被杀的可是她姐夫。"

苏曼宁深深叹了口气，肃容道："其实事都已经很清楚了，最惨的就是那个艾丽！真没想到……可事情再深入下去，好像和咱关系不大。接下来还有必要找阮明涛？"

"找啊！为什么不找？明天一早，不，明天下午你去找他，上午你休息半天！"秦向阳毫不犹豫，一锤定音，"艾丽的案子我可还没写结案报告呢！没结案，就得把事实都给弄清楚！"

会开到半夜才散，众人该加班的加班，不必多言。人都散去后，秦向阳才算平静下来。他需要平静，尤其是这个时候。

躺在沙发的秦向阳，毫无睡意。实际上自1210案发以来，他就一直住在办公室里，几天下来，胡子也长了，头发乱七八糟的，彻底恢复了单身时不修边幅的状态。今晚高虎和华春晓的死，对他来说是很大的打击，尤其是高虎，下午刚见过面，那么鲜活的画面还历历在目，紧接着傍晚就遇害了。这种感觉就像一个元代青花瓷刚刚还拿在手里，接着就眼睁睁地看着它摔在了地上，感觉明明可以阻止，却又无能为力。

晚上开会时，丁诚来定了调子，打了鞭子，这种压力只是外在的，秦向阳还不甚在意，他真正在意的，是深藏在心里的那份信任。他现在的位置，完全来自于曾经的兄弟、战友赵楚对他的信任。当年赵楚信任他，选择了他，才设计"冤枉他"，让他被通缉，在绝境中，逼着他一步步破了赵楚一手策划的多米诺骨牌案，走上了公安部领奖台。赵楚是罪犯不假，但他理解赵楚的痛苦和那么做的实际意义。在他秦向阳眼里，赵楚既是犯罪，也是导师，这一点也不矛盾。

他可以不在乎自己现在的位置，但不能不在乎赵楚曾经对他的信任，也就是一个警察应有的责任，这也正是当年赵楚选择他、成全他的根本原因。对警察来说，责任有很多，但最基本的一点，相比一场凶案发生，然后抓住罪犯而言，如何避免一场凶案发生，似乎更有意义。在这一点上，秦向阳简直对自己太失望了，以至于他现在都不敢想起赵楚，他害怕从赵楚眼里也看到失望。

唯有尽快破案，才能守住赵楚对自己的那份信任，这跟丁诚的鞭子无关。可案子该怎么破呢？他躺在沙发上，考虑来考虑去，似乎也就那两个调查方向，一

第五章 双杀

个是监控,一个是被害人社会关系,但最令他捉摸不透的,却是案发现场本身。凶手这次杀了两个人,砍下两颗人头,四只手,四只脚,另外还有凶器,要想轻松带走那些东西可不容易。怪不得凶手选择在水产店作案呢,这么一来,即使有路人看到凶手提着两大包东西从水产店出来,也会误以为那是水产品吧。可凶手提着那么两大包东西,总不至于步行离开吧?那么一来,早就在摄像头里暴露踪迹了。排除了步行,还剩两个可能,一个是有代步工具,再一个是凶手就住在案发现场附近。想到这,他再也躺不住了,起身开车独自回到了案发现场。

时值半夜,又发生了凶案,农贸市场附近连个人影都没有,四周一片静谧,似乎连飘荡了一天的灰尘也已落定、休息。秦向阳深吸了一口气,顿觉神清气爽。水产店前拉着警戒线,他走过去,来到水产店的玻璃门前,朝里面望了望。在那一瞬间,他感觉似乎看到里面有个人影。他赶紧打开警用手电向里面照去,里面空荡荡的,什么也没有,就连那个冰柜也被抬回局里做相关痕迹检验了。他摇了摇头,转身往回走。他一边走,一边想象手里就提着凶手那两大包东西。跟以前一样,他又把自己放到了凶手位置上。

"我是凶手的话,提着这两包东西怎么办呢?先就地隐藏?"他看了看不远处的垃圾桶,那里早在案发时就被搜遍了。他又看了看人行道两旁的绿化带,然后跳进去,打开手电筒照着地上的干土,一步一步往前挪。他担心凶手就地掩埋了物证,而案发后并没有检查绿化带。他把周边绿化带,以及外面所有裸露的地皮全搜了一遍,但没发现任何泥土松动之处。他叹了口气,看来东西都被凶手带走了。

市场外边就一条公路,公路上不管往哪头走,走到路口都有摄像头。电动车装那两大包东西太明显,用车的话,就一定会被摄像头录了下来,而且重要的是,它一定在附近停留了足够长的时间。这么一分析,摄像头排查起来,就似乎很有针对性了。可是,万一凶手就住在这附近呢?附近有好几个小区,有商品房,也有城中村自己开发的房子,这样的话,排查难度就实在太大了!

但是难度再大,也好过无从下手。这时他发现,跟做队长比起来,他还是更喜欢这种一线抓贼的感觉:紧张,刺激,痛快。不过做队长也没什么不好,起码工资待遇高，想到这他望着远处黑暗的角落，自嘲地笑了笑。

其实秦向阳这番单独折腾，完全是由其压抑、自责的情绪导致，没任何新发现也在意料之中。但他不知道的是，此刻在附近的阴影里，正有一双眼睛紧盯着他所在的水产店方向。听说，连环杀手中有百分之八十会重返案发现场，对自己的"作品"欣赏、回味一番。如果这话有道理，如果那个阴影里的人就是凶手的话，想必他此刻定是有十足的成就感。

第二天从早晨到午后，秦向阳办公室里一直是人来人往，一片繁忙景象。丁诚的鞭子可不是白抽的，大家伙都上紧了发条，调查情况陆续汇总过来。其中有那么两个情况值得深挖，令人惊喜，一下子冲淡了秦向阳熬了一夜的疲惫感。

首先是孙劲对三名死者社会关系的走访调查。他从高虎的工作记录中查到一个情况，三个多月前，高虎曾一天之内，两次给一个叫程功的车主贴了两次罚单。孙劲先向秦向阳汇报了该路段的一些情况——贴罚单的位置是个"几"字形封闭路段，也是一个城中村的集市。众多在那被贴罚单的车主对此颇有怨言，理由比较充分：在"几"字封闭形路段内停车赶集，根本不妨碍交通；路段内虽设置了禁停标志，但标志设在路段中间，从外面停车的人根本看不到，起不到提醒作用。对此，交管所也有相应的解释：禁停标志的位置确实值得商榷，为此，已在路段外新增禁停标志一处；"几"字形路段虽然封闭，但该路段内有个幼儿园，因此，为保证安全，除了上下学接送孩子可以临时停车，其他时间一律禁止在该路段停车。

孙劲说："程功被贴罚单的时候，路段外还没新增禁停标志。这种事，罚款是小，主要是个气。你想，一天内在同个位置，被同一个人贴，两次罚单，你火大不火大？"

秦向阳凝神听着，没有插言，实际心里却很高兴，他没想到这么快，自己昨晚的猜测就有了着落，高虎和程功还真有矛盾，尽管这个矛盾听起来不大。

孙劲又说："程功你记得吧？他母亲叫孙桂珍，换肾那个！"他见秦向阳点头，接着道，"有意思的不光是罚单，还有那罚单的日期。我查了，那天正是程功母亲做手术的日子，还是他女儿程璇璇的生日！"

"哦？这么巧？"秦向阳意味深长地说。

"是啊！就这么巧！"孙劲晃着夹烟的指头说，"程璇璇失踪了，还没找回来，还记得吧？为什么说那个日期很有意思呢？一、程璇璇就是那天失踪的，而程璇璇的失踪，跟被杀的李志堂有间接关系；二、程功在他母亲做手术那天，从华春晓办公室偷听到他被华春晓黑了十万块钱，这些在我最初对华春晓的调查报告里都有；三、程功在这天被高虎连贴两次罚单。"孙劲一口气说完，狠狠地抽了口烟。

秦向阳眯缝着眼想了一会，故作糊涂地说："我还是不明白你什么意思。"

孙劲用力呼出一口烟，又掏出一支香烟对着自己的烟屁股点上，塞进秦向阳嘴里，才说："我的秦大队长！今天你这智商没在线吧？"

他见秦向阳还是光眨巴眼不吭气，一屁股坐到桌子上说："这个程功，本是艾丽案子里病人的家属吧？很不起眼是吧？可难道你就没注意吗？这个名字，最近屡次三番，自己就蹦出来！"

"蹦出来就蹦出来呗，纯属巧合，"秦向阳的语气听起来很无所谓，"李志堂、高虎和华春晓不也都纯属巧合，在艾丽案子里出现过吗？"

"对啊！现在是程功和三个死者都有关系，都有恩怨矛盾，你竟然还说巧合！"孙劲说完，又从桌上跳到了地上。

这时苏曼宁推门进来。

孙劲赶紧拽着苏曼宁说："苏主任！你来得正好！秦队今天脑子没上弦！"

"什么情况？"苏曼宁一脸懵逼。

孙劲就把刚才的情况又说了一遍，然后补充道："前天晚上，在审完黑子之后的讨论会上，吴鹏从李志堂学校摸到个情况，说李志堂间接导致了程功女儿的失踪。当时秦队还说程功和李志堂确有私人恩怨，逻辑上的确有嫌疑。你看，今天我弄来的情况这么充分，他反而屁也不放一个了！"

苏曼宁听完，斟酌道："这个程功是有可疑之处。不过就高虎的死来说，他程功为两张罚单就杀人，这也说不过去吧？"

"单单为两张罚单杀人，是说不过去，但要是这三个原因加起来呢？一天之内被黑十万元,加女儿失踪,加上一个有争议的地方被贴两次罚单!"

说完,孙劲又从包里掏出个本子,翻开一页,说:"这里还有些补充情况,是从外围对程功做的了解。程功,34岁,是个小老板,搞肥料的。两年前离异,前妻叫杨梅。离异原因是杨梅出轨。程功离异后很快再婚,对象叫孙丽萍,带着她女儿王媛一块嫁过去的。程功本来也算成功,小有资产,后来因孙丽萍痴迷网上投资,给他亏了三百八十万元,家底全亏进去了!孙丽萍因此跑路。紧接着,程功母亲孙桂珍就被查出尿毒症晚期,先是在医院治疗了大半年,后来才换上了艾丽的肾,为此,程功先是卖厂房设备,后是卖车。"

秦向阳立刻意识到这些情况的重要性,一边听,一边慢慢坐直了身子。

一口气说到这里,孙劲喝了口水,继续道:"咱就按常理说,秦队,咱都是男人,换作你,两年之内,两次婚姻失败,一个老婆出轨,一个老婆跑路,家底赔光,厂子、车子都卖了,老娘重病,你能扛得住不?"

"我也不知道!"秦向阳苦笑。

"嗯,行。这还不算完,紧接着他又在一天之内,被黑十万元,女儿失踪,在一个有争议的地方被贴两次罚单!换谁谁不愤怒,谁不崩溃?"

"换我我早崩溃了!"李天峰一边说,一边走进来,"我在门口都听见了,有重要情况汇报。"

秦向阳对此不以为怪,因为苏曼宁进来从不关门,李天峰进来无门可敲。

"我这还没说完,你先等着!"孙劲丢给李天峰一支烟,继续道,"程功一天之内那些倒霉遭遇,不管事大事小,其实都算是些稻草,他本身的糟糕处境,才是他最大的包袱!他要是匹骆驼的话,早就被他本身的处境压得岌岌可危了,事实上压死骆驼,把他点燃的,却恰恰是那些稻草!所以,程功有十足的理由迁怒于稻草,也就是李志堂、华春晓、高虎,进而动了杀机。结论,程功有重大嫌疑,建议立刻对程功展开深入调查,好了,汇报完毕!"说完,孙劲很用力地清了清嗓子。

"的确很有道理。"苏曼宁赞许道。

一直沉默不语的秦向阳忽然笑了,语气欣慰地说:"说得不错,很有干劲,继续保持！"

"你……"孙劲被秦向阳突如其来的肯定噎了一下。

秦向阳一下子站起来，从抽屉里抽出一份资料丢给孙劲，说："看看吧！实际上，我也从来没说程功没嫌疑吧？我这里还能给你再补充些情况！"

那是秦向阳一早叫人从派出所取来的失踪人员资料，苏曼宁和李天峰也凑到孙劲跟前看起了材料。

等他们看得差不多了，秦向阳才说："前天吴鹏提到程璇璇失踪的情况后，我就叫人弄来了这份材料。你们也没想到吧？失踪的可不只是程璇璇，王媛也失踪了，也就是孙丽萍的女儿。程功和孙丽萍还没离婚，法律上，他还是王媛的监护人。更有意思的是，王媛的失踪日期，跟你刚才说的那三件事发生在同一天！这点我们已经知道了。"

"也就是说压垮程功的稻草，还得加上王媛失踪？"苏曼宁适时补充了一句。

"王媛已经找回来了。但这些事毕竟都发生在程璇璇生日那天，程功当时什么状态不知道，换我估计也崩溃了！"秦向阳用拳头擦着鼻尖说。

"那他的嫌疑就更大了！你不早说？"孙劲一脸兴奋。

秦向阳正色道："其实你刚才那番话，从动机论来说，分析得也算充分。我没急着表态，让你讲，也是在梳理思路。昨晚案发后，我就在琢磨高虎和程功有没有矛盾冲突，你的调查，印证了我的想法。很好，很全面！真没想到，程功背后有那么多故事。你呢，也别太得意翘尾巴，毕竟嫌疑人的界定范围是很广的。"

"该我了！"李天峰制止了还想说的孙劲，道，"我们把监控捋了一遍，案发后同时出现在两个现场的车，一共找到三辆，但人家车上都不是一个人，案发时都有不在场证明。"

李天峰喝了口水，拿出一张照片，说："倒是另有个情况比较特殊。这辆五菱宏光的车主，你们猜是谁？就是刚才你们讨论的对象，程功。这辆车呢，在昨天下午，先是经过一个探头，上了通往农贸市场的必经之路，之后又从另一个探头出来。这至少能说明,这辆车在案发现场所在路段出现,并停留过。从两个探头的时间差看,停留时间超过一个小时,而这一个小时,恰恰跟高虎和华春晓被杀的时间段吻合。我为什么注意这辆车呢,因为前天晚上吴鹏从育才中学拿到情况,说程功跟李志堂有恩怨,秦队你叫我从外围查查程功,后来我才有了他这辆车的资料。没承想比对监控又发现了这辆车!"

"又是他!"孙劲敲着桌子说。

"李志堂案发现场附近呢,有没有这辆车?"秦向阳问。

"刚才说了,两个现场附近,同时出现的就三辆,里边没这辆车。"李天峰回答。

"没有?"秦向阳一边走一边琢磨起来。

事实上,这两个情况的确给秦向阳带来了惊喜,也给他接下来的调查提供了一个较为合理的方向。程功身上的疑点实在很多,仇杀的动机也相对充足,他很快意识到一个更为可怕的问题,既然王媛也是在程璇璇生日当天失踪的,王媛的失踪也是足以压垮程功的稻草之一,那么,是什么原因,或者说,是谁导致王媛失踪的呢?换句话说,如果王媛的失踪真是别人导致的,那么,接下来会不会还有人被杀?如果真的有人继续被杀,那么,程功的疑点就更大了!不,不能再死人了!绝不能!

想到这,秦向阳立刻顿住脚步,对孙劲说:"走,去会会这个程功!"

"太好了!我联系下外围人员,确定下他具体位置!"孙劲快步跑出办公室。

秦向阳非常理解孙劲的兴奋和追切,毕竟这个案子跟他父亲有密切关系。十八年了,孙成茂活不见人死不见尸,谁不想早点把事情搞清楚?

看着孙劲急促的背影,秦向阳心里却轻松不起来:尽管还没涉及证据层面,程功的嫌疑看起来却越来越大。可是,如果凶手真是程功,在程璇璇生日那天因愤怒而崩溃,因崩溃又动了杀机,那么,他最优的选择,应该是悄无声息干掉压死他的那几根稻草。可真正的凶手不但张扬跋扈地联系警察,还发给警方信息量巨大的短信,这实在难以捉摸。更令人不解的是凶手的杀人手法。若真是程功,仅仅为了杀人,根本没必要那么做。想到这些,他的眉心越来越重了,本来就凌乱的头发,看起来似乎更乱了。

苏曼宁没注意秦向阳的表情,轻叹道:"那你们忙,按你们秦头的吩咐,我也该去找阮明涛了。"

苏曼宁说完,又走近秦向阳,悄悄说道:"你看你这个邋遢劲儿,昨晚又在办公室过的?这么下去可不行!"她一边说一边踢了踢对方脚尖,小声道,"能不能刮刮胡子?头发也炸毛了,成鸟窝了!你是队长,注意点形象!这个还用我提醒吗?"

秦向阳无所谓地点了点头。

苏曼宁摇着头,白了他一眼,刚要走,有个警员冲了进来,差点跟她撞到一起。那个警员说了声对不起,然后跑到秦向阳面前,大着舌头,急匆匆地说:"秦队,派出所刚刚接到报案,那个阮明涛跳楼自杀了!"

第六章　无解：道德冰点

"派出所的人打来电话说，阮明涛跳楼自杀了，好在没死！怎么回事呢，他跳下来的时候，好巧不巧，刚好楼下车库有辆车开出来，是辆猛禽皮卡，车主是个开服装店的，车后斗装着好几个大尺寸编织袋，里边满满的全是棉衣。阮明涛运气好，跳进了车斗里！人基本没啥事，有些外伤，有没有脑震荡还不好说，就是胳膊摔到了车厢板上，断了！"那个警员说话有些大喘气，众人耐心听完后，都吁了口气。

秦向阳听完，大声道："说话别大喘气！"

这几天之内，他的辖区已经死了三个人，尽管阮明涛本身不牵扯1210案，但阮明涛要是真死了，他怕是完全接受不了。

不过，这事也着实让所有人深感意外。他怎么会想到自杀呢？承受不住艾丽以死亡为代价的报复？对阮明涛来说，艾丽的报复的确过于残忍，可他总该有继续生活的希望，他不是快有孩子了吗？怎么说都不至于走这一步。

事发突然，秦向阳只好让吴鹏陪苏曼宁去现场。

苏曼宁有些后悔，就不该听秦向阳的，在家休息一上午，一早去找阮明涛就好了。

阮明涛是从家里跳下来的，六楼，自杀的结论没有疑问。苏曼宁赶到时，人早被120急救车抬走了。

派出所的人交给苏曼宁一部手机，是阮明涛的。手机里有条最新的短信引起了苏曼宁的注意，看时间，是跳楼前发送的，发送的号码上没有备注名字。

"蒋素素，你心如蛇蝎！不得好死！"短信内容就这么几个字。

"又是蒋素素！"苏曼宁抱起胳膊想了想，用阮明涛手机按下了那个号码。

电话很快接通，苏曼宁还没说话，对方就用尖锐的语气说："哟！阮明涛！你不是说要死给我看吗？怎么还有心情打电话？赶紧去死！我这正好在殡仪馆呢，能赶上给你收尸！"

对方的话咋这么歹毒？苏曼宁紧紧皱着眉头说："阮明涛跳楼了，你是蒋素素？"

"他个软蛋，我才不信呢！你谁啊？"

"警察，怀疑你跟阮明涛跳楼有关，请你回去协助调查！"

"警察？他自杀了？和我有毛关系？喂……"

苏曼宁不等蒋素素说完就挂断电话，叫吴鹏上车，两人朝殡仪馆开去。

蒋素素没撒谎，她的确在殡仪馆，跟家人一块，正处理她姐夫华春晓的丧事。

出于案情需要，华春晓的遗体还在警方手里，办丧事没有遗体，怎么说都有点不靠谱。但华春晓所在医院想尽快了结单位该做的事情，就组织了这么一场有些特殊的告别会，告别会现场的棺材里，放的是华春晓的衣服。

告别会上午举行，苏曼宁赶到时已近尾声。现场人来人往，难以分清哪些是华春晓的亲朋好友。

苏曼宁亮明证件，叫工作人员把蒋素素叫了出来。

蒋素素三十岁左右，锥子脸，颧骨有些高，素容，眼角上翘，嘴唇很薄，一脸刻薄相。

警察找上门，蒋素素有些惊讶，她看了看苏曼宁的证件，一脸无所谓地问："阮明涛真死了？"

苏曼宁冷着脸，故意说："重伤。请你跟我们回去协助调查。"

"没死啊？真是的！他跳楼和我有什么关系？我这正忙着，走不开！"

"你先忙，我们等，但今天你必须跟我们走一趟。"苏曼宁客气地说。

蒋素素脸色一变，正要说话，这时一个长者走了过来，对苏曼宁说："我是蒋斌，蒋素素的父亲。这位警官，有什么事？"

蒋斌这个名字，苏曼宁有印象，省医学院附属医院副院长，华春晓此前钻黑子合同的漏洞"两头吃"，讹了程功，之后又把钱上交到了蒋斌手里。蒋斌大概五十来岁，保养得很好，声音听起来很沉稳。

苏曼宁看了看蒋斌，把来意说了。

蒋斌说："协助调查我们绝无二话，不过，我女婿华春晓尸骨未寒，你们不去破案抓凶手，反而跑到这来，这劲是不是使偏了？"

"华春晓的案子我们队长亲自负责，这是两码事，还是请你女儿配合一下吧。"吴鹏上前一步说。

"那也得等我忙完这一摊儿！"蒋素素甩下一句话扭头走了。蒋斌摊摊手，也转身去了。

分局那边，孙劲很客气地把程功请了过来。程功第一次到公安局，面上却也放松。

这时，秦向阳正等在询问室里，手里拿着三份资料。资料分别是李志堂、华春晓、高虎的个人情况。

他的思维很清晰，要破1210连环杀人案，就得从两头下手，一头是从案子本身找线索，一头是查清当年发生了什么，三名死者究竟跟孙劲的父亲孙成茂有什么牵扯。针对后者，只能先从这些资料上入手。

从资料上看，三名死者的年龄相差不大，李志堂三十四岁，是最小的，但有记载的经历却大为不同。

华春晓省医学院毕业，一直在医学院附属医院做事，就没挪过窝。

李志堂高中学历，当过两年兵，干过多年针对中小学生的美术培训班，后来不知道怎么混成了学校外聘的美术老师。算起来，要是李志堂当年跟孙成茂有过什么牵扯的话，当时他才十六岁。

高虎只有初中学历，经历最复杂，送过矿泉水，开过烟酒门市部，贩过菜，卖过煤，最后一份工作是交通协管员。从经济状况看，华春晓显然最好。李志堂有华晨公寓502那套一室一厅的房产。高虎有套两室一厅的房子。三个死者里，只有李志堂未婚。

目前对死者社会关系的调查，还没发现三名死者之间有过交集或来往，这一点，秦向阳很是想不通。既然三名死者都跟孙成茂当年的失踪有关，那么彼此应该认识，怎么会彼此没有生活交集来往呢？

此外，还有个情况格外让秦向阳注意。三人的亲属一栏，李志堂标注的是孤儿，这点李志堂被杀后他就知道了，而华春晓和高虎的亲属一栏，只标注了一个字——"无"。

难道他俩也是孤儿？想到这，他立刻拿起电话打给李天峰，叫他安排人，分别去找华春晓和高虎的老婆，了解一下相关信息。打完电话他想，如果他们都是孤儿，接下来就只能从孤儿院入手了，但也不是每个孤儿都非进孤儿院不可……

他正想着，孙劲和李天峰引着程功开门进来了。

秦向阳收起资料，把程功仔细打量了一遍。

程功身高大概176厘米，看着很结实，两眼炯炯有神。

秦向阳站起来，说话的语调很客气："程先生吧？这次请你来，是有些情况需要你帮着核实一下。"

程功也把秦向阳上下打量了一遍，不知他心里对眼前这位邋遢的刑警大队长做何感想。他脸上带着笑说："秦队长你好，你的手下都和我说了，能配合的一定配合。"他双手插在兜里，紧了紧衣服，抬头四处看了看，在秦向阳面前坐下，又道，"还是你们这里暖和啊！"

秦向阳点头打了个哈哈，对孙劲和李天峰说："你俩有事就去忙，没事就在这帮着记记。"

孙李二人对视一眼，坐到了旁边的桌子后面。

程功笑道："秦队长这是要审我？"

"绝对不是！"秦向阳拿出烟递给程功，说，"例行询问。"

他自己点上烟，又帮程功点了，接着说："前天晚上北外环农贸市场的凶杀案，你知道吗？"

"知道。"程功吸了口烟，说，"听房东说的。"

"房东？"

"嗯。我在那边租了个房子。"说着，他掏出名片递给秦向阳，说，"忘了自我介绍了，我是干肥料的。"

秦向阳点点头，把名片揣起来。

程功叹了口气，说："其实名片也用不着了，我早破产了。实际上我的情况，既然你们请我来，那不用我说，你们应该都知道吧。"

秦向阳点头承认。

程功清了清嗓子，说："大概两个月前，具体日子忘了，我到北外环农贸市场附近租了个房子。干啥用？放货呗。我手里还压着不少货，农贸市场那有不少菜贩子，他们跟菜农很熟，菜农都要用肥料嘛。我呢，就找上菜贩子，让他们帮着联系菜农处理肥料。为省事，就租个房子把货放那了。死人那天下午，我就在那边，有个菜贩子电话里要货，我去装，然后把货送了过去。后来才知道那里出了命案，围了好些人看热闹。你要不信，可以找那个菜贩子去问。"

秦向阳心知他既然敢这么说，定是必有其事，又问："死的是什么人，你知道吗？"

"那我咋知道？秦队长，你想知道啥尽管问，你们忙，我也瞎忙，咱直来直去的好。"

"实话告诉你，死者一个叫华春晓，一个叫高虎，这俩人你不陌生吧？"

"华春晓？高虎？死了俩？"程功皱着眉，说，"华春晓，我可忘不了！医生！他黑了我十万块钱。高虎嘛，实在没印象。"

"我们了解过，华春晓给你母亲换了两个肾。黑子的合同上有漏洞！"

"什么？换了两个肾？我和黑子的事你们也知道了？"程功站起来，揉着太阳穴走了两圈，说，"可我妈有个肾是健康的！根本不用换啊！这狗娘养的！他那是赚黑子的便宜'两头吃'吧！先借故黑我钱，又怕我事后万一找上门，才有意给我妈换了两个肾！"

"嗯，是这么个情况，不过华春晓说，你母亲另一个肾其实也不太好。"

"呸！听他放屁。怪不得他岳父昨天找到我，说替医院把十万块钱还给我！"程功摇着头说，"我这还纳闷呢！到嘴的肉咋还给吐出来了？还代表医院还给我？原来死的是华春晓！他岳父那是替他女婿心虚呢！"

"哦，蒋斌把钱还给你了？"

"他岳父自称姓蒋，叫啥不知道。"

"高虎呢？你再想想。"

"确实想不起来，认识的人里没有叫高虎的！"

"三个月前，在一个'几'字路段，你一天被贴了两次罚单，想起来了吗？"

"是他？那个交通协管员？"

"对，死的就是他。"

"在我这，那家伙也欠揍！"程功愤愤地说。

"你恨他？"

"算不上！当时确实很想弄他！"

"李志堂认识吧？"

"熟啊！我女儿的美术老师。"说到女儿，程功语气低沉起来。

"我们知道程璇璇失踪了。已经发生了，急也没用，只要人活着，警方一定帮你找回来！"秦向阳话锋一转，问，"那么在你看来，你女儿失踪原因是什么？"

程功定了定神，说："人贩子算主要责任，李志堂算次要责任。李志堂伤害过我女儿的自尊，导致她情绪低落，逃学。"

"那事我们知道，你这评价算公道。事实上，李志堂也被杀了！"

"什么？他也……"

"12月10日晚，零点到一点之间，你在哪儿？"

"零点到一点？当然在家睡觉！"程功说着，从秦向阳烟盒里拿了根烟，捏在手里，在桌面上敲来敲去，突然说，"我明白了！我和他们三个同时有过节，你们怀疑我？"他拔高了音量，有些激动。

秦向阳不置可否，也取了根烟点上。接着，那边孙劲站起来把烟盒摸了过去。

"就为那点事，你觉得我有必要杀人吗？"程功哼了一声。

"平心静气说，我也觉得没必要。不过，当时你的心情本来就很差，特别差，两段婚姻，一个老婆出轨，一个老婆跑路，事业破产，母亲住院，巧的是，又在同一天碰上女儿失踪，被讹钱，被贴罚单，这些加起来，就很难平心静气了！"

"你这到底是审我？还是普通问询？"程功生气了，尽力压着嗓子问。

"审问可不在这儿。"

"那你们也太过分了！你知道这些天我是怎么熬过来的吗？"程功大声说。

"我非常理解你！"秦向阳认真地说。

"你不理解！人活着，最难的是放下！"程功说着猛地站了起来。

"最后一个问题，谈谈王媛失踪的具体情况吧？"秦向阳的口气有些强硬。

程功闻言真的动了气，沉默不语。

"王媛已经找回来了，说说她失踪前的情况？"秦向阳把问题重复了一遍。

"不知道！"程功脸色越来越白，他沉默了一会，突然说，"你们最好也别打王媛的主意，她从回来就谁也不见！别去刺激她！"

秦向阳没想到程功反应这么大，搓了搓手，心想，也许自己的问话确实太直接了。

"行了！说什么理解我？我那些事，搁你们身上试试！有你们这样办案的？屁事查不出来，拿我当嫌疑人！就这样吧，要么你们直接扣留我四十八小时，要么我走！你们看着办！"程功越说越火，转身想走。

秦向阳一看人家真火了，赶紧赔笑道："你批评的是。可我们真不是那意思！你误会了，破案讲的是证据。这就是个问询程序，非做不可。你别是电视剧看多了，以为警察个个是神探？一个案子只有一个真相，可实际上，我们往往要走很多个冤枉路！您这，就是个必要询问，当然，你也可以理解成非走不可的冤枉路。"

"非走不可？"

"非走不可！"

"那就各走各路！"程功说着就走。

秦向阳一时语塞，知道刚才有些话刺激到他了，一口一个"老婆出轨，老婆跑路……"他马上站了起来，想再说几句好话，自己面子事小，这一番问询一无所获，实在有些亏。

谁知程功走了两步，见孙劲手边的烟盒空了，就过去拿起烟盒，放到自己耳边晃了晃，接着又把烟盒伸到孙劲面前摇了摇，随后他把手那么一摊。这时孙劲发现，程功手里的空烟盒竟成了一盒满包的香烟，并且是没开封的，连牌子也跟原来的一样。

"咦！"秦向阳也跟着孙、李二人叹了一声，不可思议地望着程功，不知道他这是玩的什么把戏。

这时，程功的脸色还是不好看，但火气好像比刚才小了，他从容地打开烟盒，取出烟，给每个人分了一支，给自己点上火，然后声音略有颤抖地说："实际上这包烟是我的，碰巧牌子跟秦队长的一样而已，这就是个手法。我平常喜欢魔术，图个乐子。"

秦向阳恍然大悟，紧盯着程功，想知道他的言外之意。

"是，我就是个做小买卖的，婚姻很失败，买卖很失败，什么都很失败！失败有罪？"程功颤着声道，"我失败，在你们眼里就得犯罪？我没资格说你们。不过在我看来，破案和玩魔术一个道理，你们别光信自己的眼睛。"

他晃了晃手里几乎满盒的香烟，接着说："你们看到的表象，也许只是人家玩了个手法，就跟这盒烟一样。哦，在你们这，我和那三个死者有过矛盾冲突，就成了犯罪嫌疑人？要是还有其他人也和他们三个有过冲突呢？案子要都这么破，我看你们也对不起'刑警'这俩字！"

原来对方是这么个意思。

秦向阳连连点头："说得太好了！接受批评！"

程功轻哼了一声，说："我真没资格批评你们！不过，你这人也算坦荡！要没别的事，我可以走了吧？"

秦向阳上前一步，说："那王媛的事？"

"王媛什么事？我真无话可说。"程功说着，重重地把门摔到一边，走了出去。

这时，苏曼宁正好带着蒋素素回来。苏曼宁阴着脸在前边走，蒋素素跟在后边，走起路来神采飞扬，步态夸张，像是走红毯的小明星。

程功这一出门，跟蒋素素打了个照面，好奇地看了她几眼。

孙劲望着程功的背影，拍着桌子道："这算什么？来这玩了手狗屁魔术就走了？还发火？轮得到他发火？"

"如果他是凶手，我们这么做会不会打草惊蛇？"李天峰说。

"别做这种无谓的假设，"秦向阳说，"哪有证据说他是凶手？再说了，对蛇来说，你惊不惊它，它本身都很狡猾，不会轻易让你抓到，关键不在打了草，在我们！"

"那怎么办？这次几乎一无所获。"

秦向阳背过手去，狠狠地按了按颈椎，说："明天我再去找他谈。"

"王媛是被网友骗走的！这一点，她被解救的时候，派出所就搞清楚了！"孙劲见程功大摇大摆地走了，情绪有些激动。

"但重要的是程功的态度！他怎么认为，只有他自己知道。万一他又迁怒于别人呢？"秦向阳说，"毕竟目前的三名死者，都集中在他母亲手术那天跟他起了冲突，如果这算是本案的规律，那我们必须要知道在程功心里，还有没有别的冲突对象。必须做这样的假设，记住，不能再死人了！这次，是我沟通技巧不对，但是，跟程功这样的正面接触，甚至上门去求人家谈，都是完全必要的！"

"那可不可以这么认为：要是接下来再有人被杀，而被害人又被查出也是那天跟程功有所冲突，但程功却对我们隐瞒，那他的嫌疑就更大了？"李天峰说。

"逻辑上是这样，这要以死人为代价！但是，即便如此，也只是证明了一个所谓的逻辑，而不是掌握证据！"

秦向阳有些艰难地说完，又摇着头道："更重要的是，华晨公寓监控里走安全通道那个家伙,通过目测和实际模拟,身高也就170厘米,可程功起码176厘米。"

孙劲哼了一声,说:"那又怎样?如果程功是买凶杀人呢?"

"买凶?"秦向阳瞪了孙劲一眼,说,"有买凶搞连环凶杀案的吗?就算有,他程功都破产了,哪来经济实力?"

"这……"孙劲一时哑然。

秦向阳理解孙劲急于破案的心情,毕竟案情跟孙成茂失踪有关。他拍了拍孙劲的肩膀,又对李天峰说:"去查查程功租的那个房子什么情况。"

秦向阳的话令孙劲很沮丧,他小声嘟囔了一句:"不管怎样,我现在就盯着他!"

秦向阳这边完事时,苏曼宁那边对蒋素素的问询刚开始。秦向阳在门外看了一会,轻轻推门走了进去。

"我说这位姐,麻烦你快点问!我还有事!"

蒋素素声音尖锐,情绪略有亢奋,她扭头看了看进来的秦向阳,垂下眼皮抽了口女士烟,突然笑道:"哟,这位警官也是来审我的?看这炸毛爆炸头,我还以为是交警走错了门呢!"

秦向阳回瞪了她一眼,走到苏曼宁旁边坐下。

苏曼宁起身打开窗户,然后坐回去问:"你去过阮明涛老家吗?"

"去过又怎样!"蒋素素一脸无所谓地说。

还真是她,苏曼宁没想到蒋素素这么痛快,又问:"阮明涛在你们生殖中心保存了精液样本?"

"你们都知道,还问我干吗?"蒋素素切了一声。

"样本是你弄丢的吧?"

蒋素素一听这话,猛地笑出了声,跷着二郎腿说:"早料到你们会为这事找我!我会为他那点玩意自找麻烦?幼稚!"

"好好说话!"秦向阳冷着脸插了一句。

蒋素素哼了一声,说:"什么叫弄丢了!实话告诉你们吧,是阮明涛自己不要了！手续上，他应该来医院签个东西。他呢，因为和我是同学，直接联系了我。我也嫌麻烦，就叫他写了个证明，签了字，说清楚他不要那份精液样本了，就这么个事。"

"他写的证明呢？"

"应该在我办公室抽屉里，回头你们自己去取呗。"

"他为什么不要那份样本了？"

"我哪知道？问他去！"

说到这，秦向阳和苏曼宁心里其实都清楚了，一定是阮明涛先自作主张，做了精液冷冻保存，然后找艾丽谈做试管婴儿代孕，艾丽接受不了孩子生下来就没妈，阮明涛才无奈放弃了那份精液样本。

苏曼宁整理好思绪，又问："听阮明涛母亲说，你有了阮明涛的孩子？你俩什么关系？"

"鬼才和那个吃软饭的软蛋有关系！"

"蒋素素！"秦向阳突然拍了下桌子，从抽屉里拿出阮明涛的手机说，"阮明涛跳楼前给你发了短信，我有理由怀疑你和这事有直接关系！旁边就是审讯室，要不咱换个地方说话？"

"别吓唬我了，警官！"蒋素素伸了个懒腰说，"我确实和他没任何关系。我只不过用了他的精液样本，给我自己做了个人工授精，行了吧？"

"人工授精？"苏曼宁惊得一时合不拢嘴。

"是的！用你们能听懂的说，就是拿注射器把精液注入我的子宫里呗。"蒋素素淡定地说。

"你为什么这么做？"

"我想怀孕不行吗？"

"你这是违法的！"

"警官，我懂法！不结婚没准生证，不代表不能偷偷人工授精要孩子！"

"你这是私自挪用第三者精液样本，不但违反法律规定的相关程序，道德上更说不过去！"

"谁说不是呢！我的确违反了法律和医院规定的程序！但违反的，不是刑法！你们要不要给我个民事起诉？再说，那份精液样本人家主人都不要了，我这属于利用职务便利，违反程序，我都承认！反正这事也藏不住。"

蒋素素见苏曼宁不吭声了，继续饶有兴致地说："对了！给你们普个法，我的确违反了国家的《人类辅助生殖技术管理办法》，要是被计生办的知道，他们有权拉我去做人流。"

说到这里，她笑了笑，接道，"所以呢，我知错就改，已经把孩子做掉了！这个结果，两位警官满意吗？"

蒋素素这番话，把苏曼宁气得直哆嗦。

苏曼宁顾不得自己身份，站起来指着蒋素素的鼻子说："你太无耻了！"

"少来！轮不到你教育我！"蒋素素针锋相对地说。

苏曼宁深吸了口气，尽量稳住情绪，说："怪不得前几天阮明涛从网上搜索胎儿的信息，一定是你成心告诉他的！"

"你说对了！我还找到阮明涛老家去，把我怀孕的事告诉了他妈！"

"然后你再把孩子做掉，去刺激阮明涛？"苏曼宁很快理清了头绪。

"呵呵。这事对阮明涛刺激并不算大。"

这时秦向阳咳嗽了一声，说："你这么做，是为了刺激艾丽吧？艾丽为阮明涛付出那么多，突然查出重病不能生孩子，你利用了阮明涛的精液样本，再找到艾丽告诉她，你怀了阮明涛的孩子。如果我没猜错的话，你当时还精心准备了一份DNA报告，用来证明你怀的就是阮明涛的孩子。那么，艾丽受到的打击也就可想而知了。她一定会当面质问阮明涛。而阮明涛当时还不知道你利用了他的精液样本！这么一来，他再怎么解释，都是越描越黑！艾丽也只能有一个想法，风风雨雨这么多年，阮明涛最后还是背叛了她！"

"你说的大部分都对！"蒋素素甩了一下头发，说，"但我当时并不知道艾丽重病。我那么做，不是为了刺激艾丽，而是通过她，去刺激阮明涛。就像你说的，艾丽一定会认为阮明涛背叛了她，那么她会把阮明涛甩了！然后我又去了阮明涛老家，让他母亲也高兴高兴，最后再做掉孩子，就这样。"

蒋素素述说得很平静，这让秦向阳很不适应。如果非要形容一下蒋素素的话，除了歹毒，心如蛇蝎，他一时想不到别的词。他眼前的蒋素素长得一点也不丑，可那精致的外表下，究竟藏着怎样的灵魂？

秦向阳的心情突然变得很糟糕，为什么呢？他说不清。要是眼前坐的是个杀人重犯，那么对方的陈述再怎么骇人听闻，他都能接受。可现在？她深深看了蒋素素一眼，急促地呼了一口气，说："你和阮明涛有什么仇？"

"切，我和他没仇。"

"没仇？没仇你要借艾丽之手刺激他？"

蒋素素打断秦向阳，说："我就是教训教训他！谁叫他多管闲事，差点害死我姐？"

"阮明涛差点害死你姐？"

蒋素素说着，又点上一根女士香烟，轻吸了一口，接着道："阮明涛和我姐夫华春晓关系不错，听我姐蒋艳艳说，他们有共同爱好，都喜欢生物塑化技术，他俩以前在一个生物塑化展览会上认识的。我姐呢，不让人省心，有外遇，华春晓就动不动找碴闹离婚，扬言要抓到证据，让我姐净身出户！实际上他华春晓也不干净！他算个什么东西？想让我姐净身出户？那阵子，我爸也跟着受了好些气！实际上他俩都理亏，再说都老夫老妻有孩子了，这么闹闹，时间长了也就消停了。"

听到这里，秦向阳突然想起，孙劲最早对华春晓的调查报告里，提到程功在华春晓办公室门口偷听华春晓和小情妇聊天的情况。敢情华春晓这一出背后，还有这么一档子事。秦向阳摇了摇头，又凝神静听。

"后来，事情也确实消停了。可谁知，中间又杀出来个阮明涛！"蒋素素端起面前的一次性杯子喝了口水，又道，"阮明涛不是兼着什么医药公司的顾问嘛，有次他去酒店吃饭，好巧不巧，我姐那天正好也在那吃饭，和别人卿卿我我的，被阮明涛给看到了！你看到就看到吧，和你有什么关系？权当没看到不就完了？好嘛！他不！他立即打电话告诉华春晓了！接下来你猜怎么着？华春晓叫他帮忙拍照，换成别人谁沾这种麻烦？他阮明涛还真就拍了！他不但拍，还跟着人家上楼,把人家开房的房间号都给拍得一清二楚!"

蒋素素越说越气,连着喝了几杯水,缓了口气,才又慢悠悠地说:"这下可好了!本来局面才消停,华春晓又来劲了!可算有证据了!赶过去当场抓了我姐个现行!说什么是可忍孰不可忍,嚷着让我姐净身出户!还找了律师!你们说,阮明涛是不是个傻逼?"

"你就因为这,才报复阮明涛?"

"别说得那么难听,不是报复,是教育!我姐要是被净身出户,那真叫人财两空。为这事,我姐还闹自杀,吃了安眠药,差点就……我姐要是真没了,我非把阮明涛……"将素素咬牙切齿,很是激动,"现在彻底消停了,华春晓死了!谁也料不到!"

蒋素素说累了,停下来又点了根烟,接着说,"所以,当时我真是气疯了!才想出那么个法子,我就是要阮明涛也尝尝人财两空的滋味!"

"你真是害人不浅!"秦向阳说,"艾丽就因为你,搭上一条命!"

"警官,话不能这么说!我的本意只是出口气,我当时可不知道她得了重病。"

"出气?"秦向阳冷笑道,"不客气地说,艾丽是被你间接害死的!"

"我可没那么大的脸!"蒋素素争辩道,"说破天,我无非就是偷用了阮明涛的精液样本,然后告诉艾丽我怀了阮明涛的孩子,想把她从阮明涛身边气走。再把孩子的事告诉阮明涛母亲,之后再打掉孩子,借此教训教训阮明涛,让他明白个道理,别他妈多管闲事!他运气算好了,要是我姐真没了,那他才叫害人不浅!"

苏曼宁气得浑身发抖,她紧紧盯着蒋素素说:"阮明涛跳楼,伤得那么惨,你就没一点愧疚?"

"哟!瞧你说的!我愧疚什么?你以为他是因为受不了我打掉他的孩子,才跳楼吗?不,是因为受不了艾丽对他的报复!"蒋素素叫道,"我听说了,艾丽把自己整成了模型,她这是想让阮明涛的余生寝食难安!她这招可真够狠的!"

"她狠?"苏曼宁冷冷地问。

"是啊！当然，她这么做，也有点想不开，就算是阮明涛真背叛了她，那又有什么大不了？一拍两散就是了。何况那只是我的一点小小手段！不过呢，话又说回来，对她来说，本就有病活不长了，这么做倒也挺有诗意！"

"闭嘴！"秦向阳实在听不下去了，他一拍桌子站了起来，指着蒋素素说，"阮明涛跳楼，表面是受不了艾丽对他的惩罚，实际上，他是接受不了事实真相。他想不到一切因你而起！而你那么做，竟只是因为他把你姐出轨的事告诉华春晓！说到底，阮明涛心里太苦了。那都是你带给他的！你良心叫狗吃了？说和你一点关系没有？噢！他就是帮着华春晓拍个照片，就该死？那他妈是你姐的错！还有艾丽，简直成了你祸害阮明涛的工具！我真替他俩不值！"

"你他妈骂谁呢！"蒋素素也唰地站了起来，拍着桌子嚷道，"我就偷用了精液样本了，怎么着吧！我就骗艾丽了，怎么着吧！她愿意信我，她不信任阮明涛，那是她的事！关我屁事！她把自己做成模型，管我屁事！阮明涛受不了去跳楼，又关我屁事！"

蒋素素越说精神头越大，指了指秦向阳，又顺势指了指苏曼宁，大声说："我今天来公安局，不是来和你们吵架的！我知道你们有本事，这些事瞒不住你们！我好心好意，全部经过都告诉你们，给你们省点事！你们这倒好，教训起我来了？"说着，蒋素素挽起袖子，说，"来！干脆点！要么这就抓我！要么让我走！我倒想看看，我犯了哪条罪？"

蒋素素这一通咋呼，真把秦向阳给问住了。秦向阳不是律师，但他起码清楚一点，要说蒋素素是间接故意杀人，肯定算不上。法律对间接故意杀人的界定是，行为人明知自己的行为会造成被害人死亡，却放任这种结果发生，最终致人死亡。蒋素素把自己怀孕的事告诉艾丽，这个主观行为确实带有一定的主观恶意，但她完全没料到艾丽会采取极端行为。

那过失致人死亡呢？过失致人死亡罪，包括疏忽大意的过失致人死亡和过于自信的过失致人死亡。前者是行为人应当预见自己的行为可能造成他人的死亡结果，而疏忽大意没有预见，从而造成他人死亡。后者是行为人已经预见到其行为可能造成他人死亡，但轻信能够避免以致造成他人死亡。

蒋素素显然不符合过于自信的过失致人死亡，那么，她恶意地把自己的怀孕事实告诉艾丽时，应当预见自己的行为可能造成艾丽自杀吗？这里面，艾丽本身患绝症，是其采取极端行为的一个很重要因素。而蒋素素恰恰不知道这一点。如果艾丽本身健康，即便受到了蒋素素的主观故意伤害，恐怕也不会想到用死来解决问题。

行为人应当预见自己的行为可能造成他人的死亡结果，而疏忽大意没有预见。法律上怎么界定这个"应当"呢？再比如，小三怀孕找上门，原配气得自杀，小三应当预见原配的自杀行为吗？秦向阳想来想去，一时郁闷得要命。

"不用想了！"蒋素素似乎看透了秦向阳的心思，掏出手机冲着他摇了摇，说，"这种新闻天天有！我早问过律师了，对于艾丽的死，原则上我不承担任何刑事责任，但在民事赔偿上，我的行为对她的自杀举动，存在法律上的因果关系，应该承担一定责任。艾丽呢，作为完全民事行为能力人，对自己的自杀行为承担主要责任！至于阮明涛跳楼嘛，这个我事先不知道，还没请教律师，不过他既然没死，我应该也没什么事。大家都认真的话，我大不了辞职换个工作！重要的是我爽了！就这样！"

看似很严重的问题，经蒋素素轻描淡写这么一说，一下子变得啥事没有了。苏曼宁想发作，却无可奈何。她心里不得不承认，蒋素素最后的几句话，对她个人责任的界定，不一定完全准确，但一定很接近事实。

苏曼宁突然觉得浑身发冷。

蒋素素的一系列行为，下贱到什么程度？在她看来，已经到了道德最低点，或者说道德冰点。冷血，毒辣，聪明狡诈，睚眦必报，苏曼宁头脑里冒出来一连串的词，可却拿她一点办法也没有。

秦向阳对这场无可奈何的问询早就失去了耐心，但他有心治治蒋素素，便阴着脸说："艾丽的死，你很可能不承担刑事责任，但在你采取一系列行为报复阮明涛之前，应当预见到自己的行为可能导致阮明涛做出极端举动，也就是说，不管阮明涛跳楼还是其他自残行为，你都应该有所预料，这点毫无疑问。阮明涛今后会不会起诉你，我管不着。但你在我这，肯定是违反了治安管理条例，应当依法给予治安拘留。"

说到这，他从外面叫来两个人，然后对蒋素素说："去看守所待几天吧！我派人办好手续，把你送过去！"

"姓秦的你敢关我？"一听这话，蒋素素登时蹦了起来。

秦向阳不再理她，和苏曼宁一前一后离开了问询处。两人走出了老远，还能听到蒋素素在后面大吵大叫。

"该关！多关几天才好呢！"苏曼宁愤愤地说。

秦向阳默默地回了办公室，他实在没想到一切起因竟是这样，他被蒋素素的言行给惊到了。在他的认知里，蒋素素这样的行为怎么也得关几年，可实际上呢？法律却几乎拿她没什么办法，就算阮明涛伤好后起诉她，也真闹不出什么大事。秦向阳第一次感受到了法律本身的无奈。

这个时候，孙劲和李天峰正开车赶往农贸市场。

一刻钟前，有警员打电话告诉李天峰，程功租的房子找到了，但是上午程功退掉了房子，东西都搬走了。

"这也太巧了，下午才对他初步调查问询，上午就提前退了房。是预感到什么了吗？难道房子里有什么见不得人的东西？"

李天峰很赞同孙劲的说法，他一边开车一边说："不过说句实话，我觉得你好像很特别对这个程功。"

"这能叫针对？我们眼前就他这么一个可疑人物。"

俩人有一句没一句正说着，李天峰电话响了，电话里有个警员急促地说："队长快来！房子着火了！"

好好的怎么会着火呢？这俩人满腹疑惑，着急忙慌赶到了现场。

一了解，情况清楚了。程功租的是个沿街房，不大，两小间，隔壁是个卖烟花爆竹的。起火的，就是那个烟花爆竹店，说是老板的小孙子趁大人没注意，拿着打火机玩耍，不小心引燃了烟花，所幸存货少，最初的爆炸没伤到人。但冬天风紧，火势很大，早把连着的几个门头烧了个火光冲天。

远处传来火警的警报声。赶来救火的群众越来越多，人们大呼小叫，拿着脸

盆、水桶扑向了火场，很快就被熏的鼻子不是鼻子，脸不脸。

李天峰一看这个情形，二话不说，脱下外套就往前冲。冲出去两步，他又回头大声叫孙劲。

孙劲站在那，像是啥也没听到，定定地望着火场，双眼失神。

"救火啊！你咋了这是！"李天峰纳闷地问。

这时，发了半天呆的孙劲突然回过神来，看那样子，好像呼吸被什么东西卡住了似的。他猛地呼出一口气，弯下腰抱着头，用力向车门撞去。

他一边撞一边喊："头疼！我他妈头疼！"

第七章　无字灵位

李天峰喊来个警察，一块把孙劲弄上车，想送他去医院。

孙劲抱着头连连摆手，又朝前指了指，意思是把车往前开。

李天峰把车开出去一大截。

远离了火场，孙劲才慢慢平静下来。

李天峰慢慢回过味来，说："你怕火？"

孙劲喝了口水，挠着头说："应该不是。可能是小时候那场火，人受了刺激，见不得这个场面。"

"我就是这个意思，这叫应激性，和动物一样。"李天峰喷了一声，说，"你脑子会不会有啥创伤？不然为啥疼？"

"你脑子才有创伤！"

"我不和你一般见识，你这第几次？"李天峰问。

"第一次！"

"第一次疼？"

"第一次在那之后又见到火场，也是第一次疼。"

"找个医生看看！苏主任就懂这块，找她给你介绍个好医生。"

"再说吧！"孙劲用力晃了晃头，说，"你怎么看这事？"

"失火？"

"对。"

"情况不是清楚了吗?烟花店主的小孙子负主要责任。"

"但时间点也太巧了,程功上午才退房,这就被烧了。"孙劲慢慢恢复了活力,说,"回局里说说情况,照我看,完全有必要把程功弄进来待上四十八小时再说!"

"别乱来!"李天峰很清楚,这场火下来,那房子就再也没有勘察必要了,就象征性留了两个人,和孙劲回了局里。

秦向阳被蒋素素搞得有些郁闷,一听程功租过的房子失了火,眉头皱得更紧了,不停地走来走去。

孙劲一个劲地建议把程功弄进来关上四十八小时。

"但实际情况看来,失火和他无关!"秦向阳不理睬孙劲的建议,突然停下脚步,心里做好了决定,说:"明天我就去找他,要是他真和案子有关,明天我们一定一无所获,反过来,一定会有收获。你相信我。"说着,他用力拍了拍孙劲的肩膀。

李文璧很久没见过秦向阳了。

两个人自打确立了关系,在一起的时间明显少了。秦向阳最近很忙,她也很忙。

最近一段时间,市局组织了一次"打拐专项行动"。报社安排李文璧跟随打拐专项小组,实地采访,做专题报道。

"专项小组"前两天收到线索,说有两个失踪的孩子被卖到了本省某山村。李文璧立即随队前往。

提供线索的是个女人,用的不记名电话,电话打到了"110"。显然,线索提供者不想透露身份。

"专项小组"想进一步核实信息,可是那个电话关机了。通过技术手段定位,发现手机所在大体位置,跟线索里提到的村子基本一致。

提供线索者为什么不想透露身份呢?

"专项小组"分析,偏僻山村是人贩子的主要业务范围之一。山民法律意识相对淡薄，没孩子的，娶不上媳妇的，就动歪脑筋，相应地，很多被拐儿童和妇女，都被卖进了山里。山民们往往把这种交易当成常事，意识不到是违法行为。再就是山里封闭，宗族观念强，互相之间往往沾亲带故，你要是买了人口，被外人知道了，外人不但不会出卖你，有时还会帮你。比如人跑了，村民会帮着把人抓回来。基于这么个情况，"专项小组"认为提供线索者是良心未泯，或者有一定法律观念，但又不想公开身份，免得让村里人知道，以后混不下去。

看来这人很小心，要么就是有其他顾忌。

村子叫鸡冠村，位于本省西南丘陵地带腹地。鸡冠村就在鸡冠山附近，周边山清水秀，景色宜人。只可惜交通不便，又缺少特色，没人前来开发，来往游人很少。

进村要走山路。山道崎岖，没修盘山公路，车要硬开上去也行，但危险系数太高，根本就是玩命，当地村民出入，多靠摩托车和自行车。

"专项小组"把车开到鸡冠山，剩下的路只能步行。一行人偃旗息鼓，便装进山，没闹出什么动静。

鸡冠村也就百来户人家，组员们本想一户一户挨着搜，定能顺利完成任务。谁知搜来搜去，忙了一天，就是没搜到孩子。

小组组长姓刘。他这才意识到，还是低估了村民的团结。

孩子为啥搜不到？一定被藏起来了。

他很清楚，这么一来，等于已经暴露了身份。就算消息属实，这么待下去也没戏，只好暂时收队，从长计议。

回城前，刘组长一直在琢磨那个神秘的举报人。要是能找到对方，那是再好不过。他又联系局里的技术人员，再次定位。结果和上次一样，还是只能定到鸡冠村附近的大体范围，没法子再精确，要是对方开机就好了。

鸡冠村附近，最近的就是鸡冠山，山上有座小庙。山下有几处搭建的房子，房主是外来户，住了十几年了，从村里收山货往外贩卖。

刘组长想，既然手机信号定位到鸡冠村附近，那手机的主人，要么是村民，要么是那家收山货的，要么是山上庙里的人。别的，再无可能了。可他很快意识到怎么分析也没意义,既然报案人关机,有不可言说的顾虑,那就算和警方面对面,人家也不会承认。

但程序上,刘组长还是派人询问了贩山货的,山上庙里也去打听了,果然,人家都说不知道什么贩卖孩子的事。

孩子找不到,自然无法实地采访报道。刘组长很无奈,跟随队记者李文璧表达了歉意,然后带队回城,计划再暗中派人进村打探,直到消息准确无误,再定点找人。

行动失败,李文璧也很失落。上车后,她听打听情况的队员说,庙里有个老和尚,能给人解签算卦,一时心动,来了兴趣,想去给秦向阳这刑警队长求个平安符,跟组长打过招呼后,便单独开车脱离了队伍。

鸡冠山本就不高,李文璧把车停在山脚下,没多久就爬了上去。

那庙虽小,却也是苍松林立,古意盎然,一看就是个清净之地。李文璧心喜,推门而入。

想必是游人很少,香火不旺的缘故,李文璧爬上去后,院子里空荡荡的,队员所说的老和尚,也不知上哪去了,只有几个执事僧人在庙堂里闲坐。

李文璧从庙里买了几炷香,虔诚地上香跪拜一番,精神上才得了安慰。那中间也没人前来打扰,她心里很是畅快,便来了兴致,一个人在这荒山小庙里转悠起来。

她在前殿转了一圈,正要往后殿走,抬头见两个人从后殿旁边的小路上走了过来。那两个都是女人,一老一少,老的蓄着头发,穿着布衣棉袜,想必是个带发修行的居士;少的三十岁左右,打扮时髦,锥子脸,颧骨有些高,眼角上翘,嘴唇很薄。

由于职业的原因,李文璧观察得很细致。那两个女人越走越近,感觉到了李文璧的目光,就朝李文璧看了过来。李文璧和善地笑了笑,甩着双手从旁边走开了。

那两个女人径直出了庙门。不大会工夫,那个年纪大的居士一个人回来了,她见李文璧模样乖巧,一个人逛来逛去,就上前问道:"姑娘怎么一个人来到这里？"

  李文璧朝对方笑笑，有啥说啥："哦，我是个记者，去采访回来，见这里景色不错，就来上炷香。"

  "这里景色倒也没什么，就有一个好处，安静。"居士说完转身离去。

  走出去十几步，她突然又停住脚步，回头问，"你是记者？"

  "是啊，阿姨。怎么了？"

  "哪里的记者？"

  "省城，滨海的。"

  "哦？你是滨海人？"居士闻言眼睛一亮。

  "是的！难道阿姨你也是？"

  "嗯。"

  "我们是老乡，真没想到！"李文璧使出了记者的本能，又问，"那刚才和你一起的女孩是？"

  "噢，那是我的女儿。出来散散心，顺便来看看我。"说完，她轻轻地叹了一口气。

  "怪不得眉眼跟你有几分相像。"

  "只可惜越大越不省心。"居士一边说，一边微微皱起了眉头，本来很平和的一张脸，隐隐之间有些愁云惨淡，好像有什么心事一时拿不定主意。

  "阿姨你怎么了？"李文璧关切地问。

  "哎！"居士长长地叹了口气，一副欲言又止的模样。

  "阿姨你怎么大老远跑来这里……清修？"李文璧转移了话题。

  "哦，这个说来话长。"言语之间，居士好像一下子打定了主意，道，"你我今日遇见，也是缘分，你又恰好是个记者，也许，真能帮我一个忙。"

  "什么忙？"

  居士四处看了看，轻声对李文璧说："过来说话。"说完，当先一步朝后院走去。

  李文璧真不愧是干记者的料，好奇心一下子上来了，紧紧跟了上去。

第七章 无字灵位

后院角落里有座房子，居士引着李文璧推门进去，关好门，招呼李文璧落座，随后道："做个自我介绍吧，称呼起来方便。我姓周，叫周小娟，以前在家时就常年礼佛，后来无意中来到这个清净的地方，索性就做了居士，算起来有七八年了。刚才那是我女儿，姓蒋。"

"我姓李，叫李文璧。周阿姨您需要我帮什么忙？说吧！"李文璧干净利落地说。

她见周小娟欲言又止，转身掏出记者证给对方看了看。

周小娟点点头，像是下定了决心，说："这山叫鸡冠山，下面有个村叫鸡冠村。以前，村里有些人家娶不上媳妇，就花钱从人贩子手里买。"

李文璧一听是这个话题，顿时来了精神头，忙附和道："这种事不算稀奇，几年前有个女大学生被拐卖到了福建某山村，天天被人锁着，一关就是好几年，后来生了孩子。主家以为有了孩子，她就不会跑了。谁知那女的烈性，找机会点了一把火，把那家人全烧死了，连自己和孩子在内。"

"真是造孽啊！"周小娟叹道，"实话跟你说吧，这两年，这边也有人买孩子，尤其是小女孩，越小越好，买来养在家里，大了直接就当儿媳妇了！"

"这不就是童养媳吗？现在还有这？"李文璧的眼里透着疑惑。

"怎么没有？现在，这庙的后边就藏着两个小女孩！"

"啊！"李文璧惊呼了一声，心说，难道正是我们要找的孩子？要是孩子被藏在这里，难怪打拐小组进村找不到人。

她想了一会，皱起眉头问，"为什么藏在这里？"

"一来安全，二来训生。"周小娟低声道，"听说过熬鹰吧，一个意思，把孩子扔到地窖里，吃喝拉撒全在里面，隔三岔五过来送点吃喝，饿不死就行。时间长了，孩子才能听话。要不说孩子越小越好呢，大的就得训生。"

"这还了得！村里那么多人，就任由那么几户人家为非作歹吗？"

"你这就是不了解世道了。村里家家户户世代住在这里，不是亲戚也好过亲戚，加上偏僻闭塞，法律观念淡薄，这也不是杀人放火，谁会为这些事得罪人？要是孩子家长找来，进村打听孩子下落，村民只会说'不知道'，哪个爱多管闲事？"

　　说到此处，周小娟黯然神伤了一会，接着说："哎，那些孩子实在可怜，可我也没什么办法。恰好前天女儿来看我，我便托她买了张不记名电话黑卡，报了'110'。"

　　"啊！"李文璧惊呼一声，心说，"真是踏破铁鞋无觅处，原来报案人是她。"

　　她正要把心里话说出来，又被周小娟打断了："你是不是好奇，我为什么用不记名手机卡？"

　　李文璧使劲点头。

　　周小娟说："你有所不知，这一块的产权，是他们鸡冠村的。就连这座庙，也是多年前他们村的人出钱盖的。这庙除了我，还有两个老师父，三个小师父，这些人都是无依无靠的主。我要是实名报了警，村民必然迁怒，把那些师父也连累了！我倒好说，可叫他们往哪里去？所以，才用了不记名卡，而且，我在电话里也没具体提供孩子被藏在此处，我考虑一旦说得太具体，警察直接找来这里，也难免让村人起疑……"

　　"哦？我明白了！"李文璧忍不住道，"你故意在电话里没说得太具体，是不想连累别人。可是，你跟警察说实话，他们不会出卖你啊。"

　　"我和警察之间，没有中间人，总觉得不妥，"周小娟叹道，"我本以为，警方收到我提供的消息，进到村里，总有手段逼问到孩子的藏身之处，可是没承想……就在刚才，有个警察还上来打听孩子的下落，看来他们手段不行……刚才面对那个警察，我真是急得不行，话屡次到嘴边，还是给咽了回去，哎。"

　　"哎，哎，可能他们手段真不够老辣……"李文璧自言自语，一阵感叹。

　　这时周小娟又道："我想那些警察还没走远，刚才听说你是记者，就又动了心思，觉得你应该能帮上忙。你不会坐视不管吧？"

　　"这，我当然要管！"李文璧没忙着透露自己身份，转念又问，"可刚才你女儿也在，为什么不找她帮忙？"

第七章　无字灵位　　113

"哎!"周小娟又叹了口气,说,"我女儿心硬,不想管这些闲事。好不容易来看我一次,没忘了带手机卡就不错了,又急着回去,说是她姐夫被人害了!哎!你不加害于人,岂有被害之理?孽从自身起。我在这苦苦积累功德,也抵不过他们的一个恶念,恶缘。"

李文璧点点头,马上说:"你是希望我做中间人,想个法子,既能救走孩子,又不至于让村民怀疑你,迁怒到庙里,是这意思吧。"

"对!"周小娟喜道。

"孩子被关在哪?"

"出了庙,绕到后面,庙的正后方有个地窖,用木板盖着,表面铺着干草,孩子就在地窖里。"

"这好办!"李文璧来不及解释自己的身份,比画着说,"这样,我看这儿景色不错,我去找几个人来,扮成写生的学生,男男女女的,就在这四周转悠,这样,总能'无意'地发现地窖吧?然后我报警,这样就自然了。"

"是个不错的法子,要是成了,你也算积了功德!"她仔细琢磨了一会,又担忧地说,"问题是这事拖不得,孩子们时时遭罪呢,可你这一时半会上哪找人?"

"不用担心,你等着,我很快就回来!"李文璧说走就走,小跑着出了寺庙。

事情办得很麻利。李文璧立刻打电话给打拐小组的人,把事情经过说了一遍。

刘组长喜出望外,没想到李文璧无意之中遇到了报案人,找到了孩子的下落。

原来报案人真有顾忌!弄明白隐情后,组长按李文璧的吩咐,派了几个年轻干警,打扮成学生模样,拿着画架到约定地点跟李文璧会合。

李文璧带着人很快回到寺庙。

一行人叽叽喳喳兴奋异常,先有模有样地在庙里转了转,随后出了庙门,各自找灵感。

时值冬天，红日当头，这鸡冠山在众人眼里虽无满山苍翠，却也是怪石林立，松柏苍劲，别有一番风味。

很快，在庙后转悠的李文璧尖叫一声，"意外"地在一层干草下面发现了一块木板。打开木板后，一个黑黢黢的地窖突兀地出现在众人面前，紧接着，一阵浓浓的酸臭味飘出了洞口。

地窖是垂直的，有三五米深，阳光照下去，基本能看个分明。地窖底部扔着几床破被子，被子上窝着两个黑乎乎的女孩，浑身脏得要命，趴在那里一动不动，不知死活，像两只卧在陷阱里的狗。孩子们的脸部被乱七八糟的头发遮住了，看不清样子，旁边有几个方便面盒，还有几个空矿泉水瓶子。她们的手脚都是自由的，嘴里没塞东西，显然，囚禁她们的人根本不担心她们喊叫。这荒山野外，天寒地冻，本就少有人迹，又是三五米深的地下，怕是喊破喉咙也没什么用。

阳光斜刺入地窖，两个孩子立刻紧紧地闭起了眼。过了好一会，一个看起来较大的孩子才慢慢睁开眼睛，抬起头茫然地看着上面。她的脸又黑又脏，露出的两个眼白格外刺目。地窖上面的人一直在大声喊叫，跟她说话。她却好像完全听不到。过了很久，直到那俩孩子意识到那些陌生的面孔不是囚禁她们的人，才一张嘴，哇地哭了出来，那哭声格外刺耳响亮，像产房里的第一声啼哭一样。

李文璧让一个"学生"把庙里的老师父叫了出来。

老师父看着地窖，眼神凄楚，支吾了半天，就说了一句话："不知道怎么回事。"

早在多米诺骨牌案里，李文璧的演技就已非常纯熟，配合秦向阳演过几场好戏，这次，也同样发挥了戏精的本色。

她当着寺里几个和尚的面，掏出电话，哆哆嗦嗦地报了警。

接警后，打拐小组故意拖了将近两个小时，才赶过去，顺利地把两个孩子救出了地窖。小组的人本来都是便衣，为了配合李文璧，这次都穿了警服。

经过一番艰难的交流，李文璧才知道，这两个孩子都是滨海人，小一点的叫宋卓娜，大一点的那个叫程璇璇。

对程璇璇来说，是李文璧打开了地窖木板，给她带来了生的希望，也就自然对李文璧格外亲近。李文璧在，她就默默地靠过去，李文璧不在，她就默默地缩回车上角落里，任谁问话也不搭理。

有李文璧的嘱咐在先，组长没有第一时间送两个孩子回城，也没给孩子收拾洗刷，而是"原装原样"，带着孩子和"采风的学生们"，怒气腾腾地拉着警报去了鸡冠村。他要配合李文璧把戏演完，省得村民事后迁怒到庙里。

一行人到了村子。见有警车，村民们很快就围了过来。车上两个孩子拼命缩在后面，死活不肯下车，李文璧只好把他们抱到车门口。

看到两个孩子的惨状，村民们纷纷侧目，议论声此起彼伏。

还没等组长找村支书，老支书就从人群里挤了出来。

"啥也别说了！"老支书见孩子在警察手里，颤巍巍地对打拐组长说，"这俩娃，是俺村人干的。是二牛和刘三炮家！我是支书，我有责任！"随着话音的起落，老支书嘴里的烟头不停地抖来抖去。

刘组长压压手，等四周安静了，才大声说："我们这次来，主要不是追究包庇的责任。我就想和乡亲们聊个实在！咱们谁不是爹娘生养的？你们谁家的孩子，忍心叫人拐了去遭这份罪？这他妈是人干的事吗？"

组长的声音很洪亮，也很平静："实话说！上午就有我们的同志便装来过，打听这两个孩子的下落。结果呢，问谁都说'不知道'。你们说我失望吗？非常失望！但我先不责怪大家法律意识淡薄，那也有我们的责任！我也不想说什么大道理，就一句话，咱做人为个啥？不就为能吃个安顿饭，睡个踏实觉？是这个理不？就说这次，要不是这几个上山采风的大学生，偶然发现了那个地窖，报了警，这俩孩子的罪还不知要遭到什么时候！我就问一句，大伙于心何忍？吃能吃踏实？睡能睡踏实？"

说到这，他回身指了指那几个"学生"，又指了指车里的两个孩子。

这时，李文璧早就又恢复了记者的身份，跑前跑后忙着工作，采访。

刘组长的话把庙里周小娟等几个人给撇清了。

人们又开始议论起来，不停地对"学生们"指指点点，有的颔首点头，有的满脸不在乎，有的一脸鄙夷。

接下来，打拐小组怎么抓二牛和刘三炮，怎么追责等公事咱们放下不提，单说李文璧。事办完了，采访也圆满了，她和组长道了别，要提前回程，中间再去见见周小娟。

程璇璇认准了李文璧，见她要走说啥也得跟着。但是，不管从安全还是程序的角度，孩子都必须跟"打拐小组"一起。李文璧好说歹说，答应回家后就去看她，又让程璇璇记下她的电话，才总算脱身。

周小娟再次见到李文璧，心情一片大好，拉着李文璧的手感叹唏嘘了一阵，才说："真是想不到！这么快你就把事办成了！"

李文璧有些不好意思，微微红着脸说："其实我是记者不假，但也没全说实话，其实我和那些警察一伙的……最近市里成立了打拐专项小组，我这次就是专门跟着小组采访的。他们行动失败后，我听说这里能求签算卦，就寻思上来给我男朋友求个平安符。这不就……所以，这事是我应该做的，真的没什么！"

"哦？还有这一层，真是想不到，想不到！"周小娟诧异了半天，才缓过神来，笑道，"所以我说这真是一桩善缘啊！"

"是啊！"李文璧笑道，"周阿姨你放心，在村民那里，刘组长也撒了个善意的谎，说了学生采风的事，把你给撇清了。"

"善哉！"周小娟感叹道，"看来谎言有时候也能结善缘。"

至此，孩子也救了，周小娟这里也交代过了，李文璧心里一片踏实，提出要走。

周小娟一听她要走，执意挽留。

李文璧想想也是，既然和周小娟有缘，成全了一桩善事，还顺利完成了采访任务，留一晚也不为过，再说天色已晚，没必要赶得那么累，于是就同意留下来。

周小娟了却心事，心情大好，忙前忙后拾掇起晚饭来。庙里后院种着不少时令蔬菜，她很快就做了一桌子，虽说全是清淡素菜，却也别有一番滋味。

接下来两人落座，边吃边聊。人逢喜事精神爽，两人的话题也越来越多。

第七章 无字灵位

一顿饭下来，李文璧才知道周小娟的丈夫叫蒋斌，是省医学院附属医院的副院长，有两个女儿，大女儿叫蒋艳艳，二女儿叫蒋素素。

说起蒋素素，周小娟一脸愁云。

"哎！我这个小女儿不随我，随她爸，心肠刚硬。真是操碎了心。这次来，告诉我她才堕了胎，趁着休养身体的空，给我带了些东西过来。哎，堕胎即杀生，也是一大恶孽！"

李文璧无言以对，只是觉得蒋斌这个名字听起来耳熟，但又记不起从哪里听过。

她陪着周小娟感叹一番，说："我真佩服您专门到这里当居士，真是一心向佛啊，我可做不到这个。"

周小娟和善地笑笑，说："多年前在家我就吃素礼佛，确实早有出门做居士的念头，但能来这里，也不全是因为那个多年的念头。"

说到这，周小娟见李文璧也吃完了，起身一边收拾一边说："好了，我该做功课给施主回向了。"

"施主？谁啊？我吗？"

"不是的，是我的恩人，"周小娟善意地说，"我做功课的时间有点长，你要觉得闷，可以随便走走。"

"恩人？好吧，不用管我。"李文璧笑道。

周小娟冲李文璧点点头，转身进了里屋。

外面月明星稀，空气凉薄。

李文璧出去透了透气，趁着空给秦向阳打了个电话，先说到庙里上了香，又把白天的事大体说了说，但没具体讲被救孩子的名字，言语之间颇有成就感。李文璧得知秦向阳在处理命案，嘱咐了对方几句。

挂断电话，她在小院子里走了几圈，直到觉得有点冷才转身往回走。一进屋，她就听到周小娟抑扬顿挫的念经声音。

这可比祷告麻烦多了！她嘀咕了一句，坐不住，悄悄走过去透过门缝往里瞅了瞅。

门内亮着灯，周小娟背对着李文璧，盘腿端坐在蒲团上，口中念念有词。周小娟正前方摆着张香案，上面点着香，放着几盘小点心，香案最中间竖着个长方形木牌。

　　李文璧仔细端详那个木牌，怎么看怎么觉得那像个灵位。

　　难道她有亲人过世了？李文璧再次端详，却发现它上面是空的，一个字也没有。

　　咦！灵位哪有空白的？这倒很少见。李文璧想起来周小娟刚才的话，暗道，难道是她说的那位施主的灵位？

　　周小娟做完功课，站起来慢慢活动身体，见李文璧站在门口，不以为意，打开门示意李文璧进去。

　　李文璧有些尴尬地笑了笑，说了声抱歉。

　　屋里熏香缭绕。

　　周小娟开了窗户，转身笑着说："没什么，这就是日常功课，不是什么秘密。"

　　李文璧点点头，随意往床沿一坐，问："周阿姨，你这香案上摆的什么？"

　　"灵位。"周小娟言毕，一脸平和。

　　"那怎么没有名字呢？"李文璧难掩内心的好奇。

　　"这就是我说的那位施主，只是，我也不知道他的名字。"

　　"不知道名字，那你做功课怎么回向？"

　　周小娟一听这话笑了，说："问得好！其实只要心里有他就可以了。人哪，该常怀感恩之心！这么多年了，我一直为施主积累功德，一天也不曾倦怠。"

　　"这么久？想不到周阿姨还是个有故事的人。他一定为你付出很多吧？"李文璧的八卦本色又上来了。

　　周小娟微微颔首。

　　李文璧见她不言语，沉不住气了："这么多年不间断，给一个无名施主做功课，要不亲眼见，简直不敢相信。这天还早，你就讲讲吧？我保证不出去乱说。"

　　周小娟见李文璧那好奇的样子，笑了。

"哎呀,你也讲了,咱们这么有缘。"李文璧继续催问。

周小娟修持多年,本已心静如水,没有太多倾诉欲望。但李文璧帮她成就了心事,救出了孩子,这确实算得上缘分。她知道李文璧心性纯良,好奇也是因为职业习惯所致,便想,也罢,这长夜漫漫,这么个城里来的姑娘,叫她如何早睡?权当故事聊聊,打发时间吧。

想到这,周小娟又取出个蒲团,轻轻拉起李文璧,让她坐到蒲团上,然后自己坐了另一个。

两人在香案前坐好,周小娟才慢慢说道:"刚才你说他一定为我付出很多。嗯,他只是给了我一个肝。"

"啊!他把他的肝给你了?捐献吗?你以前肝不好?"李文璧心直口快,冒出来一连串问题。

周小娟拉着李文璧的手,说:"这本是私事,这些年来我没对任何外人说起过。你我有缘,看你有兴致,那就讲一讲吧。"

"太好了!"这冬日长夜本就枯燥,这下好了,有故事听了,李文璧很是迫不及待。

"其实说起来也简单,"周小娟轻叹一声,道,"1998年,我查出得了肝硬化,恶化得很快,后来到了非换肝不可的地步。"

"嗯。怪不得你后来礼佛吃素,吃素是好的,脂肪摄入少,肝脏压力小,好着呢!"李文璧说完,才意识到打断别人很不礼貌。

周小娟早已修得心性平和,等李文璧说完,才含笑道:"是啊,吃素百般好。当时我命在旦夕,知道这些也晚了,这就是命。我老公蒋斌呢,是个外科医生,当时还兼着他们医学院的老师。他不信命,说一定能治好我。治好,就得换肝脏,可谁愿意把肝脏给我?当时,咱们国家器官捐献率非常非常低,嗯,现在也不高,上哪儿弄肝脏去?我就想,还是算了吧,认命,也不住院了,干耗着没用。"

周小娟顿了顿,接着说:"后来有一天,不知道蒋斌从哪弄来个肝脏,之后才有了现在的我。就是这么个事情。"

"一定是他找到了愿意捐献的人，你不会问他是谁吗？"

周小娟微皱眉头，说："事情的蹊跷就在这里。后来不管我怎么问他，他都不吭声，只说他肯定没违法，我没必要知道。可是当时，就连给我换肝脏的手术，他都做得很隐秘，去的不是医院，而是个私人诊所。实际上也不是诊所，这点蒋斌后来承认了，那是他租的一个地方，里面只有一些简单的手术器械，配着些相关必备药品。"

李文璧凝神倾听起来，顾不上插话了。

"我问他为什么要去那里做手术？他说那个肝脏捐献的相关手续不全，当然不能去医院，而我的病情再也不能拖，只能事急从权。"周小娟叹了口气，有些无奈地说，"蒋斌这些话漏洞很多，如果是正常的捐献肝脏，那怎么会手续不全呢？还有，他给做手术的地方，肯定是提前就租好了，就是说，他一早就没有在医院给我做手术的打算。这说明什么呢？"

说到这，周小娟的眉头慢慢凝重起来。

李文璧也皱着眉说："你怀疑那个肝脏来路不正？"

周小娟点点头叹道："如果肝脏来路不正，那就等于我间接害了一条性命，这真是天大的罪过！"说到这，她一直平和的语气才有了明显的波澜，"这些年来，我心里一直背着这个天大的包袱，压得喘不过气来！只能在佛前求得一丝解脱！哎，真相虽无法验证，但我并不糊涂。"

"听你这么说，我也觉得很可疑！这事，要真是牵扯到一条人命，那可真就……真就太惨了！"李文璧捏着自己的手心说。

"是啊！所以手术后，我才日日参禅，后来干脆找到这里，一心做起了居士。一来，为供肝脏的施主积累功德；二来，减轻一些自己的罪孽。蒋斌如果有罪，也是因我而起。一切罪责在我，阿弥陀佛！"

"您这么说，实在是让人敬佩！"李文璧由衷地说。

"这没什么，一切皆因果。蒋斌如果有罪，我的确是他的因。"

李文璧低头琢磨了一会周小娟的话，说："我觉得不对，阿姨你也不必太过于自责，什么都自己扛着。蒋斌如果有罪，那根子上的因，还是他自己内心的执着，你的病情，只能算个外因。"

周小娟一听这句话，满面欣喜地望着李文璧说："是了，是我太迷于自心了。真想不到，你小小年纪有这种觉悟。你与佛有缘啊，丫头！"

"不，不！"李文璧赶紧摆着手，说，"我也就是局外人，小小地分析一下。我喜动不喜静，适合到处扑腾，偶尔进庙里烧个香可以，天天老老实实参禅可受不了！"

"世界这么大，你想慢慢吃，是不是？"周小娟也跟着调侃了一句。

"嗯，是这么个意思。人生这么短，喜怒哀乐这么多，一一品尝也是修炼，和临阵脱逃比起来……啊，不是，不是，我不是说你！"李文璧自觉语失，连连摆手。

周小娟毫不在意，发自内心地笑了一会，又敛容道："尘归尘，土归土，各自因果各自受吧。只可惜这么多年过去，我都不知道那位施主的名字，真是莫大遗憾！"

"心里有就行。"李文璧说。

"是的！"周小娟赞同地说，"也只能记得个时间，8月17日。"

"什么？"李文璧一听这句话，登时坐直了身子。

"8月17日啊，我的新生，施主的祭日。"周小娟说，"蒋斌给我做手术换肝的日子，不就是肝脏主人的祭日吗？"

"8月17日！"李文璧跟着念叨了几遍，脸色突然变了，忽地站了起来，打开门跑了出去。

"这是怎么了？"周小娟不明所以，也跟着站了起来。

"爸！我哥的祭日是8月17日吧？"李文璧跑进院子，远远地找了个角落，打通了家里的电话。

"是啊！这你都给忘了？"

"我没忘！我哥当年是怎么回事，你再详详细细给我说一遍！"

"这是怎么了？怎么突然提起那个事？"

"没什么，就是想我哥了！你再跟我详细说说好不好？"

"哎，你这孩子！怎么想起问这个？"

"说嘛！谁也不许难受，都过去了，就说说。"

"这丫头，真是。1998年，你哥哥文志叫车撞了，被好心人送到省医学院附属医院。医院当时联系不到家属，但还是第一时间给咱抢救。人没救过来，但咱也得记那个蒋医生的好，他给咱垫付了相关费用，不然医院会给咱抢救吗？小时候我就对你说过，现在不记得了吧？"

"送我哥去医院的好心人是谁？"

"不知道，天亮后医院才联系到我。去了医院，蒋医生亲自接待我，说有好心人把你哥送到医院门口就走了。"

"蒋医生叫什么？"

"叫蒋斌，这个我是不会忘的！"

"谁抢救的我哥知道吗？"

"也是蒋医生。他那晚值班，主动给垫付了费用，还亲自给你哥做手术止血……"

"再见到蒋斌，你还能认出来吗？"

"这个，也许能，都过去这么多年了……"

"好了，我知道了！"李文璧啪地挂了电话。

电话那边李文璧父亲一脸茫然，搞不懂自己的闺女是什么意思。

是夜，皓月当空，周遭一片寂静，而李文璧心里却骤然起了波涛，犹如狂风大作，整个人都跟着眩晕起来。

父亲的话竟然能和周小娟的话对上？

他们说的蒋斌不会是两个人吧？不，一个医院会有两个叫蒋斌的？那概率太小。李文璧皱眉暗忖：怪不得周小娟一开始说起蒋斌时，就觉得名字耳熟，只是一时想不起在哪里听过，原来父亲小时候早就提过。

周小娟"施主"的祭日，怎么会跟哥哥的一样？

难道是蒋斌拿了哥哥的肝脏，换到了周小娟身上？

不一定！除非蒋斌那天只做了哥哥那么一台手术！要是他还做了别的手术呢？

不对！到底是谁送哥哥去的医院呢？做了好事，为什么不留个名就走？怎么会那么巧，刚好蒋斌在医院，还那么好心，替人垫付费用？

难道哥哥被撞得并不严重？会不会不是死于车祸，而是活生生被挖走了肝脏？

哥哥是被赵楚的摩托车撞的。赵楚那晚跟张素娟约会完酒后回家，以为撞死了人，为逃脱罪责，一时害怕才跑去当了兵。他跑去当兵，张素娟给他生的孩子才没了爹。后来张素娟吸毒，孩子惨死家中，她才发疯。赵楚复员回来才策划多米诺骨牌大案……

要是哥哥不死，赵楚也就不会去当兵，张素娟的孩子也不会死，那么，也就不会有后来惊天动地的连环大案了！赵楚和那么多人也就都不会死了！

天哪！李文璧越想越害怕，越想越头疼，手心湿漉漉的：难道眼前的周小娟身上，活生生地装着哥哥的肝脏？难道一切不幸的起点，都跟哥哥被撞之后的真相有关？

按李文璧平时的脾气，心里有这么多想法和猜疑，一定会当面跟周小娟说出来。但这次不同，她知道自己的想法，在周小娟那无从求证，而且这次牵扯到哥哥李文志的死亡真相，搞不好背后真有刑事案件。她决定忍了，回到房间，当作什么事也没发生。

周小娟修行多年，心性平和宽厚，见李文璧没说什么，也不多嘴追问。

可她哪里想到，此刻眼前这个恍若无事的女孩，除了因为自己那句"八月十七日"，心里已然多出无数可怕的想法，还凭空产生了浓浓的恨意。

当然，李文璧这股恨意不是针对周小娟。

如果周小娟真的被换上了李文志的肝脏，李文志又确实是死于肝脏移植，而不是什么车祸大出血，那么李文璧心里的确会一下子多出来两个词：仇人，复仇。

这一点李文璧已经想到了。多年来，赵楚一直以为自己撞死了李文志，愧疚无比，复员后找机会认了李文璧做干妹妹，方方面面给予李家的帮助非常多。后来在赵楚临死之前，她才得知是赵楚撞死了李文志，因此一度对赵楚又恨又怜，十分矛盾，直到赵楚死后，都无法找准赵楚在自己心里的定位。而今晚的事突然就颠覆了一切，如果李文志当时被撞得不严重，那么，他的死就不再跟赵楚有关，她心里的赵楚，就又重新变回了那个可敬可爱的大哥模样，哪怕他是多米诺骨牌大案的策划者。以前，她对赵楚又恨又怜，恨的那一部分，也不敢放大。现在好了，如果李文志是死在别人手里，那么，她李文璧终于可以光明正大、肆无忌惮地恨了！不但要恨，还要复仇！

对！一定要给哥哥报仇！李文璧心里一遍遍地强调着，直到心间突然生出一股快意。

要想报仇，就得先弄清真相到底是什么，再找到仇人。

蒋斌，你等着。李文璧想着这些，朦朦胧胧地睡着了。

第八章 幕后人

烟花爆竹店起火后的第二天，一些新的调查情况陆续集中到了秦向阳手里。首先是关于华春晓和高虎孤儿身份的调查，这俩跟李志堂一样，都是孤儿，跟他们档案里亲属一栏的那个"无"相符。同是孤儿，但他们的情况又有所不同。

据华春晓老婆蒋艳艳交代，当时华春晓十四岁，是从另一户收养他的人家里跑出来的，一个人在街上流浪，连续好几天在省医学院附属医院附近露宿，蒋斌两口子上下班注意到了他。蒋斌老婆周小娟心软，和蒋斌商量后，收养了他。这么一来，名义上，华春晓可以算作蒋斌的干儿子，后来干脆当了蒋斌的女婿。

高虎不一样，从小在孤儿院长大，初中没毕业就离开孤儿院早早踏入社会。也正是由于他初中没毕业就辍学，相关学籍资料一时没能找到，也就没查到其幼年时所在的孤儿院。

再就是李志堂，本是单身独居，相关经历应该最难查。李志堂高中学历，警方查找他的学籍档案，竟顺利查到了他当年所在的孤儿院，滨海市盘龙区崇光孤儿院。

时间过去这么久，孤儿院里不可能留下具体的文字档案。好在退休的老院长心细，她当院长期间，历年来孩子们的合影都还保存着。老院长对当年朝夕相处的孩子如数家珍，一个个名字记得非常清楚。

李天峰的人通过老院长，不但从照片上找到了李志堂，还意外地发现了高虎。合影上的李志堂和高虎也就十几岁的样子，依稀可见现在的轮廓。

老院长对高虎的评价就一个字：皮。

李志堂呢，两个字：内秀。

在当时，这俩人处得最好。

李天峰也挺细心，叫人拍下照片，拿去找高虎的老婆辨认。结果证实没错，照片上的人确是少年高虎无疑。

李志堂没有亲人，也就没人能帮忙辨认年少时的照片，李天峰就叫人拿李志堂现在的照片找老院长辨认。其实这个辨认是出于程序上的严谨，实际的结论早就可以下了。

这个意外的发现，令秦向阳很是振奋，死者之间，果然是颇有渊源的。华春晓虽然不是孤儿院长大，但跟高虎和李志堂，也一定有过人生的交集。可能是华春晓流浪期间，认识了高虎和李志堂，也可能是成年后因某种原因走到了一起。秦向阳很快摇了摇头，觉得现在考虑这些都是没有根据的，既然查到了高虎和李志堂所在孤儿院，他立刻想到了孙成茂。

孙成茂和死者之间最可能有过的关系是什么？对孤儿院的孩子提供过帮助，或者做过义工？别的诸多可能比起这个，显然要小得多。尤其孙劲提过，孙成茂为人特别善良，平时连只鸡都不敢杀。一个善良的人遇到孤儿，或多或少总会给予一定的关注和帮助的。

秦向阳的思路越来越清晰了，他立刻叫来孙劲，说了自己的想法。

"你的意思，叫我去跟我母亲了解这方面的情况？"孙劲仰着头想了想，说，"可我不记得父亲有跟我提过孤儿院的事啊！"

"1998年，甚至更久前，你才多大，记不得正常，就算你父亲没跟你提过，也正常。"

"是的！事关重大，我这就去。"

孙劲说完就火急火燎地走了，秦向阳拿了条提前备好的烟，按计划亲自上门"调查"程功。

这时苏曼宁急急忙忙跑了进来。

接下来,苏曼宁说了个很有意思的情况。前些天抓到黑子后,秦向阳他们就发现,黑子的个人资产跟他从事的非法交易暴利收入不匹配,从那时起,苏曼宁就一直暗中调查跟黑子有关的银行账号的情况,但从有限的记录里,没发现大额资金的流动情况。昨天夜里,苏曼宁浏览黑子老婆刘滢的账号流水情况时,意外发现刘滢账号的关联淘宝账户里,几天前突然多出来200万元人民币。

"这两百万元是通过刘滢的网店交易的,分几笔打入,一下子从刘滢网店订购了220台电脑,都是高配置。"苏曼宁说。

"一下子买那么多?这事还有别的特别之处吗?"秦向阳摸着鼻头问。

"有!"苏曼宁清了清嗓子,说,"从网上一下子买那么多电脑,本身不算特别。可刘滢的网店很普通,不是那些大品牌旗舰店,平时流量很少,平均起来,一个月也卖不了几台,你想,谁买两百多台电脑会找那么普通的网店?根本说不过去嘛。"

"是的,这就有意思了。买家是谁?"秦向阳问。

"是个私人账户,叫黄少飞。经了解,黄少飞是飞虹网络公司的老板。但他买这么多电脑,应该不是给公司用的,否则应该会用公司账户走账吧。这个黄少飞,还经营着一家比较大型的'网咖'。"

"'网咖'?难怪买这么多电脑。那飞虹网络公司呢,是个什么情况?"

"飞虹网络公司法人代表就是黄少飞,但实际上公司是黄少飞和他老婆郝虹的,飞虹嘛,名字各取一字。飞虹网络旗下有一款软件叫'觅觅',很火。"说到这,苏曼宁调侃道,"你手机里应该就有吧?"

秦向阳抱着臂瞅了苏曼宁一眼,没理会她的调侃,却道:"正如你所说,这个情况,表面看没毛病,可又经不起琢磨。要不这样,你今天去盯盯刘滢吧?去她那个电脑专卖店转转。"

"盯她?"

"这么有意思的情况,不盯她盯谁?难道盯黄少飞?去吧,我叫李天峰和你一块,先盯两天,看她有无异常。"

李天峰向来不挑活儿,也乐得和警花一块出外勤。两人很快赶到刘滢的电脑专卖店附近，找了个视野开阔的地方停好车。

店里早早就开门营业了，里面除了刘滢，还有个小伙，要么是打工的，要么是刘滢的亲戚。苏李二人观察了半天，也不见刘滢外出。店里买卖一般，半个上午的空总共有七八个顾客，只卖出一副耳机，一个键盘。

"这能盯出什么异常情况？不是瞎耽误工夫嘛。"盯人很枯燥，李天峰靠在驾驶座上，有些不耐烦了。

"老实待着吧，不行你就睡觉。"苏曼宁白了李天峰一眼。

时间过得很快，转眼接近中午。这时，店里来了两个学生模样的青年。约莫二十分钟的工夫，两个青年从店里出来了，蹲在店门口抽烟。刘滢和店里那个小伙也陆续跟着走了出来，刘滢一边走，一边跟小伙说着什么。小伙连连点头，然后从刘滢手里拿了串钥匙，开着原先停在门口的一辆皮卡走了。

看来有生意了，这是去库房拉电脑吧。苏曼宁伸了个懒腰，把一切都看在眼里。

过了一个多小时，小伙开着皮卡回来了。果然，皮卡上装着电脑。苏曼宁数了数，一共四台。小伙卸了两台电脑下来，搬到店里，剩下两台在车上，然后招呼买电脑的那两个青年上车。

看来是送货上门。苏曼宁看了看表，心里纳闷，他这取货的时间也太长了点吧？来回竟然用了将近一个半小时。按说设仓库都图个便利，谁家仓库离着门店这么远？想到这，苏曼宁心念一动，打开手机地图查找着什么。

她查了一会，扭头对正无聊发呆的李天峰说："要不你去刘滢店里看看？"

"看啥？"

苏曼宁想了想，说："算了，还是我去的好，你去买点吃的吧。"

苏曼宁下车整理了一下衣服，朝刘滢的店走去。

刘滢正在吃饭，见有客人上门，起身相迎。

"买点什么？"刘滢热情地问。

"哦，随便看看。"苏曼宁来回瞅了两圈，问刘滢，"你这都是戴尔啊？"

"是啊！专卖店，都是原装正品，笔记本，台式机都有。这个牌子，比你组装机肯定贵一些,但性价比绝对高。我跟你说,你到大商场里,买同样的货,那绝对没我便宜。我这还服务一条龙,免费……"

"是吗?其实你说的那些都无所谓。"苏曼宁打断了刘滢,说,"我最近确实想换电脑,路过就进来看看。不过,我要的配置有点高,而且外置声卡、耳机、麦克风、摄像头等,这些外设也都得要好的,你这有吗?"

"有,什么配置都有!什么外设都有,包你满意!"刘滢一边说,一边仔细打量了苏曼宁一眼,笑道,"没猜错的话,你是直播用?"

"对!我是个网红。"苏曼宁说着,稍稍挺了挺胸。

"网红?好!这么漂亮的妹子,你一进门我就早该猜到!"刘滢赔着笑道,"妹子,你这俏模样配上我家电脑,那绝对大红大紫!对了,直播怎么能没有布景墙呢?我可以免费帮你弄个,配上彩灯,绝对高大上!"

"呵呵,你这买卖真做到家了。"苏曼宁也跟着笑道,"那我看看配置?"

"这两台就是配置最好的,"刘滢指着地上的两台电脑说,"新到的货,两个学生才买走两台,固态硬盘,水冷风扇……"

"两台?也不够啊。"苏曼宁再次打断刘滢。

"不够?你要几台?"刘滢眼里泛着光问。

"少说四台。"

"有!送货的回来就去拉!而且我跟你说,就这种配置,价格上我能给你惊喜!"刘滢喜笑颜开。

"什么惊喜?"

"要是你买这个高配的,我敢说,跑遍全滨海,也找不到比我家便宜的!"

"是吗?这样吧,我也不太懂,我和朋友商量一下,等我会。"苏曼宁说着走了出去。

"咋样,有收获吗?"李天峰见苏曼宁回来了,拿给她些吃的。

苏曼宁摆摆手,说,"一会那个送货的回来,你跟上那辆皮卡,看它去哪。"

"为什么?"

"甭问了,回来再说。"

苏曼宁下了车又回到店里。刘滢忙迎上来问:"商量好了?"

苏曼宁说:"等会你先把货拉回来,一台台都给我测试测试,要是没问题就先订下了,跟你说,我可要三包。"

"没问题,必须三包!还是那句话,价格上,会有惊喜的!"

先放下苏曼宁等在这不提,回头单说秦向阳。

他打电话联系上程功,得知对方正在仓库干活,问清地方就赶了过去。

仓库位于郊外,有七间平房大小,其中六间都打通了,里面堆着些剩货,余下一间住人,外面用围墙围着,算是个小院。院子里搭了个简易的竹架温室,里面种着不少瓜果蔬菜。

秦向阳走进温室,探身摘了个西红柿。摘柿子时,他留意观察了一下,见那些柿子树上有些新茬,显然,这里的柿子不久前被人摘过,说明这里有人住。

程功见秦向阳来了,从屋里出来,一边摘手套一边说:"哎呀,秦队长大驾光临,有失远迎!"

他见秦向阳手里拿着个柿子,就笑着说:"尝尝,味道不错,没用肥没用药。"

秦向阳爽快地吃完,擦了擦嘴,直说道:"上次在局里,弄得太尴尬,怪我,今天登门赔罪!"说着,从怀里摸出条烟塞给程功。

"哎!我理解,你们也是为工作,为案子。算了,屁事没有!"俗话说"伸手不打笑脸人",何况人家还带着礼物来的,程功的话很是客气,先前的怒气也不见了,笑着一摆手说,"你拿烟来算怎么回事?收回去。"

秦向阳说:"收回去行,但我可是准备在你这蹭饭的。"

"那敢情好!中午咱喝点?"程功说着,招呼秦向阳进屋。

"喝点就喝点!"秦向阳向来不拘小节,跟着进了里屋。

里面地方虽不大,却也水电暖网齐备,生活设备一应俱全。秦向阳进屋扫视了一圈,在沙发上坐下。他掏出烟来,趁着低头点火的时候,特意看了看烟灰缸,见里面的烟头清一色都是一个牌子的。

两人寒暄了一阵,程功见时间不早了,赶紧打电话要了几个菜,又拿出瓶酒，一个小场合就算摆齐了。

"行！你这小窝不错，四周还安静。"秦向阳端起酒杯，打破了沉默。

"凑合吧！以前呢，我一个员工在这住，后来你知道，我破产了，人就走了，有时候我就在这住，就图个安静。"程功叹了口气，说。

"哦？什么员工？还有这待遇？"秦向阳好奇地问。

"问到点子上了，"程功放下筷子说，"人呢，很普通，工作呢也很普通，车间、装卸、看仓库，啥都干，可人品好，一个人干三份活，从来不抱怨，不主动要求加工资。时间长了，我也就不拿他当外人了，把这地方给他拾掇妥当，他住得舒心我也省心。不瞒你说，他走前才知道我为啥破产，还主动借给我钱……你说，我能要他的钱吗？"

"这年头还有这种人？难找。"

"是啊！所以说，朋友不看贵贱。"程功感叹道。

秦向阳点点头，说："来，为你那朋友干一杯！"

喝完酒，程功说："我看你也是实在人，我呢，也知道你的来意，我在你那还有嫌疑呢，对吧？"

秦向阳直起身子，盯着程功说："说句话你别不高兴，在我这，你肯定有嫌疑，但也仅限于嫌疑，所以我才来了解那天王媛失踪的具体情况。这么说吧，李志堂、华春晓、高虎，他们三个不但都跟你有矛盾，而且都是同一天跟你产生了矛盾，此前他们和你毫无关系，之后都被杀了，你说我敢把这当成巧合吗？就算以后证明真是巧合，我现在也必须盯着你，明白吗？"

"你这么说，我明白了。我这真是炉子翻身——倒霉！"程功叹了口气，清清嗓子说，"其实程璇璇生日那天，对我来说，确实发生了那么几件触霉头的事，钱被黑了，被连续贴罚单，程璇璇失踪，再就是你想了解的王媛失踪。问题是，前边那三件事还都有个说头，如你所说，分别跟那三个人有关，可王媛的事，它不牵扯什么具体责任人。"

"哦？那就详细说说当时的情况。"

"哎，其实真没什么好说的。当时我到处找程璇璇，王媛在学校，说她没见过璇璇，接着她跟我要生日礼物，哦，她生日比璇璇晚几天，提前要。叫我给她打钱，她要买个iPhone7Plus，去参加什么'觅觅'苹果之夜。"

"'觅觅'苹果之夜？"听着耳熟，秦向阳一愣神，这才想起上午苏曼宁刚跟他提过"觅觅"，是黄少飞的飞虹网络公司开发的一个APP。

"你给她买了？"秦向阳饶有兴趣地问。

"我在医院里给她打了八千块钱，后来不就知道了嘛，她当晚就被网友骗了，不然她能闹到今天这一步？被人关到那么个地方……到现在还天天把自己锁在房间里不敢见人……哎，实在不行，我得领她看看心理医生。"说着，程功的嗓门突然高了起来，"我跟你说，那个'觅觅'就是他妈的约炮软件，那些该死的软件开发商，没一个好东西！"

秦向阳抬头，见程功的眼神突然凌厉起来，忙问："你了解那个软件？"

"当然！"程功不假思索地说，"事发当晚我就了解过，是飞虹网络公司开发的，老板有两个，一个叫黄少飞，一个叫郝虹，都是些狗屁功能，祸害年轻人尤其是小女孩的！网友对它，早有公正的评价了！"

"黄少飞？郝虹？你认识这俩人？"秦向阳的眼神也跟着凌厉起来，心说，怎么是他们？苏曼宁一早也说起过这俩人，难道不是巧合？

"我怎么会认识他们？见都没见过！"程功见秦向阳正紧盯着自己，突然笑着说，"你一定在想我和他俩也有过冲突吧？"

秦向阳迎着程功的眼神说："两个人有冲突，不一定非见过不可，罗斯福就从没见过希特勒。"

"你是说我和黄少飞、郝虹他们也……这也算？"程功紧盯着秦向阳问。

秦向阳再次直起腰来，说："当然算。"

秦向阳说完"当然算"这三个字的同时，立刻想到了一件极其要紧的事：黄少飞和郝虹现在人在哪里？接下来会不会也"巧合地"被杀？幸亏自己今天来找程功，如果一切都不是巧合，但愿现在还来得及！

想到这，秦向阳手心冒汗，立刻站了起来。

这时，程功也跟着站起来，他好像看透了秦向阳的心思，笑着问："之前怪我，根本没往这方面想过。那么，问题来了，黄少飞和郝虹也被杀了？"

"目前还没有！"秦向阳一把抓起外套说，"但我现在必须得走了。"

程功看着秦向阳走到门口，突然皱着眉说："如果一切真如你所想，那么你有没有想过另一种可能？"

"另一种可能？"秦向阳转身看着程功，不知道他想说什么。

"算了，你走吧！"程功一摆手，说，"我有个提议，从现在起你到哪，我到哪，或者，我干脆到你们局里待着。这么一来，万一，我是说万一接下来黄少飞和郝虹也死了，我也能摆脱嫌疑，你也能想到我刚才说的另一种可能。"

秦向阳愣了不到一秒，盯着程功说："我不喜欢这种假设。我知道你想说什么，你是说，凶手一定不是你，但凶手恰恰利用了你和所有死者都有过矛盾冲突这件事。"

"是的！"他说着走到秦向阳身边，拿出烟，两人点上，然后接着说，"你反应不慢，只不过你没站在我的位置。刚才我认同了你的逻辑之后，一直在想，凶手怎么对我的事那么清楚？他是怎么知道的？他仅仅是利用我和死者的矛盾呢，还是陷害我？"

秦向阳立刻说："你刚才说的另一种可能性，其实我一早就想过。但在今天我来之前，那根本无法确定。换句话说，之前，你本身的嫌疑，比你被人利用的嫌疑要大很多。"

"那现在呢？"

"现在黄少飞和郝虹应该还活着，所以我必须立刻走。接下来要是他俩也被杀了，那么，你的嫌疑要远远小于你被人利用。"

"为什么？"程功紧盯着秦向阳，眼睛有点发红。

"你喝了不少酒，至少今天你出不了门，更别说杀人了。你上车走不了俩路口，就得被交警抓住。"

"那明天呢？后天呢？"

秦向阳没理他这个碴，突然问："你那些倒霉的经历，到底跟谁说起过？不管对你还是对我，这都很重要！你好好想想？"

"还用你说？我也想知道是谁害我！我想想……"程功捶了捶自己的头。

"行了！"秦向阳吼了一句，急道："刚才你可不糊涂。上车，到局里慢慢想！"

程功坐在副驾驶上，吹着暖风，两眼渐渐迷离，看着像是酒劲上来了。实际上他还没糊涂，心里正犹豫不决地琢磨着，不知道怎么跟秦向阳开口：难道是他？吕胜？怎么可能？

这时，秦向阳正一边开车，一边忙着打电话。他一想孙劲、苏曼宁、李天峰今天都在外边，就把电话打给了局里的技侦人员，叫他们立刻查清飞虹网络公司黄少飞和郝虹的具体位置。

很快，电话里传回消息。

黄少飞在外地出差，今天坐飞机回来，晚上七点左右能到家。

郝虹就远了，人在巴黎，去散心加买衣服，说是每年年底的惯例。

买个衣服都跑那么远！也好，起码人是安全的。秦向阳忍不住吐槽了一句，刚想给孙劲打电话问问情况，这时来电话了，他一看是李文璧就赶紧接了起来。

"我回来了，找你有事！"

"很忙。"

"急事！不然能找你？"

"急事也不行，今晚我都回不去！"

"秦向阳！死了人你可别后悔！"李文璧说完啪地把电话挂了。

秦向阳一听，这话可很不对头，赶紧把电话拨了回去。

"什么情况？要死要活的？"

"一时半会说不清！"

"这么着，你到局里来，成吧？"得到李文璧肯定的回答，他才挂了电话，心说，这不是添乱吗？

很快回到局里，秦向阳停了车扭头一看，这回程功真睡着了，看来这家伙酒量一般。

秦向阳想，程功到底和谁透露过自己的事，也只有他自己清楚，等他醒来，必须弄明白这件事。他见程功睡得正沉，不想浪费时间，黄少飞晚上七点左右到家，当前最重要的，是立即布置人手，黄少飞一回家就把他保护起来，最起码要二十四小时监视，以防万一。不，万一黄少飞回家途中发生意外呢？可不能掉以轻心，应该直接派人去机场接。

打定主意，他叫人找了个空房间把程功扶了进去。安顿好程功，他回到办公室，推门一看，苏曼宁和李天峰居然都等在里面。

"回来的正好！"秦向阳看了看表，招呼李天峰道，"一会你带人去机场，把飞虹网络公司的黄少飞给我接回来，送回家。再派人二十四小时监视，一定要保证他的安全。"

"黄少飞？什么情况？"苏曼宁站起来说，"我们这边也有事跟这个黄少飞有关！"

"哦？你这边什么情况？"秦向阳反问。

苏曼宁清了清嗓子，把事情经过简单说了一遍。

上午苏曼宁守在刘滢的电脑专卖店门口，见那个伙计去仓库取了四台电脑，来回竟用了一个多小时，她感觉这里头有些古怪，按说设仓库都图个便利，不会离店面那么远。就假意订了四台高配置电脑，叫李天峰开车跟着伙计。李天峰跟了一路，最后见伙计的皮卡停在了一个网咖门口，然后找到网咖值班经理，从网咖所在一楼的地下室搬了四台新电脑。

"今早我跟你说过，黄少飞有个网咖，叫飞虹网咖，店伙计取电脑的地方，就是飞虹网咖的地下室。我和李天峰商量后，把网咖值班经理和刘滢都带回来了！"

"事都没弄明白就带回来了？简直了……这里头就算有猫腻，也被你俩弄没了！"秦向阳瞅了李天峰一眼，心说你也是老侦察员了，怎么能犯这种低级错误。事已至此，他无奈地问，"人呢？"

"都在一号审讯室里。"苏曼宁泰然自若地说。

"什么？还把他们放一间屋，那你还想问出什么来？"秦向阳有些哭笑不得。

"你着什么急！"苏曼宁拿出一份单子交给秦向阳。

那是刘滢给苏曼宁开的押金单据，上面附着电脑价格和配置。李天峰跟踪店伙计，苏曼宁去吃饭，刘滢担心跑了客户，硬是劝苏曼宁交了1000块钱押金。苏曼宁当时一想，也无所谓，要是查不到异常，再亮明身份把钱要回来就是。

秦向阳有些不明就里地看单据时，苏曼宁说："飞虹网咖地下室里，还有191台电脑，李天峰问过网咖值班经理，全是一个配置，就是网咖从刘滢淘宝网店订购的那批电脑，本来是220台，黄少飞总共支付了200万元。这事怎么看，都像是洗钱的套路。"

"洗钱？"秦向阳听苏曼宁这么一说，再看看那份单据的电脑价格，瞬间反应过来，会意地笑道，"你们怎么不早说。"

李天峰这次倒很沉得住气，和苏曼宁对视一笑。

"这其实也不算意外收获吧？看来我们对了，黑子很不老实。还等什么，抓紧审。"秦向阳说着当先就走。苏曼宁连忙跟上去，一边走一边对秦向阳说着什么。

来到审讯室，三人推门进去。

刘滢早就在那坐着了，看起来一副无所谓的样子。那个值班经理坐在刘滢旁边，见有人进来立刻抬起头，有些不知所措。

按规矩来说，办案时一般很少同时审两个人，那样被审者容易串供，不利于审讯结果。但秦向阳本就不是个循规蹈矩之人，再说李天峰和苏曼宁已经把两个人关到一间屋里了。

秦向阳坐到审讯桌中间，问："姓名。"说着他指了指值班经理，补充道，"我问谁谁说。"

"我叫钱超。"

"我叫刘滢。"

两人分别说道。

秦向阳单刀直入："钱超，你们网咖刚买了220台电脑？"

"我啥也不知道，我就是个打工的。"

"刘滢,飞虹网咖从你的网店订购了220台电脑吧?"

"有这事。"

"你从哪进的货?"

"呃,从王老板那。"

"王老板是谁?"

"是个省级代理。"

"他在哪?"

"在滨海。"

"来,你写下王老板的姓名,联系方式。"秦向阳说着,叫李天峰拿来了纸笔。

"我记不住啊,都在手机里。"

李天峰取出手机交给刘滢,等她写完,又把手机收了回来。

秦向阳继续问:"刘滢,算起来,你这专卖店算几级代理?"

"啊?三级?四级?不知道啊,谁管这个。"

"钱超,你们老板一次进这么多电脑,为啥不直接从大代理拿货?而是从她这么个专卖店拿货?"

"我啥也不知道,我就是个打工的。"

"你打工的,怎么有权力让刘滢的店伙计从你们地下室搬电脑?"

"我……"

没等钱超开口,刘滢抢着说:"是这么回事,今天店里来了好几个客户,都要高配的,还有这个女警官也是。"说着她指了指苏曼宁,接着说,"客户都要高配的,正赶上我店里没货,但买卖我得做啊。我就想着网咖的老板黄少飞刚从我这进了一批货,就先从他那挪了几台,以后再补给他,我电话找了黄老板,他也同意了。不信你们问问黄老板。"

"没问你!"

"钱超,是这样吗?"

"应该是吧。黄总确实给我电话了,说刘滢去搬电脑就让她搬。"

"一共挪了几台？"

"八台。不，四台。有四台是这个女警官……"

"我是问总共挪了几台？还用我提醒你？"秦向阳又问了一遍。

刘滢反应过来，说："记不清了，反正甭管几台，都是我拆借黄少飞的，还会还他。这么做买卖有毛病？你们倒好，把我弄刑警队来了，简直是欺负人！我，我要告你们！"刘滢的话听起来合情合理，她越说越委屈，就差哭天抹泪了。

"钱超，你们那的220台电脑，有没有拆借给刘滢之外的人？"

"那倒没有，黄总就跟我说了刘滢。"

"刘滢，我替你说吧，你这几天，一共拆借了29台，对不对？"

"是又咋的？黄少飞一回来我就还他钱行吧？"刘滢皱着眉头，轻飘飘地说。

"既然你这说到钱了，那咱算个账。黄少飞从你网店拿货，220台，200万，一台电脑多少钱？省掉零头，是9090元。据了解，你那个配置，这个价还算公道，比一般市场价略低。至于你从省代拿货多少钱，自己心里清楚。但是你从黄少飞那拆借过来卖多少钱？"

刘滢一听这话，屁股在椅子上扭了几下，张嘴想说什么，但没说出来。

"你给我们苏警官报的价是5999元一台，讨价还价后，5900元。"

秦向阳说着，看了看刘滢，见她神色很是紧张，也不管她，接着说："你一共拆借了29台，算上苏警官'蒙'你的4台，你店里现在总共有6台，卖出去23台。苏警官从你店里找到了售后服务数据，那23台电脑的售价一清二楚，基本都是5900元上下。"

这时，苏曼宁取出一沓售后单据，拿给刘滢看了看："确认一下，这些单据是你开的吧？"

看着那些单据，刘滢眼神闪烁，犹豫了半天才点头。

确认无误，秦向阳又问："是不是拆借先不说，我想知道你为什么赔钱卖？"

刘滢沉默了一会，小声说："也不算赔钱……省代给我返利了，我拿货多嘛。"

"你确定？"

"……是啊！"

"那好。苏曼宁，你给省代王老板打电话，问问刘滢拿货多钱一台，有没有返利。"

苏曼宁点点头，按下免提，给省代王老板打了过去。

刘滢一看这个状况，再也坐不住了，嗫嚅着欲言又止，满脸是汗。

"刑警大队的？哦，我还是国务院的呢！你找错人了！"电话那边王老板一看就是个社会人，直接挂了苏曼宁的电话。

这闹的。秦向阳一阵无言，用刘滢手机又给王老板打了过去。电话很快接通，秦向阳先把电话给刘滢，让她说自己在刑警大队，然后他才把电话接了过来，做了个自我介绍，又把那两个问题说了。

"真是刑警队的？别是借刘滢的关系来套我价的吧？别闹好吧？"

秦向阳一听火了，心说，是骗子太多了还是咋地，这年头警察给人打电话都没人信了？想是这么想，但不能这么说。

秦向阳说："王哲，程序上我们应该请你来刑警队，配合调查刘滢，看来我们不该省这个程序。这样吧，五分钟之内，市局的巡警会找到你，然后请你来栖凤分局一趟。我是分局的秦向阳，警号是×××××，咱们过会见。"说完，秦向阳挂了电话。

过了十几秒，王哲回电话了，看来他又琢磨了一会，觉得味不对了："秦警官，实在不好意思哈！你知道，现在骗子太多！刚才你想问啥来着？

"哦，返利？没有，绝对没有！我这利就够薄了。啥，卖5900一台？她疯了吧？出厂价都远远不够！她从我这拿货就×××××元，她想赔死吗？我跟你说，那配置，是游戏专用机！现在国内上还没上市，国外有测试版，听说很好玩，上市后肯定火……"

王哲的事是个小插曲，好在该问的都问清楚了，结论很明显：刘滢从头到尾都没说实话。

"绕来绕去，实际上就是黄少飞送给你220台电脑，怎么卖，卖多少钱，都是你的事，你想尽快套现，才低价出售，我说的没错吧？刘滢！"

刘滢满头大汗，但就是沉默不语。

"我换个说法，黄少飞为什么要送你220台电脑？"

刘滢低着头，还是不吭气。

"你可以不说，但对你和黑子都没好处。你说不说，你这笔钱都来路不正，要没收。可以明确告诉你，今晚你就能在这见到黄少飞，他要是配合，你立功的机会可就没了！"

听到警方要没收那笔钱，刘滢一哆嗦。她哪知道秦向阳根本没有没收的权力，只是借故唬她。但秦向阳其他的话字字真切属实，她知道自己已经露馅了，根本没法反驳，再抵赖也绕不过去。她使劲咬了咬嘴唇，抬头看了看秦向阳，小声说："其实都是黄少飞和黑子的事，和我没什么关系啊。"

看来自己判断对了，这笔钱果然牵扯黑子。秦向阳捋了捋思路，不再插言，知道她吭声了，那心理防线也就瓦解了。

刘滢长长地叹了口气，苦着脸说："这都是命！我就是没享福的命！"

说完，她要了杯水喝了，终于慢慢说道："那些电脑，实际上是黑子的佣金。黑子就是个马仔，愣头青，他哪有头脑做那种买卖？他的幕后人是黄少飞，一直都是替黄少飞在干。本来，我也不知道后边还有个黄老板。前几年，我甚至不知道黑子一天到晚在忙活些啥。但时间长了，两口子哪能瞒住？我也一直劝他别干了，倒腾人体器官，损阴德不说，逮住就是个大罪！他不听！说不倒腾吃什么？哎，我没办法，我那个专卖店也是黑子给置办的。直到不久前，有一天黑子突然对我说，万一他进去了，会有人给家里一笔钱。当时我以为他吓唬我，没想到他真进去了，黄少飞就联系我了。"

"黄少飞是黑子倒卖人体器官的幕后老板？"秦向阳来不及消化这个事实，故作冷静地反问。

"是的！"

"黄少飞不给你转账很好理解,黑子进去了,他做贼心虚,怕我们盯着你和黑子的账号。可他为什么不给你现金?或者说,你为什么不要现金?"

"我开始要的就是现金,我哪知道那么多门道?可黄少飞嘱咐我,这是黑子的辛苦钱,来路不正,得洗了才能花,黑子进去了,我突然大手大脚,比如换辆车,买个首饰什么的,就很可能引起你们的注意。我一想他说的对,就问他怎么办。他说了好几个法子,让我选,一个是他把钱直接打给总代帮我进货,一个是给我现金,让我分批进货,再就是我用的这个法子,他从我网店订220台电脑,我来卖,这么一倒腾,也等于把钱洗了。但我急着变现,卖的价太低,这不就……哎,当时黄少飞建议我收现金多批次进货,慢慢循环,可我,我怕拿到大笔现金管不住自己的手……"

刘滢说完,见人家不再问了,急道:"警官,我怎么办?也坐牢?我这算立功吧!我冤枉,我从来没掺和过黄少飞和黑子的事。"

刘滢一边说一边不停地哆嗦。秦向阳是个实在人,不想虚张声势,便说:"谁让你摊上黑子呢,你身上,一个知情不报,一个涉嫌洗黑钱,这两项没跑了。不过洗钱的事,黄少飞是主谋。今天这事,我也能算你主动坦白,态度不错,这些,我会如实向检察院反映。"事实上,秦向阳还想说,这刘滢办事也太急躁,选了个最差的法子,她要是听黄少飞的,拿现金然后分多次进货,卖货的时候再规矩些,神不知鬼不觉倒腾数次,这事怕就不好查了。这么说来,怕是黄少飞也没想到刘滢会贱卖电脑,否则一定会提前警告她。

事情水落石出,网咖值班经理钱超没什么事,直接给放了。带走刘滢后,秦向阳抱臂感叹了一番,黑子那个器官贩卖团伙幕后竟然还有个老板。谁能想到一时风光无限的飞虹网络公司老板,背后竟然干这种勾当,飞虹网络公司最早起家的资金,估计也是靠了这黑心买卖。艾丽的案子刚发生时,谁能想到后面会牵扯这么多呢?另外,这个黄少飞浮出来的时间点也很巧,程功中午喝酒时也提到黄少飞,当然还有郝虹。

想到这,秦向阳转身对苏曼宁和李天峰说:"干得不错!"

苏曼宁笑笑,问:"刚才你一回来也提到黄少飞,叫李天峰去保护他,为什么？"

秦向阳看了看表，简单地把去程功那里的经过说了一遍。

苏曼宁沉思片刻，说："真是巧了！现在看来，突破口还真就在程功身上。程功人呢？"

苏曼宁话音未落，有人敲门。

秦向阳打开门一看，见程功正站在门外，赶紧把他请进屋。

程功尴尬地笑了笑说："不好意思，睡着了，酒量太差，让你费心了！"

秦向阳一摆手，说："来得正好！还是那个问题，你那些经历到底跟谁谈起过？还是那句话，对你对我，这都很重要！"

程功点点头，紧皱着眉说："还用你说？其实，坐你车来这的路上我就想说来着，可越想越不对，不可能啊！"

"什么不可能？"

"吕胜！"

"吕胜是谁？"

"喝酒时，我跟你提的我那个员工。"

"干三份活儿，不提加工资，任劳任怨，还主动借钱给你的人？"

"是的，就是他！"

"你确定只跟他一个人说过？"

"不，还有我妈。本来我不想给我妈添堵，可我那时实在太郁闷了，精神接近崩溃！可真心宽慰我的人，除了我妈还有谁？"

"那你为什么又告诉吕胜？"

"也是因为我妈。她也知道吕胜人不错，一口一个'胜子'地叫着。她建议我实在憋闷了，就找朋友喝喝酒，聊聊，总之千万别憋在心里。"

"吕胜人呢？"

"不知道。我妈出院后没几天，他要借给我钱，我没要。后来找他喝酒，说起我那些糟心事，又过了没几天他就自己搬走了，之后再也没见过，之前的电话也联系不上。对了，你说吕胜会不会又跟其他人说起过我的事？"

秦向阳没有回答，反问道："吕胜的具体情况你知道吗？比如他是不是孤儿？"

"孤儿？从没说起过。对了，他入职时，给了我他的身份证复印件。"

"复印件呢？"

"应该在仓库那间卧室吧，我办公室的东西后来都扔那了。"

听到这，李天峰赶紧出去叫了个人，陪程功去取复印件。

程功和一个警员走后，李天峰看了看表，问："那黄少飞还用接？直接抓了吧？"

秦向阳刚想说"抓"，接着又转念一想，反正他也跑不了，干吗急着抓呢？倒不如监控起来。三名死者都跟程功有过冲突，而黄少飞和郝虹，也曾被程功迁怒，万一逻辑判断正确，凶手接下来要杀黄少飞，不就一举两得，抓个正着？

想到这，他把想法说了出来。

苏曼宁和李天峰也觉得不错，就一点，对黄少飞的监控措施一定要到位，不能有漏洞。设饵钓鱼，拿人命验证案件走向，一旦出现纰漏，责任可就大了。

几个人正讨论着，孙劲回来了。

一进门孙劲就兴奋地说："有收获！我和我妈聊了半天，她才想起来一个情况，20世纪90年代初，有段时间，我爸确实接济过一个孩子。那时我还很小……"他说得太急，不小心把自己呛到了，连连咳嗽起来。

这又是怎么回事？苏曼宁听得云里雾里。

"一时半会说不清。"孙劲咳嗽完又道。

"这好几个方向的信息都没来得及共享，看来有必要再开个案情分析会了。"说着，秦向阳再次看了看表，对孙劲道，"时间差不多了，你和李天峰赶紧带人去机场接机，送黄少飞回家，之后对他二十四小时秘密监控。有什么不明白的，路上你俩交换交换信息。刘滢交代了，我这边要再审审黑子，你母亲提供的情况，过会碰头时细说。你俩记着，千万别出岔子，不然丁诚找麻烦是小，关键咱对不起这身警服！"

秦向阳这边刚安排完，法医吴鹏敲门进来说："秦队，李文璧来了，在你办公室等着呢。"

这一天下来，忙得快找不着北了，各个方向都有突破进展，情况汇总到一块，他还没好好消化，正想提审黑子，才想起李文璧这个碴，头瞬间大了一圈儿。

女人可不能惯着，她能有什么急事？秦向阳皱着老大的眉头回到办公室，他不想给李文璧好脸看。

李文璧见秦向阳进来，上下打量了他一眼，蹙眉道："才几天不见，咋这个样了？你能不能刮刮胡子？"

"少啰唆！"秦向阳故意板着脸道，"什么急事？"

李文璧这才大声说："我怀疑我哥李文志当年是被杀的！"话音未落，两大滴泪花从李文璧眼里滑了出来。

秦向阳一下没反应过来，等李文璧又说了第二遍，顿时惊呆在原地。

第九章　好朋友们

李文志都死去多年了，还是被老班长赵楚意外撞死，怎么又成了他杀？秦向阳震惊之余，把李文璧上下仔细打量了好几遍，然后拉着她坐下。

"别用那种眼神看我！你当我发神经？"李文璧慢慢止住哭腔，认真地说，"事发突然，本来我也不信，但我有证据，是这么回事。"接下来，她把鸡冠山前前后后的事讲了一遍。

听到周小娟和无字灵位那一段，秦向阳的脸色瞬间变了，等李文璧一说完，他猛地站了起来，用力攥着李文璧地手说："真的？"

"一个字不假！我为什么要骗你？"

"我想想！"秦向阳双手抱拳慢慢地擦着鼻头，又坐回沙发上，嘴里小声嘟囔着，"要真是那样，赵楚当年岂不是……"

"不用想了！我希望你立即调查蒋斌！"李文璧一字一顿地说。

她知道秦向阳在替赵楚惋惜，她不想再重复那个话题。

"冷静。证据呢？"

"你还当那只是个巧合？"

"不是。逻辑上你是对的。李文志在1998年8月16日晚被赵楚撞了，17日凌晨他被好心人发现，被送往医学院附属医院门口，之后好心人离开。蒋斌主动垫付费用，抢救李文志。17日上午你父亲到医院，得到李文志死讯。17日上午，周小娟被蒋斌带到所谓的私人诊所，做了换肝手术。单是分析这个过程，我也认同周小娟的肝是李文志的。但这个过程太粗略了，还需要细节。最重要的是，李文志当时是死是活，是被活体取肝，还是死后摘取，这些都没法判断。另外，8月17日凌晨，除了李文志，如果蒋斌还做过别的抢救手术，那结论更要两说了！"

"所以才要你调查蒋斌！你干坐着就能得出结论？"李文璧猛地推开窗户，深吸了口寒气，转身瞪着秦向阳说，"要证据是吧？好，我有办法！我就拿周小娟的肝，跟我父亲做个DNA鉴定！"

"疯了！"秦向阳拍着桌子，叫道，"敢乱来？这就把你扔进拘留室！"他狠狠地回瞪了李文璧一眼，见对方不吭声了，接着说，"就算做DNA鉴定，就算证明那是李文志的肝，那也证明不了李文志是他杀，是被活体取肝！"

李文璧不是不明白这个道理。她沉默了半天，才悠悠说道："那怎么办？"

秦向阳又沉默了一会，站起来说："叫苏曼宁陪你去趟鸡冠山，把周小娟带回局里来，我要向她了解一些细节。你们有一说一，事实都跟她说明白，照你所描述的周小娟来看，我想，她会配合的。"

他给李文璧倒了杯热水，又道："事实上，周小娟的女儿和老公，对我来说也都算熟人。你还不知道，周小娟的女婿，也就是蒋艳艳的老公，是一个连环杀人案的被害人，她二女儿蒋素素更不是个善茬，为人极其歹毒冷漠，为达目的，不择手段。没想到你就出趟差，竟能阴差阳错结识蒋素素的母亲，还扯出来1998年的一段公案！这真是，除了周小娟所说的'缘分'，我也想不到更合适的词了！"

李文璧呆呆地坐在那里，有一口没一口地喝着水，也不知道有没有听秦向阳说话。

秦向阳见她一副失魂落魄的样子，心里一阵不忍，说："出去一趟很累，回家歇歇吧，明天我叫苏曼宁去接你。"

"不！"李文璧放下水杯，站起来说，"这就去鸡冠山，麻烦你跟苏曼宁打个招呼。"

秦向阳见她语气坚决，不再啰唆，找到苏曼宁简述了事情经过。苏曼宁也是惊诧不已，二话不说，拉上李文璧连夜出发。

李文璧带来的消息太震撼了。苏李二人走后，秦向阳洗了把冷水脸。一天之内纷至沓来的各种信息有好有坏，实在不少，根本来不及好好梳理。即便如此，当务之急还是提审黑子，他想通过黑子进一步了解黄少飞。如果信息是作·料，他感觉这些作料快融到一块了，也许只差那么一点点。

黑子待在看守所这几天，似乎没什么变化，见秦向阳来提审，像是见到了老熟人，第一时间蹭了根烟。

"秦队长，这才几天不见，头发整得跟个鸟窝似的？"黑子一边抽烟，一边挠了挠新剃的板寸。

"别扯没用的。"

"找我啥事？尽管问，但凡知道，都不是问题。"黑子抽着烟，语气很是痛快。

秦向阳从一进来就紧紧地盯着黑子。他对眼前这个黑不溜秋的小个子起了好奇心：表面看，黑子精神状态不错，这种情况很少见。这人在看守所待得安之若素，似乎不太在乎自己的境遇。看来为了钱，人的精神境界真能变化，起码对黑子来说，安之若素的心态更容易适应将来枯燥漫长的牢狱生活。这究竟是好事还是坏事呢？难说。

"秦队长，咋不说话？不会就为了给我送根烟吧？"秦向阳不吭声，黑子反倒有些急了。

秦向阳笑了笑，突然绷住了脸，说："张小白，你的账怎么算的？对你来说，200万元和蹲十年八年大牢，哪个值？前者？"

黑子捏着烟的指头微微一抖，有些不解地望着秦向阳。

"咱俩都是痛快人，那就说痛快话，你老婆收了黄少飞200万的事，露了。"

"什么！"黑子的手用力一抖，烟头掉在了地上。

"上次审你时我就一直纳闷，你咋就那么痛快。敢情是为了这200万元，值吗？"

黑子沉默了，脸色苍白，一句话不说。

秦向阳不担心他不说话，陪着一块沉默。

过了有一根烟的工夫，黑子长长地叹了口气，有气无力地说："再给我根烟吧。"

点上烟，黑子默默地抽了几口，问："咋查到的？"

"黄少飞考虑得很周全，给了刘滢220台电脑，省得刘滢再想法洗钱。但你老婆把电脑贱卖了，露了。"

"贱卖？我的天！这糟心的娘们！"黑子一边说，一边用力拍着脑门。

"既然黄少飞露了，那就来个真痛快？上次你是假痛快。"

黑子仰天长叹道："那我老婆她？"

"她的事你操心也没用，算她主动坦白，我只能帮她到这，事应该不大。"

"钱呢？"

"钱作为赃款没收。其实，你老婆那么做，反倒是帮了你！主犯和从犯的区别，不用我提醒吧？"

"那黄少飞就是主犯了？"

"你说呢？"

"哎！事已至此……"

说着，他又要了根烟，点上一口气抽了一半，才慢慢说道："最开始，我也是财迷心窍，那时我还没结婚，缺钱。实话说，我最初从网上联系到黄少飞，是想卖肾，但没配上型，没挣到钱，咋办？我就又找到黄少飞，看能不能给他当个马仔。他当时也确实缺人手，看我脑子也活泛，就同意了。最开始我干啥呢？我们从网上把人招过来，集中到一块，我就负责那些人的吃住日常管理。有活了，就带上几个供体去配型，完了把配上型的送进手术室，完活。开始的时候，钱不过我手，都是黄少飞管着。慢慢时间长了，套路我都摸清了，就有了自己干的心思，可我没本钱。啥，需要啥本钱？你得租好地方，负责几十个甚至更多供体的日常吃穿用度。要知道，有时候你招一批人来，几十个供体，倒霉起来，可能就三五个人能用上，但你的费用可不少花。这一行，跑外地出远门是常事，受体在哪就去哪，天南海北没少跑，那都是费用。后来为了省事，省成本，黄少飞自己进了手术设备，雇上医生，自己就能摘器官了，摘下来送过去就行，就不用带着供体到处跑了！我有单干想法时，黄少飞看出来了，很坦白地说我没钱，最主要是没信息源，干不了。

"那时候，黄少飞对网络产业很感兴趣，说要赶上互联网发展大潮，就慢慢地把器官生意交给了我。但是提了个条件，除了每年给我分成，一旦事情败露被查，责任我全担着，判了刑，他一次性给我200万元。我琢磨了很久，同意了。为什么？不怕你笑话，我这种人，一没手艺，二没文化，老老实实就是干十年，也攒不下多少钱。对我来说，那些钱，值！心里话！"说完这些，黑子深深地吸了口气。

"黄少飞的受体信息源呢？别再拿到处发名片糊弄我了。"秦向阳问。

"呵呵，那是。"黑子自嘲地笑了笑，说，"主要是个副院长，蒋斌，别的还有些散户，此外还有没有别的，那就不知道了。蒋斌呢，以前当过医学院的老师，学生里干医生的多，他收集受体信息就方便。他的学生里，主要有两个，一个是华春晓，另一个叫刘秀贞，一般都是他俩联系我。"

"刘秀贞？"

"就是艾丽的肝脏嘛，就是给了她。"

"哦，是她！"秦向阳想起来了，孙劲最早对艾丽的调查报告里提过这个事。

"华春晓是蒋斌的女婿，也算干儿子，还是蒋斌当年得意的学生之一，你们知道吧？"

"知道。"

"刘秀贞也是当年蒋斌很得意的学生。得意的意思，就是听话，听话就能有更多实习的机会，多参与手术。艾丽的肾脏合同有漏洞，华春晓黑了我一手，呵呵，现在想想都无所谓了。其实刘秀贞也很贪，你们查过她吗？"

"针对艾丽的肝脏初步调查过，后来一直没顾上深入，她说就干过那一次。"

"她撒谎了。"

秦向阳点点头，心里有些自责，毕竟孙劲之前对刘秀贞的调查太过草率了，话说回来，也不能怪孙劲，这段时间实在太忙，哪里顾得上刘秀贞。好在"天网恢恢，疏而不漏"，绕了这一大圈，刘秀贞最后还是栽到了黑子手里，也可以说是栽到了艾丽手里。不过黑子的话还是提醒了他：孙劲的调查报告上说过，刘秀贞四十来岁，算起来1998年才二十出头，既然她是蒋斌学生的得意，那么应该有机会任蒋斌的手术助手。现在华春晓死了，要调查蒋斌，刘秀贞就是个很好的切入点。

对黑子的第二次审讯，除了又查出个刘秀贞，最大的收获是蒋斌。这就叫冥冥中皆有定数，李文璧鸡冠山之行，刚刚牵扯出蒋斌跟李文志之死有莫大关联，这里黑子就把蒋斌供出来了。当然，李文璧的发现有意外成分，但秦向阳这边从艾丽的案子一出来，就决定了今天的结果，揪出蒋斌，那是必然的。

秦向阳想，1210连环杀人案的三名死者，既然都跟孙成茂有牵连，那么三名死者之间必然是熟悉的。已证实李志堂和高虎都来自崇光孤儿院，华春晓也曾孤身流落，那么，华春晓很可能在流落期间结识了李志堂和高虎，而华春晓又算是蒋斌的干儿子，这么说来，包括蒋斌在内，这些人极有可能早在多年前就交往频繁。现已证实黄少飞跟蒋斌有很深的交往，那么他最早是怎么结识蒋斌的呢？会不会就是通过华春晓？要真是这样，黄少飞会不会也是孤儿？更甚至，他会不会一早就跟李志堂和高虎是一起的？基于一个基本的逻辑，他的思维越来越发散。

离开看守所，秦向阳一边想一边开车，想到这，他急忙把车停在了路边，从包里翻找崇光孤儿院那个退休老院长的联系方式。

老院长的电话很快接通，有了前边警员对李志堂和高虎的调查，老院长没有质疑秦向阳的身份。

他有些好奇地问："那几个孩子怎么了？怎么一直在查他们？"

"没啥大事，不过案情暂时保密。"秦向阳没透露他们的死讯，怕影响对方的情绪，接着，他问，"你那里以前有没有个叫黄少飞的？"

"黄少飞？"老院长在电话里停顿了片刻，才笑着说，"有啊，有个黄少飞。"

接着，电话里传来翻东西的声音，片刻后，老院长又说："那张合影你们不是有拷贝嘛，你看看，高虎和李志堂中间那个就是黄少飞，也是个命苦的娃。"

"哦？"秦向阳精神为之一振，立刻从包里找出张拷贝的合影，又从手机里找到黄少飞现在的照片，仔细对比起来。合影上的黄少飞只有十几岁，现在的黄少飞则胖了很多，但仔细看还是不难得出结论，两者是一个人，不是重名者。

这真是个好消息。秦向阳谢过老院长刚准备挂电话，脑子里突然闪过两个名字，他来不及细想，试探地问："那郝虹呢？有没有这个人？"

老院长想了想，说："没有！孩子们的名字我记得很清。合影上也有女孩子，你可以对比一下。"

秦向阳一想也是，又搜到郝虹的照片跟合影对比起来。实际上这次的对比跟以前的比起来要困难些，因为女孩成年后的变化，往往比男孩大很多。秦向阳找到的照片里，郝虹面容姣好，打扮时髦，又化着妆。他比对了半天，最后摇了摇头，又问，"那吕胜呢？"

"吕胜？也没有，我肯定。"

秦向阳再次道谢，才挂了电话。实际上，他提到郝虹和吕胜，完全是一时的念头。老院长的回答也证实了他这个念头毫无根据。但他又不得不想到郝虹，她和黄少飞的名字是连在一起的。他们，毕竟同时被程功所迁怒过。

那么吕胜呢？想到吕胜，他敲了敲脑袋自语道："吕胜的身份证复印件也该取回来了吧？"

他发动了车刚要走，电话响了，是局里技侦人员打来的。

"已查实，吕胜的身份证信息是假的，名字也是假的。"技侦人员在电话里说。

"什么？假的？"秦向阳大惊，忙问，"程功人呢？"

"在你办公室等着呢，他说你不回来，他不敢走。"

"让他等等吧，回去我还有话问他。"

吕胜为什么要用假证件呢？秦向阳心里打了个大大的问号。不仅如此，他还对程功的经历了如指掌。这个家伙，打工不计较付出，不计较报酬，不多言多语，自从程功破产后离开，程功再给他打电话也找不到人，处处透着神秘。吕胜，你到底是什么人呢？秦向阳一边想，一边往黄少飞家开去。

黄少飞住在栖凤区的傲世别墅群。别墅群分散在一道泉眼四周，临山而建，当真是湖光山色，美不胜收，其内部摄像头林立，各种配套设施完善，是滨海有名的富人区。

孙劲和李天峰接到黄少飞后，把他送回了别墅。不管是1210连环杀人案，还是黑子的组织贩卖人体器官案，对于案情，他们没向黄少飞透露任何消息，只说有一宗连环杀人案，就目前的情况看，黄少飞有潜在危险。

"潜在危险？"黄少飞回到家中，任凭警察在别墅外面监控布置，他觉得这很可笑。

19:30，孙劲和李天峰蹲在黄少飞别墅外边的阴影里正吃着快餐，有个人影骑着摩托车在别墅门口停了下来。

"干什么的？"孙劲警觉地放下饭盒，从阴影里走了出去。

"送外卖！"那人停好摩托车，连简易头盔也来不及摘，拿起外卖箱就往里走，动作很是麻利。

"等等！"李天峰也跑了上来，掏出证件亮了亮，然后跟孙劲一块，把外卖员浑身上下仔细检查了一遍。搜完身，两人又打开外卖箱看了一眼，里边放着好几盒打包的食物，没毛病。全部检查完，孙劲又用手机向黄少飞确认了一下，才示意外卖员进去。

"我日！我这赶时间！"外卖员不明就里，提着外卖箱进了别墅。

过了几分钟，外卖员提着箱子快步出来，急匆匆发动摩托车走了。

"住大别墅，吃外卖，有钱人真有意思！"李天峰吃完了盒饭，抽着烟吐槽了一句。

孙劲跟着笑了笑，也点上根烟抽起来。

一根烟没抽烟完，孙劲突然想起了什么，扭头问李天峰："那个外卖员刚才进去的时候有戴帽子吗？"

"帽子？戴了个简易头盔吧？"李天峰又想了一下，随即说，"咋了？"

"可刚才他走的时候,头盔下边明明戴着个帽子……"

"你咋不早说?"李天峰叼着烟怔了几秒,猛地丢掉烟头向别墅跑去。

"他一出来我就觉得哪不对劲,这抽了半根烟才想起来!"孙劲说着也窜了出去。

孙劲才跑出去两步,手机振动起来。

他一打开手机,就跳出一条短信:还记得你父亲吗?傲世别墅群你眼前的别墅,谜底四揭晓,不见不散。

"操!"孙劲跟着李天峰冲进了别墅。

别墅里亮着灯,拉着窗帘,一进门是个大大的客厅。两人迅速在一楼找了一圈,在客厅通往门口中间,发现了一排血迹较浅的鞋印,他们接着冲上二楼。楼梯上也有血脚印,痕迹比一楼的深。

两人避开脚印,刚冲进二楼客厅,迎面看见有个人躺在地上。

地上那人穿着毛衣线裤,外套不见了,身下也没有血迹,离他不远处的地上,丢着件长款羽绒服。

孙劲冲过去一看,懊恼地说:"妈的被耍了,这才是那个外卖员!外套、裤子被扒了,头盔、外卖箱也不见了!"

说完他蹲下看了看那件长款羽绒服,皱眉道:"这衣服又是谁的?"

李天峰没说话,快步向里走去。

客厅里弥漫着浓烈的血腥味。客厅另一头地板上躺着一具裸体男尸,死者的衣服被随便丢在一边,尸体的头和双手双脚都被砍掉了。尸体下面垫着被子,被面上绣着绚丽的牡丹,经过血液的浸透渲染,那花看起来分外热烈、娇艳。不用说,死者一定是别墅主人黄少飞。黄少飞又胖又白,肢体被砍后,显得整个人短了一大截,剩下那么白花花的一块,大老远看去,像一只刚被宰杀的成年猪。这次凶手没穿脚套,地板上留有很多血脚印,毕竟外面有警察,穿脚套出门很容易引起怀疑。

孙劲立刻用对讲机通知别墅群大门外的便衣,开车去追刚离开不久的那辆摩托车。但他知道怕是已经晚了,别墅群本身就在郊外,道路空旷,摩托车能提起速来，且依山傍水，周边又有很多小路，这会工夫足够隐匿踪迹了。

凶手这次的短信，还是用死者手机定时功能发的，但内容不同以往。很明显，凶手对别墅外部情况一清二楚，知道孙劲在暗处监控设伏。

"你俩干脆滚蛋吧！"秦向阳赶到后，劈头盖脸给了孙劲和李天峰这么一句。他实在接受不了这个事实：凶手竟然在警察眼皮子底下干掉了黄少飞。案发现场聚集了大批警员，他难以压制心中的怒气，但发作起来难免会影响全队的士气，只好咬牙忍住。

勘察完现场之后，这次的案情分析会也不同以往，整个会议室里静悄悄的，气氛很是压抑。丁诚听说1210连环杀人案又死了人，再次来到分局。

丁诚脸色凝重，大发雷霆："又死了一个？这都四个了！你们是不是觉得，连环案就是环越多越好？"

他一边说一边扫视着众人，最后把目光定格在秦向阳身上："这都四环了！难道非要凑个'五环之歌'？马上就年底了，就是这么办案的？他黄少飞就算有罪，也不该死在凶犯手里！真行啊，诸位，凶手就在你们眼皮子底下杀人？丢人！丢的只是你们的脸？这根本就是打我的脸！打滨海市整个公安系统的脸！"

丁诚是对着所有人说的这番话，但在秦向阳听来，却像是对他自己说的。他坐在最前面，那声音听起来也就格外刺耳，瞬间，他感觉脸和耳垂都热了起来。

丁诚越说，火气越大："秦向阳，我听说你提前料到了凶手的意图，才去布置监控？提前料到都弄出这大娄子，真给我长脸！你负领导责任，就地免职，向全局做书面检讨！"

他停顿了一下，接着道："孙劲和李天峰麻痹大意，负直接责任，扣发年度奖金，暂时留队，以观后效！"

丁诚这番话对众人来说，可谓五雷轰顶，谁也没想到丁局长会发这么大的火，做出这么狠的惩罚措施，孙劲和李天峰还好，就是扣个奖金，可秦向阳直接被免职了，这怎么行。当然，大家也都清楚，栖凤区出了这么大的案子，作为市局主抓刑侦的副局长，丁诚包袱肯定不小，也一定承受着不少来自上级的压力。不管案子进展到什么程度，后面方方面面肯定是靠他撑着。大家理解丁诚的难处，但不理解他这个处理方式，临阵换将，自古以来都是兵家大忌。

会议室里静悄悄的，这时秦向阳清了清嗓子，吸引了所有人的注意力。

丁诚背着手走了两圈，扭头看了看秦向阳："有话说？"

秦向阳早就坐不住了，猛地站起来说道："我的责任我认，接受处分，检讨，撤职，都行。但我要求留队继续破案。"

"呵，还想留队？"丁诚板着脸反问。

"是的，案子犯在我手里，就一定让它结在我手里，不然……"

"不然什么？"丁诚打断秦向阳，道，"我看你就是太顺了，越来越麻痹，浮躁！"

"我麻痹浮躁？"秦向阳这次控制不住他的直性子了，他呵呵笑了笑，然后大声说，"这次的事的确怪我，没事先安排检查黄少飞的家。我们是警察，职业听起来高大上，但我们也都是普通人，谁也不是神探，能未卜先知，能步步走到凶手前头。我对手下的兄弟常说一句话，每发一桩案子，凶手玩的是命，我们尽的是责，不管对手强弱，案子难易，上级限期还是不限期，我都从未对身上这份责任有过一丝一毫轻视！我对你的决定保留意见，我这个分局大队长，也是组织部门正式任命的，有手续，不是一句话说撤就撤！总之，我要留队破案！"

"你……"丁诚拿指头指着秦向阳，被他气得满脸通红。

这时苏曼宁早看不下去了，作为丁诚的老婆，她不能当着这些人的面直接拆丁诚的台，但她有自己的法子。

就在丁诚还想说什么的时候，苏曼宁起身走了出去，走到门口时，她故意咳嗽了一声，同时回头瞪了丁诚一眼。

丁诚知道苏曼宁这是有话和他说，抬手又点了点秦向阳，跟着苏曼宁去了走廊。

苏曼宁甩着脸对丁诚说了几句话，意思是他今天有些过分了。

丁诚笑道："我有数。秦向阳是块好料，但好料也得磨！我这就是有意叫他记个教训，我能真撤他？别人看不出来你也看不出？"

"这……你……我……"苏曼宁没料到丁诚是这番苦心，一时不知道说什么了。

"你这倒好，直接把我弄来外面，一会叫我怎么下台？和当面给我拆台有啥区别？"丁诚一摊双手，无奈道。

"行了！"丁诚知道苏曼宁的心思，一挥手道，"谁叫我这个局长也得归你管呢！"说完转身大踏步进了会议室。

丁诚一回来，屋里马上安静了。

他走到秦向阳面前，直接说："苏主任给你求情了，大队长职务撤销，暂时留任代理大队长，继续破1210案，破案期限不变！"话音未落，丁诚气呼呼地走了。苏曼宁好心办坏事，拆了他的台，本来计划好的处理方式，反倒成就了苏曼宁的面子，他不好意思多待下去了。

众人这才长舒一口气，大部分人也马上明白过来，丁诚根本就是早想好了这个处理方式，代理不代理的，其实无所谓，算是面儿上的事，关键是队长还在，大家团结一心，丢了的面子里子，总有机会找回来。

丁诚走后，秦向阳也意识到自己的话太直接了，不免有些尴尬，索性强行翻篇，直接进入主题，讨论起案情。

他立刻把前面掌握的相关情况跟大家做了共享，接着在案情分析板上画了好几个圈，又在圈里画了好几个问号。

第一个问题，凶手是怎么进入黄少飞别墅的。很显然，凶手只能提前进入别墅。但黄少飞回来时，别墅门锁完好无损，黄少飞进入别墅后，外面的人也没听到任何异动。要么，凶手配有别墅钥匙，要么凶手跟黄少飞熟悉，本来就有别墅钥匙。针对这一点，外围警员连夜调查，从黄少飞秘书那了解到一个重要情况。黄少飞院子里有条大金毛，出差前，他留给秘书一把备用钥匙，叫秘书每天帮着喂一次狗，喂完顺便溜一圈。秘书说，昨天傍晚遛狗时，接到黄少飞电话，叫她遛完狗离开时不用锁门，说有朋友来找他，在那住一天等他回来。也就是说，凶手提前一天就进了别墅。

第二个问题是凶手的踪迹。别墅群里到处是摄像头，清晰地拍下了凶手夜间进入别墅的影像，此后再也没有进出，直到案发后离开。凶手的打扮跟华晨公寓监控到的影像基本一致，穿着厚厚的长款羽绒服，完全看不出胖瘦，头部蒙着羽绒服的帽子，长相根本认不出来。但凶手杀完人离开时，打昏了外卖员，换上了外卖员的衣服，迫不得已地把那件长款羽绒服留在了案发现场。也就是说，外卖箱里装着黄少飞的头颅和手脚，再也装不下羽绒服了。有了凶手的羽绒服，就一定能提取到相应的皮肤组织碎屑，甚至毛发。这是目前本案最大的收获。提取到的组织碎屑正在做相关鉴定，至于鉴定完后，能不能从警方数据库里找到比对对象，现在还很难说。

再就是凶手离开的影像里显示，凶手戴了顶帽子，帽子上罩着简易头盔，穿着外卖服，身材匀称，能熟练驾驶摩托车，帽子应该是临时从房间里找到的。另外案发现场留有大量凶手的血脚印，能比较精确地测算出凶手身高、体重，开会时已经有了初步分析数据，案犯身高170左右，体重65公斤左右。凶手骑摩托车离开别墅群后，在路面监控里行驶了一段时间，最后拐入一条小路不知去向。

第三个问题是凶手的声音、相貌。在外卖员进别墅前，孙劲曾打电话跟黄少飞确认过。显然，当时接电话的就是凶手本人。就是说孙劲跟凶手直接对了话。但凶手在电话里只说了两个字"是的"，过于简短，骗过了打电话的孙劲，可用作语音软件处理的信息量太少，无法判断口音特征。外卖员醒来后也接受了问询，他的伤口在头部，像是被锤子敲的，轻微脑震荡，问题不大。他说自己刚上二楼，就被稀里糊涂打晕了，连地板另一头黄少飞的尸体都没看到，更甭说凶手的长相了。

第四个问题是作案工具。黄少飞19:05回到家，外卖员19:30赶到别墅，这中间的25分钟就是黄少飞的遇害时间。外卖是凶手用黄少飞的手机软件点的。别墅里没有发现凶器。那么，凶器要么被藏在外卖箱里，要么被凶手藏在身上。黄少飞家里也没找到斧子一类的利器，看来凶手还是自备工具。也就是说，凶手把能带走的全带走了，留下羽绒服，实在迫于无奈。

第五个问题是凶手的身份。凶手在案发前一天下午联系了黄少飞，黄少飞的电话里能找到那个电话号码，来自一张不记名电话黑卡。凶手打个电话，黄少飞竟答应对方住到他家等他，这说明他们之间相当熟悉。说到这里时，秦向阳在分析板上又做了几个标注：李志堂，崇光孤儿院；高虎，崇光孤儿院；黄少飞，崇光孤儿院；华春晓，孤儿，离开其寄养家庭独自流落，后被蒋斌和周小娟收养。根据凶手和黄少飞的关系，以及这些标注，结论就更明显了，死者之间都很熟悉，凶手和所有死者也都很熟悉。更重要的是，黄少飞的死，验证了秦向阳之前的那个逻辑：所有的死者都曾跟程功有过冲突。而这一点，在黄少飞被害前是不能完全确定的，因为程功跟黄少飞、郝虹并无直接冲突，只是在心里迁怒。但是两个人有冲突，不一定非见过不可，罗斯福就从没见过希特勒。

"也就是说，直到黄少飞被杀，我们才能百分百确定一张死亡名单。"秦向阳说着，又往分析板上写了个名字——郝虹，然后在郝虹的名字上画了个大大的圈儿。

"可以确定，李志堂，高虎，华春晓，黄少飞，郝虹，这才是1210连环杀人案完整的死亡名单。现在凶手还剩下一个目标，郝虹。郝虹人呢，还在巴黎买衣服！"说着，秦向阳又分别从这五个名字上引出一个箭头，他把五个箭头汇集到一个点，然后在点上又画了个圈儿，在圈里写了两个字：凶手。

然后他敲着写字板说："与其说这是份死亡名单，不如说这是份朋友名单。很明显，凶手和死者以及和还活着的郝虹，这群人是好朋友，凶手和他的五个朋友之间，一定有过什么矛盾，这个矛盾，就是杀人动机！同时，这个矛盾牵扯到孙劲父亲孙成茂。我还可以肯定地告诉大家，郝虹一定也是孤儿。"

郝虹的个人资料很快被调了出来。可是结果却和秦向阳说的不一样，郝虹的亲属栏并非空白：父亲，郝志刚；母亲，刘兰珠。

"这……"秦向阳皱着眉头，略觉尴尬，急忙叫人调出郝志刚和刘兰珠的资料。

存档资料显示，郝志刚已病亡好几年了，户籍已注销，刘兰珠还健在。郝志刚和刘兰珠都是原滨海国有钢厂的职工，早年钢厂改制后，都退休在家。

"国有钢厂？"孙劲有些诧异地说，"我父亲当年就是国有钢厂的！"接着，他把白天回家调查的情况详细述说了一遍。

"母亲说，我父亲很喜欢孩子。20世纪80年代末，我还很小，那时我父亲还是滨海国有钢厂的职工。他们钢厂有个子弟小学，我父亲上下班都会路过，有事没事就去那里看望一个小男孩。父亲每次去，都会带些吃的穿的，或者书本、学习用品之类，还有零用钱。这个状况持续了好几年，直到那个孩子上了初中。孩子的名字？父亲跟母亲说起过，她早忘了，只记得父亲有个工友，叫李铁柱，是个光棍，那孩子就是李铁柱收养的。"

立刻，李铁柱的存档资料跟着被调了出来。

资料显示，李铁柱已病故，亲属栏写着"李闯（养子）"。

"李闯？"秦向阳念叨了几遍，立刻叫人找李闯的户籍档案。

李闯的档案也很快找到了，但不同的是，这份档案在资料库里的归类条目是"失踪"，家属报案时间，1998年10月14日。这里要说明一下，档案里对失踪的界定有两种情况，一是当事人家属报案，二是当事人长期不处理身份证换代、超期更新或信息变更情况。李闯的失踪情况属于前者。

秦向阳捏着这份档案看了一会，突然开门走了出去，然后一路小跑回到办公室。

一进门，他把正睡在沙发上的程功拉了起来，将手里的档案递给程功，指着档案上李闯的黑白照片说："认不认识这个人？"

"怎么才回来？你不回来我都不敢离开！"程功说着甩了甩头，拿着档案仔细看了起来。

他看了一会，有些疑惑不定地说："这不是吕胜吗？"

"看仔细！真是吕胜？"秦向阳着急地反问，心想，看来自己猜对了。

第十章　死亡笔记

"看轮廓很像吕胜，可这个太年轻了，这是多少年前的档案？"程功说着摸了摸下颌，皱着眉道，"最重要是吕胜有个很明显的特征，他左脸上有很多疙瘩。"

"什么疙瘩？麻子？痣？"

"都不是。就是坑坑洼洼的，反正不好看。我问过他，他说天生的，就那样。但我看着不像。"说完，他掏出吕胜的身份证复印件交给秦向阳。

秦向阳仔细比对了一番，没下结论，忽然抬头问程功："你仓库那个房间还有吕胜的东西吗？"

程功想了想，说："难说，他搬走后我彻底打扫了一遍，我有洁癖。"

"洁癖？你先回去吧，明天我叫人过去搜搜，碰碰运气！"秦向阳说完转身回了会议室。

"这大半夜的你叫我回去……"秦向阳身后传来程功的抱怨。

天一亮，秦向阳立刻做了工作分工。

孙劲和李天峰分别去控制蒋斌和刘秀贞，把人带回局里。

法医吴鹏带人去程功的仓库，找吕胜可能遗留的痕迹。

他亲自去找郝红的母亲刘兰珠。

刘兰珠六十多岁，住在栖凤区一家养老院里。秦向阳一早就找了过去。

见有警察上门，刘兰珠热情的眼神里多了几分谨慎。另外在她看来，这个警察有些不修边幅，她上上下下打量了秦向阳好几遍，才有些紧张地问："你来，是打听我闺女？她出了什么事？"

"她没出事，我打听点别的事。"秦向阳斟酌着说。

"哦！那就好！"

"您怎么住在这里？"秦向阳看了看墙上的相框，客气地问。

"图个热闹呗！我女儿要到郊区给我买个小院，我没让。"

"郝虹对你不错。"

"这你可说着了！我这个闺女可没白养！"

"你老伴郝志刚以前是滨海国有钢厂的工人？"

"是的。"

"当年钢厂子弟小学，有个孩子叫李闯，您认识吗？"

"李闯？"刘兰珠想了半天，说，"你是说柱子家的孩子吧？"

"李铁柱。"

"对，对。那孩子是个孤儿。"

"您记性不错。"

"哎，也不是。当年，那孩子和我家虹从小学到初中，都是一个班，李闯性格有些孤僻，但跟我家虹很能聊到一块，俩孩子常来常往，处得不错。柱子家那孩子，说起来也挺懂事，腿脚也勤快，可惜后来失踪了，柱子攒了半辈子钱，苦等了他那么多年，也没能给孩子娶个媳妇。你说，那么大个孩子，咋就说不见就不见了呢？"

"那您现在要是再见到他，还能认出来吗？"

"这可难说，都过去这么多年了！咋的，你们有他消息了？"

"有点线索，来了解了解情况。"

对秦向阳来说，这次不算白跑，虽然没了解到李闯更多的情况，但起码对郝虹多了些了解，知道她对李闯相当熟悉，他甚至怀疑，这郝虹有可能跟李闯好过。不管怎样，既然凶手的下一个目标是郝虹，那她一定是解开谜团的关键。那么等郝虹回来后,她的安全自然就成了重中之重。黄少飞遇害当晚,他就叫人联系上郝虹,把黄少飞的死讯通知了她,但没在电话里透露具体案情。郝虹那边正在订机票,具体回来的时间,秦向阳尤为关注。局里当时有人提出,要不要向上级申请,通过电信运营商监听郝虹的手机。秦向阳否定了这个建议,理由很简单,目前没有任何证据表明郝虹有过重大犯罪行为,根本不可能对她实施通话监控,这是法律程序问题,没有变通的余地。

秦向阳回到局里时,吴鹏等人已经回来了。很幸运,他们在程功仓库那间卧室外的窗台上,找到了吕胜的烟灰缸,烟灰缸的底部,黏着几枚烟头,烟头都来自同一个牌子的香烟,十块钱一包。

"怎么确定是吕胜的烟灰缸?"秦向阳问。

"程功说不是他的,他有洁癖,不习惯用别人用过的东西。烟灰缸就那么丢在外面的窗台上,他没注意过。那里就他和吕胜住过,不是他的,当然是吕胜丢的。"吴鹏肯定地说。

烟灰缸的外表有些脏,吴鹏从中提取出那几枚烟头。处理完这些,他又交给秦向阳一张单子,那是凶手遗留在黄少飞案发现场羽绒服的相关检验结果。

这份检验结果有些奇怪。确切地说,它上面留有两个人的痕迹。

其中绝大部分的痕迹来自于一个人,吴鹏把它标注为A。

另有少量痕迹是另一个人的,把它标注为B。

也就是说,这件衣服被两个人穿过。

针对这两份DNA检验报告,吴鹏从数据库里做了大量的对比,结果一个也没对上。除了数据库,他手里还有1210案四名死者的DNA信息。他不甘心,就跟死者的DNA信息做了个对比,令他想不到的是,这次居然有结果了。

"秦队你看,这份DNA信息跟李志堂的一模一样。"

"A还是B?"秦向阳摸着鼻头问。

"B。痕迹较少的那一份。"

"哦?那就是说,这件衣服李志堂穿过?"

"是的!"吴鹏点点头说,"这不奇怪,凶手是在李志堂家动的手。你也说了,他们都是熟人。看来动手之前,李志堂一定出于什么原因,穿过凶手的衣服,比如临时外出。"

秦向阳点点头,突然想起来一件事:"还记得华晨公寓楼的监控视频吗?以前那些视频用处不大,现在有了这件衣服,就好办了。"

吴鹏一听明白了,说:"确认一下凶手走安全通道离开时是不是穿了这件衣服,如果是,就有了参照物,就一帧一帧往前捋,总能找到凶手进入华晨公寓的画面,而且是正面的,对吗?"

"嗯,是这个意思。"秦向阳说着,立刻安排视频确认。

第一个确认很快出来了:凶手杀黄少飞时穿的这件衣服,最初离开华晨公寓现场时,也是穿了这件衣服,款式、大小、颜色都一模一样。这是个令人振奋的消息。秦向阳立刻组织人手对视频一帧一帧进行确认。他发动了局里二十四名后勤人员,分成两组,十二个人一组,再把每天的监控视频按小时截成二十四段,每人负责一段。这是个很考验人耐心的活,眼睛要一刻不停地盯着电脑。华晨公寓楼民商两用,每天进出的人非常多,而且二十四小时几乎不间断。凶手要是案发当天进入的公寓,那甄别的工作量还不是很大,可要是凶手提前两天,甚至三天,甚至更早就潜伏进公寓呢?按凶手跟李志堂的关系来说,是完全有这种可能的。那样一来,工作量就太大了。

接下来很快,要找的第一个画面出来了:案发当晚10点钟,李闯穿着那件羽绒服进了华晨公寓,手里提着个黑色袋子,看不出里面是什么东西。

秦向阳立刻叫人查找当晚10点以后的监控画面,再没发现李闯的画面,直到案发后那个身影又从安全通道离开。

按理说,有了李闯进入华晨公寓的正面图像,已经可算作有利的证据,但秦向阳还不甘心。从案发到现在,凶手的行为明显是有预谋的行动,就是说第一个案子的发生不可能那么草率。凶手当晚10点进入目标房间,直到深夜1点左右杀完人离开,在做这一切之前,怎么说凶手都需要踩点,要提前进入华晨公寓,了解一下楼层结构,以及大厅的摄像头位置,这都是最基本的准备工作。案发当晚,凶手选择从安全通道二楼窗口丢下那一大包东西,然后离开一楼大厅时故意侧身躲避监控的行为，都证明凶手对华晨公寓有基本了解。换句话说，凶手一定踩过点。

"接着往前找！找到李闯踩点的监控画面！"秦向阳给视频回溯小组安排了新的任务。

安排完工作，他回办公室给苏曼宁打了个电话，得知她们一切顺利，正带着刘小娟往回走，这才放了心。

他刚想休息会，捋捋思路，吴鹏突然推门冲了进来。

吴鹏一边跑一边兴奋地说："结果出来了！对上了！"

"什么情况？"秦向阳猛地站了起来。

"烟头的检测结果出来了，跟羽绒服上的痕迹对上了！"

"A？"

"是的！烟灰缸内烟头上的DNA信息，跟羽绒服上残留组织痕迹相当多的那份DNA信息，一模一样！也就是说，羽绒服是吕胜的！凶手就是吕胜！"

凶手就是吕胜。这个结论来得有些突然。

秦向阳重重地拍了拍吴鹏的肩膀，跟着他兴奋了几秒，脸色就恢复了往日的平静。对这个结论，他有种奇怪的感觉：说它来得快吧，肯定不是，实际上已经死了四个人了；说它来得容易，当然更不是，要不是他为了验证死者都跟程功有过矛盾冲突的逻辑，从程功嘴里掏出黄少飞和郝虹的事，然后赌博式地安排人对黄少飞监控，凶手绝不会迫于无奈，在现场留下自己的羽绒服。

他一边想，一边把黄少飞的通话记录找了出来。通话记录显示，订外卖的时间是19：12，而黄少飞是19：05到的家。那就是说，在这七分钟之内，黄少飞至少已经被凶手控制住了。孙劲、李天峰等人把黄少飞送到别墅门口，而后开始布置监控，这一定出乎凶手的预料，为求脱身，凶手才想到了订外卖，进而跟外卖员换装的主意，这一切都在凶手计划之外。

想着想着，他知道自己那奇怪的感觉是什么了。凶手在杀前三个人的时候，没有给警方留下任何实质性踪迹。凶手谨慎，大胆，反侦察能力极强。那么在凶手的认知范围内，一定能想到把羽绒服留在现场对自己极为不利，但当时他根本想不出更好的法子脱身。在为求脱身不得已留下痕迹和被捕之间，凶手选择了前者。

铁证无声，却胜过任何推测。从目前的证据看，凶手就是吕胜。同时，正在进行的华晨公寓视频回溯，已经锁定了吕胜进入华晨公寓的画面，只要再找到他提前踩点的画面，那么，这个结论就更加确凿无疑了。

那么吕胜到底是不是李闯呢？单凭吕胜那张造假的身份证复印件，跟李闯档案上多年前的照片比对，得出的结论相当不严谨。这时，他想起了一件事，郝红养母刘兰珠说，李闯失踪后，李铁柱苦等了那么多年，攒了半辈子钱，也没等到李闯回来给他娶个媳妇。李铁柱单身一辈子，既然这么在意李闯，哪怕仅仅为了个念想，也很可能一直保留着李闯的私人物品。李铁柱是病逝了，但他的房子还在。

想到这，秦向阳立刻带着吴鹏赶往老国有钢厂的公寓楼。钢厂早就改制了，但钢厂的老公寓楼还在，里面住的，大部分是改制后下岗的老职工。在片警的帮助下，秦向阳找到了原钢厂的工会主任。

工会主任六十多岁，一听警察找李铁柱，立刻说："莫不是柱子的孩子有消息了？"

"有点线索。"秦向阳如实相告。

"那太好了！"老主任有点激动地说，"你们找我可是找对人了！前几年柱子临走，给了我一本存折，说是留给孩子的遗产，叫我替他保存，一旦孩子回来了就交给孩子，要是以后我也走了孩子还回不来，就把它捐了。这些年那孩子活不见人死不见尸，我每年去一趟派出所，也没个消息。"

老主任一边说一边带路，找到了李铁柱的家，然后去买了把新锁，把早就生锈的旧锁换了下来。秦向阳面色看起来很平静，能找到李铁柱家自然是好消息，可能不能找到有用的线索，那就只能看运气了。

房子里很暗，到处都是灰尘，好在有几面玻璃破了，常年通风，屋里还算干燥。这是个好消息，干燥的环境更利于相关痕迹的保存和提取。客厅的墙上挂着好几个旧相框，相框里有不少合影。李铁柱和少年李闯的合影一眼就能认出来。

李闯身边那个姑娘又是谁呢？哦，是少年时代的郝虹。秦向阳想起来了，他看过郝虹早年的档案。

秦向阳把所有照片仔细看了一遍，其中，有一张相片引起了他的注意。那是李闯跟一个男人的合影，照片上的李闯十岁出头的样子，那个男人也很年轻，估计二十多岁。照片中的男人弯着腰，跟李闯勾肩搭背，样子有些滑稽，但能看出来两人的关系挺亲近。

秦向阳又把所有照片浏览了一遍，发现只此一张，别的照片里都没有那个男人。他戴上手套，卸开相框，把那张照片取了出来。

他把照片拿在手里看了看，又把照片翻了过来，见照片背后写着一行字：滴水之恩，当涌泉相报——李闯。

"咦？"秦向阳望着这行字发了一会呆，想起孙劲所言，心里想，难道这个男人是孙劲的父亲孙成茂？

这时，到处提取痕迹的吴鹏有了发现，把秦向阳喊了过去。吴鹏打开的是一间卧室。里面的摆设很简单，但也很有时代特色：屋里有一张床，一张书桌，几个柜子；书桌上整齐地摆着一沓书，大部分是武侠小说，书旁边有一台布满灰尘的单放机，20世纪放磁带的那种；墙上贴着刘德华、古天乐和李若彤以及古惑仔的海报画，海报画旁边画着个帆布包。很明显，这是李闯的卧室，被李铁柱原封不动地保留了下来。房间现在看来到处蒙尘，但李铁柱既然有心保留这个房间，那么活着时肯定时常打扫。

秦向阳轻叹道："这可不是个好消息，只怕李铁柱打扫得太干净，没有保留下相应的生活痕迹。"

吴鹏点点头，瞪大了眼睛，开始四下搜索。房间内虽然到处蒙尘，但物品的摆放却很整齐。吴鹏对书桌、抽屉、柜子、床铺做了仔细的搜索，结果都没提取到有价值的痕迹。

他不甘心，又耐心地找了几圈，突然对秦向阳说："烟头！"

"烟头？什么烟头？"秦向阳立刻反问，同时抬眼望去，见靠近窗户的那张书桌脚下，的确有几个烟头。

这时吴鹏已经把烟头收了起来。

"我也正奇怪。这烟头一看就很新,最多不超过两个月。"吴鹏想了一会,打了个响指说,"想起来了!你看,这些烟头跟程功仓库烟灰缸里那几个烟头是一个牌子。"

"这是怎么回事?"秦向阳狐疑地盯着房间看了一圈。

"只能是近期有人来过!会不会是李闯?"吴鹏一边说一边走了两步。

"别动!"秦向阳盯着吴鹏脚下,弯腰看过去,见吴鹏脚旁边的浮土上,有两枚轻浅的脚印。

"没错,近期有人来过。"秦向阳去客厅和另外一个卧室看了一遍,又回到吴鹏所在的房间,说,"在客厅里又找到几枚脚印,粗看之下,这些脚印都是相同的。这房子空了好几年,留有脚印的地方,浮土都比较多。"

吴鹏赶紧取出强光相机,把浮土上的脚印进行了拍照提取。

吴鹏工作的空隙,秦向阳心想,不管烟头是谁的,都要拿回去跟吕胜的烟头做DNA比对鉴定。如果对上了,就可以间接证明吕胜就是李闯,那么,房子内的脚印和其他痕迹也就是李闯留下的。那就是说李闯在一两个月之前回过一次家。他离家多年,为什么回来?想家了吗?秦向阳想不明白。

提取完痕迹,秦向阳谢过工会老主任,立刻回到局里。这时孙劲和李天峰都回来了,把蒋斌和刘秀贞分别关进了审讯室。

秦向阳取出李闯家那张照片递给孙劲。

一看照片,孙劲吃惊地说:"这是我父亲!他旁边这个是……李闯?滴水之恩,当涌泉相报?"

"是的!看来你父亲和李闯处得不错!"

"鉴定结果我看了,凶手是李闯?"

"凶手是吕胜!吕胜是不是李闯,新的鉴定结果出来才能知道。"

"如果吕胜就是李闯,那他是在给我父亲报仇?"

"结合短信内容,以及他和你父亲的关系,只能那么理解。"

"那就是说,死亡名单上的五个人,害死了我父亲?"

"还不能下结论,先干完手头的活,审完蒋斌再看吧。"说完,他向刘秀贞的审讯室走去。

秦向阳的意思是,被害的这些人若当年真有过非法勾当,蒋斌作为华春晓的岳父,也是养父,或许可能知道些情况。除了华春晓,其他的死者在1998年,根本没有相关家属。

孙劲愣在原地,半天才从震惊中走出来。他的心情很糟糕。他接受不了刚才自己的推断,如果吕胜就是李闯,如果父亲真是被李志堂、华春晓等五人所害,李闯又是在为孙成茂复仇,那他这个孙成茂的亲儿子该当如何自处?论起为父报仇,怎么轮也轮不到李闯吧?可是这么多年过去,到目前为止自己什么也没做,孙劲顿觉心中一阵苦涩,好像被李闯知恩图报的"侠义"深深地羞辱了,虽然目前那还只是推断。

刘秀贞在一号审讯室,见有人进来,她立刻紧张地站了起来。据孙劲描述,刘秀贞一路上都表现得很是慌张,对自己被捕的事实难以接受,跟蒋斌一言不发的冷静大为不同。

这次,秦向阳一改往日审讯时较为平和的态度,审讯程序开场白一过,就严肃地说:"刘秀贞,长期以来,你非法出卖大量受体信息给黄少飞,证人口供完整,事实清楚。今天抓你来,不是想听你说什么,只是履行法定逮捕程序,接下来就把你移交看守所,等待检察机关公诉。关于你的犯罪事实,你还有什么需要补充的吗?"

他故意一上来就给刘秀贞施加了巨大心理压力,那些话的潜台词在刘秀贞看来,就是连审讯口供都不需要了,不需要你再说什么,这就是个程序上的过场,通知你等着法院判刑吧。实际上审讯和犯罪当事人口供一个都不能少,但刘秀贞和黑子不一样,黑子自认是社会底层,十年也挣不了两百万元,刘秀贞却收入富足,生活美满,面对即将到来的牢狱之灾,她彻底慌了。

"警官,我、我上次对你们孙警官撒谎了,我错了。我确实提供,哦,出卖了很多信息,但我最初并非自愿,而是迫于蒋斌的压力……"

"蒋斌?他能给你什么压力?"

"大学时,他是我老师,学业和工作上都对我帮助很大。他叫我收集受体信息,我要是张口拒绝,就显得太不近人情了,慢慢地就……"

"工作上蒋斌对你有过哪些帮助?"

"主要是临床手术实习机会。要知道,这一行,临床经验最重要。"

"都有过哪些实习机会?说具体些。"

"那怎么说?这么说吧,从1998年大四实习,到之后的2000年,我都跟着蒋斌实习,做他的手术助手。"

"手术助手?就你自己?"

"除了医院安排的助手,还有华春晓,他比我小一届,但他是蒋斌的干儿子,优势比我大。"

"这么说那几年蒋斌的手术你都有参与?"

"怎么可能?他安排的,才能参与。"

"看来蒋斌很信任你,或者说你比较听话。"

"呃,算是吧。"

秦向阳琢磨了一会,又问:"那对于蒋斌1998年的手术,你记得多少?"

"这,警官,你不是难为我吗?"

秦向阳知道这个问题确实有些难为人,于是想了想,又换了个说法:"在你印象中,蒋斌有过反常行为吗?尤其是做各种手术期间。"

刘秀贞有些好奇地望着秦向阳,她听出来了,对方似乎不关心她的犯罪事实,一直围绕蒋斌向她提问。

秦向阳接着说:"如果你的配合能给我们带来帮助,算是立功行为。"

一听这话,刘秀贞立刻说:"我当然想立功了!可我根本不明白你想问什么。我陪蒋斌做过那么多手术,又都过去那么久,你的问题根本没法回答。"

秦向阳咳嗽了一下,心中颇为无奈,他当然知道问得越具体,对方越没法回答,1998年的事,就算刘秀贞参与的种种手术,怕是也很难想起什么。可笼统地问,对方也提供不了什么情况,看来刘秀贞这里也很难挖到有价值的信息,只能从别的渠道另想办法。

可是别的渠道还有谁呢？华春晓肯定更了解蒋斌，但已经遇害了。秦向阳轻轻摇着头，心里一时有些烦躁，索性直接问道："1998年8月17日凌晨，你有跟蒋斌做手术吗？"

"实在记不起来。"刘秀贞果断地摇了摇头，皱着眉想了一会，突然又说，"不过我有个日记本，对实习期间的一部分手术做了记录。"

"哦？日记本？"秦向阳顿时坐直了身子问，"一部分手术是什么意思？"

"就是失败的手术，哦，也不是，准确地说，是医治无效、病人死亡的手术。你可以把那理解成死亡笔记。"

"为什么记这种笔记？"秦向阳像被人揍了一拳，顿时精神起来，兴趣满满地问。

"学习。就好比中学时代的错题集，越是失败的，或者医治无效的手术，越能学到东西。我很清楚，当年我并不算多么优秀，所以对所有的实习机会特别珍惜，我只能靠自己。那种心态，你能明白吗？"

"明白。那么，笔记呢？"

刘秀贞想也不想就说："跟结婚时的影集一块，都在床底下塞着。"大部分结婚影集时间久了都是这种待遇，难怪她记得这么清楚。

"你先休息一会。"秦向阳兴奋地站起来，叫人立刻去刘秀贞家取笔记本。

很快，东西取回来了。

那是个黑色塑料封面的日记本，由于搁置时间太久，纸页早已发黄。笔记是以日记形式写的，刘秀贞字如其名，字迹娟秀，写得非常认真。秦向阳迫不及待地翻开看了起来。

笔记本的第一页是1998年3月27日，内容如下：

今天，是跟蒋教授实习以来的第一个手术，这很难得，我一定好好表现，珍惜这来之不易的机会。今天也是第一次切身参与外科临床实战，我要冷静，冷静，再冷静……

病人是一位七十多岁的爷爷，看起来好可怜。蒋教授说，病人年纪太大，体质太弱，这次手术风险很大。病人是转院来到这里，胆道感染性休克。术前，教授对病人做了全面检查，找到了胆道发炎原因：病人此前动过胆管结石手术，但结石并未取净，引发了术后感染，导致休克。之前是谁做的手术？太不负责了！蒋教授很激动，强烈建议病人家属找到原手术医院讨个说法。蒋教授不但医术精湛，医德也好，让人敬佩。

手术过程果然如蒋教授所述，老人家身体状况太糟糕，承受不住短期内二次开刀，手术刚开始就出现了心肌缺血心绞痛症状，心率、血压、氧饱和度都低得不能再糟，最终抢救无效过世。

真的没想到第一次实战，手术就失败了，看着一条鲜活的生命在手术刀下终结，心里很不是滋味。

我决定把这些都记录下来，记下所有失败的、抢救无效的手术，一为警醒，二为吸取经验教训。

收获体会：每一次手术，每一刀，每个细节，都要谨慎再谨慎。拿今天的病人来说，如果第一次手术中，医生把所有胆结石取干净，又怎会导致病人术后感染休克呢？手术刀能给病人带来生的希望，也能把病人送进地狱。

手术刀是明亮的，但如果握着它的人心黑了，它也会变成黑色。

黑刃。

黑刃？这个说法很形象，可惜你刘秀贞也走了岔道！秦向阳一边想，一边仔细地看完第一页，接着翻到第二页，1998年4月2日。他接着往下翻……8月11日……8月17日。

停！有了！真没想到！

秦向阳的手有点抖，他赶紧点了根烟，深深地吸了一口气，来抑制内心的激动。

刘秀贞坐在下面，好奇地看着秦向阳，实在搞不懂他为啥对个旧笔记本如此感兴趣。

1998年8月17日，晴。

昨晚值夜班，凌晨时分，蒋教授通知我跟他抢救一位病人。

病人是个年轻的小伙子，长得很精神，是车祸被撞，全是外伤，看起来很痛苦。从他身上找到了身份证，叫李文志，名字很好听，医院保卫科拿去身份证联系他的家人，也不知联系到没有，或许会找派出所吧。

蒋教授替小伙子垫付了医药费，及时地对患者止血抢救，让人钦佩。小伙子身体素质不错，心率很快恢复了，虽然有些高，但看起来状态还行。当时蒋教授说这种被撞的患者最怕的是内出血，还需观察治疗，一旦内出血要及时手术。实际上蒋医生说得没错，后来这个小伙子还是因为内出血死在了手术台上，真的非常可惜。

这件事说起来有些别扭。一、蒋教授后来抢救小伙子时我没能在场，而是在休息室打瞌睡，很不应该。二、天亮前去药房退药时，跟值班护士李琳起了争执。那个该死的丫头，硬是说进了手术室的药品就不给退，但费用都是蒋教授垫付的，凭什么不给退？除了麻醉剂，肾上腺激素，还余下那么多药品没用，不都是钱吗？三、蒋教授叫我拿着患者血液样本去做全面化验，我不小心摔倒了，害蒋教授又重新取了样本，真是不应有的失误。

收获体会：对待外伤病人，不可麻痹大意。就算只有表面的外伤，也应做充分的内出血检查，并提前备齐血液，把能做的做到最好。

真是李文志！秦向阳异常震惊，拿着笔记本的手又抖了好几下，他没想到刘秀贞竟然记下了这个名字。他尽量让自己平静，把这篇内容连着看了三遍，想了一会，又把笔记交给刘秀贞，说："你看看这篇，仔细回忆一下。"

过了一会，估摸着对方看得差不多了，他问："在你印象中，8月17日凌晨直到天亮，蒋斌是否就做了这一台手术？"

刘秀贞放下笔记本，皱眉道："这个真不清楚，那晚后半夜我在休息室睡着了。"

"详细说说蒋斌对李文志的抢救过程。"

"过程？"刘秀贞想了一会，又看了看笔记本，才说，"患者一到就被送进了手术室急救，处理外伤后，伤者情况还算稳定，之后把伤者送到了监护室，当时我都在场。后来就像笔记里写的，蒋斌叫我给伤者做个全面的血液化验，再后来我就在休息室睡着了。"

"你睡着期间，伤者内出血，蒋斌对伤者做了手术急救？"

"是的！但他没有叫我。"

"你所说的血液全面检查又是什么？跟血常规检查区别在哪里？"

"血液全面检查的话当然复杂一些，除了常规检查数据，还包括群体反应性抗体实验，白细胞抗原系统实验……"

"这么说吧，器官移植前怎么配型？"秦向阳打断了刘秀贞的话。

"组织配型啊。"

"什么意思？"

"常用的组织配型有四项，通俗地说，对血液做个全面检查就都包括了。"刘秀贞一边说，一边纳闷地望着秦向阳，不知道对方为什么向她了解这些。

"就是说，移植器官前，必须做血液全面检查？"

"是的。"

秦向阳抱臂想了一会，叫人带刘秀贞下去。

笔记本上的内容就是这些，看来李文璧的猜测竟有几分靠谱，至少目前看来，这个蒋斌果然跟李文志的死有说不清道不明的关联。可具体情况又是怎样的呢？能不能撬开蒋斌的嘴呢？他反复琢磨起来。

他正琢磨着，外面传来一阵短促的喧哗。他打开门一看，见苏曼宁和李文璧回来了，有个上了年纪的女人走在她们身后，应该就是蒋斌的老婆周小娟了。

苏曼宁叫人把周小娟送去休息室，然后对秦向阳说："周小娟情绪有些低落，但对我们的陈述事实并不意外，她主动提出愿意提取肝细胞，跟文璧父亲做DNA鉴定。"

"那有什么用？我哥也活不过来了！蒋斌！蒋斌呢？"李文璧的情绪还是很激动。

"冷静！"秦向阳对李文璧说，"蒋斌已经被控制起来了，目前刚刚掌握到一些新情况，还没审。这样，让苏曼宁送你回去休息，回头我通知你事情进展。"

"不！我要亲眼看你审蒋斌！"李文璧大声说。

秦向阳理解李文璧的心情，他轻轻叹了口气，说："那也得按程序，等我给周小娟做完笔录！"

这时，走廊尽头传来一阵急促的脚步声，法医吴鹏一路小跑，来到秦向阳近前，激动地说："鉴定结果出来了！李闯家里采集到的烟头，跟吕胜烟头上的DNA信息完全相同，凶手就是吕胜，吕胜就是李闯！另外，李闯家提取的脚印，也跟黄少飞案发现场的血脚印完全相同。"

第十一章　漏洞

案情进展越来越快。秦向阳给苏曼宁陈述最新案情，顺便又把思路理了一遍：先是确立了遇害人都跟程功发生过矛盾冲突的逻辑，又通过程功判断出黄少飞和郝虹也有被害可能，接着对黄少飞二十四小时监控，没想到凶手提前潜入黄少飞别墅。凶手迫不得已换装脱身，把自己的长款羽绒服留在现场。羽绒服上提取到A、B两份DNA数据，人体残留组织多的一份为A，残留组织少的那一份是B。经比对，样本B为被害人李志堂所留，那么，样本A只能来自凶手。进而又从程功仓库的院子里找到吕胜的烟灰缸，烟灰缸里烟头上提取的DNA信息跟前面的A样本一致，所以吕胜就是凶手。接着又从李铁柱家提取到李闯的DNA信息，鉴定结果跟吕胜烟头上的DNA信息一致，那么就证实了吕胜就是失踪多年的李闯，而李闯就是1210连环杀人案的凶手。在这条逻辑链里，对烟灰缸主人的认定不算太严谨，但烟灰缸内残存烟头上的DNA信息，羽绒服样本A，李闯卧室提取的DNA信息，这三个数据是一模一样的，所以上面的结论能立得住。

另外，华晨公寓楼监控视频的回溯还在进行，要是从中找到吕胜潜入公寓的监控画面，那么，一份完整的证据链也就形成了。

他陈述完，又叫孙劲去督促视频回溯进度。

李文璧听完，吃惊地说："路上我也听苏曼宁讲了，没想到你们案子里的被害人，多少都跟蒋斌有关联。"

"是的！所以才叫你冷静，他要真杀了李文志，绝对跑不了。"说完，秦向阳去了周小娟的休息室。他和周小娟足足谈了一小时，其间没让任何人打扰。周小娟把之前跟李文志说的情况，又详细述说了一遍。她一再强调，同意提取自己的肝细胞组织做DNA鉴定。

从休息室出来，秦向阳立刻提审蒋斌。李文璧则跟着苏曼宁进了审讯室隔壁的观察室。

也许蒋斌早就料到有这一天，也许他还心存侥幸，审讯室里的蒋斌看起来很冷静，身上透着一股见惯了生死的魄力。

该怎么审呢？蒋斌和刘秀贞可不一样。他要只是非法出卖人体器官信息那倒好说，麻烦的是他很可能涉嫌杀人。要真是那样，蒋斌怎可能配合？

秦向阳琢磨了一会，收敛了所有外在情绪，平静地说："蒋斌，你涉嫌向黄少飞非法组织、出售人体器官受体信息。"

"我认。"蒋斌的回答很快，语气也很平静。

"你似乎早有心理准备。"

"呵呵，我知道黑子被抓了。华春晓不该做黑子那桩生意，更不该黑他。"

"你指的是艾丽那桩器官生意吧。"

蒋斌闭上眼睛，不说话了。

"你对华春晓的死有什么看法？"

蒋斌微微睁了睁眼，从眼皮缝里瞅了瞅秦向阳，接着又闭上了，表情里透着无聊。那意思是说，死人的事归你们警察管，问我干什么？出售受体信息的事，我这不认了吗？要是闲聊，那把我放回家，咱泡上茶好好聊。

秦向阳意识到自己的话有些多了，这么一来就把审讯气场冲淡了，根本撼不动蒋斌，蒋斌冷静得像座山。

他沉默了一会，调整了语气，冷不丁地问："还记得李文志吧？"

蒋斌的眼角轻微抖动了一下，平静地看了看秦向阳，又随意地把视线转向别处。

"周小娟的肝脏。"秦向阳这话没头没尾，蒋斌听到后却猛地抬起了头。

"1998年8月17日凌晨,你抢救了一个出车祸的年轻人,接着摘取了他的肝脏。"

蒋斌脸色有了变化,但依旧沉默不语。

"实话告诉你,你老婆周小娟就在外面。我们正准备提取她的肝脏细胞,跟李文志父亲做DNA鉴定。"说完,秦向阳也不说话了,平静地盯着蒋斌。实际上,不到万不得已,他还没有验DNA的打算,毕竟就算鉴定证明周小娟的肝脏是李文志的,也不能证明蒋斌是活体取肝。但从审讯角度讲,他这么说也算客观,算不上诱供。

蒋斌死死地盯着秦向阳,两个人对峙了足足有五分钟。审讯室里异常安静,坐在隔壁观察室的李文璧越看越心焦,手心很快湿了。

良久,蒋斌忽然开口,清晰地道:"我认。"

秦向阳尽量保持面色平静,轻轻呼出口气,继续紧盯着对方,他万万没料到蒋斌会这么回答。

又过了一会,蒋斌说:"是她出卖了我?"蒋斌的每句话似乎都经过斟酌,听起来几乎没一个多余的字。

"不是。"

"那就好!"蒋斌轻轻点点头,语气有些欣慰。

秦向阳见蒋斌说完那三个字,又平静了下去,突然开口道:"你杀了那个年轻人!"

蒋斌闻言微微笑了笑,连眼皮都没抬。

孙劲负责记录,见蒋斌一脸不屑的表情,马上坐不住了,抬手就想拍桌子。秦向阳赶紧把他按住,示意他别出声。

"蒋斌,你以为自己做得天衣无缝?我们已经掌握了目击者。"孙劲的话已经脱口而出。

"目击者?"蒋斌好像憋不住似的笑道,"别闹了,我那晚是救人,我可以给你们提供目击者。"

"救人?李文志的肝脏呢?"孙劲反问。

"既然你们把周小娟都弄来了……刚才我说了，我认！那个年轻人我没救过来，我老婆要换肝，我用了他的肝。告我非法组织、出卖人体器官受体信息是吧？呵呵，我不在乎再多加一条非法挪用死亡患者器官。"

"蒋斌，你还有脸了？你要是个男人就痛痛快快！"对付蒋斌这种滑头，孙劲急躁的缺点暴露无遗，见蒋斌语气嘚瑟又坐不住了，拍着桌子叫道。

秦向阳赶紧咳嗽了一声，再想拉他也来不及了。

孙劲刚说完，蒋斌脸色变了，一改之前的平静，跟着叫道："男人？小年轻，你也配跟我提这两个字？为了老婆，非法挪用死亡患者器官，我这才叫男人！"

"你……"孙劲指着蒋斌，脸色发红。

秦向阳一看这可不行，审讯讲究个气场。蒋斌这么借题发挥，很快就能把话题绕远。他赶紧叫人喊来李天峰，把孙劲替了下去，又悄悄嘱咐李天峰，千万别出声了。

换了人，审讯室里慢慢平静下来。秦向阳也不着急，也不看蒋斌，过了好几分钟，估摸着蒋斌情绪平静了，才说："那晚，你给伤者李文志做了个血液全面检查吧？"

蒋斌狐疑地看了看秦向阳，轻轻哼了一声。

秦向阳见他不说话，接着道："当时李文志伤情已经稳定。你做全面血检，无非想看他的肝脏能否跟周小娟的配型到一块。配不上，你不动他。可结果恰恰配上了，你才借故伤者内出血，又把他送进手术室，活活摘取了他的肝脏。"说完，秦向阳叫人把刘秀贞带了进来。

"别套我了，警官。多年前的事，你现在怎么说都……"蒋斌话说到一半，见刘秀贞进来，立马不言语了。他知道秦向阳为什么一口一个李文志了。难怪！是这个向来听话的学生把自己出卖了。

这次，秦向阳又是同时审两个人。

"刘秀贞，1998年8月17日凌晨，你和蒋斌都做过什么，说说吧。"

刘秀贞看了看蒋斌，咽了口吐沫，把当晚的经过说了一遍，最后她补充道：

"所有的事我都记了笔记，对你们有用的话，算立功吗？"

"笔记？什么笔记？"蒋斌打断了刘秀贞的话。

"在这里！"秦向阳叫人拿着刘秀贞的笔记，给蒋斌看了看，又收了回来。

"这算什么！"蒋斌激动地说，"笔记能伪造！"

"你说得很对。"秦向阳说，"我们已经对笔记本的纸张和墨迹做了鉴别，这份东西至少存放了十几年，是没有疑问的。"

"那内容呢？内容可以乱写！"蒋斌大声说。

"我没乱写！"刘秀贞反驳道。

蒋斌还要说什么，秦向阳制止了他，说："刘秀贞，你笔记里提到，当晚你和药房的李琳有过冲突对吗？"

"对。"

"说说具体情况。"

"和笔记上一样，我去退药，她不给退。凭什么？再说她就是个值夜班的实习生。"

"你们吵架了？"

"是的。"

"怎么吵的？"

"具体咋吵的，记不清，但肯定是吵了。我相信，李琳要是看了笔记，肯定能记起来这件事。"

"你们吵架是一回事，为什么吵架是另一回事。你明白吗？"秦向阳仔细强调。

"就是因为退药才吵架啊！"刘秀贞有些不解，"看了笔记，李琳肯定都能想起来，这两件事有什么区别吗？"

这时，蒋斌突然抢着说："行，咱都干脆点吧。就算刘秀贞说的都是事实，又能怎样？"

"你承认刘秀贞说的话？承认笔记内容？"秦向阳反问。

"承认，承认，没问题，行了吧。"蒋斌有些不耐烦了。

秦向阳点点头，叫李天峰如实记好，又叫蒋斌把那篇笔记内容看了一遍。

蒋斌看完，把笔记随手一扔，笑道："就那么回事！我现在很想知道，你怎么给我定个杀李文志的罪名。"

秦向阳叫人把刘秀贞带回去，然后说："定罪是法院的事，我就负责搞清事实。"

"行！别咬文嚼字。事实是什么？我说的就是事实！我没杀李文志，现在这么说，将来到法院还这么说！"

"蒋斌，你首先得认清一个事实，刘秀贞和李琳吵架、退药这两件事，到了法庭上，她们都能作证。"

"作证好啊！我说了，那晚就那么回事，她说得没错，我是仗义救人。"

"很好！"秦向阳长长地呼出口气，问："你来说说李文志怎么死的。"

蒋斌有些无奈地说："非要我重复你的话，我对伤者做了外伤急救，当时刘秀贞在场，之后把他送到监护室。后来李文志突然内出血，我对他做了手术抢救，失败。"

"但在你所谓的手术之前，你就对伤者做了全面血检，就是说，你一早就有器官配型的心思。"

"有！又怎样？我就是非法挪用死亡患者器官，前面我早认了！但我没杀人！"

"事实上，你根本没对李文志做抢救手术。"

"什么意思？"

"蒋医生，如果做手术抢救内出血病人，会只用到麻醉剂和肾上腺激素这两样药品吗？"

"啊！"秦向阳话锋转得太快，蒋斌整个人突然呆了！他是医生，很明白秦向阳的话，做手术抢救内出血患者，至少也会用到诸多止血药物。可是他刚才已经承认了刘秀贞的笔记内容，刘秀贞因退药跟李琳吵架，也是不争的事实。

这个转变太突然，这时他才意识到，为什么秦向阳一直强调退药这件事，作为医生，他竟也犯了灯下黑的错误，他原本得意的脸瞬间被汗水浸透。

"你和刘秀贞都忽略了退药的细节！"说着，秦向阳猛地拍了一下桌子，"记得笔记本的原话吗——'除了麻醉剂、肾上腺激素，还余下那么多药品没用，不都是钱吗？'也就是说，当全面血检结果出来后，你发现李文志的肝脏刚好合适，这才起了杀机。以李文志内出血为名，又把他挪回手术室，活活摘取了他的肝脏！所以，你才用到了麻醉剂！至于肾上腺激素，我想你比任何人都清楚，它可以救人，也可以杀人。李文志正是死于你给他注射了大量的肾上腺激素。正因为你是活体取肝杀人，所以才只用到这两样药品，所以才会多出来刘秀贞去药房退药的事。"

"这……我没有！你这是诱供！"蒋斌浑身哆嗦，精神很是亢奋，嘴里不停地嘟囔着什么。

"没有？刘秀贞和李琳作证人，退药是铁的事实。那你给我个合理的解释。"

"我……"蒋斌的精神似乎亢奋到了极点，满脸虚汗，呼吸急促。

"给我个合理的解释！"秦向阳继续逼问。

"我……她……"

"实际作为医生，你本不该有这样的失误。但你是杀人取肝，当时兴奋、激动，情绪复杂，加上取肝后要急着做相关的保存工作，方便天亮后立刻移植，才导致你忽略退药细节。刘秀贞忽略这个细节，则是因为值夜班困顿、迷糊。对你俩来说，这事过了这么多年，早就成了思维定式。这就叫因果。"

"你……"

"再给你补充最后一点，"秦向阳语气严厉地说，"你取了李文志的肝脏后，给他缝合了伤口。对李文志家人来说，你是个替病人垫付医药费的好医生，你算准了他们绝不会起疑，更不会再拆开尸体的缝合线，尸体一旦火化，谁还能知道那里面少了个肝脏？"

"你……"蒋斌指着秦向阳，指尖抖个不停，一句话也说不出来。

"呵呵，我的话说完了，有什么话还是留到法庭说吧。"秦向阳说完立刻沉默下来。他知道在这种突然打击之下，蒋斌这会很亢奋，但亢奋之后，往往是委顿。等到精神萎靡下来，他的心理防线就算没崩溃，也差不多了。此刻，蒋斌心里一定波涛翻滚，来回挣扎，不想面对事实，又不得不面对事实。这时候最好的法子就是不打扰他，让他自己想，等他理智的天平认识到再狡辩也无济于事时，基本就有问必答了。

过了一会，秦向阳对蒋斌说："你自己好好想想吧。"说完，他和李天峰离开了审讯室。

他们刚出门，李文璧就从隔壁观察室冲了出来。

"真是他！他杀了我哥！"李文璧一边叫，一边往审讯室里硬闯。秦向阳一把抓住了她的胳膊。

"别拦我！我要杀了他！放开我！"

"别闹！"秦向阳吼了一声，硬是把李文璧拖进办公室。办公室里很快传出叮叮当当的摔东西的声音。过了一会，秦向阳揉着鼻子从里边出来，喊苏曼宁过去看住她。

"怎么样了？"秦向阳恍若无其事地回到审讯室门口，问李天峰。

"他要烟。李天峰说。

秦向阳点点头，回到审讯室，给了蒋斌一包烟。

蒋斌两眼发呆，默默地抽了一支，也不知道在想什么。

秦向阳又帮他点上一支，才说："随便聊聊吧。"说着，自己也点了根烟，搬着椅子坐到了蒋斌面前。

"哎！"蒋斌沉默了很久，才叹了口气，说，"起码活到了今天，也算够本是不是？"说完，他无力地笑了笑。

"为你老婆那么做，其实你很爷们，但你路子走错了！"秦向阳这话并不敷衍。他知道蒋斌已经绝望了，此时这样的感慨，无非是在找心理平衡。

"路子？我可是个医生，老婆碰上这种事，也得跟老百姓一样，干等死！你是站着说话不腰疼！"蒋斌嘲讽地说。

秦向阳点点头，不置可否，轻叹道："起码现在的合法移植环境比以前好多了。话说回来，我要是碰上和你一样的处境，估计没你那胆。单从感情角度说，

第十一章 漏洞

你对周小娟不错。"

蒋斌笑了笑，沉默了一会，说："你这还算句人话。但实际上，那么做也不是我的初衷。"

"哦？"秦向阳一听蒋斌这话里有话，顺势又点了根烟递给蒋斌。

蒋斌接过烟吸了几口，说："小老弟，有些事咱都得认。咱都是老百姓，无奈多多，不能像有钱人那样随心所欲。"

"有钱人也不见得就随心所欲。"秦向阳笑着说。

"太年轻！"蒋斌哼了一声，说，"当年，要不是因为一件事，我也不会动歪心思。我要不动歪心思，我老婆大不了认命，但我也不会有今天。"

秦向阳跟着"哦"了一声，他不想打断蒋斌的思路，自顾自把玩着手里的烟盒。

蒋斌盯着墙角，眼神有些迷离地说："1998年，有人为了一个心脏，能出得起一千万元的价，你想不到吧？"

"一千万元？"秦向阳立刻警觉起来。

"我想说什么意思呢？就是说，有钱才有路子。懂吧？"

"不懂！"秦向阳眨着眼皮说。

"呵呵，我明白你想知道怎么回事。我这处境，说也无妨，不说也无妨。"

"不一定！"秦向阳认真地说，"要是你讲的事对警方有益，那对你自己也有益。"

"你这话很直白，警察的官话可不这么说。"蒋斌突然笑了，也认真地看了看秦向阳。

秦向阳跟着也笑了笑。

"那件事对现在的你们有没有益，我不知道，但当时对我来说，就是一笔意外的买卖。"蒋斌接过秦向阳的烟，清了清嗓子说起来，"当年一个有名的外科教授，姓唐，也是我当年的老师联系到我，问我能不能利用关系，帮他在滨海这边寻找一种稀有血型。"

"稀有血型？"秦向阳忍不住皱着眉头插了一句。

"AB型Rh阴性血，极为稀有，俗称'熊猫血'，在人群中的比例不足万分之一。我当时再三追问为什么，唐教授才告诉我，他是帮一个澳门的商人打听。那个商人有遗传性心脏病，只有换心脏才有救。可是他血型太特殊，是AB型Rh阴性血。而且就算找到这种血型，也还是得做器官配型，所以要找到合适的心脏非常困难。为此，那个商人通过关系，辗转联系上唐教授，在内地寻找器官源。唐教授说，他手里有那个商人的血检数据，只要找到合适的心脏，哪怕只是提供有效信息来源，对方就支付信息费一百万元。要是能直接提供心脏，再多加五百万元。"

"你刚才不是说一千万元吗？这才六百万元。"

"看得见的是六百万元，但谁知道唐教授扣了多少信息费？"

秦向阳点点头，问："这么说，当年这个事你办成了？"

"是的！现在你知道了吧，有钱就有路子。"

"你分了多少？"

"一百万元。"

"有一百万，你为什么不给周小娟找个合法的肝脏来源？"

"在买卖办成之前，周小娟的病就拖不得了。再说，你以为花一千万元找个心脏就合法？"

"我没那么想，我在想你当时怎么做。"

"实际上在那件事之前，我脑子里就从没有过用器官挣钱的想法，更从没想过要非法给周小娟搞个肝脏，是那件事刺激了我。所以，刚才我说那么做不是我的初衷，确实如此。"蒋斌长叹一口气，又道，"当时我利用关系，多方打听，可是几星期下来，连合适的血型都没找到，更妄谈合适的心脏了。当时几欲放弃，很是苦恼，有次酒后，就跟华春晓聊起了这件事。"

"华春晓？"秦向阳登时坐直了身子，全身的神经也跟着绷紧了。

"是的，怎么说他都算我半个儿子。本来我想跟他聊过之后，再跟唐教授言明，事办不了。可没承想，那件事愣是叫华春晓给办成了，而且直接提供了心脏。现在你知道了，华春晓从中分了五百万元。"

"华春晓？当时他二十出头还没毕业吧？这么大本事？"秦向阳觉得不可思议。

"要不说有钱能使磨推鬼。"蒋斌感慨地说，"年轻人想法多。或许对当时的他来说，初衷是想快速赚些钱用来交学费，他不想什么都靠我，亏欠我太多。事后我问起来，华春晓才说，他有几个朋友，为了找Rh阴性血，他们想了个点子。什么点子呢？他们买了大量的内存条，扮作电脑公司的人，找到各个医院和血站，以推广硬件为名，免费给人家升级内存。这么一来，就从医院和血站里得到了大量的患者血型数据。"

"就这样？"

"是的。是不是很简单？"

"不简单，那是1998年，电脑不普及，这个法子很管用。"

"是的，我也没想到。"

"他们怎么交易的？"

"在车上。"

"车上？"

"货车厢，里面有全套血检设备，手术设备。"

"那个澳门的商人来了滨海？"

"是的，不然怎么做手术？"

"你参与了手术？"

"没有！我和唐教授一样，都只是中间人。华春晓从大量血型数据中找到了AB型Rh阴性血，先是以免费查体的名义，抽了那个人的血去化验，然后通过我又拿到唐教授手里商人的血检数据，确认两者配型成功后，他就确定了心脏供体，我再把消息通知唐教授。之后商人来滨海直接跟华春晓联系，手术成功后，给了华春晓他们五百万元。交易过程都是事后华春晓告诉我的。"

"华春晓他们一共几个人？"

"不知道，他从来不说，毕竟那不是什么光彩的事。"

"这么说，他那些朋友的名字你也不知道？"

"不知道。"

"心脏是谁的？"

"不知道。"

"商人具体情况呢？"

蒋斌又摇了摇头，一问四不知。

"你真的都不知道？"

"你觉得我还有必要隐瞒？"

"你怎么跟黄少飞搞到一起的？"

"那是华春晓和我女儿结婚以后的事了，华春晓介绍我们认识的。"蒋斌咳嗽了几声，有些不满地说，"你打断了我的思路。我想说的是，这件事在先，它刺激了我，我给周小娟搞肝脏的想法在后。当我把那件事告诉华春晓后，他叫我先别回绝唐教授，说他有几个朋友，他们想试试。后来，华春晓找我借三万块钱，实际上他们用那些钱买了内存条，但当时我可不知道。从那时起，我才动了心思，心想他们整天东跑西窜，倒不如借此，叫他们帮我找无名尸体，或者车祸中的伤者，我想给周小娟找个合适的肝脏。为此，我给他们买了辆二手面包车，叫他们多到下面的公路上转转，尤其是晚上。"

"你利用了他们？你叫他们捡尸体？"秦向阳惊道。

蒋斌点点头，叹道："华春晓对这事也很上心，毕竟周小娟是他养母。作为交换，我告诉他，如果找到合适的肝脏，那三万块钱就不用还了。"

"难怪出了车祸的李文志会被他们捡到！这么说，把李文志送到医院门口的，就是华春晓他们了？"

"是的！那是第七个，那之前他们已经往医院送过六个人，都是车祸的伤者，我给救活了四个。为这事，那年我还得到了医院的嘉奖，上过当年报纸的豆腐块，呵呵。"

"你简直……"秦向阳本想告诉蒋斌，要是李文志不死在他的手术刀下，那么撞了李文志的赵楚也就不会去参军，他和张素娟的孩子就不会死，他也就不会有机会策划后面的惊天连环大案了。最终秦向阳摇了摇头，想想还是算了，那个话题太长,一切都为时已晚,于事无补,那些事纵横交错,环环相扣,皆是因果,但直到此时才得以窥见它们最初的因,最初的起点。

聊到这里,蒋斌早已疲惫不堪,精神很是萎靡。秦向阳叫蒋斌写下唐教授的具体情况,结束了这场对他来说,有些始料未及的审讯。临走,他厚道地告诉蒋斌,提供的这些情况很有价值,极可能跟警方手头的1210连环凶手案有关,也就是说,蒋斌极可能因此受益。

再次听到"受益"这个词,蒋斌满脸惊讶,这不奇怪,他对他女婿华春晓被害的内情一无所知。

蒋斌提供的情况太及时了,可以说句句让秦向阳惊喜,始料未及。结束审讯后,他立即召集全队开会,把审讯相关情况和自己的想法讲了出来。

这场审讯刚开始时,他只是想通过蒋斌挖挖华春晓当年的情况,实在没想到蒋斌能给1210案带来重大突破,结合1210案案情,他不得不把两者联系到一块。他想,华春晓那几个朋友还能是谁?十有八九就是李志堂、高虎、黄少飞、郝虹。这四个人再加上华春晓,刚好凑齐1210案凶手的死亡名单。除此之外,目前还有更合理的解释吗?他心里顿时通透起来:归纳目前所有的信息,只能是华春晓等五人,当年苦心找Rh阴性血,最终找到了孙成茂身上。孙成茂不是无故失踪,是被取了心脏。

这么一来,再结合每次案发时的短信内容,吕胜,或者说李闯的杀人动机,就一目了然、合情合理了。孙成茂当年有恩于李闯,李闯依次杀了华春晓等四人,为孙成茂复仇。那么不用说,郝虹也参与了华春晓当年的生意。

秦向阳说完自己的想法,接着,又皱眉道,"对李闯犯罪动机的分析,逻辑上是成立的,但这个分析有好几个问题,或者说漏洞。"说着,他在案情分析板上又画了好几个问号。

问号1:也是最基本的,判定动机分析的基础,孙成茂真的是Rh阴性血吗?(待孙劲验血后再下结论。)

问号2:李闯为什么隐姓埋名,改叫吕胜?

问号3:李闯如何得知华春晓等人当年的所作所为?毕竟连蒋斌都不知道心

脏取自于何人，而华春晓等当事人更不可能向旁人透露。

问号4：仅凭孙成茂对李闯当年的那些帮助，值得李闯连杀四人吗？

问号5：就算问号4的答案是肯定的，而李闯本人也义薄云天，可事情都过去了这么多年，他为何偏偏现在才动手，而不是一早就动手？是他刚刚得知事情真相吗？

问号6：如果问号4的答案是肯定的，那么，对李闯来说，更值得他感恩报答的人应该是其养父李铁柱，可是这么多年来他都没再见过李铁柱。他为什么舍大取小？

写到这里，秦向阳敲着分析板问："大家还有没有补充？"

众人皆摇了摇头。

此时孙劲坐在下面，对秦向阳的话，他根本无心细听。他用手肘撑着头，眼前不时闪现脑补的画面——他看到父亲孙成茂被人绑走，然后在一个黑暗的房间里，被脱光衣服；有个人走了出来，手里握着锋利的手术刀；那人拍了拍父亲的左胸，像在检验一只待宰的猪；接着父亲的胸被划了开来，露出扑通扑通、正冒着热气的心脏。然后画面一闪，他又看到一个模糊的脸，对，他认出来了，那是李闯，一个仅仅被父亲帮助过的孤儿。他看到李闯挥着斧子，疯狂地砍杀了李志堂，接着是华春晓，接着是高虎，接着是黄少飞，最后是一个叫郝虹的女人。杀完人，李闯突然回过头来，瞪着血红的眼，冲着孙劲笑了笑，然后冷冷地说："我替你父亲报仇了！你个孬货！"

"我要杀了你们！"孙劲突然两眼通红，抱着头大叫了几声，接着身子一软摔倒在地。

李天峰急道："他好像又犯头疼病了！"

"头疼病？"

"上次那个烟花店起火时，他就犯过病！"

"不早说？"秦向阳无暇指责李天峰，叫他送孙劲去医院，临走又嘱咐李天峰，要给孙劲验血。

苏曼宁说："他这是应激反应。是不是以前受过什么刺激，或者脑部有过创伤?"

"要这么说,那只能跟他小时候那场火有关。"秦向阳想了想,说。

"先去医院检查下吧,明天我找个心理医生给他看看,以前我们警校的一个教授。"苏曼宁建议道。

孙劲被抬走后,会议接着进行。

对秦向阳的问题,没人补充,但苏曼宁却提了个新的想法,她认为逻辑上,李闯的动机分析非常合理,那就不应该有那么多问题,或者说漏洞,但秦向阳列出了六个问题,除了第一个要验血,每个问题也都很合理,这就矛盾了。那么,会不会有另一个可能:华春晓当年那伙人,不是五个,而是六个,除了华春晓等五人,李闯也参与了那桩买卖。毕竟除了郝虹,其他人都是孤儿,相处起来有共同语言,而李闯又和郝虹关系不错。

"哦?要是这样的话……"

秦向阳来回走了好几圈,突然停下说:"要是李闯也参与了,那是不是有点说不过去?毕竟他和孙成茂有那层关系。"

"要是他也参与了,好几个问题就能解释了。"苏曼宁说。

"等等,我想想。"秦向阳转身盯着写字板陷入了沉思。

问号1好说,孙劲验完血就清楚了。

问号2:李闯为什么隐姓埋名,改叫吕胜?孙成茂有恩于李闯,两人异常熟悉。李闯却参与谋害了孙成茂,事后隐姓埋名也在常理之中。

问号3:李闯如何得知华春晓等人当年的所作所为?他参与了事件。

还是有几个疑问暂时无法回答。是自己想多了吗?不会。剩下的几个问题本身,也都合情合理。之所以还无法解释,那只能是相对应的信息不足,这件事一定还有没掌握的隐情,但不能因为还有隐情,还有疑问,就否定李闯是凶手这个最基本的调查事实。

想到这,秦向阳回过神来。不管怎样,之前的案情分析早有结论,凶手和死者交情颇深,否则不会仅凭一个电话就提前住到黄少飞家里。更主要的是,李闯若不是亲身参与,知道内情,又怎么可能给孙劲发那样的短信?苏曼宁的想法合情合理，看来李闯远不是他自己写的那样：滴水之恩，当涌泉相报。

最新结论是李闯、华春晓等六人一块弄到了孙成茂的心脏，那中间一定还发生了什么枝节。余下的问题，总会有个合理的解释。

说来说去，这么多问题都只是围绕李闯的杀人动机，而对破案来说，最重要的是固定证据，抓住凶手。想到这，秦向阳暂停了会议，叫众人随时待命，自己去督促华晨公寓视频回溯的进度，此时已是晚上9点多了。

23：00，秦向阳正在会议室椅子上闭目养神，视频回溯小组的组长冲了进来，揉着通红的眼睛说："队长，任务完成了。"

秦向阳立刻从椅子上蹦了起来："什么情况？"

"华晨公寓提供的三十天视频，全部捋完了。除了李闯那个正面影像，也就是案发当晚十点钟，李闯进入华晨公寓的图像之外，再没找到其他。"

"再没找到其他？不对吧？"秦向阳皱眉道，"他一定会踩点的，会不会你们的参照物有问题？"

"我们不是单纯以那件羽绒服为参照物，还依据他的正面影像。"

有计划犯罪哪有不踩点的？李闯在对公寓楼内部情况一无所知的情形下，于12月10日当晚，直接上门弄死了李志堂？秦向阳摇着头自语道："难道李闯的踩点时间还要往前移，在这三十天之前？可是华晨公寓的监控每个月覆盖一次，最多保留三十天，难道有必要做硬盘恢复？"

"既然有案发当晚他进入华晨公寓的正面影像，为什么非要找到踩点的图像？你说过，李闯和李志堂是老熟人，在这三十天之前任意时间，他都可能进入过华晨公寓吧？"组长有点不解地说。

"你说的也对！"秦向阳仔细想了想，重重地拍了拍对方的肩膀，又问，"那李志堂呢？那些天有无异常情况？比如有没有带什么朋友进来，尤其是案发前几天。"

"那三十天，李志堂基本正常，除了每个周末那两天夜不归宿，其他时间都是按时上下班，他性格应该比较孤僻，每次都是独来独往。当然，如果有朋友单独来访，从视频上没法分辨哪一位是他的朋友。"

第十一章 漏洞

"上下班的时间记了吗?规律吗?"

"这个,都有视频截图,但未做书面统计。"组长有点尴尬地打了个电话,叫他的组员赶紧做个统计。

统计结果很快送了过来。

从结果上看,在那一个月内,除了每周末那两天夜不归宿,李志堂每天出入公寓楼的时间相对固定。但在这固定之外,却有那么一点点特别。统计显示,李志堂几乎每天都是早晨六点三十分就离开公寓,直到晚上十点左右才返回。从画面截图看,出入期间,李志堂每次都带着个单肩帆布挎包。

他为什么每天都早出晚归呢?老师的工作有那么忙?秦向阳自言自语,敲着后脑勺想了一会,再抬头时,瞧见视频回溯组长正用热切而兴奋的眼神看着他。

"干得不错!"他给予了对方应有的评价,然后用双手用力搓了搓脸,振奋起精神,通知大家开会。

说完,他又叫人连夜去找程功,把人带到局里来。

很快,会议室里再次坐满了人,这次技侦人像模拟师也参与了进来。

会议刚要开始,李天峰冲进了会议室,手里捏着孙劲的血检单。

"孙劲的,AB型Rh阴性血!但是,医生说,由此并不能确定他父亲的血型。"李天峰有些失落地说着,把单子交给秦向阳。

"为什么?"秦向阳不解。

"我打电话问过孙劲的母亲,她只知道她是A型,孙成茂是AB型。医生说,这不能确定孙成茂就是AB型Rh阴性,这里头牵扯到遗传学和DNA检测,我说不清,你问医生吧。"说着,李天峰把电话交给秦向阳。

"这个牵扯到染色体D基因的遗传情况,"医生在电话里说,"每个人的D基因有三种表现可能,DD、dd、Dd,而Rh阴性基因是隐性基因,也就是说,只有当父母遗传给子女的每条等位基因都是d时……"

"什么'滴滴滴'的,简单点,有没有法子确定他父亲的具体血型?"秦向阳急道。

"不好办。我也没有更通俗的方法给你说明白!"医生提高了音量,"现现在只知道孙劲是AB型Rh阴性血,就是说他的染色体D基因是dd形式,这取决于他父母双方的D基因遗传。光有孙劲和他母亲的血型,无法确定他父亲的具体血型。如果他母亲的D基因是Dd形式,那他父亲就可能是Dd或者dd。如果她母亲也是dd,那他父亲同样可能是Dd或dd……算了,要不,先对他母亲做个DNA鉴定吧。最好还是提供他父亲的鉴定材料,比如头发、指甲之类……"

"废话!我有那些材料还找你们?谢谢,再见。"秦向阳生气地挂断电话,立刻叫法医吴鹏去采集孙劲母亲的血样。

安排完,他又问李天峰孙劲的情况。

"稳定了,医生叫留院观察,有人在那守着。"

秦向阳点点头,举着孙劲的化验单说:"1210案案情,大家都清楚了吧?我们先假定孙成茂就是AB型Rh阴性血,那么,结合蒋斌的供述,现在我们大致还原的事实是,1998年夏天,有人通过唐教授联系到蒋斌,寻找AB型Rh阴性血的心脏做器官移植。蒋斌寻找未果,把消息透露给了华春晓。此后华春晓纠集李闯、李志堂、高虎、黄少飞、郝虹,六人共同寻找。华春晓等六人通过免费给各个医院升级内存,从不同医院弄到大量血型数据,从而找到了合适的供体来源,也就是孙劲的父亲孙成茂。至于他们最终从什么地方得到孙成茂的血型信息,这点我一直在想,最大的可能,是当年孙成茂所在国有钢厂的职工医院,这之后才有了孙成茂所谓的失踪。"

他停顿片刻,整理好思路又说:"再回到我们的1210案上。目前。黄少飞案发现场的羽绒服,李闯遗落在程功仓库烟灰缸里烟头上的DNA信息,李铁柱家提取的李闯DNA信息,以及华晨公寓视频回溯,这四块合四为一,扎扎实实,证明凶手就是李闯,形成完整证据链,最起码这一点不容置疑。"

说着,他把李闯现在和过去的两张照片放到了投影仪上,只可惜李闯现在的照片除了程功提供的那张假身份证,仅有的就是案发当晚李闯进入公寓的监控截图,看起来有些模糊,还要做进一步的图像处理。

会议进行期间,程功来了。大半夜地被警察带过来,他一脸的不情愿。秦向阳安抚好程功,叫来画像师。有李闯的照片和监控处理图像,再加上程功对李闯的面部特征描述，画像师很快投入了工作。

忙了一夜，程功看着眼前的李闯画像，终于点了点头，说："像！太像了！"

画像完成后，天一亮，秦向阳立刻申请了通缉令，其间丁诚亲自到省厅，升级了通缉令的规格。

通缉令上有李闯的个人资料和体貌特征描述——

李闯，男，36岁，汉族。身高170，体重约65公斤，左脸部有一片明显的疙瘩。

通缉令上体重这一块，是根据黄少飞案发现场遗留的血脚印模拟测算的，数据上肯定存在误差。

秦向阳心里很清楚，郝虹还活着，李闯一定没离开滨海，就算临时离开，也一定跑不远。通缉令一下，有市局和省厅主导，警方会立刻对全市及附属区域，以及邻市全面搜查。在之前的多米诺骨牌案中，秦向阳遭赵楚设计被通缉过，他太清楚那种滋味了，他相信李闯落网只是时间问题。

忙完这一切，他才想起李文璧，回到办公室一看，才得知李文璧早回家了。一切似乎很快就会尘埃落定，站在办公室里，望着灰蒙蒙的天空，他突然想到了之前那个最表面的问题：杀人也就罢了，李闯为什么要砍去人的头颅和四肢，再费尽心思带离现场呢？

第十二章　失落的片段

天亮后，李文璧独自去了公墓，到李文志和赵楚的墓前拜祭了一番。她还沉浸在李文志被害的情绪里，好在蒋斌已经落网。这一回，她彻底原谅了赵楚，毕竟之前，她和很多人一样，都认为李文志是被赵楚的摩托车撞死的。

离开公墓后，她本想再和周小娟见一面，毕竟周小娟身上的肝脏是哥哥的，那让她和周小娟之间多了份亲切感。可周小娟一早就返回了鸡冠山，李文璧只好改变想法，决定去看看她救的那个孩子，程璇璇。

程功在分局协助画李闯的像，忙了一夜，李文璧找来的时候，他才到家不久。得知李文璧是程璇璇的救命恩人，程功连连表示感谢。程璇璇见到李文璧更是分外高兴，不时地和李文璧小声说着什么。程功对此很惊讶，但也很理解。他告诉李文璧，程璇璇的状态比王媛的好，回家恢复的这几天，已经想着要上学了，但就是不怎么搭理人，唯独李文璧例外。

从程功的话里，李文璧得知他两个女儿居然都失踪过，心里不由得感叹，眼前这个男人实在太不幸了。

程功执意挽留李文璧在家吃饭，聊表谢意，李文璧再三推脱不过就答应了。李文璧留下来，程璇璇自是分外高兴。程功跟李文璧打了个招呼，出门买菜。

很快，程功买好东西走出超市。这时，迎面来了个步履匆匆的女人，差点跟他撞到一块。

程功赶紧停住脚步看了看对方。

咦，他觉得对方有些眼熟，想了想，问："你是叫蒋素素对吧？"

来人正是蒋素素。

蒋素素不认识程功，把程功上下打量了一遍，见这男人长得还可以，起码看起来挺爷们，就问："你是？"

程功笑道："我叫程功，没猜错的话，你这才从拘留所出来？"

"胡说什么呢！你谁呀？"

"我在公安局见过你。"

"公安局？他们那叫非法拘禁，扣留了姑奶奶四十八小时！"

程功点点头，笑道："我叫程功，最近三天两头往分局跑，在那见过你。我就说不会认错人。我这人吧，记性不好，唯独对一种女人例外。"

"哪种女人？美女吗？"蒋素素笑道，"你这人还挺会说话。"

程功干笑了两声。

"对了，你三天两头跑分局干什么？"

"协助警方办案啊。"

"就你？"蒋素素捂着嘴笑了。

"哎！"程功无奈道，"我也是没办法，倒霉，被他们当成了嫌疑人。"

"哦？是吗？怎么回事？"蒋素素一下子来了兴趣。

"那说来话长了。实际上，我对你的事也知道一些。"

"我？你知道我什么？又是听那帮警察说的？"

程功笑着点点头，说："是啊！我听说你这女人可不好惹！"

蒋素素哼了一声，道："狗嘴里吐不出象牙！"

程功一听这话，很是尴尬。

"不是说你，说那帮警察！"蒋素素解释道。

"他们其实很辛苦的，整晚加班！"程功笑了笑，又道，"我对你父亲的事，也听说了些，哎，话说回来，我倒是挺佩服他的，杀人取肝，竟然全是为了你母亲，够爷们！"

"什么？你说我父亲杀过人？"

程功郑重地点了点头，他没想到蒋素素对蒋斌的事一无所知。

"到底怎么回事？你还知道些什么？"蒋素素抓住程功的袖子，问。

"你母亲当年得了严重的肝硬化，你总知道吧，你父亲杀了人，给她换了肝。"

"不可能！你骗我！"

"骗你干什么？你是家属，案情方面，警方早晚通知你。好像是个叫刘秀贞的，把你父亲出卖了！"

"刘秀贞？她能有证据？"

"具体我也不清楚，昨晚我在局里帮警察画像，闲聊听了那么几句。"

"这么说，我父亲这次岂不是……"

"不知道。"程功摇摇头，说，"警察手里有重案，侦察阶段，口风都紧得很。"

程功没想到，他那些话一下子拉近了和蒋素素的距离。蒋素素再次把程功上下打量了一遍，随后幽幽叹道："刘秀贞，那个该死的老女人！亏我父亲当年待她那么好。可恶！我真恨不得掐死她！"

"这么想，你就错了。万事皆因果！"程功正色道，"最重要是学会放下。"

"放下？别站着说话不腰疼！"

"呵呵。我的经历说起来，估计你连一半也承受不住。"程功平静地说完，突然笑道，"你看，现在我俩这才叫站着说话，腰疼，要不，找地方坐下聊会？"

"行。"蒋素素说着，当先走了出去，她身材也颇为曼妙，走起路来很是摇曳多姿。

程功赶紧跟了上去。自从上次在分局见过蒋素素，他这是第二次从后面看蒋素素走路，心神顿时变得恍惚起来。

两个人很快走远了，依稀还能听到程功说："你的事怎么样了？"

蒋素素回答:"我被医院开除了!你是说阮明涛那个软蛋吗?他还躺在医院呢!现在没空起诉我!"

"阮明涛是怎么回事?"

"别问了,我烦死了!我爸该怎么办……"

栖凤区公安分局。

全面通缉的大网已经拉开,但秦向阳并没有闲下来。

他先是安排李天峰去接触蒋斌提到的唐教授。

关于唐教授,蒋斌提供的信息并不具体:唐大成,京都市京都医学院心脑外科教授,早年是蒋斌的老师。蒋斌说,自从当年那笔生意完成,他们就彼此默契地,彻底断了联系。

李天峰很快联系上京都的刑警,请他们帮忙提供些资料。京都刑警很快找到了唐大成的家,但结果很意外,唐大成早在十五年前就因意外去世了。说起来,唐大成死得有些离奇,钓鱼的时候,一头栽了下去溺水而亡。用唐大成朋友的话说,则是非常可惜。唐大成死的时候五十出头,学术上有拿得出手的成绩,生活也富足安逸,正是人生最辉煌的时候。

据唐大成家人回忆,那几年唐大成老是疑神疑鬼,动不动就说有人要害他,长此以往,精神越来越恍惚,直到有次外出钓鱼时出了事。当时,警方曾找到了两个目击者,证实那的确是一场意外。

李天峰稍一琢磨,就弄明白了其中的隐情。实际上,唐大成的心病完全来自于做贼心虚。孙成茂的心脏交易,他是中间人,一定从中得了非常多的好处。交易完成后,拿了赃钱,便不由自主地担心,会不会被那个神秘的澳门商人杀人灭口。这么一来,精神状态自然糟糕异常,早晚会出问题。某种程度上,完全可以说唐大成是自己杀了自己。

李天峰把唐大成涉嫌从事器官交易的案情资料,交给了京都警方。唐大成的死证明了一句话,多行不义必自毙,他的意外死亡也带走了自己的罪恶和秘密。可他一定想不到,他死后十多年,他曾经参与的罪恶交易还是被曝光于天下了。

唐大成这一死,线索也就断了,要想还原案子的更多细节,只好另想办法。

秦向阳立刻想到了目前唯一的幸存者郝虹，但距黄少飞遇害已经好几天了，这个女人还是没有回来。她该不会是故意躲避吧？

想到这，他叫人再联系郝虹，以处理黄少飞遗体为由，催她尽快回来。

处理完这些，他又拿起一份化验单看了看。那是孙劲母亲的DNA报告，刚刚送过来。程功母亲的染色体D基因为Dd阳性。秦向阳已经弄懂了，由此并不能判断孙成茂的D基因的表现形式就一定是dd，它还可能是Dd。

"这有什么用！"秦向阳随手把化验单摔到了一边。

接下来，他甩掉这个不愉快的念头，叫上苏曼宁一块赶往医院，带孙劲去看心理医生。苏曼宁已经提前联系好了，对方是警官大学的一名心理学教授，叫杨梦洲。

接上孙劲，三个人很快赶到了杨梦洲的工作室。

孙劲的头不疼了，但精神状态很差，一路上一言不发，也不知在想什么。

秦向阳提醒他，他身体的异常状况很可能跟当年那场火灾有关，同时孙成茂就是那之后失踪遇害的，所以务必要好好配合杨医生。

到了工作室，寒暄过后，杨梦洲简单了解了孙劲的情况，又仔细看了看孙劲的脑部CT照片，给出的结论跟医院一样，其脑部不存在任何物理性创伤。

秦向阳和苏曼宁很知趣，留下孙劲就离开了。

杨梦洲叫孙劲在一张很舒服的躺椅上坐下，自己坐到孙劲对面，两人之间留足了安全距离。

孙劲反应很快，立刻有些无奈地笑道："不用坐得那么远，我没有人际交往障碍。"

"这是我的习惯。"杨梦洲笑了笑，问，"你知道催眠吧？"

孙劲点点头，问："我一直很好奇，催眠真能控制人的思想和行为？"

杨梦洲说："我们也算同行，你可以把这当成同行间的交流。在我看来，理论上，催眠能控制所有人的思想和行为，或者说，理论上，任何人的思想和行为都控制不了。"

"哦？你这什么意思？自相矛盾嘛。"孙劲不解地问。

第十二章　失落的片段

杨梦洲笑道:"请注意,我说的是理论上。催眠能否成功,最主要取决于什么?催眠师的手段?花样百出的控制指令?逼真的环境设定?都不是。最主要取决于被控制者的精神状态,或者说精神意志。"

"这个我懂。不就是主动和被动吗?"孙劲说。

"意思是对,实际上没那么简单。"杨梦洲说,"一个人主动要求被催眠,当然比被动催眠容易,但实际上就算主动要求,催眠效果也是因人而异的。根本上,对真正的催眠师来说,主动和被动其实区别不大。有的人具有很强烈的潜意识自主性,这种情况下就算他主动要求,催眠效果也不会太好。"

"可是催眠本身,不就为了让被催眠者放松自我潜意识的自主性吗?"

"你说得很对!催眠师有很多手段,能让对象放松潜意识自主性。但本质上,不管什么手段都是外来手段。相比之下,对象的自我潜意识控制力,才是催眠能否成功的最关键所在。"

说着,杨梦洲站起来走了两圈,又停下道:"打个比方吧,就像弹簧。每个人的潜意识控制力都不同,可以理解成每个人都有个弹性系数,有了弹性系数也就有了范围。我们先假定所有的催眠师都达到了催眠境界的天花板,那么,界定一个系数A,凡是等于或小于A的对象都能被催眠,那么,就必然存在大于A的对象。"

"是的,凡事总有例外。"孙劲点点头。

"很好!"杨梦洲赞道,"那么我为什么跟你说这些呢?"

"呵呵,你无非是在暗示我放松。"

杨梦洲摇了摇头,笑道:"我说了,催眠师有很多让对方放松的手段。实际上,我想告诉你,不要迷信催眠,它被影视剧过度神话了,同时也不要拒绝催眠,它有被神话的道理。既然你来到这里,那么就是我俩共同配合,玩一场游戏。能达到什么效果,主要看你自己,我,只不过是个辅助者,用DotA里的话说,我就是个四号位的奶妈。"

孙劲一听这话笑了:"以前,我只玩一号位。"

孙劲并没注意到,他此时的状态已经比刚进屋时放松多了。

"能抽根烟吗？"孙劲忽然问。

"随便。"杨梦洲抬手示意。

很快，孙劲抽完了一支烟，顺势往椅子上一靠，找了个很舒服的姿势，然后说："准备好了！来吧，四号位。"

杨梦洲又笑着缓缓说道："我和医院的看法一样，你脑部没什么损伤。但是你脑子遇到某些情况会疼，通俗地说，我想你这是应激性断片。就是说当你遇到某些情况时，大脑会本能启动一个保护程序，而这个保护程序，跟你的自主程序相反，所以你会头疼。哦，这种断片当然不同于酒后断片！酒后断片，你的脑子是麻木状态，就没存进去多少东西。当然，到底是不是我说的这个情况，咱们试试就知道了！你不要单纯地把催眠理解成睡觉，或者控制。它更多的是精神状态的恢复、修复，你可以把它理解成磁盘扇区修复。现在，你只要闭上眼睛就行。我不要求你什么也不想，有要求就必然有抗拒。你现在天大地大，随心所欲，爱想不想，和我无关。我只知道你曾在一个很热的下午，遇到过一场可怕的火，之后你的父亲就不见了。现在来到了冬天，那场火熄灭了，取而代之的，是一团篝火，很温暖，你身边卧着一条可爱的大金毛，你和你父亲久别重逢，围着它聊天，取暖，那一定是个很温馨的夜晚……"

杨梦洲的暗示不着痕迹。

孙劲不知不觉地睡着了，他梦到跟孙成茂围坐在篝火旁，孙成茂三十多岁，和失踪时的样子一模一样，他二十多岁，是现在的样子。他问孙成茂去哪了，为什么这些年不和家里联系。还没等孙成茂说什么，这时徐徐燃着的火苗忽然越烧越大，很快就把孙成茂吞没了。孙成茂坐在火中，突然拉开衣服，露出胸膛前的一个大洞，他指着胸口的洞说，我在一个废弃的矿坑里，很深，后来矿坑坍塌，出不去了。

"不！"孙劲猛地醒了过来，满脸是汗。

"我睡了多久？"孙劲缓了一阵，擦着汗问。

"十分钟。"

孙劲呆坐了一会，一脸疲惫地说："感觉睡了很久。"

"梦到了什么？"杨梦洲问。

"梦到篝火，后来火越烧越大，还梦到我父亲，很惨……"

"你很想知道那天到底发生了什么？"

"是的！"

"那就走进火里！你太恐惧，那封闭了你的记忆，你是选择性遗忘。现在的你，一旦遇到某个场景，潜意识就像个九岁的孩子，对，就是你遇到那场火时的年纪，同时，你的理智跟潜意识对抗，不承认它，所以你才头疼。现在，我要求你慢慢地越过篝火，走进那场火里，对，走进去，不用怕，去面对真实的自己……"

在杨梦洲的暗示下，孙劲再次睡去，过了一会，他开始不安地说着什么，同时，头上有汗水流了下来。

"我就在你身后！别怕！告诉我，看到了什么？"杨梦洲语气平静，一边说一边打开空调，把模式调成制热，房间里本来就有暖气，现在更热了。他知道孙劲可能会再次醒来。具体的结果，取决于孙劲本身的意志力，他能否克服恐惧，杨梦洲左右不了。

"我很热！"孙劲摇着头说，"这里着火了！人们撞来撞去，有的摔倒了，有的互相拉扯，有人在喊，有人在哭，到处都是烟，什么也看不到！"

"别怕。继续往前走，很快就能看到。"杨梦洲声音平静。

"我在走，不，我被东西绊倒了，在使劲往前爬。"

"很好。别停。"

"我的头好像撞到了门上，疼得要命！我想我要晕了！"

"要清醒。那道门就是出口，打开它。"

"我在开，开不了，好像卡住了！"

"什么样的门？"

"下拉门，门很烫，我在使劲往上抬，抬不动。"

"别慌，你能行。"

"啊，它开了！"

"我说过你能行。"

"它被抬起来了,有人在外面。"

"谁在外面?"

"不知道。"

"你出去。"

"出不去,有人进来了。不对,他是被推进来的,我把他绊倒了。"

"有人被推进来?"

"是的,现在外面有人说话。"

"说什么?"

"'竟然想救他的孩子?去死吧,二货!去死!一块去死!'"

"谁在说话?"

"不知道。声音有男的有女的,他们又从外面把门拉上了。"

"他们推进来一个人,又把门拉上了?"

"是的。"

"被推进来的人呢?"

"他在喊'孙劲',他在喊我,我回答了,他摸到我了。"

"很好,他在救你。"

"他在开门,我的头很疼,要呛死了,什么也看不见。"

"坚持。"

"门被他抬起来一些,我俩爬出去了!"

"你得救了!看看他是谁?"

"不知道,眼睛很难受,睁不开。"

"他呢?"

"我听到他跑下楼的脚步声。我慢慢下到一楼,来到了外面的台阶上。"

"好了!台阶上很舒服,你安全了,回来吧。"杨梦洲说着,抬手"啪"的一声,关掉了空调。

孙劲在这个声音的暗示下再次醒了过来,浑身汗淋淋的,像刚刚洗过澡。

第十二章 失落的片段

孙劲机械地从杨梦洲手里接过纸巾擦了擦汗,有些茫然地看了看四周,慢慢道:"我……说什么了吗?我是不是记起来了?"

"是的,恭喜,你都记起来了。"杨梦洲拿给他一杯水,又道,"什么也不用想,先休息一会,你现在很累。"

"真的?"孙劲语气里透着不可思议。

杨梦洲肯定地点点头。

孙劲闭眼缓了好一会,突然睁开眼道:"我知道了!当年那场火灾,我不是自己弄开门出去的,根本不是什么狗屁运气,是有人救了我!"

"我都录下来了。"杨梦洲点点头,按下了一个播放器的开关,让孙劲听录音,然后打电话叫秦向阳过来。

秦向阳来得很快,他走在前面,门也不敲就冲了进来,苏曼宁跟在后面。

"真神啊,有结果了?"他兴冲冲地问。

杨梦洲平静地点点头,叫他们听录音。

孙劲站起来,激动地说:"我都想起来了,不用听录音。"

秦向阳抬手示意他安静,仔细地来回听了两遍。

录音的内容很详细,也很明显。孙劲所述,就是他九岁那年夏天的火灾现场,他之前的记忆,到他撞到下拉门上为止。现在记起来的部分,完整地还原了当时的内容。当时火场空气膨胀,下拉门膨胀变形,势必卡住,有人从外面强行抬起下拉门,把一个男人推进了火场,然后又把门拉死。显然,外面的人目的很明确,想把那个男人烧死。而那个男人被推进门之后就喊孙劲的名字,说明他本身就是来救孙劲的。这就有了一个小小的矛盾。

从声音上看,外面有男人也有女人,他们会是谁呢?

秦向阳第一个想到了郝虹。逻辑上这很有依据,既然孙成茂就是那个下午不见的,那么,目前看来,跟孙成茂父子有关系的,只能是华春晓、李闯、郝虹等六个人。

"记住,孙劲在那个诊所打针时,孙成茂只是有事暂时离开,他本就应该回去接孙劲。那么,当时的情景是不是可以这么设想?"秦向阳整理着思路,越说越快,"起火时,孙成茂恰恰赶到了现场附近。而同时,华春晓等人正在跟踪孙成茂,也赶到了现场附近。华春晓等人有代步工具,蒋斌曾借给他三万块钱,还给他买了辆二手面包车。当时是8月份的午后,天气非常炎热,刚起火时,街上根本没什么人,华春晓等人借机绑了孙成茂,但他们并不知道此时孙成茂的孩子正在诊所打针,并且被困在了火场。孙成茂被控制的同时,肯定说过话,求华春晓等人帮他救出孩子。而李闯呢,虽然也参与了该事件,但他心里应该是矛盾的,毕竟孙成茂之前曾多次对他提供帮助。这么一来,面对孙成茂的恳求,李闯势必心软,提出救人。但是我们要考虑华春晓等人的心态,他们跟孙成茂毫无瓜葛,孙成茂对他们来说,除了意味着一大笔财富,什么也不是,凭什么去救他的孩子?更主要的是,把孙成茂的孩子救出来,不等于给自己留下祸根吗?万一孩子日后长大复仇怎么办?这么一来,其他五人就跟李闯起了矛盾,从而起了杀心!他们很默契地跟李闯一块赶到火灾现场,其间应该会留个人看住孙成茂。到了现场,他们一定发现门被卡住了,之后合力打开下拉门,再出其不意把李闯打晕,把他推进火场。这样,才有了孙劲当时听到的那些声音——'竟然想救他的孩子?去死吧,二货!去死!一块去死'——李闯被推进去之前,一定遭受过重击。这一招不可谓不狠,既借着一场大火除去了孙成茂的孩子,免除后患,又除去了心生二意想救人的李闯,少一个人分钱,对华春晓他们来说何乐而不为?只是所有人都没料到,李闯被打后并未就此晕倒。而本来膨胀卡住的下拉门,经过那么一次折腾,也松动了许多,又被李闯从里面打开了,不用完全打开,有个差不多的缝就够了,他们这才逃出生天。李闯逃出去后,肯定不想被孙劲认出,所以迅速逃离了现场,但是那次火灾也在他脸上留下了痕迹。大家清楚了吧,他左脸上为什么有那么多疙瘩,另外,他的手上可能也有伤,因为当时那个下拉门很烫。这就是当天不为人知的一切,除此之外,我实在想不出还有别的解释。"

这个推演非常精彩,得到大家一致认可。基于孙劲回忆起的片段,它逻辑上合理,相关人物各自的言行、立场,契合他们各自的角度。而且能解释华春晓等五人彼此之间,为什么从那之后基本没什么联系。因为彼此不联系,是对所有人最大的保护,能最大限度掩盖他们当年的恶行。

这件事，孙劲是当事人没错，可惜他当时只是个九岁的孩子。在没有其他当事人的情形下，也许再也无从得知事实真相。这个推演也无法还原相关细节，但它一定非常接近事实真相。其实，这也是所有刑侦人员的无奈，总有一些案情是无法还原的，它不可避免，只能接受，通过辅助证据无限接近事实。

秦向阳说完后，情绪波动最大的还是孙劲。

对他来说，这意味着李闯就是他的救命恩人，同时，李闯正在为他父亲报仇，已经杀了四个了，还剩最后一个。

为什么是他？报仇的应该是我才对！为什么是他救了我？而我接下来却要抓他！孙劲无法接受这些事实，翻来覆去地想，直到胃里一阵恶心，差点吐出来。

此刻，秦向阳心里想的跟孙劲完全不同：看来，之前对李闯的认知还是片面，这个人，说他仁义吧，他为了钱还是伙同华春晓等人害了孙成茂；说他不仁义吧，关键时候他还是坚持救孙成茂的孩子，从而给自己招来杀身之祸。人性复杂，从来都不是非彼即此。

同时，秦向阳想到，之前对李闯犯罪动机的分析也很片面，怪不得当时有那么多没法解释的问号，现在基本都能解释了。尤其是第四个问号：仅凭孙成茂对李闯当年的那些帮助，值得李闯连杀四人吗？答案很明显，与其说李闯在为孙成茂复仇，不如说他在为自己复仇，那些把他推到火场里的人都要统统杀掉，现在只剩一个了。可是，他为什么要在忍了这么多年后才动手呢？这些年来他隐姓埋名，低调工作，按说仇恨应该慢慢被时间淡化才对。

秦向阳皱着眉头想了半天，唯一的解释是，李闯从程功嘴里得知了程功那些不幸遭遇，感同身受，激活了那份埋藏日久的仇恨，重启了杀心。程功那些遭遇，或者说与程功有过矛盾、被程功深深记恨的人，华春晓、李志堂、高虎、黄少飞、郝虹，恰恰跟李闯的仇人完美重合了。这听起来有些巧，但很难质疑。

不管怎么说，这次找杨梦洲是找对了，既找回了孙劲失落的记忆片段，又解决了诸多疑问，把案情狠狠地朝前推进了一步。众人再三谢过杨梦洲，才离开回到局里。

接下来最大的问题就是抓捕李闯，但抓捕总得有个线索。时间很快过去了五天，这五天里，全市各分局，各派出所收到群众举报若干，群众提供的信息，都是关于李闯的，显然，通缉令上的赏金数字大大提高了群众的积极性。每收到一条举报信息，秦向阳就激动一次，最后直到麻木。三天时间，积累下来线索太多，有模棱两可的，有具体的，也有相当精确的，其中一人提供了一段小视频，内容是一群大妈在一个小广场上跳舞，在视频中居然找到了李闯。

可令人沮丧的是，所有信息汇总梳理起来，都是些过期信息。就是说，时间上，所有信息都是1210案案发之前的。更具体地说，所有信息都是李闯进入华晨公寓之前的，在那之后的信息，一条也没有，李闯就像人间蒸发了。这也太绝了。

毕竟在警方认知里，通缉范围越广，难度越大，而这种大规模的全城通缉，多城通缉，区域相对集中，群众提供线索信息实属再正常不过，除非罪犯早就远远逃到了通缉范围之外。但李闯很特殊，他还有个目标未完成，郝虹还活着，所以绝不会躲得太远。那么，只要他在通缉范围之内，就一定会露出蛛丝马迹。但结果却完全相反。

到底躲在哪呢？难道李闯真的在通缉范围之外？秦向阳觉得这不可能。现在滨海及邻近各城市，所有交通要道全面临检，他要是跑远了，再回来的时候绝对进不了城，进不了城怎么杀郝虹？除非他决定放弃最后一个目标。前面他费尽心思已经干掉了四个，这时候放弃，可能吗？

难道侦察方向有漏洞？那更不可能。证据链的每一条，都是铁铁的DNA信息反馈，他把那些信息画成简易图表，不停地翻看琢磨着——

  被害人李志堂 DNA信息B

  被害人华春晓、高虎 现场无凶手痕迹证据

  被害人黄少飞 凶手遗落羽绒服提取到DNA信息B（残留组织痕迹少）、DNA信息A（残留组织痕迹多）

  程功仓库李闯（吕胜）烟头上的DNA信息A

  李铁柱家李闯卧室烟头的DNA信息A

侦察手段没有漏洞，他越看越糟心，眼看着离年底越来越近，他有些沉不住气了。这时李天峰跑进办公室，来到秦向阳面前急道："有消息了。郝虹今晚下半夜乘国际航班直达北京，然后坐高铁回滨海！"

秦向阳闻言大喜，说："终于回来了。这么一来，李闯总该露头了吧？"

第十三章　最后一个

郝虹本人一定想不到，此时此刻，对滨海警方来说，她成了最重要的人。为此秦向阳专门找到丁诚，商量接下来的行动方案，可他没想到，这次丁诚和他出现了巨大分歧。

他们的基本点是一致的，一定要保护郝虹的安全。

对此，有了上次黄少飞的教训，秦向阳的态度是，从滨海直接派人到北京把郝虹安全带回来，可以直接开车去，也可以坐高铁去再坐高铁回，甚至可以直接坐飞机回来。而丁诚的想法却更加"得寸进尺"。

丁诚直接否定了秦向阳坐飞机的想法，接着又否定了派人去接郝虹的建议，他的方案跟郝虹本人的安排一致，让她坐高铁回滨海。

秦向阳问为什么。

丁诚说："这次，我想引蛇出洞！"

"不行。"秦向阳直接否定了上司的想法。

"为什么？"丁诚反问。

"理由就一条，不能再死人了，这是原则问题。黄少飞的教训，对我来说足够了。你得相信我，郝虹一定是凶手的下一个目标！她一回到滨海就会立刻被我们控制，凶手很可能也明白这一点。那么他放弃便罢，要是非行动不可，就只能选择郝虹回来的路上，要是乘高铁，在车上倒是没什么危险，但我担心凶手会设法让郝红提前下车，别忘了黄少飞怎么死的。李闯和他们很熟，他有办法接近黄少飞，就同样有办法接近郝红，决不能让他有机可乘。"秦向阳说得很急，脸涨得通红。

"当然不能再死人了！"丁诚坚定地说，"但是，不再死人，不意味着我们就放过这个机会！正因为我相信郝虹是李闯的最后一个目标，我才打算这么做，这可是最好的抓捕机会！"

"不行！人这次抓不到，可以想法再抓，但就是不能冒险。"秦向阳狠狠地抓了抓一头乱发，态度同样坚决、顽固。

"先听我说完！"丁诚也急了。

秦向阳哼了一声，沉默。

丁诚清了清嗓子，说了自己的想法。他的思路是，亲自出面联系北京警方，请对方派人接机，之后第一时间把郝虹安全地送上高铁，中间尽量不做异地停留。他会对接机的警员也做要求，要给机场方面说明情况，直接进入机场内部接人，从而缩短郝虹独处的时间。接下来，他再联系高铁方面，到时候在相应车次上暗中安排四个便装乘警，对郝虹全方位监视保护。也就是说，从郝红下飞机的那一刻到回到滨海前，都绝对是安全的。这么一来，凶手要是放弃便罢，如果他还要杀郝虹，就只能在路上动手，那么，也就只能设法让郝红提前下车。好，下车就下车，不要紧。

丁诚的想法是，由他出面，实在不行就请厅长丁奉武出面，提前联系沿途各站所有的站前派出所，全部派出有经验的便装警察，拿着郝虹的照片，到车站门口暗中待命。如果郝虹提前下车，便装乘警也跟着下车，这样，就能确保出站通道到出站口之间不发生意外。之后，改由车站门口的警察对她实施秘密跟踪，一旦在露天范围内发现有可疑目标跟郝虹接触，立刻抓人。要是郝虹跟可疑目标接触的方式是进入封闭建筑物或房间内，空间上警方不可控，那即刻对郝虹进行阻止，将其带回滨海，警方进入封闭空间抓捕。如果郝虹提前下车后，未跟任何人接触，那也无所谓，同样再把她带回滨海。引蛇出洞，不一定非要抓到蛇，但一定要确保郝虹的安全。

"听起来，行程的安全性上倒还可以。"秦向阳摸着鼻头斟酌着说。

"当然可以！我可不像你监控黄少飞那样草率！"丁诚自信满满。

"我只是说行程的安全性，但要是跟踪，就有很多不可控性。"秦向阳不理会丁诚有些不满的眼神，接着说，"你比如，郝虹要是下车后直接去宾馆，开个房间住下，你跟还是不跟？"

"当然跟！她要是住下，我得让人先确认她那个房间是安全的，不是有人提前开好等她的。然后，再派人到她房间隔壁开个房，24小时监视、跟踪。"

"没那么顺畅！你说的这些事，有很多环节需要跟踪警员灵活处理，这种事没法现场指挥。"

"我会提前通知，该说的都说到位。"说完，丁诚不满地看了秦向阳，道，"你以为就你能灵活处理外勤？别的警察都是吃干饭的？"

"我不是这个意思，刚才那只是随便举个例子。不可控的情况有时会完全超出预料，总之，我对你的方案持保留意见！不，不是保留意见，是不同意！"

"你说了不算！"丁诚这次真生气了。

"你非这么做，我想知道为什么？这个案子可一直是我负责的！"秦向阳继续据理力争。

"案子你负责，但你归我负责！"丁诚大声说，"案子办到今天，你们确实查清了眉目，但黄少飞应该死吗？我看完全可以避免！是，凶手要杀黄少飞，当时你是判断对了，但你弄了个绝不该有的纰漏！不但黄少飞人没保住，还让凶手给溜了！这马上就到年底了，破案期限在即，难道你想最后去麻烦公安部？这是个绝好的机会，一举两得，我这么做也是为尽快结案。秦向阳你明不明白？还跟我在这炸毛！"

"黄少飞的事我确实有直接责任，我认！"秦向阳紧随着丁诚的话音说，"这是个好机会我也承认，可我还是认为这么做风险太大，不可控性太多。人，我早晚给你抓住，但前提是必须直接控制郝虹，一句话，我不同意！"

"你他妈不是给我抓的人！"丁诚拍着桌子吼了一嗓子，屋里的空气跟着紧张到了极点。

第十三章 最后一个

丁诚吼完，快步走到窗边猛地推开窗户，深深地呼出一口气。

秦向阳见丁诚主意已定，似乎再没有回旋余地，只好走到丁诚身边，说："要是非这么做不可，那我请求去跟踪郝虹。"

"你？"丁诚嗤的一声突然笑了，"中间那么多站，你知道她提前在哪一站下车？再说，她也不一定下车。"丁诚毕竟是领导，脸色说变就变了回来。

他掏出烟给秦向阳递了一支，自己点上火，语气有些缓和地说："秦向阳啊，你小子这个认真的劲头，我还是欣赏的！所以呢，咱俩吵就吵了，都是为工作嘛，你回头也不要有心理负担。我这里最后提醒你一句，滨海和周边各邻市可都处于对凶手的全面通缉状态，他李闯敢不敢、能不能在滨海露头都两说，更甭说去中间站截杀郝虹了。所以，郝虹提前下车的可能性极小，我这次的计划呢，也就极有可能抓不到凶手。但在确保郝虹的安全性上，那是毫无疑问的！行了，早点回去歇会，拾掇得利索点，你看你这浑身上下乱糟糟的，成什么样子嘛！明天郝虹就回滨海了，剩下的事还得你去办！"

谁知秦向阳好像根本不知道对方说了些什么，直接自顾自说道："要是郝虹提前下车，最可能的站一定是滨海的前一站，Z市，距离上最近，凶手要是想办法过去，相对容易些。越远，他难度就越大。"

丁诚跟秦向阳一样，也好像根本不知道对方说了些什么。他凭窗而立，面向窗外，抬起手摆了摆，那意思很明显：秦向阳你可以走了。

这天晚上，滨海市的大街小巷到处是交警和巡警，警方的巡检力度，对这座城市来说空前未有，一旦李闯露头，绝无再逃逸的可能。

秦向阳整晚没睡好。他尽力了，但没法改变丁诚的决定。高虎和黄少飞的死还历历在目，自责无济于事，他只能安慰自己，是黄少飞的死让自己敏感过头了，丁诚作为本案的上级主管领导，出发点也没错，至少在保证郝虹安全这块，也算滴水不漏。希望一切如丁诚所说，李闯根本出不去滨海。

天一亮他就带人赶到了滨海高铁站。实际上天刚亮时，他就接到通知，说北京警方接到了郝虹，已经把她送上了高铁。

郝虹的车上午九点到站，现在还不到八点，他不安地在原地走来走去，不时地抬手看表。很快，他发现自己根本不可能踏实地等在原地，时间每过去一秒，他的心就紧一分，生怕突然传来不好的消息。

很多时候，等待都是必须的，但同时，等待也意味着被动。

不行！秦向阳猛然驻足，打定了主意。他让大队人马留在车站，带着孙劲和李天峰上车往Z市火车站开去。他的思路很清晰，要是郝虹顺利到滨海站，那自己在不在都无所谓。倘若郝虹提前下车，他认为可能性最大的地方还是Z市。在滨海等，倒不如动起来去Z市，一旦有异常情况，也能最大限度避免距离上的被动。滨海到Z市一百五十多公里，秦向阳把油门踩到了最大。

此刻，郝虹正坐在回滨海的车上。前面Z市到站后，下一站就是目的地了，分散坐在郝虹附近的四个便装乘警总算舒了口气。一路上他们都很是好奇：这个女人什么来路，需要对她格外关注照顾。

郝虹随身带着个箱子，自己坐着一排座位，她对面坐着个中年男子。

中年男子有些发福，时不时会朝郝虹看几眼。

郝虹一路上心情并不轻松，她之所以耽误这么久才回来，就是在暗中关注事情的进展。黄少飞被杀了，她虽然弄不明白事情的状况及起因，但心里还是泛起强烈的不安。可也总不能一直待在国外，迟滞了这些天之后，她还是决定回来看看动静。可她实在没想到一下飞机就受到了特殊"照顾"，然后又被警察一路护送上了高铁，这让她越发紧张起来。

车停了，下一站就是滨海，马上就要交差了，旁边的乘警伸了个懒腰，见郝虹还是平静地坐在那里，终于放下心来。

这一站车停三分钟，到站的旅客陆陆续续离开，郝虹对面的中年男子也提着个大箱子下了车。

就在车快要发动的时候，郝虹突然站了起来。这立刻引起了乘警的注意，其中一个跟着站了起来，紧紧地盯着郝虹。

郝虹把箱子放在座位下面，离开座位进了洗手间。

"哦，是上厕所。"一个乘警小声说道。

车门前，乘务员正做着发车前的最后提醒：未上车的旅客请抓紧时间上车。

这时，车将开未开，郝虹突然打开卫生间的门跑了出来，她快步来到车门前，一把推开乘务员就跳了下去。紧接着几秒的工夫，车门在她身后关闭了。

"她下车了！"有个乘警叫起来。

变故来得太突然，发现时已经晚了，乘警们无法下车跟随，只好打电话给上司，叫上司通知滨海警方。

丁诚几乎是立刻接到了通知：郝虹在列车启动前几秒突然下车，摆脱了乘警。

对丁诚来说，这是个小小的意外，可以接受。

他一点也不着急，随手点了一支烟，然后拿起电话打给了Z市站前派出所所长："都准备好了吗？人在你们那站下了车！一定给我盯紧了！记住，首先要保证她的安全，其他的见机行事！我马上通知Z市刑警待命，有情况随时支援协助！"

"放心吧！丁局！"

"你们那一站还有别的出口吗？"丁诚考虑到乘警没跟上郝虹，有点不放心地问。

"没有！铁道沿线早都加装了网格护栏，三米多高。"对方说。

"非常好！"丁诚稳稳地挂了电话。

跟丁诚通话的是Z市站前派出所所长，姓陈，叫陈大忠。他和五名得力手下全都换了便装，一早就到了车站。接完电话，他们到门口一看，马上意识到情况要比预料的复杂。门口外面人挤人，到处是接站的人，这可不行，郝虹出站后要是一头扎进人堆里，就很容易跟丢。陈大忠又远远往站里看去，出站人群的先锋，密密麻麻，已经拐进了最后一截通道，直直向出站口拥来，看来这个点到站的车可不止一辆。

陈大忠本想直接派人进站，但又考虑拥出的人流太大，郝虹挤在人堆里同样不易发现，倒不如在出站口守株待兔的好。

陈大忠不愧是个有经验的所长，马上走到出站口工作人员身边，悄悄掏出证件亮了亮，小声说："我们在执行任务，目标是一名女乘客，但现在站门口太乱，出站的人也多，有点被动，能不能协助我们一下？"

"怎么协助？"工作人员配合地问。

"我们都是便装，不能暴露身份，这样，你找个理由，先清清门口的人。再找个理由，让出站的人全排成一队。"说完陈大忠眼珠一转又补充道，"最好是让男乘客排在前边，先走，女的排在后边。"

"这……"工作人员有点为难地说，"没有先例啊！叫我怎么弄？"

"同志，配合一下，想想办法，完事我会向你们领导提出表扬的！"

"行！"那个工作人员也挺聪明，说着就拿来了个喇叭。

他清清嗓子，举着喇叭冲站外的人群大声说："大家注意了，今天有领导来车站检查我市精神文明建设情况，请大家都往后退一下，保持文明礼让，谢谢大家！"

他连着说了三遍。没承想这招倒很管用，人群一下子退出去好几米，接站的秩序一下子好多了。

陈大忠站在旁边，赞许地点了点头。

这时候出站的人也陆续过来了，那个工作人员又大声说："今天有领导来车站检查我市精神文明建设情况，请出站旅客自觉排成一队。男乘客在前，女乘客在后。文明出行你我他，美丽城市靠大家！谢谢！谢谢大家的配合！"

他连着喊了好几遍。

出站的人听到喇叭声，也有说有笑地排起了纵队，男的在前，女的在后。远远地很多女的跟在后面，也不时有人发着牢骚。

"出个站嘛，尽是事儿！"

"就是！"

不管怎样，这么一来，出站口里外的秩序都顺畅了许多。陈大忠对那个工作人员竖了竖大拇指，长舒了一口气，回头示意自己的人集中精力，盯紧了。

陈大忠站在工作人员身后，目不转睛地盯着出站的每个人。

过了一阵子，男乘客总算走完了，接下来是女的。

陈大忠丢掉手里的烟头，眼睛睁得更大了。省城市局副局长亲自吩咐的任

第十三章　最后一个　215

务，他一点也不敢大意。

"一个，二个，三个……"

郝虹的样子他看了无数遍了，每从他身边经过一个女的，他就默默地点个数，同时轻轻摇摇头。很快，眼看着女乘客也要走完了，只剩了那么六七个人。怎么还没有呢？本来很沉着的陈大忠，一下子着急起来。他回头用眼神询问手下的兄弟。可是，他手下的人都跟着摇了摇头。

陈大忠急了，转身绕过工作人员，闯进出站口去看剩下的小纵队。这一看不要紧，六七个人的队伍一目了然，里面哪有什么郝虹？

陈大忠脸色瞬间变了，回头招呼手下说："快！到站里找！"

说着他当先向站里冲去。

"喂！"工作人员在后面叫了一声。

这时正赶往Z市的秦向阳也接到了消息，郝虹从Z市下车了。

"果然提前下车了！"他哼了一声，往车站疾驰而来。

当秦向阳以最快速度赶到车站时，陈大忠正带着手下从站里出来，一群人看起来垂头丧气。秦向阳和孙劲都不认识陈大忠，但李天峰却和陈大忠是老乡，两人很是熟悉。

"陈所，人呢？"李天峰迎着陈大忠问。

陈大忠一见来人是滨海刑警队的，叹了口气，满脸通红地说："没找到！"

"怎么可能？"李天峰急道。

"真没有！我们先清理了出站口，又把所有人排成一队，男的在前，女的在后，一个一个出，挨着跟手机照片比对的。"

"那些乘警的呢？这么点事办不好？"

"郝虹卡了时间差，把乘警甩车上了。"

"那站里边呢？犄角旮旯。"李天峰又问。

"都搜三遍了，里边就不可能藏住人，铁路沿线她也出不去！"

"你意思是见鬼了？"秦向阳反问。

所长无语地摇了摇头。

丁诚的跟踪抓捕计划还没展开就失败了。秦向阳心里顿时泛起了苦水，他长叹了口气，说："别想了，那只能是被男乘客带出去了。"

"被男乘客带出去？怎么带？"所长压力巨大，一时没反应过来，机械地反问。

"箱子啊！"秦向阳有些无语，手冷不丁跟着抖了一下："但愿她不是被凶手带走了。"

陈大忠这才明白过来，拍着大腿连呼大意了，后悔自己不该在门口等，应该第一时间直接进站。

"站里那么多旅客，秩序混乱，进站你也不好找！"李天峰安慰陈大忠。

有警方介入，车站效率极高，通过数据库，很快找到了该车次该站下车的男旅客，总共九十三人。

这时秦向阳提出了补充意见：不能光查票面信息，万一有客人提前在该站下车呢？

车站只好重新统计，这个过程慢了很多，结果出来时数据变了，该站下车的男旅客成了九十四人，多出的一个，叫刘文涛，应该在滨海站下车。

在地方派出所协助下，秦向阳很快找到了这些人。经过问询，发现问题就出在刘文涛身上。秦向阳找到刘文涛时，他正准备坐长途汽车回滨海。

面对秦向阳严厉的眼神，他一个劲叫屈："我当时坐在那个女人对面，但我根本不认识她，是她先和我搭讪的。我加了她微信，途中我们基本用微信聊天。"说着，刘文涛找出了跟郝虹的聊天内容。

秦向阳一看就明白了，郝虹之所以搭讪刘文涛，就是看中了他上车时拿了个大箱子，看来，她一早就有了提前下车的打算，想逃出警方的视线。

聊天内容里，郝虹全程撒谎。

她先问刘文涛去哪。

然后问对方能不能提前在Z市下车，用大箱子把她带出车站。

郝虹谎称自己在Z市下车，说："我老公外遇，我们离了婚。现在他又天天对我死缠烂打，要求复婚。一会下车，他一定堵在出站口，可我不想见他！如果可以,你帮我个忙,用箱子把我带出去,我会好好谢谢你的!"

"好好谢谢你?这你就同意了?你怎么不想想她为什么连行李都扔在高铁上?我看你是色迷心窍!"

"开始我也没同意啊。箱子里除了衣服,都是外地特产,哪能装下她?她让我出站后把特产丢掉,给我转了五千块红包。"

秦向阳看完聊天内容,又问:"出了站她去哪了?"

刘文涛擦着额头的汗,摇了摇头,说:"我下车后,把特产丢进了垃圾桶,在地下通道拐角处等到她,用箱子把她带出去,我们在站前广场分开的。她上了出租车,说去见个人,回头会给我打电话。"

"见谁?"

"不知道。"

"她又给你打电话了?"

"没有!我等了一会,发现她关机了,这才打算坐汽车回滨海。"

问完刘文涛,秦向阳立刻联系Z市交警,通过站前广场附近路段的监控,找到了郝虹乘出租车的画面,接着又找到了出租车司机。

秦向阳问司机拉着郝虹去了哪。

"说不清。"司机说着挠了挠头,"那里快到滨海了。这么说吧,那个地方有座山,铁路、高速、省道穿插纵横,具体位置就在省道旁边,从省道下去有条乡道,挺荒僻的。"

"导航上还有记录吗?"

"没使导航啊,开始顺着省道走就行,到附近她指路过去的。"

"带我们过去!"秦向阳说着,掏出来二百块油钱递给司机。

司机爽快地把钱收了,开上车在前边带路。

秦向阳开着车跟上。

他心里有种很不好的预感:郝虹为什么去那么荒僻的地方呢?十有八九是李闯在搞鬼,郝虹怕是要出事。

这时丁诚也接到了陈大忠的电话。

"操！"接到郝虹失踪的消息，丁诚呆立良久，狠狠地骂了一声，他心里的震惊、苦涩、后悔……各种不是滋味，全都集中在了这一个字里。

秦向阳开车紧跟着出租车司机，这一路话不多言。同车的孙劲一路盯着手机，担心那条短信冷不丁地冒出来。秦向阳憋足了劲，一路按着喇叭催出租车越开越快。终于，他们的车跟着下了省道，目的地越来越近了。

就在这时，孙劲担心的事发生了，手机传来清脆地提示音，"您有新的短消息"。

听到这几个字，孙劲的手跟着猛地一抖。

没办法，该来的还是来了。

"让出租车司机带你们到郝虹下车的地点，乡道旁边有个土坡，顺着土坡朝前走七百来米，有个废弃的防空洞，去见你父亲最后一面吧！谜底至此揭晓，但愿她是最后一个。"

这次短信的信息量有些大，看完后，他们谁也没说话，车内气氛非常压抑。很快，车来到预定地点，秦向阳打发走司机，当先朝那个防空洞跑去。

短信里提示的路线尽头是座小山，小山的左侧就是铁路，铁路斜着从山体中间打了个洞穿山而过。

跑到土坡的尽头，秦向阳看了看四周的地形，瞬间明白了，短信里提到的防空洞，应该是之前修铁路时最先钻洞的地方，施工人员没想到钻开的山体下面是个防空洞，钻孔正好开在了防空洞顶上。施工人员担心钻孔向下坍塌，于是封死了炸孔，往旁边移了几十米才找到了合适的位置，又重新定点钻洞，所以此处的铁路才是斜的，而非直直地穿山而过。

封死的钻孔附近杂草丛生，水泥早就破损，拨开杂草往下看，就能见到一个黑黝黝的洞口，不时有冷风从里面嗖嗖地吹出来。

秦向阳等人顾不得会不会破坏相关痕迹，一个跟着一个弯腰钻了下去。洞顶早就塌了，到处都是碎石，碎石形成了一个斜坡往下延伸，直到防空洞底部。里面寒气逼人，秦向阳紧了紧衣服，打开手机手电筒照亮，当先而行。他踏着脚下的碎石很快来到底部。底部空间很大，寒气颇重。他停下来辨别了一下方向，又往前走去。又走了十几米，然后连着拐了两个弯，他突然停了下来。

孙劲和李天峰疾走到秦向阳身边，举起手机往前照去，只见前方不远处的碎石地面上，有一具白花花的尸体。

三人心头瞬间冷了下来。

凶手从不虚言，既然收到了短信，那不用说，那具尸体就是郝虹，她也被碎尸了。

大队人马赶来之前，他们从车上取了手套，对现场做初步勘察。

这次，他们有了意外的发现。郝虹跟前面的死者一样，也是裸身，头和手脚皆被砍去带走了，衣物被随意丢在一边。郝虹身材不错，皮肤也是光滑细嫩，但此刻身体早都被冻成了青色。在郝红身前不远处有一堆隆起的碎石土块，在土石下面，他们意外发现了一具人体骨架。骨架不太完整，应该被老鼠之类的动物啃食过，一些碎骨零散地落在四周。

"这里埋着个人！难道……"李天峰小声嘀咕。

见到那具尸骨，孙劲早反应过来了，他立刻想到了短信里说的："去见你父亲最后一面吧！谜底至此揭晓。"

难道是父亲的尸骨？想到这，他心头一酸，悲从中来，毫不犹豫地跪了下去。

秦向阳皱了皱眉，并未上前阻拦，他戴上手套，捡起郝虹的手机细细查看起来。

老伙俩，短信是凶手用郝虹手机定时发的。

看完短信，他打开了郝虹的微信。

郝虹的微信名叫"虹姐"，微信里还保留着她和刘文涛的聊天记录。

微信状态列表里，"虹姐"排在第一个，刘文涛的名字排在第二个。

秦向阳点开"虹姐"的对话框，纳闷地说："郝虹自己和自己聊天？"

"不对。"他看了看里面的聊天内容，明白了，那分明是两个人的对话。

看来，是有人在电脑上登录了郝虹的微信账号，这样就能用"虹姐"的名字跟郝虹聊天了。

想到这他问李天峰："用电脑登录微信，不是要用微信本人的手机扫描二维码吗？"

李天峰抱着跪地的孙劲说："用电脑下个安卓模拟器就不用扫描了，输入账号密码就行，和手机一个样。"

秦向阳恍然大悟，伸手把孙劲拽了起来，大声说："跪着有屁用？都来看看这些微信。"

由于聊天内容是两个人对话，却都是"虹姐"的名字，为了好区分，我们在这里用字母"L"来表示另一个人。

聊天内容如下：

L：你在哪？

虹姐：你是谁？怎么登陆了我的账号？

L：我是李闯，你在哪？

虹姐：别吓我！你，你没死？

L：那么容易死？你们当年也够狠的！

虹姐：我……你真是李闯？

L：我们当年一块在小广场绑了孙成茂，孙成茂看到旁边二楼诊所起了火，求我们去救他的孩子。我心软了，毕竟孙成茂对我有恩。结果你们搞突然袭击，拿我的头撞墙，还把我推进了火场。你也够狠啊，郝虹。

虹姐：……

L：我没死，那个孩子也没死。你在哪？还没回答我的问题。

虹姐：你们都活着？

L：是的。你在哪？

虹姐：巴黎。这些年……你还好吗？

L：不好。我一直想不通你们的所作所为，没人性底线。

虹姐：对不起。你既然活着，为什么不回家？

L：别搞笑了，我回去，你们五个能心安？我知道你们的秘密，你们不怕我回来报仇，我还怕你们再弄死我灭口呢！

虹姐：怎么可能！

L：完全有可能。不过我不是怕你们。哎，我也不想回到以前的生活，越想，越觉得自己干的不叫人事，我没法面对自己。

虹姐：……你微信号多少？怎么会上我的微信账号？

L：我用平板电脑上的，你微信密码是生日，这么白痴的密码。

虹姐：……为啥上我微信？

L：安全。

虹姐：什么意思？

L：我怕警察找到我。

虹姐：为什么？

L：不只是我，估计警察也会找你。你老公死了！

虹姐：警察昨晚已经通知我了！我一晚上都没睡！难受！正准备订票回去！不管谁干的，我都……

L：不止你老公，华春晓、李志堂、高虎都死了！

虹姐：怎么可能……

L：不信？你打电话问问华春晓和高虎的老婆，一会把她们电话给你发上来。

虹姐：到底怎么回事？

L：不知道。我猜，是孙成茂的孩子回来报仇了，他叫孙劲。

虹姐：……

L：我担心你们处理孙成茂尸骨的地方，可能被发现了。

虹姐：你是说尸骨被发现，我们当年的事被捅出去了？孙劲知道了真相，回来复仇？

L：猜测。

虹姐：要真是这样，你真不该救那个孩子。可是，他怎会找到那个地方呢？

L：……你们把孙成茂埋得确实够隐蔽的！

虹姐：隐蔽？听你这话，你知道他被埋在何处？

L：我为什么不能知道？

虹姐：你可是被我们推、推进了火场啊！

L：呵呵，要想人不知，除非己莫为！我既然逃出了火场，自然有法子跟踪到你们。

虹姐：你……你当时怎么不报案？

L：报案？你这问的，绑架孙成茂我也有参与。

虹姐：好吧，我脑子很乱。

L：你休息吧，我下了，88。

虹姐：别！要不你去当年抛尸的地方看看？尸骨要是还在，事情就还没捅出去。

L：这个想法不错。

虹姐：那你去看看，我等你消息。

L：他们都死了，我现在躲起来了。还是等你回来后，我俩一块去吧。我想，不管尸骨在与不在，我俩到时见个面商量一下，总之要离开滨海，走得越远越好。

虹姐：我想想。

L：随便。

虹姐：……

L：我下了，你保重。

虹姐：别。还没说好怎么办呢。

L：不是说了嘛，你回来咱们一块去那个防空洞看看，不然不放心。然后离开滨海。

虹姐：好！

L：那你自己安排回来的时间吧，回来时记得来这留言。

虹姐：好！

L：对了，下飞机后你最好坐高铁回滨海。到时候你看吧，我估计警察会对你"特殊照顾"。

虹姐：警察会抓我？

L：我想只是初步怀疑。但你一定不能在滨海下车。这样，到时候你提前一站下车，打车去防空洞，我在那等你。

虹姐：好！可是我怎么提前下车？万一有警察盯我呢？

L：自己想办法，比如钻到行李箱里。

虹姐：钻行李箱？

L：88。

虹姐：……

这段聊天到此结束，看时间，都是很多天以前的，具体地说，是黄少飞死后第二天。下面的内容则是最新的：

虹姐：在吗？在吗？

L：在。

虹姐：我下机了。坏了，有警察过来了！

虹姐：没事了，他们是来接我的，把我送上了高铁。看来，他们真的开始怀疑我了！怎么办？

L：还能怎么办，按原计划，去看看孙成茂的尸骨在不在。只要在，警察就没证据。我们跑，越远越好！

虹姐：那我老公他们到底是谁杀的？是孙劲回来复仇吗？

L：不知道。要不你留在滨海？

虹姐：才不！留下来，要么被警察怀疑，要么被抓，要么被孙劲报复，我傻吗？

L：那我去防空洞等你，不见不散。

虹姐：好！我找到你说的"大箱子"了，他正坐我对面呢，我给了他五千块钱，一会我提前下车，让他带我出站。

L：88。

最新的内容就是这些。

这些内容，印证了很多事实，不亚于当面对李闯和郝虹做口供。这是实打实的证据，秦向阳此前对事件的设想清晰无误，1998年起火的那个午后，华春晓等六人伺机跟踪绑架了返回火场的孙成茂。李闯心软想去救人，受到重击，被暗算推进了火场。

"操！李闯这厮，竟然说人都是我杀的，说我回来报仇！"孙劲一使劲甩开李天峰，大骂道。

"这里头有漏洞！"李天峰道，"他怎么知道警察会对郝虹特殊照顾？因为他才是凶手，了解事情发展过程，郝虹这傻逼娘们看不出来？"

"别这么说，通篇下来，逻辑还算严密，他妥妥地掌握了郝虹的心理。郝虹做过什么自己很清楚，别忘了啥叫做贼心虚。"秦向阳说。

这李闯，上个微信就把郝虹骗过来给杀了，这里是郝虹他们当年发家的起点，最后她又死在这里。同时，这也是这场谋杀的终点，死亡名单上的人都死了，孙劲也终于找到了孙成茂的尸骨。起点终点合二为一，这是个完美的圆。

最主要的是，要是凶手让郝虹回到滨海，再杀她就绝无可能了。倘若在Z市杀郝虹，危险系数也太高。这地方安静、荒僻、安全，连秦向阳也认为没有这更合适的地方了。

李闯一早就用微信给郝虹设置好了结局。

秦向阳连连后悔，低估了李闯。李闯很小心，也很聪明。要想按计划除掉郝虹，就一定要冒险联系她。联系的方式，除了电话就是网络，他选择了后者。比较之下，电话显然更不安全，因为李闯无法确定郝虹通话时所处的环境。比如在机场，在高铁上，郝虹身边都有警察，通话显然极不方便，用网络就能避开这些风险，还能慢慢地把局做透。聊天内容真真假假，逐步掌控了郝虹的心理，从而诱使郝虹上钩。再就是安全性上，李闯也考虑得很全面。用平板电脑聊天，完全可以从户外蹭网络，事后查动态IP地址根本没用。当然，警方可以通过动态IP地址找到电脑网卡的固定MAC地址，从而再定义到电脑的地理位置。但一样为时晚矣，完事他大不了把电脑销毁就是了，既然他选择了网络联系郝虹，就绝不会傻到事后把平板电脑带在身边。甚至，他要是技术够厉害，那连MAC地址也能改。至于他登录郝虹的微信，那完全是权宜之计，毕竟微信注册必须实名电话，他要了个小聪明，但很有效。

想到这些，秦向阳一时无语。

不久之后，苏曼宁和吴鹏等人终于赶到了。

秦向阳走到防空洞外面，不停地走来走去。郝虹被杀，各级领导一定会大发雷霆，但这次的方案是丁诚主导的，他也曾苦劝未果，这么一来倒不担心上级的责罚。但他还是觉得很可惜，现实冰冷如铁，要是丁诚不贪心，不急于求成，郝虹这会早该在分局审讯室了。

他"啧"了一声，摇摇头撇开这个念头，注意力回到现实，心想：网络追踪已经没有意义，那监控呢？有没有可能找到李闯来回的行踪呢？现在是大白天，总不能就这么让他轻易溜了吧？

他想，这荒郊野外的，李闯带着凶器和切割的器官离开，一定有交通工具，那么不管它是什么车，要想来到案发现场，就只能跟自己一样，从省道那个弯拐下来，要想离开，也一定要回到省道。那么，不管他从省道哪头来，又从省道哪头回，总有一段封闭区域的探头能拍到他。再就是眼前这条乡道，他会不会从乡道走？

想到这，他安排了一批人，顺着乡道往下查，主要是跟群众打听有没有见到外来的可疑车辆。接着他看了看表，根据出租司机送郝虹到这的时间，判定了一个时间段，然后联系交警，查这个时段的省道监控。李闯的通缉令交警手里就有，这次，大白天的，他不信找不到李闯的踪迹。

现场勘察完毕后，众人回到分局。此时，省道、国道、高速、市区，到处是巡逻的警车。秦向阳心里绷得很紧，一直等着交通部门反馈消息。他知道随便一个时段内的车流量都很大，要找个预设目标不是那么容易，需要时间和耐心。但不管怎样，他相信这次一定会有收获。

即使能确认死者身份，程序上也要让家属进行尸体辨认。郝虹母亲刘兰珠被接到分局后，面对郝虹惨不忍睹的尸体，一直不肯接受这个冰冷的事实。

警方从高铁上找回了郝虹的行李箱，从行李箱里郝虹的贴身衣物上，提取到诸多人体组织痕迹。经鉴定，结果和尸体的DNA信息一致，死者是郝虹无疑。另外，现场埋着的尸骨DNA鉴定结果也出来了，就是孙劲父亲孙成茂。

直到看到确切检验结论，刘兰珠才放声大哭起来。当她听秦向阳说凶手竟是李闯时，一边哭一边骂道："这个挨千刀的，怎么忍心下得去手！他俩当年可是好过啊！"

骂完，刘兰珠突然住了声，一把揪住秦向阳，说："你、你上次不是说李闯失踪，没有消息吗？这怎么就突然冒出来杀了我闺女？"

秦向阳不语，任凭刘兰珠发泄，心里却想：原来李闯和郝虹好过，怪不得知道郝虹的生日，还试出了微信密码。这么说来，郝虹也够狠了，忍心和别人一块把男朋友推到火里去，而李闯呢，杀郝虹的理由就更充分了。至此，凶手的五个目标都被干掉了。前三个目标的死，似乎谁也无力阻止，因为当时还没掌握案情发展规律，但黄少飞和郝虹，明明是有机会活下来的。想到这，秦向阳全身生出一阵无力感。

"可是，短信里为什么说'去见你父亲最后一面吧！谜底至此揭晓，但愿她是最后一个'呢？这是什么意思？她不就是最后一个吗？何来的'但愿'？难道凶手还有目标？"想到这，秦向阳浑身一抖，指尖的烟灰随之掉落，向身上撒去。

第十四章 全错了

"难道凶手还有目标？"秦向阳用力甩掉这个可怕的念头。他意识到担心毫无益处，从案发到现在，不管是1210案，还是1998年的孙成茂被杀案，不管是线索还是实打实的证据，手里要什么有什么，可还是处处被动。不能再这么下去了，这次一定要盯紧了监控这条线。

打定主意，他驱车往市局指挥中心驶去。下面省道的监控早被提取到了指挥中心，在多块大屏幕上分屏处理，寻找李闯的行车踪迹，为此，市局所有内勤全靠上去了。

程功最近有些烦恼。自打上次在超市门口碰上蒋素素，他似乎就被那个女人缠住了。让他烦恼的，不是这所谓的"缠住"，而是蒋素素的性欲。他也没想到，蒋素素自打知道程功多次协助警方办案，从程功嘴里得知蒋斌杀人取肝的消息，就一再联系程功，求他再帮着打听蒋斌的处境和案情细节。做女儿的担心父亲，这本无可厚非，但公安局也不是程功想进就进的，就算再协助办案，进去有心打听，反而会让人警觉，不如无心听到的内情多，再加上侦破阶段案情对外保密，程功也是有心无力。

蒋素素多次相求，程功不堪其扰，突然想到了一个人。谁？程璇璇的救命恩人李文璧。李文璧可是秦向阳的女友，有这么一层关系，那不是想知道什么就知道什么。为此，他打着程璇璇的幌子，再次请李文璧来家做客。其间三转两绕，话题就到了蒋斌身上。审蒋斌时，李文璧可是在观察室见证了全过程的。

李文璧呢，本身虽然八卦，但也知道涉及案情的事不能乱说。可程功是程璇璇父亲，她对程功总体印象还不错，而程功好奇地探问，也没涉及李闯那样的核心内容，故此，就把蒋斌给警方提供孙成茂被杀案线索的过程说了。就是说，蒋斌有立功行为，很可能躲过死刑。

蒋素素从程功嘴里得知这个消息，真是浑身激动。为表谢意，慷慨地拉着程功开了房。程功自从上个老婆跑路，也是许久未见荤腥，蒋素素呢，为人自有一番火辣豪爽，这俩人当真是干柴烈火，一点就着。打那以后，这俩人俨然黏糊到了一块，开房频率激增。谁知时间一长，程功竟渐渐有些吃不消了，他自认身体素质一向不错，没想到蒋素素这个娘们更厉害，由是便烦恼起来。有次事后，他无意中从蒋素素包里翻到一小袋东西，才得知蒋素素竟然吸毒。

"就是些K粉之类的，没事。"蒋素素对此不以为然。

"怪不得你那么厉害，我都快受不了了！"程功这下释然了，不过他还是劝蒋素素戒掉的好。

说完这段插曲，再说回秦向阳，他在市局指挥中心熬了一夜。所有内勤加班，把视频上的每辆机动车、非机动车都过了一遍，也没能找到任何蛛丝马迹。

按说这不可能啊？难道是视频的提取时间段错了？不会。那是怎么回事？难道凶手来回都是走的乡道？顺着案发现场那条乡道下去，附近的确有个乡镇，可是出了乡镇再走，就又绕回了省道。再说，已经派了人手在那附近做了大量走访，也没听说有什么可疑车辆在乡镇和防空洞之间的乡道上逗留。

坏了！秦向阳敲着脑门，想，要是凶手用的摩托车呢？摩托车目标小，随便往防空洞附近一放，就很不引人注意。李闯从黄少飞家逃走时，不正是骑着外卖员的摩托车吗？要真是摩托车，并且凶手选择从那个镇子返回，那就根本没法判断它绕回省道的时间。他甚至可以在镇子上住一晚，他有无数的时间点选择。而且摩托车轻便灵活，只要提前加足油量，有的是法子躲避交通管制临检，它能走小道，甚至能穿行田埂……

秦向阳不得不承认,这么一来,从监控上寻找李闯踪迹的想法又落空了。

但失望之余,他还是觉得哪里不对。就算李闯用的是摩托车,那么不管他最终在哪落脚,他杀郝虹前后的行迹怎么也避免不了,他不可能时时带着头盔,他的通缉令满街都是,总有被相关群众认出来的可能。可是离郝虹被杀都快过去24小时了,这么大力度的通缉,还有高额赏金,怎么一点情况都收不到呢?

他一边想一边开车回了分局。在市局时,丁诚见到他也没多说什么,只是向秦向阳承认自己错了。

领导向属下承认错误,那需要相当大的勇气。

他知道丁诚肯定也会面临上级领导的责罚,心情肯定不好,就赶紧告辞离开,继续一门心思琢磨案情。

李闯上哪抓呢?这个人来无影去无踪,好像根本不存在一样。

天阴沉沉地,好像要下雪了,突然远处响起一声闷雷,冬天打雷,也是少见,像是要下雨的节奏。秦向阳回到办公室缓了缓,又从档案袋里找出那张简易证据图表,呆呆地看了起来。

被害人李志堂 DNA信息B

被害人华春晓、高虎、现场无凶手痕迹证据

被害人黄少飞 凶手遗落羽绒服提取到DNA信息B(残留组织痕迹少)、DNA信息A(残留组织痕迹多)。

程功仓库李闯(吕胜)烟头上的DNA信息A

李闯卧室烟头的DNA信息A

他皱着眉头,把1210案前前后后所有场景,每个死者,每个案发现场,每个能想到的细节,挨着在脑子里过了一遍又一遍。

每过完一遍,就低头看看这份图表,然后再把其他调查资料看一遍。

烟灰缸里的烟头慢慢增多,直到烟盒里就剩一根烟时,他猛地站了起来,把一沓资料拍到了桌子上。

那是华晨公寓视频回溯时,对李志堂每天上下班的视频截图。

所有资料包括这些看似无关紧要的截图在内,他前前后后看了十几遍,终于发现了一丝不寻常之处,从那几十张截图中挑出来四张很有意思的图片。

挑完图片,他打电话把苏曼宁叫了过来。

"抽了多少烟?"苏曼宁一进来就打开了窗户。

秦向阳说了声"抱歉",接着把一份资料递给苏曼宁,说:"这是1210案第一个案发现场的调查情况,你看看有什么问题。"

苏曼宁接过资料,在沙发上看了起来。

过了一会,秦向阳估计她早就看完了,便说:"以你的经验,会不会觉得这个现场太干净了?"

"太干净?什么意思?"苏曼宁反问。

"不是普通意义那个干净,"秦向阳解释道,"我是说现场生活痕迹的独立性。你看这句话——"

他让苏曼宁看的,是那份调查报告上的一句话,报告内容是法医吴鹏在案发后给出的:现场留有死者生活痕迹无数,包括毛发、牙刷、皮肤碎屑、指纹、烟头、方便面盒、马桶方便痕迹等,对此已经做了全面提取,未发现其他干扰痕迹,就是说,死者单身居住,没有外人干扰。房内物品摆放很随意,甚至可以说有些杂乱,但没有财物丢失。洗脸池、马桶、刷牙杯子、肥皂盒等更是脏乱不堪,很符合一般单身男人的生活习惯。

"你想说房内无干扰痕迹吧?这只能说明死者李志堂性格孤僻,独居。"苏曼宁指出了问题所在。

"独居得这么彻底?没有一个朋友?"秦向阳摇着头说,"常理来说,谁家的沙发上也能提取到干扰痕迹,只要沙发被这家人之外的人坐过。"

"不是没有朋友,是独居,没有来访者。数据不会撒谎,吴鹏的工作不是白做的,我了解他!"苏曼宁坚定地说完,又道,"或者说李志堂爱收拾,即便有朋友去他家,事后也会收拾干净。"

"不可能!你看调查报告上总结的——房内物品摆放很随意,甚至可以说有些杂乱……物品摆放随意杂乱，洗脸池、马桶、刷牙杯子、肥皂盒等更是脏乱不堪，很符合一般单身男人的生活习惯——这像是爱收拾的人？再说，不同的朋友去你家沙发上分别坐几次，总会留下些汗迹、头屑之类，你能都收拾干净？你看现场照片，沙发上根本没有沙发套。"

听到这些，苏曼宁皱眉摇了摇头。

"再看看这个。"秦向阳说着，把四张截图递给苏曼宁。

"又是什么？"

"视频回溯时，对李志堂每天上下班的截图。"

"这有什么问题？"苏曼宁飞快地浏览完图片，不解地问。

"哦，我错了，应该一起看。"秦向阳把其他所有截图都拿了过来，又道，"按时间顺序看，都标记好了。"

苏曼宁见秦向阳态度很认真，只好把截图一张一张排列好，仔细看了起来。她连着看了十几遍，还是两眼茫然，不明所以。

"注意衣服！"秦向阳只好提醒她。

听到这句话，苏曼宁突然眼前一亮，从截图中挑出来四张。这四张，恰恰是刚才秦向阳递给她的那些。

"看出来了？"秦向阳平静地问。

"是的！你怎么发现的？"苏曼宁惊讶地说着，把那四张截图两两分开，摆成两排。每排的两张截图是同一天的，一张是早上，一张是晚上。两排就表示两天。她看出来了，第一排那天，李志堂一早一晚的外套不一样；第二排那天，一早一晚的鞋子不一样。

晚上的衣服、鞋子为什么跟早上的不一样？很简单，李志堂在华晨公寓之外的地方换过。那三十天时间，一共换过两次。

"可能是他在办公室换的吧？"苏曼宁想了想说。

"不会！案发后吴鹏去过李志堂办公室，只提取到一些落发，以及水杯上的有用痕迹，那里没有衣物。"

"那李志堂就还有别的住处，截图上也能看出来，周末他都夜不归宿。"苏曼宁皱着眉道，"可是，你为什么要注意到这些细节？"

"不是我要注意，是这些细节本身奇怪。"秦向阳清了清嗓子说，"通缉令发出去好几天了，郝虹又被杀了，李闯却像人间蒸发。我不得不回头从案子本身找原因，看哪里出了纰漏。结果花了半天时间，才发现了这几点奇怪之处。"

"你想怎样？"

"再去那个案发现场看看。"

说完，秦向阳叫来李天峰，让他去市局查查全市的酒店管理系统，看能否找到李志堂的相关入住记录，要是没有，就再查查全市的房屋出租信息统计。

尽管对这个活儿相当不理解，李天峰还是领命而去。

其实秦向阳也回答不了李天峰的疑问，他只是觉得既然找到了奇怪之处，就得事无巨细地查一查。李志堂在华晨公寓有房子，为什么还要在别处换衣服呢？既然在别处换衣服，为什么还要回华晨公寓住呢？

这几个问题看似很简单，但秦向阳却实在想不通。

接着他又叫来吴鹏，和苏曼宁三人一块赶往华晨公寓。

天气阴沉，华晨公寓502房间更加阴暗，空气里似乎还有未散尽的血腥味。

秦向阳安排苏曼宁和吴鹏，再对房内痕迹做一次全面细致的提取，尤其要注意沙发、床垫、客厅地毯、窗帘等那些容易保留人体组织痕迹的物品。

安排好活儿，他到走廊上转了一圈，又去物业那里确认了一遍，五楼整个楼层二十几个房间，房子只卖出去六七套，大部分房间是空着的，否则案发前后，不会连个目击者都找不到。其他一到四层情况也差不多。这一点案发时已经确认过了，这个酒店式公寓一到五楼的房子卖得不好。

接着他又回到502房间，戴上手套脚套四处查看起来。

房间不大，一室一厅，客厅里铺着地毯，看起来装修得也很普通，厨房和卫生间的墙上，以及边边角角都贴着白色瓷砖，阳台窗户以下墙面也贴着瓷砖，客厅和卧室的墙面上刷了一层白色的漆。他转了好几圈，最后在客厅的电视墙部位停了下来。说是电视墙，其实那个部位并未做任何专门的修饰，同样刷着一层白色的墙漆。地面上放着个长方形的电视柜，上面放着电视。

秦向阳站在电视前仔细端详了一会,然后蹲下去轻轻挪开了电视柜,侧身往电视柜后边看。他觉得这种地方比较隐蔽,估计能提取到与之前不一样的痕迹。

"那里早检查过了!"吴鹏往这边看了一眼,说道。

"好吧!"秦向阳拍了拍手上的土,往回挪电视柜,挪到一半的时候,他忽然发现电视柜背后的地面上有很多白色的斑点。

这是什么?他仔细看了半天才明白过来,那是给墙面刷漆时掉落的漆斑。怎么这么多?这活儿有些业余吧。他想了想,又起身去看其他墙面。他把所有墙面都看了一遍,才注意到几乎所有墙面下方,都有多多少少的漆斑。其中,客厅和卧室的最少,厨房及一些有遮挡物的墙面下方,斑点就相对多些。他又仔细看了看那些漆斑的干涸程度,虽然无法判断具体掉落的时间,但明显能分辨出痕迹还不算太陈旧。实际上漆斑形成的时间,是可以通过技术精确半判断的,那首先要确定墙漆具体类型,然后根据其成分的不同氧化时间、凝固后的不同状态等做进一步分析。这种检测需要一些更专业的单位来做,秦向阳他们分局做不了。

从这些痕迹看,这个房间在不久之前做过一次简单的装修。这是秦向阳唯一能得出的结论。可是这个细节又能说明什么呢?

他正想着,李天峰来电话了。

"李志堂生前,曾长期在一个叫幸运客栈的旅馆包房,幸运客栈就在他工作的学校附近,包房时间大概三个月,直到1210案案发后,自动截止。那个老板还拿着他五百块押金。队长,这活儿也太简单了。"李天峰在电话里说。

"他包了三个月的房?为什么?他在华晨公寓有房子。"秦向阳听完汇报很是吃惊,他完全没想到李天峰查出来这么个结果。

"这个我想过,说不好。男人,而且是单身男人,包房的原因太多了。"李天峰说。

"问题是案发前一个月,他除了周末都回家睡觉,干吗在外边包房?"秦向阳问李天峰,也是问自己。

他没等李天峰回答,当机立断道:"你去幸运客栈,向老板打听一下李志堂的情况,再把监控设备的硬盘带回局里,准备做数据还原。"

提取完痕迹,秦向阳等人回到分局时,李天峰已经回来了,需要的硬盘也带回来了。

秦向阳叫苏曼宁立刻去还原数据。

"他这个硬盘数据几个月覆盖一次?"苏曼宁问李天峰。

"和华晨公寓的硬盘一样,都是一个月,这两家旅馆监控器的像素和存储码率设置类似。"李天峰说,"李志堂可是包了三个月的房,加上案发后这段时间,数据怎么也被覆盖三次了,能处理吗?"

苏曼宁郑重地想了想,说:"差不多吧。覆盖次数越多,恢复就越难。到目前为止,世界上最难的恢复记录是美国人干的,那块硬盘数据总共被覆盖过九次!"

"我不管你怎么干,你得把那三个月的数据都提取出来!"秦向阳提醒苏曼宁。

苏曼宁和吴鹏走后,李天峰对秦向阳述说了幸运客栈的调查情况。

客栈老板姓刘,对李志堂很有印象,没办法,因为他还拿着李志堂五百块的押金。据刘老板回忆,李志堂在那正常住了两个月,每天正常上下班,正常回旅馆,但是从第三个月起,也就是案发前那个月起,他就有点不正常了。

怎么不正常呢?那个月李志堂就不怎么在旅馆过夜了,只在周末过去住,每天都是一早回旅馆,过一阵子再下来。起初,刘老板也没怎么注意这事,但时间长了就觉得纳闷了。他注意到李志堂每天都是一早赶过去,看起来有些疲惫,然后过一会再从楼上下来时,整个人就精神多了。刘老板观察了很多天才弄明白,李志堂是一早返回旅馆洗漱收拾。

"包下旅馆,却不住,每天早晨回旅馆洗漱收拾停当,然后上班。真是天下之大无奇不有!"刘老板这么评价李志堂的行为。

听了李天峰的讲述,秦向阳半天没言语,有几件事他实在想不通。

李志堂有房子,为啥还要包房三个月?

他为啥住了两个月,在第三个月回家住?

他既然回家住,为啥要每天来旅馆洗漱?

他为啥仅仅周末来旅馆住？

李天峰早打听过了，包房费用一个月九百块，华晨公寓那个一室一厅的房子，在滨海市来说，月租金大概在1800~2500元之间。要说李志堂住旅馆是为了出租自己的房子，然后赚差价，还算说得过去。这么一来一去，一个月也能赚点。要是往外出租，那他的房子也只出租了两个月，因为第三个月他就回家住了。那么，他把房子出租给了谁呢？或者说根本没对外出租，一直在那空置？不管怎样，秦向阳对这些问题越来越感兴趣了。而这一切问题的出现，仅仅因为他从几十张视频截图里，发现有那么四张不一样。

到底是什么情况？秦向阳琢磨了一会，又想到了一样东西，他抬头对李天峰说："去，把华晨公寓一楼监控的硬盘拿回来，交给苏曼宁做数据还原，同样的要求，把最近三个月，不，四个月的数据都提取出来！总之越多越好！"

"又是拿硬盘。"李天峰转身去了。

几番折腾之下，天很快黑了。秦向阳一直耐心地等在办公室里，他知道吴鹏和苏曼宁正在连夜忙碌。

晚饭后，吴鹏的检验结果全部做完了。结论跟第一次一样，提取到的痕迹全部来自同一个人，没有干扰痕迹。就是说除了房主，房间没有进过任何访客。

这么一来，那个同样的问题又出现了：房间为何如此"干净"？

"干净"到只有主人的生活痕迹，这正常吗？

秦向阳想了很久，只确定了一件事：如果找不到合理的原因来解释这个问题，那这个问题就是正常的，一句话，存在即合理。

可是，真的找不到合理的原因吗？

他趴在办公室桌上，朦朦胧胧等到凌晨四点多，苏曼宁突然推门进来了。秦向阳听到动静，立刻站了起来。

"这是你要的东西！"说着，苏曼宁把一堆移动硬盘整齐地放在了办公桌上。

那是七块硬盘，全部是秦向阳他们分局的。其中四块存着华晨公寓最近四个月的视频恢复数据，另外三块存着幸运客栈最近三个月的视频恢复数据，苏曼宁按时间顺序，细心地对每块硬盘都做了编号。

秦向阳知道那是苏曼宁和技术科全部同志一晚上的辛苦成果，他赶紧倒了一大杯热水，递给苏曼宁，叫她回家歇歇，第二天下午再上班。

苏曼宁揉了揉通红的眼睛，又伸了个懒腰，摆摆手道："算了，马上天亮了。我帮你分析视频吧，刚才做数据恢复的时候，等的时间很长，大体浏览过。"

因为只是了解事情的概况和经过，不需要一帧帧的研究，在苏曼宁帮助下，秦向阳很快就对这些视频内容有了大致了解。

先是幸运客栈那三个月的视频。

浏览结果跟客栈刘老板的说法差不多，视频显示，李志堂在客栈正常住了两个月。入住时他的行李不多，只带了个不大的旅行包，里面应该是几件换洗衣服。

变故出在第三个月，从第三个月第一天起，李志堂离开了客栈，此后每天早晨回去。回去时一脸疲惫，出来时一脸精神，那肯定是在房间进行了梳洗整理。然后每个周末，他会直接回到宾馆住宿。

他为什么会做出这么怪异的举动呢？

看了这些内容之后不难想到答案：第三个月起，李志堂仅仅是在华晨公寓502过夜，但不在那里洗漱，最可能的原因，是公寓在那段时间的早晨停水了。

但这个解释又似乎不太可能，停水一天两天都有可能，怎么会每天早晨停水长达一个月之久呢？那会给住户带来太多不便，几乎是不可能的。

再一个可能的原因是，仅仅是李志堂家的供水管道坏掉了。这听起来比第一个原因合理些，但管道坏了可以修，可是他为什么迟迟一个月不修？

更令人吃惊的是华晨公寓之前四个月的视频。

这四个月，是从1210案案发时往前算起的。华晨公寓从12月10日开始往前数的第一个月的视频，警方手里本来就有，所以，秦向阳他们要看的，是那个月再往前数三个月的视频。

从12月10日往前数第一个月，一切正常，正如前面做视频回溯时了解的，李志堂除了每个周末不回家,每天都是一早六点三十分离开公寓,直到晚上十点左右返回,出入期间,李志堂每次都带着个单肩帆布挎包,中间有两天换过衣服。

再往前浏览两个月视频,结果也很明显,画面上再也没有李志堂了,显然,那两个月,他都正常在幸运客栈住宿。

但令人意外的是,秦向阳竟然在这两个月的视频里发现了李闯!

他瞬间明白过来:怪不得以前的视频回溯里,找不到李闯到公寓踩点的画面,原来对方是在更早的时间就来到公寓了!

他把视频前前后后拉了好几遍,最终确认了一个事实:李闯不是到华晨公寓踩点那么简单,而是住在那里,而且一住就是两个月。

从视频上能清晰地找到李闯第一次入住的时间。

也能找到李闯拎着个小包搬走的时间。

看来他在华晨公寓租过房,那么他住在谁家呢?

考虑到他和李志堂之前就是老熟人,而李志堂在那两个月恰恰就住在幸运客栈,那么完全有理由认为,李闯就住在华晨公寓502房间。

事实要真是如此,那就是说李闯租住了李志堂的房子,或者李志堂主动让出了自己的房子。看来孙成茂的事情过去了这么多年,表面看来这两个人的关系并非水火不容,有仇有怨。

视频再往前拉,就到了12月10日之前的第四个月,时间来到9月份中旬,这个月的视频上就找不到李闯了。而那段时间李志堂一切正常,上下班的时间也特别正常,都是七点半左右出门,下午早早就回家了。

看到这里结论就可以肯定了,李闯仅仅在公寓住了两个月(这段时间大约是9月中旬到11月中旬)。他搬走之后,李志堂就又住回了华晨公寓,只不过每天早出晚归,除了周末,每天一早都去幸运客栈洗漱,中间还换过两次衣服,直到12月10日当晚案发。

从视频上往回拖,在时间刚刚进入第四个月的几天里(也就是9月中旬往前的几天),视频上还发现了一件有些特别的事。先是发现李志堂提着几桶像涂料一样的东西上楼,然后两天之后,又有几名民工打扮的人先后搬运了一些家居用品上楼,那些东西很容易分辨,有沙发和床垫两个大件。在民工上楼之前,李志堂搬着些小件提早上了楼,小件比较零碎,但也不难分辨,是些床单、枕头、被褥、窗帘一类的东西。东西搬上楼之后,民工又搬下来一套旧沙发,一个旧床垫,以及一些床上用品。那些床上用品非常散乱地被抱在民工怀里,不难猜测,都是些替换下来的旧货。

李志堂这是在干什么?装修?秦向阳琢磨了一会明白了:李志堂提着涂料,肯定是用来刷房子的。之后他又买来种种新的家居用品,然后把家里的旧货顺便扔给了民工。他这么折腾了一通,等于把家里彻底翻新了一遍。

他这是干什么?对了!这之后没几天李闯就搬进了公寓,这些东西,一定都是为李闯准备的!

他为什么这么有心?是为了给当年的自己赎罪吗?毕竟1998年,把李闯推进火场的事,他李志堂也有参与。除此之外,是否还有别的可能?

秦向阳一边想,一边用力揉着太阳穴。

此时天光已经大亮,事情也大体弄明白了。三个多月前,不知李志堂出于什么原因,把房子租给或让给了李闯(这里秦向阳想起个细节,按程功的说法,李闯是在程功给他母亲做完手术后不久辞职的,算起来,大致就是三个月前。看来李闯辞职后,不知怎么就联系上了李志堂)。

李闯住进去之前,李志堂更换了不少家居用品,还粉刷了墙壁。这时秦向阳又想到了那些502房间那些漆斑,这就对上号了,房子是李志堂亲自刷的,干活儿不专业,留下漆斑在所难免。之后李闯住进去,李志堂则去幸运客栈住了两个月。

第三个月李闯从公寓搬走,李志堂从客栈返回公寓,但李志堂每天早晨却到客栈洗刷,周末则干脆住到客栈。

先不考虑李志堂第三个月的怪异行为。事情捋清楚之后,秦向阳马上又想到了那个细节问题:502案发现场的生活痕迹,为什么那么独立,全都来自死者,再无其他第三者干扰痕迹?

"这是不可能的!"秦向阳大声质问了自己一句,眼睛跟着越来越亮,看起来全然不像是通宵未眠之人。

在边上打盹的苏曼宁被他吵醒了,皱眉道:"什么不可能?"

"痕迹!之前问你的那个问题!"他一边说一边兴奋地走来走去,"你想,502房间李闯在那住了两个月,之后李志堂又回去住了将近一个月,直到12月10日案发。两个人先后住过的房子……"

"对啊!"苏曼宁惊叫了一声,也反应过来了,"那个房子的生活痕迹,不可能有那么高的独立性!怎么说,都应该随意提取到两个人的生活痕迹!"

"是的!"

"这到底怎么回事?"

"我想我弄明白了,你得先搞清楚李志堂为什么把他的家翻新了一遍。"

"翻新?"苏曼宁早已睡意全无,苦苦琢磨。

过了一会,她突然说:"是了!翻新房间,表面看起来是为李闯住得舒服,但同时能消除李志堂自己的生活痕迹!"

"没错!这才是问题的关键!翻新房间能不能彻底消除自己的生活痕迹,这个我不太肯定。但就事实来看,李志堂做到了这一点!"

"也就是说李闯入住的,是个生活痕迹全无的房子。接下来他住了两个月,房子里就必然都是他的痕迹。接着第三个月李志堂又搬了回去,可房间里为什么还是只有一个人的生活痕迹呢?听起来似乎不可能……"

"这已经是事实了。唯一的解释,是李志堂没有留下生活痕迹。"

"怎么会这样?除非他每天带着头套、脚套,手套,而且不能睡到床上。最可行的法子,是在地毯上铺一层塑料布……那岂不是太痛苦?"

秦向阳平静地说:"只是听起来不可思议。以前看过一部剧,弟弟被通缉,住在哥哥家里。每天只是戴着手套生活,警察都检查不到他的生活痕迹……"

"电视剧都是骗人的!"苏曼宁没有再说下去,她眼前浮现出一个画面:李志堂戴着白色的手套、脚套、头套,睡在一层白色的塑料布上面。他在房间里小心翼翼,不敢喝水,不敢上厕所,不敢洗刷,不敢做任何事……只是静静地躺在那里,听着窗外猛烈的风,像白色的幽灵……

苏曼宁打了个冷战,她不敢再想下去了。接下来她听到了秦向阳平静而有力的声音,那让她心里顿时踏实下来。

"正因如此,所以那段时间,李志堂才每天早出晚归,尽量减少在家里的时间。那种日子不好过,待在家的时间越长,留下生活的痕迹的可能性也越大。他在家里什么都不能做,每天一早赶回客栈洗漱、上厕所,每逢周末,他干脆住到客栈去……"

"已经很明显了,他这么做,目的只能是保留李闯那两个月的生活痕迹。那就是说,502案发现场的死者是……"

"别急!还有几个细节需要验证一下。"

秦向阳说完,从电脑里找出几个月前,那几个民工往楼上搬家居用品的画面,然后喊来孙劲,叫他把那段视频拷到手机上,再根据画面,通过市局的人口检索系统找到那几个民工的个人信息。

"抓紧找到这几个民工。给他们看视频,让他们回忆一下,当时的东西是否搬到了华晨公寓的502房间。"秦向阳说得很具体,孙劲拿着视频大踏步离开。

接下来秦向阳开车赶往华晨公寓。苏曼宁死活不回去休息,秦向阳只好让她跟着。

很快,他们赶到了华晨公寓的物业办公室。秦向阳昨天来过这里。值班的,还是昨天那两个四十多岁的中年人。

亮完证件后,秦向阳郑重地说:"华晨公寓的水费怎么操作的?用户个人缴纳还是你们代收?"

物业人员说:"五楼以上是酒店,他们自己统一缴纳。五楼以下住户本就不多,这块我们代收,按月上门抄水表。"

"抄水表不嫌麻烦?"

"不麻烦!应该做的嘛!"物业人员笑了笑。

"抄水表可以搞点小猫腻,赚点零花钱是不是?"

物业一听警察这么问,顿时吓傻了,连忙摆着手道:"没有没有……"

其实秦向阳才不在乎这点小事,他只是有意让对方紧张一下。人紧张了,回答问题就不敢马虎、敷衍了。

"通常都是谁抄水表?"

"啊,就我俩。"

"502房间的住户认识吗?"

"502?"

"一个美术老师。"

"哦哦,李老师。记得,他、他不是被杀了吗?"

秦向阳没理他,又问:"502房间前几个月是不是有过租客?"

"租客?对对,有那么两个月,的确有个陌生人住在那。"

"你确定?"

"是啊!本来我们是每个月初抄水表,收缴上个月的水费。那个人专门来找过我,他好像是9月中旬住进来的,所以叫我去重新抄一下水表。我一想也就抄了,毕竟人家租房子嘛。"

秦向阳点点头,拿出李闯的通缉令照片给物业辨认。

"是的,就是这个人。"物业肯定地说。

物业的话,进一步确认了李闯曾入住502房间的事实。

秦向阳收起照片,叫物业把水费明细找了出来。

那是个破旧的本子,内容记得很随意,但好歹能认得出来。

秦向阳把内容翻了几遍,找到了想要的内容,水费明细显示,李闯住的那两个月,水费用得不多。但是到了第三个月,也就是李闯搬走,李志堂住进去之后,水费竟然是零。

物业循着秦向阳的目光看到了那个零,赶紧解释道:"那个租客11月中旬搬走的,当时的水表就是我抄的。最后那个月没抄表,那里死了人……"

秦向阳一想也是,立刻带着物业去了502房间。

抄完数据一比对结果就出来了,案发前那一个月502的水表基本没走过字。

这个铁一样的事实,验证了秦向阳之前的结论,也就是苏曼宁所描述的那些:李志堂戴着白色的手套、脚套、头套,睡在一层白色的塑料布上面。他在房间里小心翼翼，不敢上厕所，不敢洗刷，不敢做任何事……

"这个房间的水表坏过吗？还有上水管道，是不是坏过？"秦向阳做着最后的确认。

"坏？不可能！都好着呢！这家的上水管道要是坏了，那楼上也上不去水的！要是这家漏水，那楼下也来找我们了！"物业的话很让人信服。

秦向阳和苏曼宁返回分局。

不久之后，孙劲也有了消息：那些民工确认三个多月前，把那些家居用品搬到了华晨公寓502房间。

听完孙劲的电话，秦向阳深深地叹了口气。

现在可以下结论了。

1210案第一个案发现场，死者根本不是李志堂，而是李闯。

对李志堂的视频截图共有几十张，一切转变的发生，全都始于秦向阳发现了那四张衣物不同的视频截图。

这是个挖空心思的设计。

早在三个多月前，李闯刚从程功那辞职，李志堂就联系上他。

李志堂先翻新了房子，把自己的生活痕迹清扫一空。接着把房子租住或借住给李闯长达两个月之久，从而让房间内处处留下了李闯生活的痕迹。

之后又让李闯搬走，自己再住回去。他住了将近一个月时间，直到12月10日案发。这里，李志堂应该提前了解过华晨公寓的监控，对一个月覆盖一次的覆盖频率是了解的。他知道案发后警方会调监控，但最多能调时长为一个月的监控。到时，他翻新房子和李闯入住的事实，早就被覆盖掉了。

他成功地用自己住回去的事实迷惑了警方，案发时死者的DNA痕迹跟现场提取的痕迹完全一致，从而让警方误以为死者是李志堂。

现在很清楚了，案发时502房间内只有李闯的生活痕迹，那么死者就只能是李闯。那么，当时从李志堂办公室提取的所谓痕迹，自然也是李闯的。

之前的结论全错了！

华晨公寓案发现场，是凶手蓄谋已久的结果。

凶手处心积虑，不但杀了李闯，还让警方把李闯当成凶手，从而把自己替换出来。

凶手这个手法非常巧妙，前后花了数月时间，案发前一个月还演了一出苦肉计，几乎每晚都住回华晨公寓受罪，演绎了一场完美的瞒天过海。

只不过人算不如天算，李志堂中间换过两次衣物，那么微小的细节偏偏被秦向阳找到了。也许他是出于侥幸，也许出自自大。不管怎么说，如果他那个月内不换衣物，这个阴谋恐怕就极难露出破绽。

想到这，秦向阳用力捏了捏拳头，捏得指节咔咔直响。

有了新的答案，秦向阳再次看那份证据简图。

被害人李志堂 DNA信息B

被害人华春晓、高虎 现场无凶手痕迹证据

被害人黄少飞 凶手遗落羽绒服提取到DNA信息B（残留组织痕迹少）、DNA信息A（残留组织痕迹多）

程功仓库李闯（吕胜）烟头上的DNA信息A

李闯卧室烟头的DNA信息A

显然，此图中的第一个被害人不再是李志堂，而是李闯。

现在很清楚了——

DNA信息B当然是李闯的。

DNA信息A当然是凶手的。

这份图中，DNA本身的指向性不可能错。

错的是提取证据者的主观判断。

判断错在哪里？错在把DNA信息A当成了李闯。

凶手不但杀死了李闯，还通过一番苦心设计，把李闯包装成了凶手。

就是说，程功仓库李闯的烟灰缸（含烟头，DNA信息为A）、李铁柱家李闯卧室的烟头（DNA信息为A），都是凶手提前放置的，就等着警方上门提取，从而让警方把李闯当成凶手。也就是说,凶手一早不但潜入过程功的仓库,还潜入过李铁柱家。

这个图中,所有的DNA信息本应都是B——

被害人李闯,DNA信息B。

案发当晚,李闯穿着新买的羽绒服被李志堂叫进公寓,羽绒服上的信息为B。

程功仓库原有的李闯的烟灰缸(如果本来真有的话),残留DNA信息自然也是B。

李铁柱家如果能提取到李闯信息,DNA信息自然也是B。

凶手替换了仓库里的烟灰缸,在李铁柱家故意留下几枚烟头,又继续穿了李闯的羽绒服作案,通过这么三个步骤,把本来的三个B,变成了三个A。

可是,警方却把被替换后的烟灰缸当成了李闯的,把李铁柱家故意留有的烟头也当成了李闯的,同样,凶手继续穿李闯的羽绒服并且在上面留下了大量的DNA信息A,也被当成了李闯的。

就这样,警方把凶手故布疑阵设置的三个A,当成了李闯的。

那么真正的华晨公寓死者李闯,也就只能被当成公寓的主人李志堂了。

凶手利用的,是警方的思维惯性。

很明显,羽绒服是李闯本人的,凶手在华晨公寓杀死李闯后,故意穿了李闯的羽绒服继续作案,从而达成替换的目的。

那么黄少飞被杀现场,凶手把羽绒服留在那里,很可能是有意为之。他不留下羽绒服,怎么能进一步误导警方,完成这出狸猫换太子的好戏呢?

真是十足的阴险狡诈!

秦向阳愤怒了!

但他同时不得不承认,凶手的手法非常巧妙,很容易让警方误入歧途,可以说,警方之前完全在按照凶手设置的步骤前行。他从头到尾,都在玩替换。

他最先杀掉李闯,然后通过一系列替换,把李闯包装成凶手,躲在李闯的身份下杀人,而他始终是安全的,或者说是隐形的。

之前做了那么多，一直在抓一个隐形的凶手！秦向阳不禁苦笑连连，这真是莫大的讽刺。

他终于明白了：怪不得全城通缉以来，收到的关于李闯的举报信息，都是华晨公寓案发之前的。因为那之后李闯被杀了，又怎可能再发现他的信息？怪不得长久以来，所有的监控都形同虚设。因为警方查监控的时候，所有注意力都在李闯身上，而李闯早就不存在了。

真正的死亡名单，是李闯、华春晓、高虎、黄少飞、郝虹这五个人。李志堂通过一系列替换，给自己制造了死亡假象，把自己隐藏起来。

尽管是秦向阳从那几个微小的细节识破了这个阴谋，但他还是觉得前所未有的窝囊。对李闯的通缉令，是按他的提议发的。现在才搞清楚，李闯不是凶手，是被害人。通缉一个被害人，传出去岂不叫人笑掉大牙？

他意识到了错误的严重性，冲出办公室上车向市局开去，他要找丁诚取消李闯的通缉令。

"什么？你说李闯不是凶手，是被害人？"秦向阳不敲门就冲进办公室，丁诚心里本就非常郁闷，一听秦向阳说出这个结论，他脑袋整个大了一圈，用不可思议的眼神狠狠盯着秦向阳。

秦向阳稍稍缓了口气，才一五一十把自己怎么一遍遍捋案件过程，怎么找到了案件漏洞说了一遍。

丁诚听完一屁股坐到了沙发上，沉默良久，半天才徐徐说道："秦向阳啊秦向阳，我真是丢不起这个人啊！"

"丢就丢吧！算我的。得赶紧取消对李闯的通缉令！"

"算你的？说得轻巧！你丢人顶多丢到我这，我呢，我丢人丢到哪去了？"

"那也得赶紧取消。"

"用你说？"丁诚长长地叹了口气。

一番争吵过后，两人各自默默地抽了根烟。

抽完烟，丁诚才问："那凶手呢？就只能是李志堂了，他用李闯把自己替换出来了。"

秦向阳沉默了一会，说："现在看来，只能是他。"

丁诚听出来了，秦向阳的表达有些模糊，看来，经过这一系列的事，他连说话都谨慎了许多。想到这，丁诚不由得笑了笑，他这一笑，屋里的气氛也跟着变了。

"笑什么？"秦向阳道，"我意思是，还没有李志堂杀人的直接证据。"

"但是他通过李闯住进华晨公寓这事，苦心策划了三个月之久，把自己替换出来了。死的明明是李闯，我们硬是被他误导为李志堂！这还不够明显？我们手里那三份DNA信息，你简易图表里的三个A，只能是凶手的。"

"是的，但还是间接证据。"秦向阳点点头，道，"那只是三份DNA信息，不是凶手名字。抓到李志堂，做过DNA比对，才是直接证据。"

丁诚摇了摇头，道："你这次过于谨慎了，一定是李志堂，你数数他一共玩了几次替换？先是翻新清理自己的房间，然后让李闯住进去两个月，还要清理自己的办公室，还要用李闯的头发、指纹之类的东西，在他的办公室做局。这也就是你们最初那个三方鉴定一致的原因，他都提前布置好了。你想想，能随意进出、清理李志堂办公室的，除了李志堂本人还能有谁？"

"是的！我同意这个结论。"

丁诚摆摆手，又道："再就是程功仓库那个烟灰缸。李志堂是程璇璇的老师，一早就和程功相识，他完全有机会把黏着烟头的烟灰缸放进仓库的窗台。"

"是的！我都同意，翻新清理房间，替换痕迹，只有李志堂做得出，并且有恢复的监控数据为证，但替换不等于杀人，我们缺少实证。"

"废话！概率上什么都有可能。我看你是'一朝被蛇咬，十年怕井绳'了！"

秦向阳咳嗽了一声，直接转换了话题："想通了前面那些，另一个困扰很久问题也就明白了。实际上，凶手的杀人手法也是在玩替换，从而进一步误导我们把死者当成李志堂，把凶手当成李闯。"

"你说。"丁诚不是没自己的想法，但他更愿意听听属下的说法。

"他每次杀完人，都砍下头颅和手脚并带走，俨然成了此案的规律，或者说我们把它当成了凶手的习惯，却一直搞不明白那么做的原因。其实根本不是那么

第十四章 全错了　247

回事。他这个手法，只有第一次有意义，其他四次都是无意义的重复。"

丁诚紧紧地皱起了眉头，静待下文。

秦向阳说着，从包里拿出来一沓资料，又道："你看，这是不是有些巧，李闯的身高体重，跟李志堂的差别很小，两人身高都是170，体重呢，都在65公斤上下，只差几斤，这是凶手能完成一系列替换的基本条件。要是这俩人体型差距太大，他怎么清理房间替换痕迹都没意义。他砍头砍手脚，都是个障眼法。按说，他已经完成了案发现场和李志堂办公室的痕迹替换，那只要砍下李闯的头带走，就已经达成了误导我们的目的，何必连手脚一块砍去呢？因为李志堂是美术老师，常年用画笔，手上某个指节就一定有相应的职业痕迹，而李闯常年劳动，手部指节跟李志堂大为不同，所以一定要把手砍下带走。可是只带走头和手，光留下脚，就显得很突兀了，所以又把脚也一块砍下带走！这么一来，既达成了误导我们的目的，又能给自己制造个标志性的杀人手法，把我们带沟里去。同样道理，既然杀第一个人时他这么做了，后面再行凶时就只能重复，否则第一个现场就同样突兀了。总的来说，这一连串谋杀，最关键的就是第一个！那让凶手和被害人之间完成了身份的替换，从而让凶手达成了隐身的目的！"

"没错。李志堂才是凶手！"丁诚咬着牙说。

秦向阳沉默了一会，说："我认为在抓到李志堂之前，把他确定为重大嫌疑人更准确些。"

"有什么不同？"丁诚有些恼火了。

"你毕竟是领导，对凶手的定性应该慎重些。"

"这个不用你操心！还有什么？"

"动机！"秦向阳立刻说，"此前我们一直当李闯是凶手，而李闯的杀人动机恰恰很充分。正因如此，凶手才很巧妙地借用了这一点，所以他的替换很成功。可李志堂呢，他的杀人动机是什么？"

秦向阳说的这一点，丁诚的确想不通。

他背着手来回走了几圈，用决断的语气结束了这场讨论："我去撤销通缉令，你们负责查案。我不管他李志堂什么动机，我只要结果！"

在离开丁诚办公室之前,秦向阳还有个想法:也许不急着撤销李闯的通缉令效果反而更好。因为一旦撤销,凶手也会跟着明白自己的套路被识破了。通缉令就那么放着,那么不管凶手是不是李志堂,他都可能麻痹大意,从而暴露行踪。但他没提这个想法,他知道丁诚也有难处,通缉令搞错了,涉及程序上的原则问题,不能由着他秦向阳的性子胡来。

回到分局,秦向阳立刻召集孙劲、李天峰、苏曼宁、吴鹏等人,开了个小型案情讨论会。

除了苏曼宁,分局众人听完最新结论,无不惊诧。

尤其是孙劲。

凶手的结论是李闯时,他的心情颇为复杂:李闯参与谋害过孙成茂,可是又救过他的命,在本案中又连杀五人,一定程度上也是为孙成茂报仇,这让他的位置往哪摆?

现在好了,李闯不但不是凶手,还成了第一个被害者!那么接下来在孙劲的角度,抓凶手这件事就又多了一层情感意义:义不容辞,为恩人李闯报仇,一码归一码,哪怕他是谋害孙成茂的参与者之一。

接下来众人的讨论很激烈,也很具体。

作为队长,秦向阳这次学乖了,他对凶手的定性有些谨慎:李志堂有重大杀人嫌疑。当然,他这么说也不完全出于谨慎,分局跟丁诚的办公室不一样,他更希望通过层层具体详尽的讨论,给出更确切的结论。

大家讨论了半天,孙劲、李天峰、苏曼宁三人,一致认为凶手就是李志堂。比起丁诚那领导式的简单分析,他们的分析非常充分。

华晨公寓案发当晚,李志堂回了公寓,此后监控里根本找不到他离开的画面。这在以前的认知里非常合理,因为以前大家都以为李志堂被杀了。现在看来,通过安全通道离开的就只能是他。

这一点能不能确认?

能。

否则,除非李志堂会瞬移。

确认了这一点，再看DNA。

DNA痕迹不会骗人。既然确定了从安全通道离开华晨公寓的人只能是李志堂，而且他穿着那件羽绒服，那就好办了，因为去杀黄少飞的家伙，也穿了那件羽绒服。

而羽绒服上只有两种DNA信息，B信息是李闯的，那么A信息只能是李志堂的。

他之所以一直穿那件衣服，还把衣服留在现场，本意是误导警察，实际上他成功了。但现在警方找到了漏洞，他是聪明反被聪明误。

"合情合理！"秦向阳考虑来考虑去，又道，"如果华晨公寓的羽绒服，跟黄少飞家那件羽绒服，不是同一件呢？"

他一句话说出来，房间里又安静下来。

过了一会，孙劲说："即使不是同一件，那李志堂也是谋杀李闯的凶手。因为12月10日案发后，除了走安全通道的李志堂，其他所有离开公寓的人都调查过了，要么不具备作案时间，要么有不在场证明，都没有问题。"

"我同意孙劲的结论。"苏曼宁接着道，"如果不是同一件衣服，那就多出来一个凶手，或者说李志堂多出来一个同伙，但无法排除李志堂杀过人。总之，只要抓到李志堂，一切就水落石出。"

"可是黄少飞家那件羽绒服上，有李闯的DNA信息，万一是两件衣服，那是怎么做到的？"

"想做到很简单，别忘了李闯的头和四肢都在凶手手里。"苏曼宁说。

这时，一直沉默的吴鹏突然道："不会是两件衣服。"

大家一听这话，立马齐刷刷地看向了他。

吴鹏挺了挺腰板，说："黄少飞家那件羽绒服，我鉴定过多次。从其领口边缘的摩擦处提到了DNA信息B，也就是李闯的DNA痕迹。那是后脑勺跟衣服多次自然摩擦，才能造成的痕迹，很顺滑。另外，衣服两个口袋底部的痕迹也是同样道理。尽管李闯的头和双手都被凶手带走，我也敢肯定，那种自然擦痕想造也造不出来。那跟把办公室打扫干净，再伪造一些假的办公痕迹完全不同。我的意见是，秦队的假设不成立，只有一件衣服。"

这下好了，正所谓"三个臭皮匠，顶个诸葛亮"。吴鹏的话一下子让案件走向清晰起来。少了两件羽绒服的假设，方向就变成了唯一。

秦向阳慎重地再三思虑，接受了众人的讨论结果，以队长的身份做出结论：李志堂是1210连环凶手案凶手。

接下来的行动目标很明确：抓捕李志堂。

顺理成章地，讨论的焦点马上回到李志堂的杀人动机上。

李志堂为什么杀人？他和五个被杀者都参与了绑架谋杀孙成茂，还把李闯推进火场，按理说应该复仇的人是李闯，怎么也轮不到他去杀死曾经的同伙。

这一点实在让人头疼，跟在市局一样，大家讨论了半天也没个所以然。

至此，1210连环杀人案才算真正有了突破，回到了正确的方向。但同时在接下来的侦破环节上也陷入了瓶颈。

为什么这么说呢？还是因为动机。

对一个阅案无数的读者来说，花样繁多的杀人手法，血腥恐怖的杀人现场，这些能带来一时刺激的场面，永远也比不上那些林林总总的杀人动机所能给人带来的震撼。

它可能源于一次肩与肩的无意碰撞，可能源于谁多看了谁一眼，可能源于一次失败的约会，可能源于麻将桌上的小小分歧，可能源于隐藏了几十年的仇恨，可能源于重男轻女的老思想，可能根本没有原因……

杀人动机，是人性之恶的最直接反映。

如果你了解一千个凶杀案的杀人动机，那么很可能你只有一个感慨：

地狱空荡荡，魔鬼在人间。

对警察来说，动机则是破案最关键的钥匙。从侦查角度说，搞清楚凶手的动机，一个案子也就破了一大半了。比如寻常的凶杀案，有的为情，有的图财，有的见色起意，等等，不管哪种情况，只要有了动机，就等于在警方和凶手之间有了一条看不见的线，顺着线找过去，总不难抓到凶手。而1210连环杀人案发展到现在，经过诸多波折，才把对凶手的确认从李闯调整为李志堂，但这么一来，凶

第十四章　全错了　251

手的动机也随之成谜。要说凶手是李闯，动机方面合情合理，可李闯是第一个被害者，他李志堂到底为了什么连杀五人呢？想不通这一点，接下来的侦破就等于雾里看花。

秦向阳他们分析完案情时，丁诚给他打来电话，告诉他，错误的通缉令已经撤销了，换上了李志堂的通缉令。实际的巡逻和交通临检照常，检查对象也都换成了李志堂的照片。

除了丁诚说的临检，常规侦破手段中，最有意义的还是抒监控，尤其是郝虹被杀前后的省道监控，当然，监控的搜索对象也换成了李志堂。可是除了这些常规手段，秦向阳想不出任何其他搜捕李志堂的方法。

第二天一早，秦向阳就去找程功，毕竟李闯的烟灰缸是在他仓库的窗台上发现的。从侦破角度说，虽然杀人凶手被认定为李志堂，但程功也有嫌疑。这让秦向阳心里也犯嘀咕，案子之前虽说方向错误，但也跟程功有过牵扯，怎么现在回到了正路，又牵扯到了程功身上？怎么哪哪都有他呢？

秦向阳不知道的是，程功现在很忙，在忙一件天大的好事。事情要从昨天晚上说起。

昨晚，程功和蒋素素云雨完毕正躺着打盹，被蒋素素一声惊呼惊扰了睡意。蒋素素当时正在看一条转发的朋友圈新闻，让她震惊的，是新闻的内容。

"澳门富商洪福之子洪运，于近日往内地寻亲，明日抵达目的地滨海市。洪运母亲于几个月前去世，临终前最大愿望是落叶归根，期望见到其遗落在内地的孩子最后一面。可惜事与愿违，斯人已逝，孩子也没能见到。洪运此行，即为完成母亲临终愿望，寻找其同母异父的异姓兄弟。据消息人士及洪运本人微博透露，其母临终前曾给其内地遗孤留下遗产一千万美元……"

新闻下面还附着图片，是洪运的微博截图。

"天哪！一千万！美元！要是我的就好了！"蒋素素一边惊呼，一边找到了洪运的微博。

洪运的那条微博比较简单：终于有时间了！内地，我来了！兄弟，你在哪？

另外一条与此有关的第一条微博，则是洪运好几个月前发的：才知道自己在内地有个同母异父的兄弟，很期待见面。兄弟，母亲留了遗产给你。

微博下面附着好几张图片，有洪运本人的，有洪运和母亲的合影，合影背景一看就是家中别墅，洪运母亲靠在床头，胸前戴着个古朴的鱼形挂饰，洪运在一旁站立。床头柜很大，上面放着很多名贵的补品，补品旁边立着个相框，里面有一张黑白照片，照片里的洪运母亲很年轻，胸前戴着个鱼形挂饰，怀里抱着个婴儿，婴儿胸前也带着个鱼形挂饰。

"看，这是有钱人家的卧室！看这床，肯定镶金的！"蒋素素咋咋呼呼，越看越精神。

"有什么好看的。"程功不满地翻了个身。

"看看嘛！"蒋素素推了程功一把。

程功叹了口气，不耐烦地接过手机看了起来。

看着看着，程功不耐烦的表情不见了，他紧紧地蹙着眉头，把微博上的照片放大，仔细地看着什么。

看了一会，程功猛地翻身坐起，倒吸了口凉气说："这……不会吧？"

"怎么了？"

"我从小就戴着一枚这样的挂饰，我家里也有一张这样的黑白老照片。"程功指着微博上的照片，在蒋素素面前情不自禁地颤抖起来。

第十五章　所谓动机

这天一早,秦向阳在一家咖啡店里找到了程功。

蒋素素怎么会跟程功在一块儿?这令他深感意外。

见秦向阳来了,蒋素素摆出一副笑脸,道:"哎哟,秦警官好久不见啊!"

秦向阳对这个女人很是厌恶,随之沉着脸道:"提醒你这段时间别乱跑,阮明涛出院后会起诉你。"

"起诉就起诉,用你提醒?"蒋素素一脸不屑。

程功担心蒋素素跟秦向阳呛起来,到时候弄得他下不来台,就赶紧找个理由把她支走了。

"你和她一早认识?"

"不是。前些天她找我打听蒋斌在里面的情况,一来二去就……就熟了。"程功笑道。

"熟了?怎么个熟法?"秦向阳紧接着反问,"你怎么知道蒋斌的案情?"

"我听你女朋友说起过,她是程璇璇的救命恩人嘛。"

这个李文璧!秦向阳一听急了,严肃地说:"别乱打听了!案子侦破期间一律保密!"

"知道。"程功谨慎地点点头,问,"找我什么事?"

秦向阳深呼一口气,说:"我提醒你,蒋素素不简单,你好自为之。"他没理会程功的反应，接着话锋一转，道，"这次来，想了解你仓库的情况。"

"仓库？什么意思？"

秦向阳斟酌着说："李志堂你熟吗？"

"不是早说过了吗？熟啊，程璇璇的美术老师。"

"他知道仓库吗？"

程功想了想，说："以前，我在那请他喝过几次酒。"

"为什么请他喝酒？"

"为我女儿呗，程璇璇打小喜欢画画。"

"喝酒为什么在仓库？"

"呵呵，仓库院儿里不是有个蔬菜棚嘛，人家说不用破费，吃点新鲜的蔬菜更好。"

"当时李闯还在不在那住？"

"在的。"

"那请客的时候，李闯也在？"

"他不在。都是上班期间，他要送货。"

秦向阳点点头，又问："上次从仓库找到的那个烟灰缸，记得吧？"

"烟灰缸？记得。"

"你怎么知道那是李闯的烟灰缸？"

"我可不知道！你的人当时去找，也这么问过我。反正不是我的，就在那扔着，还能是谁的？"他喝了口咖啡，接着道，"我有洁癖！李闯搬走后，我打扫了很多遍才搬进去，就是没注意外面窗台上那个烟灰缸，不然，早扔了！"

"那是什么时候？"

"就是李闯辞职以后。对了，打扫卫生那天是周末，李志堂去找过我，还顺手帮了忙，那天，他干得老卖力了！"

"李志堂去找你？为什么？"

"还不就因为程璇璇失踪的事？他找过我好几次，向我道歉。"

"他还帮你打扫了卫生？干得很卖力？"

第十五章 所谓动机

"是的！"说完程功反问，"那个烟灰缸怎么了？"

秦向阳示意他别打听，起身告辞，来得快去得更快。

从程功这里，他就得到了一个有用的消息，李志堂事先知道仓库位置，并且还去帮着打扫了卫生。现在看来，李志堂那所谓道歉是假，打扫卫生，顺便把自己的烟灰缸扔到那儿是真。这进一步证实了，李志堂早在三个月前就在做局设计李闯。

常理来说，房客走后，主人彻底清理房间实属正常。这件事，程功现在这么说，秦向阳最初去仓库拜访时他也这么说过，没毛病。而李志堂借帮忙打扫卫生的名义，也就能彻底清理掉李闯的生活痕迹。但这里有个问题，他李志堂怎么就去得那么巧？巧到正赶上程功大扫除。反过来想，要是他错过大扫除的时间，等程功住进去了，岂非就再也没有清理干净李闯生活痕迹的机会？毕竟就算程功有洁癖，也不一定处处打扫彻底，只能是李志堂的有心加上程功的无意，才能把房子清理得那么干净。

程功的说法是，李志堂曾多次找他道歉，那天也是自己找上门的。秦向阳没法确定，更无法验证程功的说法有没有问题。至少对李志堂来说，既然早早就策划了这个案子，那么其间涉及的诸多细节，至少应该掌握主动。单就程功哪天大扫除这事来说，主动权无疑掌握在程功手里。也就是说，李志堂只能多次上门"碰运气"。事实上，李闯搬走是一切的前提。否则，他就是一天去八趟，程功也不会大扫除。

可他凭什么就恰好碰到李闯搬走呢？

这是个很小的细节，秦向阳却不得不想到这一点，在心里重重地打了个问号。有过以前的失误，他再也不敢大意了。

秦向阳带着那个疑问刚回到局里，李文璧就兴冲冲地找了过来。

"来得正好！"秦向阳正要找她，指责她对外透露案情的过失。

听了秦向阳的指责，李文璧一脸不高兴地说："我是去看望程璇璇的，和程功就是闲聊，我哪知道他是帮蒋素素打听？"

"那也不行！以后你少来局里！"

"不来就不来！"李文璧做出转身要走的样子，委屈地说，"我是来提供线索的，真是好心被当成驴肝肺！"

"线索？你能有什么线索？"

李文璧这才转回身，恢复了记者本色，拿出手机找到一个网页，把手机递给秦向阳。

手机上显示的，正是澳门富商之子洪运来内地寻亲的新闻。

对李文璧来说，那条新闻类似于娱乐档，不是她的菜，她的业务和关注点，是社会新闻。但在报社里，同事们之间的信息往往是互通的，私下里也少不了交流。同事告诉她，富豪之子来寻亲的消息在当地见报后，竟有很多读者给报社打来电话，声称自己就是洪运要寻找的亲人，希望通过报社联系到洪运。

如此一来，李文璧才关注起这条新闻来。

但她的关注点跟别的记者不同，这也是她来找秦向阳的目的。

秦向阳仔细看了一遍，疑惑地说："富二代替母寻亲，这有什么好看的？"

李文璧"切"了一声，又拿起手机找到几个网页叫秦向阳看了起来。

秦向阳这次看的是几条港台新闻，时间上都是好几个月以前，也就是洪运第一条微博刚发出来的时候。

他一看那几条新闻的内容，禁不住"咦"了一声——

"澳门富商之子洪运欲回内地寻亲，此行或与器官移植有关。"

"富商洪福夫人离世，给内地遗腹子留有遗产达千万美元。"

"坊间传闻洪福是'熊猫血'，患有家族性遗传心脏病，早年曾秘密赴大陆换心。"

"洪福病危，洪运会换心脏吗？扒一扒内地'熊猫血'的地理性分布。"

李文璧见秦向阳看得出神，情不自禁得意道："有意思吧？"

"为什么叫我看这些东西？"秦向阳皱着眉头问。

"为啥叫你看这些？"李文璧倒背着手，一边走一边说，"要不是我倒霉，处了个当警察的男朋友，我才懒得研究这些破烂新闻呢！"

秦向阳皱着眉，没言语。

"你也太缺乏职业敏感性了吧,秦大队长!"李文璧扬扬眉梢,说,"这些内容里有提到'熊猫血',就是Rh阴性血的俗称,还提到什么'洪福早年曾秘密赴内地换心',你不觉得它们跟你手头的案子有相似点吗?"

秦向阳没有回答,而是反问:"这些消息是事实还是传闻?"

"当然是传闻!这都是港澳小道消息,看完主新闻,再点很多额外链接才能找到呢。"

"小道消息,你来跟我提相似性?"

"小道消息怎么了?作为记者,我说句有违职业规范的大实话,所有的小道消息加起来,就是这个世界的真相!"

接着,李文璧又补充了一句:"今天,这个洪运就会到滨海,反正我会陪同事一块去,就这些传闻采访采访他,至于你,自己看着办吧!"

李文璧说完就气呼呼地走了。

李文璧在时,秦向阳话是那么说,但李文璧一走,他就开始认真琢磨了。

他知道李文璧作为记者有八卦的一面,不过他也承认李文璧的话不是无的放矢,那些小道消息如果属实,确实跟当年孙成茂的案子有相似之处。

更主要的是,蒋斌曾提过,当年那个神秘商人就是澳门的,澳门才多大?看来,有必要找机会接触一下洪运,了解了解澳门他们那个富豪圈子的情况。不过他绝不认为洪运的父亲就是孙成茂一案中的神秘商人,事情哪能这么凑巧。

他又想,既然洪运来滨海寻亲,那势必要麻烦各地的户籍科,那么最好的法子,当然是凭借自己的特殊身份,找到市局甚至省厅请求帮助。想到这,他拨通了丁诚的电话。

令他想不到的是,丁诚那边一早就得到了消息。

"是有洪运这个人,从澳门来寻亲的。为此,商务局的人专程来找我,请我到时从户籍这块帮着查查。这不,商务局的人刚走。"

"商务局?这里头有他们什么事?"秦向阳一时没反应过来。

"你就是一门心思查案,别的横竖不关心。洪运的父亲洪福早年经营赌场发家,在香港、澳门那边名气挺大。澳门回归祖国后,洪福慢慢地也做起了正经生意，这几年在南方几个大城市都有投资。洪运来滨海寻亲，商务局肯定第一个出面接待，拉投资，搞项目，顺带着咱们帮人寻亲，这叫两全其美。"

"敢情是这么回事，你能安排我见见洪运吗？"

"见他？你案子进行到什么程度了？"丁诚的语气不太友善。

"我见他也是为了案子。"

"为了案子？他和案子能有关系？"

"暂时保密，具体结果。要等见完面才能知道。"秦向阳绕了个弯。

"哟，和我打哑谜！"丁诚停顿片刻道，"洪运是市里乃至省里的客人！你可别胡来！"

"放心吧，不敢胡来，有枣没枣打三竿子，详情回头汇报。"

"明天等我电话！"丁诚没有细问，说完扣上电话。经过上次郝虹的事，可以说丁诚更高看秦向阳了，这次索性也不多问，他知道秦向阳绝不会无的放矢。

第二天上午，丁诚把洪运的电话给了秦向阳，通知他到滨海五洲酒店，洪运在那等他。到今天为止，以李志堂为目标的严密搜查已经两天了，各路段监控、临检却依然查不到任何踪迹，秦向阳带着一嘴燎泡去了五洲酒店。

五洲酒店是本市最好的酒店之一，秦向阳在酒店咖啡厅见到了洪运。

洪运很年轻，最多三十岁，嘴角挂着自信的微笑，身形看起来很棒，平时肯定常运动健身，跟秦向阳想象的完全不一样。

洪运身后站着两个大个子，应该是随身带过来的保镖。

他把保镖打发走，晃着电话热情地跟秦向阳打招呼。

两人分别自我介绍，寒暄完毕，洪运抬眼看了看秦向阳那乱糟糟的头发，才用不太顺溜的普通话问："丁局长说你有事找我，不知秦队长有何见教？"

"见教谈不上，随便聊聊。"

"有话尽管直说。"

秦向阳道："那我就不客套了，听说你父亲重病在床？"

洪运脸色微微一变，叹道："家父已经过世了。"

秦向阳说了句"不好意思"，又问："你父亲洪福是Rh阴性血吗？"

"我不太明白秦队长这话的意思。"洪运神色一怔,似乎不太喜欢对方这种单刀直入的说话方式。

"是这么回事。"秦向阳意识到自己过于直白了,换了个语气道,"我手上有个案子,涉及'熊猫血'和非法心脏移植,其间牵扯重大,我来找你,想了解一下你和你父亲的生活圈子里,有没有这种血型的朋友或生意伙伴,有没有移植心脏什么的传闻。"

洪运无奈地说:"你这话,叫人怎么回答?我和父亲的交际圈子是不小,但血型总归是个人隐私,我哪能晓得。"说完,他话锋一转,又道:"秦队长该不是看了什么小道消息,想调查我父亲吧?"

"没有!"秦向阳很认真地回答。

"实不相瞒,我父亲的确是'熊猫血',就连我也是,这不算什么秘密。你一定看过什么八卦周刊网传的小道消息,说我父亲早年秘密来内地换心脏之类的,对吗?"洪运语气有些不满,"现在的警察也这么八卦?警察不都是靠证据说话吗?"

秦向阳被人说得脸色微红,只好起身告辞,洪运身份特殊,他不想跟对方搞得不愉快。

又是一次无意义的问询,他有些气馁,觉得自己越来越像没头的苍蝇,这么下去可不行!可他又转念一想,洪运承认了,他们父子俩竟都是'熊猫血',而网上那些八卦传闻也未必全是空穴来风,他想起了李文璧那句话:所有小道消息加起来,就是世界的真相。此言未免偏激,但也不可完全否认。李文璧确实敏感不假,但她的敏感不可能毫无道理。为什么就不能怀疑洪福呢?为什么事情就不能这么凑巧?为什么不能是表面看着凑巧,实则有内在的必然?洪运为何现在来寻亲?正是1210案侦破的紧要关口。有'熊猫血'的巧合,有网传八卦消息的巧合,这两件事真的毫不相干?秦向阳连问了自己五个为什么。

秦向阳走后,洪运似乎有些不爽,决定一个人出去转转,顺便吃个早点。这五洲酒店附近就有个特色小吃一条街,全是本地特色美食,比这酒店的早点来得丰富美味。

虽然是早晨，小吃街上人却不少。洪运逛了一会，直到有点累了，才找了个店面坐下，点了些吃的。他点完吃的，把手又抄回口袋的时候，意外发现口袋里多了张纸条。

他疑惑地掏出纸条，见上面打印着几行字，他看了看上面的内容，顿时傻眼了。

纸条上写着：你父洪福于1998年8月下旬，来滨海市杀死并移植了孙成茂的心脏，参与此事件的华春晓、李志堂、高虎、李闯、黄少飞、郝虹均为知情人。现在其中五人均已死亡，仅余我一名知情者。故，以保守此秘密为交换条件，向你支取人民币一千万元（不连号现金）。若不同意此交易，那么你父亲的秘密将被公开到网络及媒体。请慎重考虑，三小时后来小吃街告诉你交易方式。

看完纸条，洪运惊呆在原地。

过了一会，他默默地收起纸条起身离去，顺势往桌上扔了一百块钱，饭菜一点没动。

他脸色苍白地回到酒店房间，不停地在原地转来转去，也不知道在想些什么。

三个小时很快过去了。

洪运看了看表，赶紧离开房间又来到小吃街上。这次他带了一个保镖，他嘱咐对方要紧跟在后面，一旦发现有可疑的人靠近他，立刻上前抓人。

此时接近中午，小吃街上的人更多了。洪运把手抄在口袋里，一边走，一边谨慎地盯着每个从他身边经过的人。这次要是再有人往他口袋里塞纸条，他有信心马上反应过来，并当场抓住对方。

很快，他又来到上午那家小吃店门前。他停下脚步，检查身上的每个口袋，直到确认他身上没有多出任何东西。

也不过如此！他轻轻哼了一声，想，我就到店里坐着，看你这次怎么联系我。

洪运刚要抬脚进店，他对面来了两个学生模样的女孩。

其中一个女孩走到洪运身边停下，笑着对他说："帅哥！那是你丢的钱吗？"

洪运"啊"了一声，顺着女孩的眼神看去，见自己脚下有张五十元的钞票。他刚想说"不是我的钱"，可话到嘴边又停住了，脑子接着反应过来，捡起钞票仔细翻看。没错，钞票上果然写着字。

"这家伙！竟把钱丢到我脚底下！"洪运赶紧四处张望，可是人流熙熙攘攘，丢钞票的人怕是早就隐匿了。

"看清谁了吗？"洪运紧张地问保镖。

保镖也四处张望着，随后有些茫然地摇了摇头。

"没用！"洪运叹了口气。

钱的背面用黑笔写着几行字，字迹一笔一画，非常工整：洪先生，请把现金用两个行李箱装好带出城，送至城西蔬菜物流市场，找一辆最近发新疆的货车，让对方把箱子托运至哈密货站，并劳烦你支付托运费用。注：你还有21小时。

洪运紧绷着脸看完内容，立刻回到酒店。这次，他没过多考虑，看来是一早就有了主意。

他做了个惊人的决定，拿出电话拨通了秦向阳的号码。

"秦队长，能见个面吗？有重要的事找你谈。"

洪运主动打来电话，秦向阳很吃惊。

洪运继续在电话里说："你来酒店吧，记得从后门进。"

秦向阳挂断电话，立马赶了过去，从后门进入酒店。

这次两人见面的地方是洪运的房间。

一进门，秦向阳就疑惑地问："什么事这么急？还让我从后门进来？"

"我也想出去，担心有人跟踪我！"说着，洪运跟秦向阳面对面坐下，然后把纸条和那张五十元纸币掏了出来。

秦向阳看完，脑子"轰"地响了起来，这里边信息量可不小。

洪运严肃地说："实在不好意思，早上见面时我说谎了。"

说谎？秦向阳沉默，心里飞快地盘算着。

"实际上，你看的那些小道消息是对的，纸条上说的也没错，我父亲当年的确干过那件事。"

变化实在太快。

秦向阳忍着变故带来的惊讶，没吭声，心想，可不是！他要没干过，你哪能收到勒索纸条呢？今天这事可非同一般！原来1210案的关键点在这里。真是没想到，李文璧给案子带来了如此关键的转机。说她八卦好呢，还是她出于对自己的关心？

其实，就算李文璧不告诉秦向阳那条新闻，洪运也会联系秦向阳，这已经是眼前的事实了。

洪运清了清嗓子，把上午去小吃街的经过仔细讲了一遍。

听完，秦向阳摸着鼻头问："被跟踪了两次，你都没知觉？"

洪运摇摇头，说："第一次肯定不防备。第二次我有意把手抄在口袋里，心里也提防着，还带了保镖，但还是没注意谁把钱丢到了我脚下。"

"你捡早了！"秦向阳立刻道，"当时他肯定就在附近观察，你要是不捡那五十块钱，他肯定想别的招，那时你或许有机会抓住他。"

"是的！但当时我没想这么多。"

洪运来回搓了搓手，又道："你现在是不是在想，早晨我为什么撒谎，而现在又把这些纸条交给你？"

秦向阳摇摇头，说："我理解你为什么撒谎，当儿子的掩盖父亲的罪行，这是人之常情！实际上早晨见面时，我根本没怀疑过你父亲！所以，这对我来说非常突然！我很不理解你现在的行为。"

洪运点点头，说："实际上，这么多年来，我父亲也一直活得很愧疚，尤其是近几年。说好听的，他多活了十八年，可是说难听的，他是多受了很多年的罪。这些年，他越来越后悔换了别人的心脏，为此害了一条性命，当年澳门还未回归，他是一时糊涂。说白了，他当时那么干，就是出于求生欲望。近年来他的心脏老是无缘无故地疼，可是，却检查不出什么毛病，这让他越来越后悔，动不动就说，那是心脏的主人在惩罚他！这听起来很玄吧？呵呵，是事实。"

"那你父亲怎么去世的？"

"因为我母亲。自从几个月前母亲去世,他就突然病倒了,一天不如一天,但他拒绝接受任何治疗,可以说,他是自杀的!"

"自杀?"

"是的!不吃不喝,不接受治疗,不就是自杀吗?"

"不可思议!"秦向阳道,"看来,你父母感情很好。"

"是的!"洪运叹道,"告诉你一个事实,父亲走时留下嘱托。我这次来内地,不只是寻亲,还要完成父亲的愿望,向公安机关坦白他当年的罪行。"

说着他激动地站了起来,停顿片刻才说:"我父亲说,这个坦白太晚了!但也比不坦白要好,他不想把罪恶带进棺材。我不光要替他坦白,还要找到那个受害者的家人,向他道歉。现在有了这些纸条,我知道受害者是谁了!"说完,他指了指纸条上孙成茂的名字。

秦向阳实在没想到洪福临终竟留下这样的遗愿,他静静地听洪运说完,才道:"向公安机关坦白是正确的选择,哪怕太晚了。但道歉怕是无济于事,我想孙成茂的家属不会接受。"

"我知道!说心里话,在收到这些纸条之前,我并不想替父亲做这件事。因为这件事一旦公开,受损的,不只是父亲一生的名誉,还连带我洪家现在的一切生意!"

秦向阳重重地点头以示理解,然后问:"那你为什么找我过来?这一千万对你来说并不多。"

"我改主意了!"

"为什么?"

"不是很明显吗?写纸条给我的人,连同他说的那五个死者,都参与了父亲当年的事。他们到底是谁,当年我父亲根本不知道,也不关心。本来,他们也不应该知道我父亲的身份,所以这些年来,这个秘密一直不为外人所知。现在看来,他们一早就知道我父亲的身份。"

"我不明白你的意思。"秦向阳坦白地说。

"这里面有一处细节。父亲说,当年和那六个人的交易,是在一辆货柜车上完成的，车上有全套血检设备和手术设备，我父亲就在车上。他们送孙成茂过去时，人还是活的，血检再次确认供体合格后，才动的刀，孙成茂是死在手术刀之下。手术完成后，尸体是那六个人处理的。也就是说，那六个人见过我父亲，但不知道父亲的身份，可是父亲告诉我当时车上少了一份报纸。"

"什么报纸？"

"一份澳门的早报，报上有父亲的报道和照片。"

"你是说华春晓等人拿了那份报纸，从报纸上得知了你父亲的身份？"

"本来父亲也不确定。但今天收到的纸条，已经明确了这个问题。"

"是的！"

"现在你明白了吧？我为什么找你过来？本来父亲就有遗愿，可我一直不想那么做，但我没想到会收到勒索信息。我不喜欢威胁别人，可是，我也不喜欢威胁我的人！上午收到勒索信息后，我想来想去，就是两个选择，一是配合交出一千万；二是完成父亲遗愿，向你们自首坦白。"

说到这里，洪运长长地呼出口气，说："我选择后者，我宁愿相信警察，也不相信一个杀人犯！纸条上的信息不是很明显吗？这个人为这一千万，就杀了他的五个同伙。此等不义之人，你说我会配合他吗？这不是自找麻烦吗？我要是那么做了，接下来不知道又会发生什么！"

"你的选择很正确！"秦向阳兴奋地说，"实际上，你选择向我们坦白，至少目前来说我们也会替你保密。问题是你父亲人已经没了，还是自杀的，他的案子怎么处理，我还要请示上级，公事公办，澳门是特别行政区，这里头牵扯到的程序很多，到那时候，恐怕事情就非公开不可了！"

"哎。该怎么办就怎么办吧，毕竟是父亲的遗愿！"洪运长长地叹了口气，又问，"那我这事怎么处理？"

秦向阳道："你给我们提供了非常重要的线索！"

"给你们提供线索？"洪运不明白对方的意思。

"是的！不瞒你说，你收到的纸条，跟我手上一宗重要案件关系密切！案情不便跟你多说。至于这事要怎么处理，我希望你听从我的意见，对我们来说，这是个机会,抓住凶手的机会。"

"那要我怎么配合?"

说完秦向阳看了看,道:"纸条说的24小时,截止到明天几点?"

"大概上午九点吧。"洪运想了想说。

"那这样,你先把刚才说的一切都详详细细写下来,签好字,算作一份自述笔录,我带走。然后你弄两个大行李箱,带着保镖多去几家银行转转。"

"去银行?干什么?给他取钱吗?"

"当然不用!只是做做样子,你不是担心有人跟踪你吗?回头你弄两箱纸就可以了!不过分量一定要足!要知道一千万元现金,重量少说也200多斤!"(注:这里按一张百元纸币1.15克的标准计算。)

"然后呢?"

"我会安排的,你先去忙你的。"

秦向阳等了一会,拿上洪运写好的东西告辞,上车往市局里开去。

直到上了车,他才开心地笑了出来。今天的事实在太意外了!他怎么也没想到,案件的转折点竟然在这个天上掉下来的洪运身上!

他没想到洪运的父亲洪福,真是当年那个神秘富商。

他也没想到洪福的遗愿,竟是交代洪运来向公安机关坦白。

他更没想到,1210连环杀人案的凶手竟然联系了洪运。

再明显不过,洪运收到的纸条一定是李志堂所为。而1210案的核心点,也就是此前一直不明所以的杀人动机,至此也终于明白了。

李志堂先是通过一连串的替换,把李闯包装成连环杀人凶手,同时巧妙地利用了李闯本就具备的杀人动机。他杀掉了当年的全部同伙,那么,洪福当年的秘密,也就仅剩他一人知晓。做这一切,为的就是今天,等洪运来滨海,以那个秘密为交换条件,勒索一千万。也许,这一千万只是个起步价,后续可能还会有进一步的麻烦,毕竟这个勒索条件,是用五条同伙的命换来的。

这也同时表明,李志堂一定早在三个月前,就关注到了洪运所发的第一条微博内容及相关花边新闻——才知道自己在内地有个同母异父的兄弟,很期待见面。兄弟，母亲留了遗产给你。

李志堂一定是意外发现了洪运来内地的消息，又从相关新闻上得知洪运是洪福之子，这才心生歹念。这进一步证明，早在三个月前，凶手就开始着手策划1210案的相关细节了。

秦向阳又想：凶手对洪运的勒索本来十拿九稳，因为他牢牢把握住了洪运的心理。抛开洪家的财富地位和社会影响不说，就算普通人，当子女的，面对这种情况，也不可能不屈从于凶手，有谁愿意自己父亲杀人的事实被公之于天下？再说洪家是巨富，正如洪运此前担心的，洪福曾杀人换心的秘密一旦公布出来，必然大大影响洪氏集团的名声和生意，所以，他更不至于去心疼这区区一千万。从凶手的角度看，退一万步，就算洪运拒付这笔钱，也不可能报警，去把父亲当年的罪行告诉警察。不管从什么分析，这一千万都是凶手的囊中之物，凶手苦心策划1210连环杀人案，连杀五名同伙，对这笔财富可谓势在必得。也正因如此，凶手也一定不会再冒多余的风险跟踪洪运去银行，毕竟已经稳操胜券。

但凶手万万没料到，洪运恰恰选择了报警。

凶手更想不到，洪福已自杀而死，向警方坦白，本就是洪福的遗愿。

这就叫人算不如天算。

这么一来，凶手不但暴露了动机，更暴露了行踪，只要顺着钱查下去，凶手将很快落网。

秦向阳兴奋地想了一路，嘴里的燎泡似乎也不那么火辣辣地疼了。他赶到市局把洪运写的材料交给了丁诚。

丁诚看完材料，脸色立马变了，他没想到秦向阳真的从洪运身上挖到了东西，而且得来的结果让人异常震惊："洪福竟直接牵连到1998年孙成茂的案子！这……"

丁诚很明白，依照我国目前的刑法，杀人后自杀，仍构成故意杀人罪，但犯罪嫌疑人已死亡的，不再追究刑事责任，已经追究的，应撤销案件，或不起诉或终止审理，但还可以单独向法院提起民事诉讼及相关赔偿。而孙成茂的案子本身并未单独立案，它是从1210案牵扯出来的，所以接下来也不存在撤销案件的说法。他更多的是考虑洪运身份的特殊性，但愿这件事别影响商务局的招商引资事宜。

"洪福当年逃脱了惩罚，后来选择自杀，不吃不喝，拒绝治疗。程序上洪福的事，你当领导的来处理吧，"秦向阳说，"我这里还有更重要的情况。"

丁诚郑重地点点头，道："从洪运交代的材料看，洪福当年办那件事，还随身带了两个私人医生。这一块我会单独联系洪运，该抓的抓，涉澳程序上的事我来办吧！"

"那我就省心了！"接着，秦向阳又把凶手勒索洪运的情况说了一遍，还把关于凶手动机的分析也讲了出来。

"这么说，这是件大好事嘛！"丁诚用指节敲着桌子道，"你小子，也是一员福将，1210案绝处逢生了。"

说完，丁诚甩给秦向阳一包烟，又甩出那句老话："接下来你打算怎么办，不用来请示，我只要结果。"

"但是我答应了洪运，我们这边暂时帮他保密。"

"这个不用你提醒！我会向丁奉武汇报，要配合商务局完成对洪氏集团的招商引资项目。"说完丁诚又强调道，"我知道你会借凶手索要赎金的事做文章，祝你成功！"

知会了领导，心里有了底，秦向阳立刻返回栖凤分局。他先开了个小会，说了说最新情况，众人的反应自不必提。

现在要对掌握的信息具体分析，做出具体安排。分析内容主要集中在一点，也就是洪运收到的第二份信息：请把现金用两个行李箱装好带出城，送至城西蔬菜物流市场，找一辆最近发新疆的货车，让对方把箱子托运至哈密货站，并劳烦你支付托运费用。

从字面上看，凶手的收钱地点是新疆哈密。这就意味着凶手可能已经出了滨海，甚至可能已经到了哈密，或者说凶手还潜伏在滨海，下一步目的地是哈密。秦向阳首先排除了李志堂在哈密有同伙的可能性，连杀五人，这事对李志堂来说成本很高，是拿命运作，不可能让别人染指到手的利益。先抛开他怎么逃出去不说，他这是用空间换安全，这个收钱的法子看似简单粗暴，没多少花招，但安全系数不低。毕竟在凶手看来，洪运不可能拒绝，更绝无报警可能。那么只要让洪运帮忙，神不知鬼不觉把两箱子钱托运到哈密，凶手再潜逃到哈密取了钱，就大功告成了。

可是这种托运方式靠谱吗？

还是那辆最近发往新疆的货车本身就有猫腻？

秦向阳安排李天峰便装出城，到城西蔬菜物流市场，先打听明白那边捎货托运的情况，再找到最近发货去新疆的车，暗中了解车主情况。接下来他都想好了，不管车主有没有问题，都不惊动对方，让洪运按时把箱子送上货车，然后联系哈密警方，在哈密货站守株待兔，谁去取箱子就把谁按住。

得知父亲当年死于手术刀下，孙劲的情绪异常激动，一下子就把此前对华春晓等人的恨意，全转移到了洪福身上。当然，华春晓等人也绝非良善，是害死父亲的间接凶手。

此刻，杀父仇人的儿子就在五洲酒店里，孙劲恨不得立刻冲过去手刃仇人。就像法律不是万能的一样，警察作为执法者的同时，也是寻常之人，面对杀父之仇，孙劲明知自己的想法很可怕，但全然不能让自己冷静下来。

秦向阳一早就料到了这个状况，因此在酒店时他就对洪运说了，孙成茂的家属肯定无法接受道歉。所以，他也没急着告诉洪运，孙成茂的家属恰恰就是自己的手下，这事说早了，没有任何好处。

正如洪运所说，洪福一早就对当年的恶行有了悔意，尤其是最近几年活得并不轻松，并且在妻子病亡后，最终拒绝治疗，不吃不喝，等同于自杀而死，还让洪运向警方坦诚一切。

孙成茂被害真相在今日才浮出水面，致使洪福逃脱了法律惩罚。但从法律的最终目的来说，洪福肯定已经认识到了自己的罪恶，良心上对自己的谴责也不可谓不深，这也正是法律种种惩罚手段所希望达到的目的。正所谓治病救人，回头是岸。孙劲若是一味沉浸在仇恨里不能自拔，情理上尚可理解，但结果却只是害人害己。这些话秦向阳都跟孙劲说了，完事把他关到办公室，让人在外边守着，自己去忙正事。

秦向阳再从后门回到五洲酒店时，洪运已经回来了，房间里放着两个大箱子，大箱子里按他的要求，装满了一刀刀切好的白纸。

秦向阳见洪运都办好了，就把丁诚的承诺说了，会暂时替他保守秘密。

洪运感激地点点头，问："那接下来要我怎么做？"

"明天一早你按凶手要求的去做，把这两个箱子托运到哈密。具体要找的那辆货车，待会有了消息我会通知你。"

"你们要引蛇出洞？"

秦向阳点头。

"那你们的成功率相当高，毕竟凶手很清楚，不管从什么角度，我似乎都不该报警！"洪运笑着说。

连洪运这局外人都这么分析，秦向阳也笑了。

"明天我会把这事办好！"洪运说完，又问，"我向你打听个人，你分局里是不是有个叫孙劲的？"

秦向阳甚感意外："你怎么知道？"

"我从别的渠道打听过了，他就是孙成茂的儿子吧。"说着，他掏出一张卡交给秦向阳，"这里有一千万美元，是父亲给被害人家属的补偿，请你替我交给他。"

"这……"秦向阳想了想，郑重地说，"这卡我暂时收着，本来我想晚点告诉你，孙劲现在情绪非常激动，到现在没搞出事来就不错了！现在给他，他一定拒绝，你也心安不了。"

洪运无奈地点点头，表情很是落寞。

两人沉默了一会，秦向阳问："你寻亲的事怎么样了？"

洪运叹道："别提了，你没注意？我到这才两天，时不时就有一大群人排号来找我认亲……"

"你忽略了媒体对八卦事件的关注度。"

"是啊！我有些张扬了，发了两条微博，不过我也没想到会这样，那不是我本意。"

"你就没有具体线索？"

"有！我母亲说，当年路过的村子叫小王庄，当时属于清河县，清河县现在归滨海管辖吧？"

秦向阳点头。

"相信有郑局帮忙，事情很快就有结果。另外，母亲还留下两件信物。"

秦向阳急忙摆了摆手，似乎并不想知道别人的隐私。

这时李天峰来电话了，说调查有了结果。

秦向阳叫他从后门到五洲酒店大堂，自己则早早地下楼，找了个卡座等着。

李天峰很快赶到，坐下说："搞清楚了！在蔬菜物流市场，这种大件托运实属司机正常副业，比正规物流公司的便宜很多，这叫收散货，也叫收零担。当然，也不是所有车都收。那些货车天南地北到处跑，替人捎东西的，就一个要求，捎带的东西要不怕跌撞，不然，中途损坏没人负责。"

"他们怎么捎？"

"跟蔬菜箱子装到一块，外面罩上篷布。"

"但这次凶手让捎带的可是足足两大箱子现金，我在想，他怎么会放心呢？"秦向阳皱着眉头说。

"我也这么想过。那些老司机说，他们常年跑固定线路，就以此为生，拼的就是信誉，从来没人对捎带的东西动过心思。不然名声坏了，货运的主营业务以后也甭干了。"

"听起来倒也安全！"秦向阳又道："可这次是现金，难保司机不见财起意，凶手选择这种方式，我还是很纳闷。"

"我不这么认为！"李天峰摇着头说，"我反而觉得凶手很聪明。一、司机很少查看托运的东西。二、就算知道那是两箱现金，司机也一定会认为事主势力很大，反而更不敢动小心思。再说通常的托运，司机的信息都掌握在事主手里，敢动两箱现金，除非他想蹲大牢。我们是上帝视角，才会觉得这事有些不可思议。"

秦向阳沉吟片刻，道："你说得有道理。那个最近跑哈密的司机呢，什么情况？"

"打听到了，叫赵大海，是个老司机，跑那趟线十几年了，出了名的老实忠厚，明天中午12点发车，没有比他更早的了。"

"哦？看来司机没什么问题？凶手真是随机选的车？"

"我想是的！"

"那哈密那边的货站呢？什么情况？"

"哦，那边车到了就卸货。货站有个储藏室，司机的零担货都扔在那。收货人随到随取，也没什么正规手续，说出自己货的样子，数量就行。这是司机个人业务，货站上可没人负责这块，就是门卫协同处理，顶多再找司机确认一下收货人的电话。"

"看来那边管理上很松。"

"是的！我想这正是凶手所期望的！"

"剩下的事就是联系哈密警方，守株待兔！"秦向阳起身，信心满满地说。

接下来，他和李天峰分别乘车回到分局。

他们刚下车，那个照看孙劲的警员急匆匆跑到秦向阳跟前，喘着气说："不好了！孙劲跑了！"

"跑了？去哪儿了？"秦向阳惊道。

"不知道。他两眼通红，样子很吓人！"

"胡闹！你怎么不拉住他！"

"拉不住！看把我给打的！"那警员说着，拉起衣服给秦向阳看了看。

秦向阳用力抓了抓头发，心说，莫不是去五洲酒店找洪运算账去了？坏了！要出事！

第十六章　吃马抽车

秦向阳和李天峰连忙上车，朝五洲酒店开去。途中秦向阳给孙劲打电话，结果无人接听。

孙劲确实去了五洲酒店。之前他被关在办公室里，越想越火：要不是华春晓、李志堂等六人利欲熏心，父亲绝不会死！但你洪福也是害死父亲的罪魁祸首之一！你洪福害了我父亲，换上了心脏，多活了那么些年才知道后悔？你以为后悔，生病，不吃不喝、拒绝治疗，就算赎罪了？你害我父亲时怎不去想自己有罪？临死了来装圣人！早干吗去了！现在你没了，你儿子才跑回来坦白，还成了商务局等很多部门的座上宾，天下哪有这种道理？

自古有句话叫父债子偿。

孙劲带着这个念头，杀气腾腾冲到了五洲酒店。

一进酒店门口，他拿出证件亮了亮，向前台打听洪运的房间。

前台没法回绝，刚要报出洪运的房间号，一抬头瞧见洪运正走出一楼电梯，洪运的身后，还跟着两个保镖。

前台随即指着电梯口方向对孙劲说："孙警官，那位就是您要找的洪先生。"

孙劲点点头，转身，大叫了一声："洪运！"然后沉着脸快步走了过去。

洪运"嗯"了一声，站住，满脸疑惑地看着向他笔直走来的年轻人。

孙劲一眨眼就来到洪运面前。

"你是？"

"我就是孙成茂的儿子。"孙劲忍着满腔怒气，咬着牙说。

"孙先生你好！"洪运热情地伸出手去。

"少来这套！"孙劲两眼通红，一巴掌把洪运的手打开了。

两个保镖一看孙劲这么张狂，正要发作，被洪运制止了。

孙劲的反应，他很是理解，他早就做好了最坏的心理准备：大不了给孙劲下跪，替父亲磕头认错。

他长长地叹了口气，说："我知道你不会轻易原谅我们。但是，家父这么多年来，的确是时时为当年的过错愧疚不安，这是铁打的事实。及至重病期间，更是拒绝治疗，不吃不喝。如此，一是想追随家母而去，二是表达自己的悔过之心。孙先生，我说的字字属实。"

"那又怎样？杀了人，悔过就能令死者复活吗？"孙劲紧握拳头，骨节处咔咔作响。

洪运沉默良久，道："你说得没错。你能否原谅家父，是一回事，我向你表达家父的悔过之心是另一回事，请受我一跪。"

洪运说着，就要跪倒。

两个保镖一看这哪行，赶紧出手相阻。

这时孙劲上前一步，狠狠揪住洪运的衣领，说："滚吧，给我磕哪门子的头？"

"放手！"保镖抓住孙劲手腕开始用力。

"放你妹！"孙劲存心找碴，等的就是个肢体接触的机会，抬腿就把那个保镖踢倒了。

踢倒一个后，他把洪运丢到旁边，又冲向另一个保镖，转眼间和两个保镖打到了一块。

"哎！"洪运叹了口气，一时呆在原地。

洪运不是劝阻不了自己的保镖，他只是突然觉得，孙劲情绪燃烧到了顶点，满腔火气，也许打架发泄发泄，能有好处。

孙劲是退伍军人出身，出手讲究的是擒拿格斗，拳脚间要的是快、准、狠，没承想人家那两个保镖也是这个路数，而且块头和力气都大过他。三个人这一仗下来，当真是互不留情，拳拳到肉，腾挪转移间，大厅里的卡座桌椅也跟着稀里哗啦遭了殃。

大厅里一下子就挤满了看热闹的人群。

有人录视频，有人嚷着报警，人们七嘴八舌，场面混乱不堪。

人群当中，有个服务员不失时机地说："报什么警？那个打架的就是警察！"

人们恍然大悟，心安理得看起了热闹。

眼看着闹得动静越来越大，站在一旁的洪运才急匆匆给秦向阳打了个电话，然后准备叫停保镖，抬头时，却见两个保镖已经被人干翻了。

老话说双拳难敌四手，可孙劲心头憋着一团邪火，眼见杀父仇人的儿子就在旁边，拳脚底下越打越不要命，生生把那两个保镖揍了个够。

打倒了保镖，他擦了擦嘴角的血，低着头，用两个眼白狠狠地瞪了洪运一眼，随后冷笑一声向洪运冲去。

"打也打了，你们队长正赶过来，停手吧！"洪运一边说一边后退闪躲。

"呸！你父亲杀了我父亲！今天就杀你偿命！"孙劲说完，斜眼瞅了瞅看热闹的人群，心中顿时生出一股厌恶情绪，掏出枪就朝着天花板打了一枪，吼道："看什么！滚！"

枪声一响，人群立马四散而逃。

孙劲收起枪，朝洪运嘿嘿笑了笑，说道："放心！今天我不用这个！"

这洪运心性也是颇为豁达。看孙劲的架势，料定他不会善罢甘休，心想："我这跑来跑去，不是办法，倒不如就和他假打一场，借机让他痛痛快快揍一顿，把心火都发完才好！只要揍不死我就行！"

拿定主意，洪运咬咬牙，向孙劲冲去。

"哟！还想还手！"这更激起了孙劲的怒气，他哼了一声，挥拳迎击。话说洪运身体素质本就不错，还常年健身锻炼，也不是个善茬。但他却守多攻少，只是凭借良好的身体素质，硬生生扛着孙劲的连番击打。很快，他就被孙劲逼到了角落里，再无腾挪闪躲的余地。

孙劲瞪着血红的眼睛，把洪运狠狠抵在墙上，一手掐着对方的脖子，一手不停地击打对方腹部。他一边打一边骂："妈的！还手啊？"

洪运半闭着红肿的眼睛，身上吃痛，嘴里却不消停："打我啊！继续！来啊！孬种！"

孙劲心想，这熊样了，还敢叫别人孬种？

"使劲叫！"孙劲大怒，冲着洪运噼里啪啦又是一顿胖揍。

这时，秦向阳终于赶到。

"住手！"他一边喊，一边冲过去，抬腿一脚就把孙劲踢得远远，滚了出去。

"胡闹！"秦向阳指着倒地的孙劲吼道。

秦向阳这一脚可真不轻。

孙劲趴在地上哼哼了半天，硬是又慢慢挣扎着撑起了身子，继续狠狠地瞪着洪运，看那架势，还不算完。

那边洪运靠着墙根缓了缓，擦了擦脸上的血，断断续续地道："秦队长你别管！叫他打！随便打！再来！"

洪运明明受伤不轻，说出来的话却完全无所谓。

秦向阳马上明白了他的用意，知道他是有意挨揍，让孙劲出气。

他赶紧上前拍了拍洪运肿胀的脸，见他身上都是些外伤，这才放下心来，索性一屁股坐到了旁边，对孙劲说："没听见？人家叫你再来！我不管，快，接着来！"

孙劲好像也明白过来，人家故意不还手，就是惹他生气，让他拼命发泄。这么一来，再打下去反倒没什么意思了！他把身体撑着靠到墙上，扭头吐出口带血的唾沫，然后两眼呆呆地目视前方。良久，他长长地呼出口气。

秦向阳看火候差不多了，掏出烟，分别丢给洪运和孙劲，顺手也给李天峰发了一根，四个人先后点上火，默默地吸了起来。

吸完烟又过了一会，秦向阳对孙劲说："不打了？不打就给我滚回去！长本事了？公共场所，私自开枪？等着处分吧！"说着，他冲李天峰使了个眼色。

李天峰心领神会，上前先把枪没收了，扶起孙劲往外走。

孙劲哼了一声，使劲甩开李天峰，一瘸一拐地走了出去。

秦向阳这才起身扶起洪运。

那两个保镖也跟着期期艾艾地站了起来。

"没事吧？"

"没事。"洪运一说话，眼角就跟着一抖。

"我大意了！"秦向阳抱歉地说。

"这样也好，他憋着也难受。本来正犯愁怎么向他道歉。"

秦向阳点点头，叹了口气。

"放心，这影响不了明天去托运箱子。"洪运说着摆了摆手，慢慢向电梯走去，他一边走，一边头也不回地说，"秦队长你回吧！这里的损失算我的！"

听到这句话，秦向阳在心里竖起了大拇指，他觉得洪运虽说是个富二代，但就今天发生的一系列事情来看，品行是真心不错，希望孙劲能就此罢休吧。

回到局里，秦向阳感慨一番，突然想到一件事，孙劲打架动枪，当时有不少人录了视频。事后要是通过朋友圈传播，万一被李志堂看到，那就全糟了！道理很简单：李志堂知道当年的一切隐情，一旦他看到打架视频，那他只能理解成孙劲是去找杀父仇人的儿子的麻烦，那也就意味着洪福的秘密，对警方来说不再是秘密，洪运已经报警了！李志堂一旦判断出洪运报了警，那通过假赎金抓人的计划可就白费了！

想到这，他惊出一身冷汗，立刻通知苏曼宁和市局的技术部门，让他们联系微信开发商和电信部门，监控软件相关内容，有一条删一条。酒店这边，他让李天峰叫人截取了打架时的相关监控。

打架的视频不长，前后不过十几分钟。五洲酒店的配套设施也真是全，一楼有三个监控，分为左中右三个方向，把孙劲打架时所有出入一楼的人，录得清清楚楚。秦向阳他们仔仔细细地看了三遍，画面上没有李志堂。

根据监控画面，警方从酒店找到了当天所有人的具体资料。这么一来就很明显了，事件当天出现在画面里的人分为两类，一类是酒店工作人员，一类是顾客。

所有顾客的资料翔实，真切。

所有酒店工作人员也都能找到。

经过一番调查，结论出来了，以上所有人都不认识李志堂，也没有相关的朋友认识李志堂。

有了这些资料，电信部门和软件开发商的监控就更有针对性，第一时间掐断了打架视频的流通渠道。也就是说，这一措施保证了李志堂绝不会得知孙劲和洪运的打架事件，相应地，也就绝对猜不到洪运已经报了警。保证了这一点，警方在哈密的设伏抓捕行动才不会落空。

栖凤分局，孙劲又被关到了办公室，看守人员寸步不离。

凶手还没抓到，内部就先乱了，这可不行。

孙劲公共场合私自开枪，怎么处分另说，但是当领导的，得帮着解开手下兄弟心头的疙瘩。秦向阳想来想去，从外面叫了几个菜，又弄了几瓶酒，想和孙劲喝两杯，好好谈一谈。

李天峰好说歹说，才把孙劲拖到了酒桌上。

来到酒桌前，孙劲也不说话，也不坐下，就那么笔挺地站着，也不知道在想些什么。

秦向阳一看他那个熊样，故作严肃地说："你的行为，我们都理解，但当众开枪，不是小事，该怎么处理，你心里有数吧？案子眼看就要破了，不背处分不舒服？"

"坐下！傻站着干什么？"秦向阳见孙劲还站着，大声说。

从1210案案发以来，对秦向阳他们来说，这的确是唯一一次难得的放松。李天峰早就等不及了，用力压着孙劲的肩膀，把他按在了座位上。

接下来的大半个小时，秦向阳和李天峰吃吃喝喝，有说有笑。孙劲呢，则一个人坐在旁边，除了偶尔闷头动动筷子，多数时间在发呆。

这么一来，局面难免尴尬，但秦向阳也没有更好的法子，大道理该讲的早都讲过了。他斟酌了一会，换了个角度道："不管怎么说，洪福已经死了，华春晓、李闯等五人也死了，害你父亲的人，就剩下一个李志堂，同时他也是1210案凶手。对你来说，尽早尽快抓住李志堂，是不是更有意义？"

这时，早就按捺不住的李天峰端起酒杯拿到孙劲面前，说："咱哥俩走一个？"

秦向阳笑笑，也跟着端起酒杯。

孙劲不为所动，扭头看向一边。

"我的面子不给，队长面子也不给？当初黄少飞的事，咱俩那么大失误，是谁替咱们硬扛的？"李天峰说着，拿起另一杯酒放进孙劲手里，道，"男人，就该拿得起、放得下啊。"

秦向阳和李天峰都举着杯子，那意思，你孙劲要是不喝，这酒就谁也不喝了。

过了大概半分钟，孙劲默默端起酒杯自顾自一饮而尽，闷声说道："当众开枪的事，该怎么处理，我都接受！我不该打洪运，那没什么卵用。"话音一落，他放下酒杯，快步走了出去。

听他这么说，秦赵二人跟着长舒一口气，知道孙劲就算还扭不过弯来，也不会再胡搞乱来了。处罚孙劲，那跑不了，但破案在即，那是后话。两人收拾掉酒菜残局，各自休息，等待明天的到来。

一夜过去，洪运那边很平静，再没收到任何奇怪的纸条消息之类。第二天一早，洪运租了辆车，把装满了纸的两个大箱子密封好，装上车，带着保镖出城往城西蔬菜物流市场开去。这三位都戴着墨镜，毕竟昨天都被孙劲揍得不轻，脸上皆是青一块紫一块，好在都是外伤，不影响外出行动。在他们的车后，李天峰带了两个队员开车远远地跟着，以防有意外发生。

到了物流市场，根据秦向阳给的消息，洪运很快找到了最早发往哈密的那辆货车，车主叫赵大海，年近五十，身材魁梧壮硕，说话粗声粗气。

没有任何意外，洪运顺利地托运了箱子，付了足额运费。

"中午就发车,放心,捎带零担七八年了,我到哪儿,小哥您的箱子就到哪儿。"赵大海收下钱,语气很是爽快。

"多久到哈密配货站?"洪运问。

"路况正常的话,也得三天多。小哥你得跟接货人说好,送到配货站接下来我可不管了。"

"你的活儿就是把箱子送到!"洪运的语气干脆利落。

洪运完事走后,李天峰又暗中观察了好一阵子,但是直到发车,也没见有什么可疑人员接近货车,这才带人离开。

表面上一切风平浪静,实际上一场跨越几千公里的追捕战已经打响。在丁诚的协调下,哈密警方早已严阵以待。从赵大海的货车发出那刻起,哈密配货站四周就安排了不少便装警察,他们有的扮作卖小吃的商贩,有的扮作货站临时装卸工。领导对他们就一个要求,不暴露身份,等箱子运到,有人来取,立刻抓人。

接下来的三四天时间,不管滨海警方还是哈密警方,相关人员皆是度日如年。这几天里,哈密货站内一如往常,未发现任何可疑人物,也没有不正常的事发生。

时间来到发车后的第四天一早,秦向阳终于等到那个消息:赵大海到达哈密货站,人货平安。这意味着接下来的任意时刻,凶手都可能在货站出现,即使凶手出于小心,可能雇不相干的人去拿箱子,警方也一样能顺藤摸瓜。挂断电话,秦向阳长长地呼出一口气,竭力让自己保持平静。

他的办公室里坐满了人,苏曼宁、李天峰、吴鹏等,还有一些警员都来了,就连几天以来不太说话的孙劲,也在门口徘徊。李天峰看到孙劲,过去给他发了根烟,搂着他的脖子一块进了办公室。

此刻所有人心里就一个想法:盼着秦向阳的电话一响,接到消息说抓到人了!

可是一天的时间很快过去了,还是没传来任何消息。

不急,所有人都耐心地想,对凶手来说,那可是一千万现金,他不可能想到那是两大箱纸,一定会取。

接着又过了两天，就像电影快镜头一样，办公室里人来人往，都是兴冲冲地来等消息，然后面带失望地离开。

包括秦向阳在内，滨海和哈密警方谁也没想到，三天过去，竟没有任何动静，那两个崭新的大箱子，就那么一直安静地躺在哈密货站的角落里，没有任何人前去问询。这么一来，所有人再也坐不住了。

尽管潜伏在货站的便衣还很有耐心，可秦向阳不得不从头考虑，这里面是不是出了什么岔子。毕竟哈密警方只是协助办案，就算抓不到人，人家也没啥责任，但作为案件主办者，他秦向阳代表的栖凤分局就不同了。

从凶手角度说，那个最基本的结论是板上钉钉的——洪运绝不会报警。洪运不缺钱，一定不会傻到把父亲杀人换心的事件曝光。

一千万，就是煮熟的鸭子。

那凶手为什么还不取钱？难道他还没到哈密？

这点逻辑上也不成立，凶手劳心费力，杀了这么多人，目的就是钱。他既然已经策划好了取钱的方式，那么一定相应地筹划好了从滨海到哈密的方式，绝不可能把钱扔在那不管。

这个逻辑异常简单。

可是，为什么还没有任何动静？秦向阳不得不考虑，如果接下去凶手还不露面，那么就有且仅有三种可能：

一、凶手知道洪运报警了。

二、凶手目的不是为了这笔钱。

三、凶手在赶往哈密途中，出了意外。

最先被排除掉的是第三个可能。从滨海到哈密路途遥远，凶手又是秘密潜行，可能出意外吗？可能。什么意外都有可能发生！人可以出意外，但凶手一定不会让那笔钱出意外。换句话说，在凶手的认知里，即使自己出意外，也要把那笔钱拿出来。他不能拿，也会提前安排别人拿，总之，凶手绝不会把钱留在那里不闻不问。现在箱子没人拿，只能反向证明这个可能性是错的。

第二个可能从脑子里蹦出来时，连秦向阳自己都吓了一大跳。要说凶手不是

第十六章　吃马抽车　281

为了钱，简直是鸡屁股上拴线绳子——扯淡。1210案案发一来，最初的怀疑对象是程功，接着根据一系列DNA证据，以及合情合理的动机，把凶手定成李闯，然后找到了漏洞，确定凶手为李志堂，但又一直找不到李志堂的杀人动机。直到洪运来到滨海，收到勒索纸条，凶手的动机才昭然若揭，一切不合理的情形也都有了解释，再结合洪运几个月来的几条微博及相关新闻，可以说凶手作案卡的时间点都极其讲究，一切早就策划好了，而策划的起始点，一定始于几个月前洪运所发的第一条微博及相关新闻报道。这时候要说凶手动机不为这笔钱，就等于又推翻了李志堂的杀人动机，案情就又回到了迷途，这怎么可能呢？

可箱子就在货站，凶手就是不露面，推论下来就只剩这两个可能。难道是凶手知道洪运报警了？

想到这，秦向阳心头一凛。分析起来，洪运收到纸条后跟秦向阳见过三次面，前两次秦向阳都是走的酒店后门，再走楼梯上楼，那绝不会引起旁人注意，第三次是孙劲去酒店打架。说起来唯一的漏洞，可能就出在打架这件事上，但事后立刻调查了所有的围观者，还通过电信部门做了相应的补救措施，秦向阳确信，孙劲打架事件应该传不到李志堂耳朵里。

秦向阳凝神沉思时，孙劲急匆匆闯进了办公室。他搓了搓手，脸色苍白地说：“凶手一直不露头，我想来想去，怀疑是自己打架的事，漏了！”

"不会！"秦向阳叫孙劲坐下，道，"补救措施很全面，你想多了！"

"还能有别的可能？除非凶手策划的这个动机是假的！"

孙劲说完，和秦向阳对视了一会。那意思很明显，他们都觉得这个推断难以让人接受。

"要真是因为打架把事搞砸了，我接受任何处分！"孙劲咬了咬牙，果断地说。

"我说了不会！再说，要是处分就能破案的话……"秦向阳把话顿住，用力拍了拍孙劲的肩膀。

而直到此时，哈密那边还是没有动静。

丁诚的电话一个接一个，不停催问到底怎么回事？哪里出了岔子。眼看就到农历小年了，上级的压力，媒体的压力，甚至坊间群众的压力，方方面面的压力铺天盖地，丁诚再也沉不住气了。

难道这个动机真是假的？

秦向阳不敢相信。他烦透了！面对这个局面，他身上又生出了那种久违的无力感：浑身都是劲，就是没处使！这种感觉他记忆犹新，当初面对多米诺骨牌连环案时也一度如此。

但是从那个案子走过来，他早得到了足够的教训：一旦有这种有劲无处使的感觉，那只能说明一点：方向不对！

方向对了，怎可能有劲无处使？

难道又是方向错了？最初怀疑对象是程功，之后把凶手从李闯修正为李志堂，这些修正还不够？

错在哪里？

难道凶手真的不是为了这笔钱？那他这么做，又是为了什么？

他苦思一夜，被暖气烘得头昏脑涨，干脆走到分局院子里，畅快地吸了口冷冷的空气，然后望着高远的天空。

在他眼中，多米诺骨牌案和1210案就像两座黑暗的城堡，摆放在视野尽头。他的视线不停地在两个城堡之间跳来跳去。不知不觉间，他的视线突然停住了。

对啊！怎么忽略了这个？他一拍大腿，想起来一件事，1210案案发时他就问过自己：凶手为什么要给孙劲，或者为什么给警方发那些短信呢？李志堂早已浮出水面，这个疑问却再没回头细想。

如果凶手是李闯，似乎还能勉强解释这个疑问：李闯当年也差点死于火场，他跟孙劲有共同的仇人。李闯杀人报仇，顺便发提醒短信给孙劲，期望他能知道当年的真相。

就算凶手是李闯，这也是个极其勉强的解释，但如今事实俱在，李闯是第一个被害人，凶手是李志堂。

可是，李志堂为什么要在杀人之余，给警方发那些提醒短信呢？在这点上，跟赵楚的多米诺骨牌案似乎有一点相似之处！案情发展到现在，短信本身已经足以很好地回答这个问题：凶手在刻意告诉警方，每个死者都跟孙成茂之死有关。

回头细想，凶手在案件最初，就变相地给警方指明调查方向。可是凶手又在案件最初玩了一系列替换，把李闯包装成了凶手。对此唯一的解释是，凶手通过短信提示，希望警方快速把凶手锁定为李闯，并希望警方一直错下去。

秦向阳一边想，一边把弯着的手指一根根地扳直。他确信思路到这个地方还都是通顺的。

难道他认为警方无法识破这一点？

是的！秦向阳不停地给脑子换挡，又把自己调到了凶手的位置。那套替换手段，本来可算是天衣无缝。如果不是他反复研究资料，从几十张对李志堂的监控截图里，找出两张早晚衣服不一样的图片，从而一步步识破李志堂的替换手段，那么，恐怕警方还在继续追捕李闯。如果案子没被修正到正确轨道，谁能想到李志堂才是真正的凶手呢？

没错！凶手给孙劲发短信，只有一个合理的解释：他巴不得警方去调查1998年的事，快速把第一个受害人当成李志堂，把李闯定性成凶手，从而达成自己隐身的目的。

但是对李闯的通缉令已经撤销，新的通缉令换成了李志堂。

那么李志堂很清楚他已经暴露。也就是说，李志堂知道自己的身份替换被警方识破了。

现如今，哈密的钱箱还没有动静。对此的解释，也只剩了一个可能：凶手的杀人动机不是为那一千万。

当所有的不可能都被排除，剩下的那个再不可能，也是真相。

想到这里，秦向阳浑身一抖，弯着的指头又扳直一个。

凶手的杀人动机不是为那一千万，那么，李志堂对洪运的勒索，就只能是一个突发事件。

突发事件？那又是因为什么呢？

秦向阳深深皱着眉头，不知不觉间走到了传达室附近。传达室里有人在下棋，好几个老头围着棋盘，吵吵闹闹，厮杀正酣，气氛煞是热闹。

他往屋里瞅了瞅，随后有些羡慕地笑了笑，心里感叹，自己什么时候才能这么悠闲。

这时一个老者兴奋的声音传了出来：给你个马，你也敢吃？诱饵！哈哈！抽车！

秦向阳闻言，不禁摇了摇头，继续埋头沉思。可是思路一旦被打断，注意力一时就难以集中起来。他的头脑里不时闪现着那个老者的话："给你个马，你也敢吃？诱饵！抽车！"

给你个马，你也敢吃？

诱饵？

抽车！

他不断重复这几个词，不知不觉间脸色变得苍白起来。

他突然停住脚步，诧异地问自己："难道这个突发事件，只是在警方无路可走，找不到李志堂的合理杀人动机时，凶手适时抛给警方的一个诱饵、一块哄孩子的糖？"

若真如此，那真正的动机又是什么？想到这，他的头轰地响了一声，感觉头发根也跟着炸了起来，紧接着两耳间也响起一阵阵尖锐的轰鸣。这种感觉让他难受极了，就像正面对着一台刚发动起来的老旧摇式拖拉机。

他突然加快了脚步，使劲晃着头，拼命摆脱那种感觉，同时点了根烟，深吸一口，抬眼看向远处。

慢慢地，他的眼神变得清澈了起来。

他大胆地想，勒索洪运的突发事件，是在撤换掉通缉令，李志堂暴露后发生的。为什么李志堂人暴露了，接着就暴露出一个这么明显的动机，从而进一步激发起警方拿李志堂结案的欲望呢？

可是这个动机是假的。那只能说明，是有人在误导警方，期望警方拿李志堂结案。

倘若如此，凶手给洪运勒索纸条，不就成了一场戏？

而滨海和哈密警方还傻傻地配合凶手，把这守株待兔的戏演得十分到位！

有人给李志堂制造了这个动机，再次给警方故布迷阵。你们警方不是一直找不到李志堂的合理动机吗？好！那就制造个动机！给你们块糖吃！

"一千万的糖！"他越想越果决。

去掉假的动机，穿透迷雾，才能看清真相。

难道一切如棋，李志堂只是一匹马，他身后还有一个大车？

既然李志堂已经暴露了，那就制造这么一个假动机，牺牲掉李志堂去掩护大车，这才是真凶的本意？

就在秦向阳把勒索事件认定为假动机时，事情却出现了意外转折。

哈密警方抓到了一个取箱子的人！

那是个物流公司的业务员，这天一早他骑着三轮车赶到了哈密货运站，联系门卫取两只大箱子。

就在业务员把箱子装上三轮车时，便衣立刻扑上去把他牢牢地控制住了。

业务员惊讶万分，手机也甩了出去。面对后续蜂拥而来的警察，业务员差点尿裤子。

经过盘问，小伙子交代了事实情况：有人从网上搜到了他的号码，叫他去哈密货站取两个箱子。

"取完箱子呢？"

"他叫我取完箱子就给他打电话，电话一拨通你们就把我按住了……"

"就这么简单？"

"是啊！"小伙子惊魂未定。

警方迅速确认了业务员的身份，没有任何可疑之处。

联系业务员的那个号码也查了，又是张不记名的电话黑卡，归属地是滨海市，电话关机了，查不到具体位置。

凶手太狡猾了。只抓到个不相干的业务员，滨海警方的兴奋度持续了不到五分钟就集体蔫了下去。

滨海？收到消息后，秦向阳陷入沉思。

不对！他很快理清了思路：先抛开勒索动机的真假命题不管，单从李志堂角度考虑，他绝对想不到洪运报了警，那么他只能认为那是两箱真钱。这点毫无疑问。那么，再分开来看。

如果勒索动机是真，那凶手即使不亲自取钱，也应该千方百计逃出滨海。可是联系业务员的不记名号码却是滨海的。凶手根本没离开滨海。是通缉协查太严了，他出不去？秦向阳否定了这个想法。李志堂先后杀了五人，追捕这么长时间都没个结果，凭什么认为他逃不出去？反过来说，能逃出去拿到一千万现金，何必还要待在滨海这么危险的地方。

如果勒索动机是假，那上面的问题就不用解释了。凶手让业务员取到箱子后再给他打电话，分明就是试探。万一业务员被抓，他在电话里都能听到。这就让凶手得到一条信息：洪运报警了。可是，勒索动机是假的，凶手为什么还要多此一举去试探呢？秦向阳立刻反应过来，凶手此举，是为了不使警方怀疑他勒索的动机，有始有终，把勒索的假象完成。这就像一个人撒了谎，总要圆谎。

最起码凶手这么做，唬住了大多数的人。

秦向阳越推导，越坚定了自己的想法……

这天，程功做好了决定，去迎接他生命中最重要的时刻。

他把自己浑身上下收拾妥当，仔细审视着镜子中的自己，满意地点了点头，出门发动那辆老旧的五菱宏光，载着蒋素素，向五洲酒店开去。

自从洪运入住五洲酒店，酒店门口的人就没少过。他们中除了记者，多数是来找洪运认亲的孤儿，当然，里面也包括一些双亲健在的人。在巨额遗产面前，人们失去了理智，万一自己就是洪运要找的人呢？哪怕明知自己的血型跟新闻报道的熊猫血不沾边。

洪运早被这些人烦透了，自从配合秦向阳托运完箱子，干脆闭门不出，一心等着官方的消息，他相信商务局和丁诚的能量，就算找不到那同母异父的兄弟，也一定会给他一个满意的答案。

程功和蒋素素停好车刚到酒店门口，就被保安拦住了。很明显，保安见他们开了辆破旧的面包车，把他们也当成了来捣乱认亲的家伙。

"我们住酒店！"蒋素素狠狠瞪了保安一眼，当先闯了过去，嘴里毫不客气，"真是狗眼看人低！"

程功轻轻咳嗽了一声，整了整外套领子，快步走到前台，轻声问："请问澳门来的洪运先生住哪个房间？"

前台小姐狐疑地看了看程功，礼貌地说："先生您好！洪先生有吩咐，不接待陌生人。如果您是洪先生朋友，或者有什么公务，可以自己联系他。请问您是？"

程功见人家不说，理解地点了点头，笑道："我是谁不重要，可否麻烦你通知他，就说有人想见他，拿着一块鱼形玉佩，一张旧照片。"

"鱼形玉佩？"前台有些不解地重复了一遍，点头道："好吧！您请稍等。"说完，她拨通了酒店的内线电话。

"您稍等，洪先生说他马上下来！"前台举着电话对程功说完，又把耳朵靠向电话，接着改口道，"洪先生说楼下太乱，叫您直接到八楼888号房间。"

"谢谢！"程功和蒋素素上了电梯，很快来到八楼。

下了电梯，来到洪运的房间门前，程功握紧双拳，深深地吸了口气，抬手敲门。

总统套房的门很快开了，洪运望着眼前陌生的一男一女，略有急切地问："是二位打电话说有一块鱼形玉佩？"

程功沉重地点点头，简短地做了自我介绍。

"什么样的玉佩？"洪运招呼对方落座，客气地问。

"哦，我们要见到洪运先生才可以……"蒋素素的语气也温柔起来。

"我就是洪运！"

"没想到洪先生这么年轻！哦，不是……"程功略有紧张地说着，掏出来一张黑白旧照递给洪运。

洪运接过照片只看了一眼，脸色立刻变了，惊道："这照片哪来的？"

程功也不说话，又小心地从脖子上取下来一块玉佩。

洪运连忙接过玉佩，仔细在手里把玩了一番，喜道："这正是我母亲遗落的另一枚玉佩！"说着，他也取出一块玉佩，跟另一枚放到一块，轻轻一对，两枚玉佩变成了一个标准的圆。

洪运轻轻放下玉佩，激动地站了起来，拿着照片说："这照片上的女人，正是我母亲！她怀里抱的孩子……难道……"他一边说，一边从床头抽屉里取出来另一张一模一样的照片，目光炯炯地盯着程功。

"是的！"程功迎着洪运的目光，有些颤抖地说，"我就是那个孩子！"

"你？"洪运咽了口吐沫，紧紧抿着嘴唇呆立在原地，他实在想不到自己苦苦找寻未果的兄弟，竟自己找上门来！

此时，程功的眼睛也有些湿润了。

洪运呆了一会，一屁股坐到程功对面，急道："这太突然了！"

程功重重地点了点头。

"不瞒你说，照片和玉佩，的确是我此次寻亲的两件信物！但我一直未把此事公开，为的就是避免一些不必要的麻烦。酒店门口那些人，想必二位也看到了……"

"是的！"程功淡淡地说，"要是公开，估计他们人人手里都有这样的照片和玉佩了！"

洪运点点头，道："没错！不过仅凭这两样东西，我还不能断定你就是我要找的人。我这么说你别介意，毕竟……"

"我明白！"程功叹道，"毕竟这两样东西，在你第一条微博照片的背景里就有出现！"

"有吗？"洪运有些惊疑地拿出手机看了看，灿然笑道，"还真有！我自己都没怎么注意！你可真是有心人！"

"这不重要！不相干的人，绝不会注意到那两样东西，也不明白它们对于母亲的意义！"程功缓缓说道。

"你说得很对！"洪运紧紧握着拳，踌躇了一会又道，"东西是真的，没问题，但东西是可以过手的。所以除了信物，最重要的是验证DNA，母亲的鉴定样本我都带来了，希望你能理解。"

"是的！"程功咬着嘴唇说。

"请稍等，我这就安排！"洪运站起来，走到阳台处打了一个电话。

打完电话，他又坐回程功对面，搓着手说："我早就委托了省内最好的鉴定中心，事不宜迟，他们的人很快过来。"

"好的！"程功深深呼出口气，站了起来，有些激动地说，"我想出去走走！"

"随意！"洪运理解程功的心情，毕竟此刻他也是异常激动。

程功来到酒店外面时，天上飘起了鹅毛大雪。这是滨海入冬以来第一场雪，天气预报早就提前报了。

程功疾步走在雪里，任凭冰凉的雪花钻进他的领子里、头发里，似乎只有这样，才能抑制他满心的激动。

"慢点！"蒋素素小脸冻得通红，几乎用小跑的节奏紧跟着程功。

雪越下越大，程功似乎很享受这冰冷的快意。他走在前面，突然止步站定，平举起双臂，仰起头迎向天空。很快，他的全身就被冰雪覆盖，连头发都被狠狠地冻住了……

过了大概四五十分钟，程功和蒋素素回到酒店门口。这时酒店前台跑了出来，冲到程功面前仔细辨认着，问："您是程功、程先生吧？"

程功笑着点了点头。

"快上去吧！洪先生说你们等的人来了！"

程功和蒋素素赶紧抖落身上的雪花，又互相整理了一番头上的冰碴，略为狼狈地进了酒店。

他们回到八楼房间时，鉴定中心的人已经在那等着了。

程功哈着热气搓着手，冲洪运笑了笑，随口道，"现在平静多了！"

洪运微笑着点点头，示意鉴定中心的人，可以开始了。

鉴定中心来了一男一女两个人。男的年纪大些，鼻翼两侧的法令纹深深地钩到嘴角，一看就是个认真、严谨的人。女的年轻清秀，手里提着个方形的小箱子，箱子上带着精致的密码锁。她熟练地打开箱子，从里面取出一个针管，一根密封小试管，一个透明的小袋子，还有一些必要的消毒用品。

男医生冲着程功点点头，一板一眼地说："程先生，我们在这里做的，就是提取DNA鉴定样本，这非常简单，您不必紧张。提取完样本后，我们会以最快速度给出结果，当然，也一定是最准确的结果。"

"我不紧张。"程功放松地笑了笑，同时随意地摸了一把还微湿的头发。

女医生走上来热情地说："我们需要的样本，一般是血液样本、头发样本、口腔拭子样本，哪一样都可以。当然，头发样本最好带有毛囊。洪先生已经把他母亲的血液样本和头发样本交给我们了，程先生您看？"说着，她打开了那个小箱子。那里面还放着另一个试管，试管里有少量血液，另外还有个小透明袋子，里面装着几缕长头发。那都是洪运随身带过来的，一路精心保存，血液里还添加了抗血凝剂。

程功看了看洪运，笑道："既然带来了血液样本和头发样本，那我也抽血，拔头发。"

"其实一样就可以！"女医生笑着说。

"两样都来！"程功说着，跟随女医生进了另一个房间。

抽血很简单，指尖少量血液就能做鉴定。

程功脱掉外套，爽快地挽起左臂的袖子，很大气地露出一部分小臂。他用力拍了拍小臂的青色血管，笑道："来吧，随便抽。"

女医生善意地笑着说："最多两毫升就可以。"说着，她把针头对准了程功小臂上的血管。

程功呼出一口气，紧紧盯着即将落下的针头，轻轻调整了一下手腕的位置。

"好了！"医生熟练地抽完血，开始做样本的封存工作。

程功放下袖子，略有紧张地说："我有轻微的血栓，有时会服用抗凝血药物……"

"哦！"女医生笑着打断了程功的话，"您是担心血液里有抗凝血成分，会影响检测结果吧，呵呵，不会的！我们会对血液的其他成分进行分离，没关系。洪先生母亲的血液，也是带抗凝药物的。"

"那我就放心了！"程功再次呼出一口气，迅速抬手拔下来四五根带毛囊的头发。

"够吗？"他捏着头发稍说。

"您动作好快！"女医生接过头发仔细看了看，满意地点点头，把头发收了起来。处理完毕，她拎着小箱子回到大厅，对着男医生点了点头。

男医生接过箱子，对洪运说："洪先生，从此刻起，这个箱子我会一直带在身边，直到把检材送上仪器为止。您这边最好也派人随我一起，全程目睹，直到结果出来。毕竟这对您很重要！结果出来后，我们这边不会留底，因为那涉及你母亲的隐私。"

第十七章　大赢家

洪运点头同意了这个贴心的提议，从隔壁房间叫了个保镖，一路贴身跟着鉴定中心的人回去，完事再把结果带回来。

程功有些激动地对洪运说："不知你能否理解我此刻的心情……就像飘了很久的蒲公英终于落地生了根……"

"理解！"洪运取出一瓶葡萄酒，给程功和蒋素素一人倒了一杯酒，叹道，"等等吧，很快就有结果了！"

就像卸掉了一件沉重的包袱，洪运颇觉轻松，他端起酒喝了一口，饶有兴趣地问："这些年你是怎么过的？"

程功明白人家在了解他的经历，尤其是童年经历。他也喝了一口酒，才缓缓说道："我母亲叫孙桂珍。在得知你寻亲的消息之前，我都一直以为她是亲生母亲。当然，等结果出来，我还会像亲生母亲一样待她！"

听到这番话，洪运赞许地点了点头。

这时蒋素素插话道："程功他特别孝顺，几个月前她母亲重病要换肾，她把厂房、车子都给卖了！"

"是吗？"洪运听了有些吃惊。

程功点点头，有些随意地说："那是应该的！哎，只怪自己没本事。"

"不是没本事，是倒霉！"蒋素素截断程功的话，把程功这几年的经历简短说了一遍。

洪运听完，不由得叹道："这真叫时运不济！你的做法令人敬佩！"

程功笑着摇摇头，跟洪运碰了一杯，又道："母亲的老家，在清河县王各庄乡，哦，现在叫王各庄镇了。母亲说父亲早早去世，那之后她就搬离了家乡，来到滨海讨生活，也未再嫁，一个人辛辛苦苦把我拉扯大。如今她到老来得病，我这么做也都是应该的！"

"是王各庄乡，跟母亲的说法一样！只可惜，母亲当年并不知道那户人家叫什么，不然，市局的人也不会这么久都找不到人。"洪运说着点了支烟，又问，"那你父亲怎么去世的？"

"听母亲说，父亲是去黄河出夫，出夫你知道吧？就是生产队组织人，外出集体务工。好像是1984年吧，赶上生产队集体出夫，再也没有回来，那时父亲和母亲刚结婚，还没要孩子。直到我得知你寻亲的消息，发现家里一直就有那两件信物，跟你微博中的玉佩和旧照片能对上，心中甚是疑惑，再三询问母亲，才得知自己原来是收养的！"

"1984年？这就对上了！"洪运吸了口气说。

"哦？当年是怎么回事？能否详说一下。"程功急切地问。

洪运点点头，述说起他母亲当年的经历。

洪运母亲姓王，叫王月梅，老家是滨海周边洛城人氏，父母、亲人皆死于三年自然灾害，剩下她一个人无依无靠，被所在大队的干部收留，吃过公社食堂，也吃过百家饭。长大后经人介绍，跟邻村一个身世和她差不多的青年结了婚。当时是1982年，改革开放都好几年了，婚后的王月梅生了个男孩，小名叫毛蛋。王月梅的男人叫孔耀华，是个自行车厂的工人，在毛蛋两岁时，也就是1984年国家"严打"期间，因偷窃厂里的自行车链条和车辐条，经人举报被抓了起来。孔耀华偷那点东西，是给孩子做玩具，虽是偷拿的公家财物，但数额很小，事情本来不算大。可谁知面对派出所的高压审讯，孔耀华经受不住那个场面，又供出自己婚前，曾猥亵过同村妇女。这么一来事就大了！要知道当时改革开放不久，国家方方面面百废待兴，闲散人员极多，社会治安不太好，所以政府才在那几年下狠心搞了个"严打"。"严打"期间，强奸、猥亵妇女皆是重罪，孔耀华就这么被判了极刑。

孔耀华一走，留下王月梅孤儿寡母，日子更是难过得紧。这时有好事者告诉王月梅，你男人偷拿公家财物回家，你也算是知情人，闹不好，要被治个知情不报的罪名呢。这就怪王月梅不懂法，被人那么一说，心里就害怕了，加上日子本就过不下去了，又听别人说南方好挣钱，就有了别的心思，想带着孩子离开，去南方讨生活。她好不容易凑了些钱，带着年仅两岁的毛蛋坐车去省城滨海乘火车，谁知车行到半路时，随身的钱竟被偷了。

这下可好！孤儿寡母没了钱，走也走不了，回也回不去。当时，同车的好心人告诉她，有个年轻人不久前下了车，看起来贼头贼脑的。王月梅想着钱没了，去省城那么大地方，人生地不熟，肯定是自讨苦吃，就赶紧下车去追。可是她下了车追出去老远，也没追出个结果。

这下可好，别说去南方，连洛城老家都回不去了。王月梅抱着毛蛋，从这番遭遇又想到自己的身世，悲从中来，难过万分，就差没寻短见了。她一边哭一边走，再抬头时，见自己来到了一个村子，村前石碑上有几个字：王各庄。

经过大半天折腾，王月梅早就筋疲力尽。她进了庄，来到村头一户人家门前，就想进去讨碗水喝，顺便歇歇脚。

那家门上贴着两个纸剪的大红喜字，看样子是一户刚结婚不久的人家。她抱着娃，从门缝里打开木门的挂锁进去，谁知里面却没人。王月梅站在天井里犹豫了一会，忍耐不住，就从水缸里弄了些水喝。她刚喝完水缓了口气，怀里的孩子却饿得哇哇大叫起来。那个年月大家都穷，两岁的毛蛋早早就断了奶。王月梅拿出随身带着的奶瓶子，大着胆子进了屋，想找点热水。

她折腾了一番，孩子才平静下来。王月梅就想，自己平白无故闯进来，这可说不过去，怎么也得等主人回来，跟人家打个招呼。那家卧室墙上有个挂钟，当时大概是上午十点多，王月梅就老老实实在堂屋等着。她想着主人中午怎么也得回家吃饭，可哪承想一直等到中午一点，也不见有人回来。

这也真是怪了。王月梅肚子饿得咕咕叫，就大着胆子寻了些吃的，心想反正自己人在这里，等主人回来，一并给人家道个不是。她四处找食物时，进了堂屋旁边的偏房屋，见里面竟有一辆崭新的自行车。农村人家有辆自行车，这在那个年代可是很了不起的。看来这家人日子过得不错，一结婚就买上了自行车。看到自行车，王月梅一溜烟跑到了院门口，向外张望，好像自己做了什么坏事，心扑通扑通跳个不停。

她在门口张望了一会，好不容易平静下来，还是不见主人家回来，就又抱着孩子进到里屋，把睡着的毛蛋放到炕上。王月梅坐在炕沿上待了一会，随手去整理毛蛋的小被子，一不小心从旁边的枕头边上摸出来个红布包。她把红布包打开一看，见里面竟然叠着三十元钱。那个年代，这三十元钱，怕是抵得上一个正经工人的月工资。王月梅吓得一哆嗦，又把钱给塞了回去。

把钱塞回去之后，王月梅再也平静不下来，开始琢磨这家主人。这家人大白天出门，也不上锁，家中却有这么多财物。一定是临时出门办事，被什么事给耽误了。看人家这日子过得，自己咋就这么命苦呢，这以后该怎么办？男人死了，自己带着个孩子，又无亲无故，想下南方又被偷了个身无分文，真不如死了得了！可是死了孩子怎么办？王月梅越想越难过，生生哭成了泪人。

她哭了半天，脑子里突然闪出一个念头，想拿着这三十元钱赶紧离开。左右为难挣扎了半天，她又放弃了这个念头。不行，那不成小偷了吗？自己刚刚遭了殃，回头就来偷别人，这是人干的事吗？可是接下来该怎么办？

最后，王月梅琢磨来琢磨去，最后把心一横，做了个大胆的决断，把毛蛋留在了那户人家，拿着那三十元钱离开，继续下南方讨生活，待日后浮萍生根，再来寻回孩子。这家人日子过得可以，孩子留在这，比跟着自己饿死好得多！

打定了主意，她从包袱里取出两张跟孩子的合影，一张自己留下，一张塞进孩子的被窝。合影上，王月梅娘俩一人戴着一块鱼形玉佩，那是王月梅小时候从老人手里传下来的唯一物件。

她看了看孩子脖子上那枚玉佩，又摸了摸自己佩戴的那一枚，长叹一声，心中主意已定，再无更改，马上找来纸笔，留下了一张便笺：俺叫王月梅，是洛城县的，坐车钱被偷了，身无分文，孤儿寡母路过，本想进来歇歇脚讨些水喝，等了半日也不见有人回来。俺寻思了半天,按下了寻死的心,拿了你家三十元钱,把孩子留下了。日后从南方挣到钱,一定回来百倍报答!孩子小名叫毛蛋,今年两周岁。俺留给孩子一张照片、一枚玉佩、带走了另一张照片、另一枚玉佩,就当是以后认亲的信物。千言万语,无以为谢,谨以血指印一枚,表达诚意。一九八四年五月二十日,王月梅留字。

  写完纸条,王月梅咬破中指,在纸条上重重地按了一个指印。实际上王月梅小学毕业,写的纸条上有不少错别字,只不过在故事里出现的字都是正确的。

  这王月梅拿到钱后,又去邻居家打听这户人家的姓氏,没承想邻居家也没人,估计早下地干活去了。王月梅叹了口气,又重新折返大路,坐车到省城,然后终于坐上了南下深圳的火车。

  在火车上王月梅跟一个男人坐在一块。那个男人个不高,很瘦,长着一双乌黑发亮的小眼睛。那个男人就是后来的澳门富商洪福。

  那时候火车很慢,到深圳要好几个昼夜。王月梅和同坐的洪福渐渐熟络了,慢慢地也就聊起了自己的倒霉事。当王月梅说起在洛城到滨海的汽车上碰上小偷,被偷得一文不剩,无奈把孩子留给别人的经历,可把一旁的洪福给惊坏了。

  这就叫无巧不成书。原来,王月梅的钱就是被这洪福偷去的。洪福呢,是个刚出道的小毛贼,打小跟着个叫赵四的师父长大。赵四这人的底子很不干净,在道上被唤做四爷,年轻时没少干偷鸡摸狗的勾当。到1984年遇上"严打",妥妥地逃不过去,被公安抓了。这么一来,洪福就在当地混不下去了,惊吓之余,就打定了南下的注意,带着两件换洗衣服就上了去省城的车,顺道就把王月梅给偷了。

  洪福得知王月梅走投无路下把孩子都给扔了,心中那叫一个后悔,真不该打这孤儿寡母的主意。但后悔于事无补,更不能主动撞枪口,向王月梅坦白错误。他想来想去,就暗暗打定了主意,要尽己所能照顾这个王月梅,以弥补自己给人家带来的伤害,等以后挣了钱,再帮人家把孩子寻回来。这也正应了洪福这人亦正亦邪的秉性。否则,他后来千方百计给自己换了心脏,也不至于渐生后悔之心,直到重病后用绝食和拒绝治疗来表达悔意。

人在外地，孤苦无依的王月梅，当然巴不得有个老乡能互相照应。洪福和王月梅到了深圳，后来又辗转随同别人偷渡到香港。两人刚到香港时，出了个岔子。那洪福在偷渡期间得了风寒，上岸后就一病不起，这可苦了王月梅。两人凑了所有的钱，好不容易找到个租住的地方。接下来王月梅起早贪黑，去帮人家做衣服维持生计，同时还要照料生病的洪福。

生病期间，眼见着王月梅为自己受苦受累，洪福更是羞愧难当，心中暗暗发誓，将来无论如何要混出个人样，好好报答这个可怜的女人。

洪福病好后，对自己做了综合的分析，想来想去自己的一技之长，也就是一个字：偷。但靠偷为生，肯定不是长久之计。时间长了，洪福终于谋得了一份看似正经的工作，在一个地下赌档给人家望风放哨。至此，洪福的人生终于跟"赌"字沾上了边。

要说这个"偷"字，简简单单一个字，实际上它里面包含的东西可就多了，我们有时候形容某人，天生就是做贼的料。这不是说某人生下来就是贼，而是说这个人天生就具备很多常人没有的、跟做贼相关的素质。而洪福虽是个初出茅庐的小贼，却正是个天生做贼的料，从小就聪明灵活，眼疾手快，生来就是块"冰山心、杀人胆"的材料。什么叫冰山心、杀人胆？就说这人生来就胆大、冷静，这些素质是学也学不来的。

慢慢地，有了小钱他也进赌档去玩两把。出人意料的是，这洪福硬是凭借自己天生的种种素质，在其参加的种种赌局中，可谓是逢赌必赢，渐渐地积累起不少钱财。俗话说，十赌九骗。总是赢的人，时间长了，早晚叫人看出你使的门道。门道一旦露了，别说赢钱，能平平安安活着就不错了。而洪福这人，偏偏就有个好处，不贪，不把事做绝。他凭借种种手法赢了钱，总是再故意输一部分，这么做，既给自己博个好名声，又不会与人结怨。说起来，这些可没人教他，这就叫天生的玩家。

简而言之，洪福慢慢在香港站稳了脚跟，还有了自己的地下赌档。再后来，他又把赌档开到澳门，后来越做越大，有了正儿八经的娱乐城，逐渐积累起来巨额财富。后来澳门回归之后，洪福渐渐转型做正经生意，还在内地搞了不少投资。纵观洪福的发家史，除了其本人极高的天赋，可以说就得益于一条宗旨：不贪。这是很难能可贵的。

在这个过程中，洪福和王月梅很自然地走到了一起，并且恩爱有加。洪福发家之后，王月梅也有过回内地寻亲的想法。为此洪福也多次托人打听，结果是都没找到。后来，王月梅就渐渐把这个想法藏到了心里，直到因病去世前，她再次提起了这件心事，并且作为遗嘱交给洪运去办。

程功目不转睛地听完洪运的叙述后，眼圈竟有些红了，他实在想不到王月梅还有一段这么传奇的经历。

这时，距取鉴定样本的时间已经过去了三个多小时。洪运见天色已晚，热情邀请程功和蒋素素去餐厅吃饭。程功也不好推脱，就随同洪运下了楼。

席间，面对一桌子菜，程功表情肃然，像是没什么胃口。洪运对此表示理解，知道他听了王月梅那些往事，心情不好。

这顿饭吃到一半，洪运的电话响了。是陪同去鉴定中心的保镖打来的，洪运赶紧接起。

程功也紧跟着放下了筷子。

"少爷，恭喜！程功就是董事长夫人的孩子！"保镖的话很大声，连程功和蒋素素都听得一清二楚。

"太好了！"洪运挂断电话，长长地叹了一口气。有了鉴定结论，他对程功的身份再无任何疑问，转身紧紧抓住程功的手说，"真是你！"

"是的！"程功咬着嘴唇说。

"兄弟！不，大哥！"

"兄弟！"程功的嘴唇跟着颤抖起来。

"太好了！兄弟相认，真是天大的喜事！我们是不是该一块喝一杯？"蒋素素提议。

"没错！"洪运松开程功的手，拿起酒瓶就给程功倒酒。

"这怎么行！"程功赶紧抬起酒杯。

"你我虽是同母异父，那也是兄弟！现在我父亲不在了，长兄为父！"洪运

第十七章　大赢家

恭恭敬敬地给程功倒满，真诚地说，"大哥，这些年真是苦了你！现在好了，母亲的遗愿圆满了，以后我们就是一家人！"

程功重重地点着头说："既然是一家人，那咱就不说两家话。今晚是咱们兄弟相认的庆祝酒，该喝！但是呢，也不多喝。就三杯。喝完，我也好早些回家，把这个喜讯告诉母亲。"

"对对！大哥有两个母亲！来日方长，一切都听大哥的！"

接下来，三个人举杯言欢，好不开心。

喝完酒，程功感慨道："天下什么酒最香？自然是团圆酒！"

"大哥说得极是！"

程功爽朗地一笑，问："兄弟，这马上就到年底了。无论如何你也得留下过个年！"

"好！"洪运的回答很干脆。

程功高兴地点了点头，又问："过完年，兄弟接下来有什么打算？马上回澳门吗？"

洪运放下筷子，笑道："大哥问到点子上了。实不相瞒，这次来滨海，商务局的领导对我很是照顾，他们呢，希望我在这边搞点投资。我呢，本身也有这样的打算，毕竟这里也算母亲的老家。这些天，我也考察了一些企业，了解到一家叫飞虹的网络科技公司，发现他们的APP做得很不错。重要的是，我听说飞虹公司的老板黄少飞夫妇都被杀了，我有意从郝虹家属手里买下这个公司。"

"你是说那个'觅觅'软件？"程功顿时有些不快地说，"那不是什么好东西！我女儿王媛当初就是因为它，才被人骗到了外地……"

"别急，听我说。"洪运笑道，"我投资，不会因为区区一个APP。但话说回来，现在的社会，得低头族者得天下！我看重的是飞虹的客户资源。现在的内地，大哥觉得哪些行业的钱最好赚？"

"那还用说？房地产、医院、教育培训、快递物流等吧。但是千万别干农业及相关服务业，我就是个例子。"程功说完，自嘲地笑了笑。

洪运赞许道："大哥说得不错。不过我更看好娱乐文化产业。为什么呢？因为智能电子产品越来越普及，现在是全民娱乐时代。人们的消费观念也变了，用手机支付出去的是数字。对于年轻人来说，在过去你让他花一百块纸币去买游戏点卡，他可能会心疼，现在你让他用手机支付一百块，去买个虚拟产品，他可能就没什么感觉。最重要的是，电子支付只要开了头，是会成瘾的，不然，那些网络主播怎么可能赚到钱？"

程功认真地听着，若有所思。

"我呢，打算对飞虹公司注资，抛弃它原来的APP项目，自己开发手游。我不打算跟风搞快餐游戏，咱们国家历史文化悠久，有的是历史文化素材。比如《山海经》的志怪故事，我觉得就很有搞头。就是说，我打算依托丰厚的历史文化和传说，打造一系列精品的原创手游，借助飞虹以前的客户群，培养自己的用户群，打造自己的IP，然后再对自己的IP进行影视开发。现在国内有不少投机性的小公司，到处从网上找故事再大批量卖出去，一旦其中有一个故事火了，它们再对这个故事做游戏和影视开发。我的思路，不同于那些投机性质，甚至可说是全然相反。年后，我就会对飞虹注资，先拉一个框架出来，但是这一块的具体事务，我想让大哥你来负责！"

"我？不行不行！"程功连连摆手，急道，"我对这些一窍不通！"

"大哥多虑了。"洪运笑道，"具体事务，我会聘请专业经理人，大哥你只要安安心心坐在那个位子上就行。换句话说，从年后起，甚至可以说从这一刻起，你就是飞虹公司的老板了！大哥忘了吗？我们是一家人，这一块你不帮我分担一下，难不成让我找别人？"

"太棒了！以后你就是程大老板了！"蒋素素第一时间恭喜程功。

"不行！我干不了！我还是老老实实做肥料吧，这不是赶鸭子上架吗？"程功红着脸道。

"我说行就行！"生意上的事，洪运向来是一言九鼎，一句话就把程功飞虹公司老板的身份给砸结实了。

这时程功看了看表，见时间不早了，只好终止话题，默认了洪运的安排，起身要走。

第十七章　大赢家

洪运也跟着站起来，说："那大哥就早点回去，给孙阿姨报个喜。明天我会登门拜访，把这件事处理完。母亲留给你的遗产，我可不敢私藏！"洪运说的遗产，当然是王月梅留下的那一千万美元。

程功一听这话，顿时面露不悦："能找到亲生母亲，我这辈子就再无遗憾！这钱不能收，还是留着投资吧！"

"这叫什么话！"洪运有些不高兴地说，"一码归一码！投资的钱，我有。再说那是母亲的遗愿，总之你收下它，然后老老实实当飞虹公司的老板就没错！"

程功又争辩了一阵，无奈离开五洲酒店。

话说没有不透风的墙。第二天各大报社就争先恐后对此事做了报道，报道题目不外乎：澳门巨富之子寻亲成功，落魄小老板程功咸鱼翻生，身价过亿成最大赢家。细究起来，这条消息的最初来源，也只能是洪运委托的那家鉴定中心。这年头什么都有价，一定是鉴定中心的人向媒体出卖了相关信息。

李文璧自然是第一时间就知道了这个消息。她救过程璇璇的命，程功对她来说当然不算陌生人。可她怎么也没想到，洪运苦苦寻找的人竟然是程功。

惊讶之余，她跑到栖凤分局，把消息告诉了秦向阳。

听到这个消息，秦向阳出奇地冷静。这让李文璧深感意外。在李文璧看来，这是条很火的八卦新闻，但在秦向阳眼里，它却处处透着巧合，甚至诡秘。为什么这么说？

自从十几个小时前，事实和逻辑逼迫秦向阳，开始怀疑李志堂那所谓的勒索动机，他就意识到不管真凶的动机究竟是什么，似乎都不可避免地牵扯到洪家父子。

这很显然，1210案最根本的起因，要着落到洪福身上。要不是洪福换走了孙成茂的心脏，就不会有这件案子。有起因就有结果。当李志堂的杀人动机成谜时，又适时地出来一个勒索动机，而勒索对象，恰恰是洪运。父亲是因，儿子是果。

对李志堂来说，勒索一千万的动机顺理成章。但是，严密推理下来，这个动机是假的，李志堂也仅是被抛弃的棋子，在他背后还有别人，那么，这假象背后掩盖的，也只能是更大的利益。

换句话说，如果凶手只是李志堂，那么他的杀人动机，一定是勒索洪运的钱财。但如果这个动机是假的，那李志堂背后就一定还有操作者。他牺牲掉李志堂，就等于牺牲掉这一千万美元，那么也就只剩一个解释，他能得到更大的利益。

更大的利益？

那是什么呢？

就在秦向阳苦思一夜未果时，李文璧带来了那条轰动全城的八卦消息。

当李文璧说完那条新闻时，秦向阳终于反应过来，从洪家父子所能延伸出来的最大利益，绝不是烫手的、有命取没命花的勒索金，而是那一千万美元的认亲遗产。当然，新闻里还提到在洪运支持下，程功即将成为飞虹公司下一任老板。这个，则要算作利益的进一步延伸。

洪运的微博及相关新闻一早就透露过那笔巨额遗产。那么巨大的利益，难保没人动歪心思。五洲酒店前成群结队的人找洪运认亲，不就结结实实地证明了这一点吗？自己居然这么迟钝，没早早往这上头想！秦向阳真想给自己一记耳光。

李文璧还在滔滔不绝地说着什么，而秦向阳却浑然不觉，他把所有的精气神都集中到了洪运身上，正苦苦思索有关洪运的一切。

一千万美元？遗产？他又想起洪运所发的第一条微博。虽然案子的起点是12月10日，但大概三个月之前，也就是9月10日左右，洪运就发了那条微博。那时候谁能想到，那一千万美元的最终所有者会是程功？

程功？一个失败的小老板，竟然是洪运同母异父的兄弟。秦向阳突然发现，他对这个人似乎一点也不了解。

想到程功，秦向阳很自然地想起程功所经历的那些倒霉事。程璇璇生日是哪天来着？或者说，程功跟1210案所有被害人起冲突的时间是哪天来着？

秦向阳很快找到了那个具体日期，9月15日。这个日期离洪运发微博的日期

如此接近，只相隔了五天。而这五天时间，也足够把那条微博炒成头条新闻。

难不成一切的起点，是源于洪运的微博？

想到这，秦向阳立刻终止了继续往下想的念头，他的设想已经足够远了，他需要真材实料的东西来验证那些可怕的想法。与此同时，对他来说形同静音模式的李文璧，又恢复了常态。

"喂！到底有没有听我说话！"李文璧拍着秦向阳的脸说，"程功竟是洪运同母异父的兄弟，你不觉得这太突然吗？"

李文璧见秦向阳终于有反应了，接着说："据我所知，那是做DNA鉴定后得出的结论。我对程功这个人越来越感兴趣了！"

"为什么？"秦向阳反问。

"一个穷困潦倒的人一夜之间摇身一变，资产上亿！你对他不感兴趣？老百姓感兴趣的事就是热点啊，现在，怕是省城所有的记者，都跑去程功老家挖新闻了！"李文璧侃侃而谈。

"我当然感兴趣！要不，你和苏曼宁也去程功老家挖挖消息？"

"那敢情好！有警察陪同，打听消息也方便。你快给警花下命令吧，我去楼下等她！"李文璧兴致勃勃，话音未落，人已到了门外。

李文璧和苏曼宁走后，秦向阳站在窗户前，望着天空又陷入了沉思。

这天是程功的好日子。

洪运带着大包小包的礼物，一早就找到了程功家。

孙桂珍握着洪运的手唏嘘了一阵，然后默默地坐到一边。

家里的两个孩子也都很开心。有心理障碍的王媛也出来见了洪运。

一家人聊了一会，洪运拿出一个精致的小箱子，连同一份完整的DNA鉴定报告，一起郑重地交给程功。

程功认真地看完鉴定报告，把它叠好放进口袋，接着打开了那个小箱子。

箱子里放着一份通过律师办理的遗嘱，一张金卡，卡背面写着密码。不用说，卡里面就存着那一千万美元遗产。而遗嘱的实际内容，除了那千万美元，还包括王月梅名下的几处不动产，那些不动产分布在国内好几个旅游城市。

程功看完遗嘱，呆立片刻，突然悲从中来，默默地哭了。

洪运把卡塞进程功口袋，然后重重地拍了拍他的肩膀。

程功默不作声，全部心神都沉浸在难过的情绪里。

洪运不多说什么，在房子里四处看了看。这是套三室一厅的房子，王媛和程璇璇一间，孙桂珍一间，程功一间。房子半新不旧，到处满满当当。家具也都陈旧了，整个房间显得毫无生气。

这个居住条件可不行！洪运皱着眉头，想起来程功此前那些悲惨遭遇，心里立刻做出了一系列惊人的决定。

他拿起电话打给商务局的朋友，问了问滨海房地产的一些情况。然后把电话打给了傲世别墅群售楼处。傲世别墅群，也就是黄少飞生前居住的富人区。

等程功反应过来时，洪运已经通过电话，订了一套傲世的别墅，又从车行订了一辆宝马。

"不行！兄弟，你是大手大脚惯了吗？这母亲的钱也不是大风刮来的！"程功板着脸，言语间很是生气。

洪运摇着头说："大哥，我不能长期留在这里，以后你就是飞虹公司的老板了，我还指着你把生意扛起来呢！车和房，是我送你的，不为过！以后，你总不能开着楼下那辆面包车去给我谈生意吧？"

在程功听来，洪运的话总是令人无法回绝。他叹了半天气，默默地接受了。

洪运见程功不说什么了，大手一挥："今天小年，好日子，现在就搬家吧！"

有钱就有效率。程功一家人就这么稀里糊涂，像做梦一样，在2016年的小年夜，住进了滨海的傲世别墅群。傲世的别墅都是卖了好几年的现房，分为装修版和未装修版。装修版的房子也都风格各异，有欧式的，有田园的，有古典的，等等，完全可以直接入住。而实际上，傲世的开发商也的确高估了业主群体对他们装修设计的依赖和信任，仍有很多业主选择自己设计装修。像洪运这种当天订房、当天入住的任性，也是少见。

同一时间，李文璧和苏曼宁也从程功老家赶回了局里。

"王各庄乡到处是记者，程功家的老底估计被挖得底朝天了！我们根本没必要跑这一趟，明天，不，今晚各种消息就能在网上见到。"见到秦向阳后，李文璧连珠炮似的说。

"怕都是些八卦消息吧？"秦向阳试探着问。

"不！"李文璧兴奋地说，"你猜？"

秦向阳回瞪了她一眼。

这时苏曼宁清了清嗓子说："消息呢，有很多。其中最关键的是，孙桂珍有个前夫，叫程庆良。"

"前夫？"秦向阳反问。

"是的！前夫的意思，就是他们离婚了，这个在民政局就能查到，这有什么问题？"苏曼宁不解地问。

秦向阳很吃惊，这个情况跟他了解的完全不同。

就在早上李文璧和苏曼宁出发之后，他给洪运打电话，以朋友的方式，对寻亲的情况做了了解。洪运转述了程功的说法，说孙桂珍的丈夫，也就是程庆良，是在新婚不久后一次出夫时失踪的，两人没有孩子。怎么调查来的情况，是孙桂珍和程庆良离婚呢？

秦向阳说了自己知道的情况。

苏曼宁听了也想不通，她说："程庆良失踪的情况确凿无疑，到现在为止，程庆良的人口状态栏，登记的仍然是失踪。但他并非出夫时失踪的。"

秦向阳一听这里面有情况，凝神听着。

苏曼宁继续道："村里的老人说，程庆良当年那次到黄河出夫，是全公社好几个村的集体劳务。有一天午后休息期间，他和邻村几个青年去务工河段上游抓兔子，意外发现了一座老坟。据说，程庆良他们把那座老坟给掏了，还弄出来不少好东西，这件事亲眼看到的人极少。但那年正赶上1984年'严打'，听说掏老坟的那几个青年先后被抓了，判得很重！程庆良他们掏老坟的事这才四处传开来。"

"那程庆良呢？"

"程庆良就是那时候失了踪，没抓到，跑了！此后改名换姓，再也不见踪迹。但他一定是在跑之前跟孙桂珍离了婚。分析起来，他这么做，应当是提前嗅到了自身的危险，不想连累孙桂珍。"

怎么处处都有隐情？秦向阳的脑仁疼了起来。他皱着眉头转念一想，想知道真相也好办，找个适当的理由，拿调查到的情况去问询孙桂珍，应该不难得到答案。

这时苏曼宁说："怎么？你怀疑程功的身份？"

"对啊！人家那可是省鉴定中心出具的结果，抽了血，做了DNA鉴定！你不好好查案子，怎么也关心起八卦来了？"李文璧也跟着苏曼宁说道。

此时，秦向阳心里考虑的事情太多，种种疑问聚集在方寸灵台之间，答案仿佛随时呼之欲出，就差那么一点点。

他本来想说，不是他想怀疑程功的身份，而是程功一下子成了洪运的异姓兄弟，让他不得不注意到了那笔庞大的遗产。

他理了理思绪，没有回答李文璧，而是跳跃性地问了苏曼宁一个奇怪的问题："法医方面有没有案例，或者说理论上能否存在一种情况，人在胳膊里适当部位埋下一小段血管，用来应对相应的抽血检验？"

"胡说什么呢？那怎么可能！"李文璧想也不想地说。

苏曼宁蹙眉想了一阵子，才说："这种梦幻操作……理论上是可行的，前提是，要在埋入的血管里注入血液防凝剂，然后用活性物质把血管两头封住，避免血液渗漏。而实际上，美国就确实有过这样一个案例！"

"哦？"听了苏曼宁的回答，秦向阳精神为之一振。

"那个案子特别生僻，少有报道，大学时看过一份《法庭DNA鉴识简史》的资料，具体内容记不清了。"苏曼宁想了一会，然后拿出手机搜索起来。

几分钟之后，她突然抬头说："有了！你在百度搜索约翰·舒尼伯格。"

秦向阳立刻取出手机，在百度上输入了苏曼宁说的名字，接着，手机上弹出相关结果，那些链接极少，总共只有二十几条。

他打开其中一条链接，见里面有这么一个案例：1992年，美国医生约翰·舒尼伯格强奸了自己的女病人，不慎把精液留在了她的内衣上。但是这些精液的

DNA信息和约翰·舒尼伯格血液中的DNA信息并不一致。后来经过调查发现,舒尼伯格在自己的胳膊里植入了一段假血管,里面注入了别人的鲜血和抗血凝剂,借此骗过了给他抽血做鉴定的法医。

看完这个案例,秦向阳心中波澜起伏,久久不能平静。

第十八章　华山一条路

"你怀疑程功在胳膊里埋了血管？那血管又是谁的？"李文璧捂着嘴，问了一个超乎想象的问题。

"我没说。"

"还有头发！有记者朋友告诉我，鉴定时程功当场拔了头发，还带着毛囊呢。头发也能造假？他是魔术师？如果说他也把头发给换了，那些头发又是谁的？"李文璧提出了一连串惊人的疑问。

听到这些，苏曼宁也跟着皱起了眉头，紧紧地盯着秦向阳，期待着他能说些什么。可是秦向阳的嘴巴就像上了锁，偏偏什么也不说，只是一个人闷头思考。

"你这两天很怪！"李文璧是快人快语，说者无意，见问不出什么，扭头就走。

"等等！"秦向阳突然叫住她，道，"你和程璇璇关系不错吗？"

"是啊，怎么了？"

"你去探望程璇璇，顺理成章，借故问问孙桂珍到底怎么回事，你们调查的情况为什么和程功所言不符。"

"这个嘛，你不说我也正想去！"

李文璧走后，苏曼宁在秦向阳对面坐下，紧盯着他看了一阵子，问："破案期限马上到了，还有一星期就过年了，怎么看起来这么消沉？会传染的，懂吗？

案子卡住了，全队上下一片消沉，这时候你要起到带头作用！怎么？要放弃吗？"

秦向阳被她盯得坐不住了，站起来绕开她的目光，沉默了一会，才说："放弃？别闹。"

在苏曼宁看来，一个男人就算明知面临失败，也要保持一贯的精气神，时时刻刻虎虎生威，保持良好的精神，给别人以希望，也给自己希望。丁诚就是这种做派。而秦向阳不。他最大的优点是冷静、坚韧，越是难的时候，越是如此。他不注重表象给人的感觉。案子卡住了，所有人都消沉不振。但他深信，卡住的时候，必然也是转折的时候。他所有的精气神全都投入了思考当中，大胆假设，合理分析，使劲朝前走，远远地甩开了参与本案的所有人。他感觉自己就快看到1210案的全貌了。但很多东西还没有实际根据，他还不能说，他需要保持百分之百的冷静，把握方向，找到关键的实锤，一锤定音。这和案子初发时的精神状态不同，难免给别人以沉默、安静，甚至消沉的印象。客观地说，对队长的位置而言，这不是恰当的办案方式，但他顾不上那么多。

他静静地坐在办公室里，等着李文璧的消息。

第二天上午，李文璧在傲世别墅区程功的新家，见到了孙桂珍。

别墅里宽阔、敞亮、温暖。所有家具都是新的，布置得富丽堂皇。一夜之间，这座原本空荡荡的大房子，就充满了人气。

听孙桂珍说，在程功的极力要求下，洪运和那两个保镖也从酒店搬了过来，房子足够大，程功想和洪运多亲近亲近。

程功和洪运一早就出门了，家里只有孙桂珍和两个孩子，是个难得的机会。李文璧和孙桂珍闲聊了一会，很快转到了正题："孙阿姨，我想打听点事。你也知道，记者就好八卦。"李文璧笑呵呵地说了开场白。

孙桂珍点了点头，示意她说下去。

"网上到处说，你有个前夫叫程庆良？"

李文璧救过程璇璇的命，孙桂珍对她印象很好。她的问题虽有些敏感，但孙桂珍还是不介意地笑了笑，说："你想说，那些消息跟程功说的不一样吧？"

李文璧吐了吐舌头，她想说的正是这个意思。

"其实不用你问，洪运已经问过我这个问题。"

"哦，是吗？"

"外面的消息是对的！程功说谎了。"孙桂珍淡淡地说。

"说谎？什么意思？"

"其实说谎的不是程功，是我。因为在这件事之前，程功都以为我是他亲妈。我没跟他说过事情的真相。他从小时候起，就经常问我父亲是谁？去哪了？我能说他是捡来的孩子吗？那样对他不好。我就只好拿程庆良出来顶事，说他出去失踪了。"

"哦，是这样。"李文璧理解地点了点头。

孙桂珍叹道："是啊。看来你没调查过，程功今年32岁。为什么？那时候我一个单身女人带着他不容易，户口上得晚，我给他虚报了岁数啊。实际上他八四年被人送过来时就两岁了，今年应该是34岁。"

"您这么做，就是为了让他以为自己是亲生的吧？"

"没错！实际上，我的确和程庆良离了婚，他也没失踪。你应该打听到了他的情况吧？"

李文璧点点头，说："听说他是因为掏了老坟，盗取了国家财物，跑了。"

"的确是那样！哎，在跑之前，他和我办了离婚手续。"

"为什么？"

"因为他把挖来的东西卖了，卖来的钱我和他都花过……"

"怪不得！我知道了，他离婚是为了保全你！"

孙桂珍呆呆地盯着前方，长长地叹了口气，也不点头，也不摇头。

"他挖了很多东西？"李文璧好奇地问。

孙桂珍沉默，没回答这个问题。

"记者朋友打听到，当年刚结婚不久你们就买了自行车，那是卖了古董得来的？"

"你猜得很对，程庆良当时有些张扬了！"孙桂珍怅然道，"那天，要不是我们急着把东西都卖出去，就不会有这个孩子的事了！一切都是天意！"

"什么意思？"

"我是说这个孩子被送来的那天，正赶上我和程庆良出门卖东西，那时候改革开放才几年，到处是下乡收老物件的贩子，程庆良挖来那些东西，没别的门路，只能卖给贩子。那天我们出门，就是为了把剩下的东西都卖出去。结果东西是卖出去了，贩子的钱却没带够。贩子就提出跟他去县城取钱。程庆良一合计，进城也好，顺便把离婚手续办了。我们就那么进了城，也没回头锁门，这才有了后来那个孩子的事。那年赶上'严打'，多亏程庆良鼻子尖，听到了不利的消息，一早就合计出了离婚的计划。他要是被抓了去，天知道会是个什么结果……说起来，我也有罪……"

"天啊！还有这许多隐情！"李文璧叹道，"你只是花了点钱，事情应该不大。程庆良要是被抓，麻烦肯定不小！他溜……他跑得可真及时……那么，他后来就再没和你联系过？"

"没有！他隐姓埋名，躲都来不及，还能联系我？实际上后来公安确实找上门来，听说程庆良跑了，也就不了了之。接着我就搬家了，搬来这省城边上没人认识，图个清静。"

孙桂珍说完这段往事，神情煞是疲惫。她休息了一会，起身找来一个旧相框。她把相框拆开，从里面取出一张发黄的纸。

"俺叫王月梅，是洛城县的，坐车钱被偷了，身无分文，孤儿寡母路过，本想进来歇歇脚讨些水喝，等了半日也不见有人回来。俺寻思了半天，按下了寻死的心，拿了你家三十元钱，把孩子留下了。日后从南方挣到钱，一定回来百倍报答！孩子小名叫毛蛋，今年两周岁。俺留给孩子一张照片、一枚玉佩，带走了另一张照片、另一枚玉佩，就当是以后认亲的信物。千言万语，无以为谢，谨以血指印一枚，表达诚意。一九八四年五月二十日，王月梅留字。"

"这是洪运母亲当年的留字？"李文璧赶紧取出手机拍了照。

"我一直保存着它，就是希望有一天他们母子重逢。"孙桂珍说完，两眼泛起了泪花。

"这是好事啊！阿姨你哭什么？"李文璧柔声劝慰。

此刻，程功正坐在飞虹公司黄少飞之前的办公室里。

这天上午，由商务局的人出面，召集飞虹公司中层以上干部开了个非同寻常的通气会。

商务局领导在会上发言：澳门爱国商人洪运，将持巨资加入飞虹公司，成为公司实际控股人，而公司的实际负责人，接下来将由程功担任。

这对飞虹公司的员工来说是个天大的好事。黄少飞被杀后，公司群龙无首，人心惶惶。这下好了，大家的饭碗不但都保住了，而且听起来以后会吃得更好。

敞亮的办公室。

霸气的办公桌。

厚重的座椅。

十六层楼高高在上的视线。

这个位置程功很不适应，就好比一个屌丝突然中了几亿大奖，一开始心理上也不适应。

这种不适，是幸福的代名词。

真正美好的人生即将开始。

不，已经开始。

程功站在高大的落地窗前平静地点了一支烟。他的视线之下，是这座繁华的城市。有那么一瞬间，他觉得自己就像这个城市的主人。

这个感觉一点也不奇怪。几天前，从这座落地窗望下去，他程功只不过是视线尽头的一只蚂蚁。几天后的现在，他已高高在上。

下午，程功去办了件很有意义的事。

他找到那家有名的DNA鉴定中心，给鉴定中心送了一万块钱表示感谢。

随后，又出钱买走了打印鉴定结果的笔记本电脑。

"您的鉴定结果没有存档的！"鉴定中心的人笑着说。

"没关系！留个纪念！"程功真诚地回答。

一切都顺风顺水，谁知，接下来的晚上却出了个意外。程功和洪运带着一家人去郊外的生态园吃大餐时，留在车里的物品被盗了。

程功那辆新宝马的侧车窗玻璃，被人用特殊工具旋出来一个圆洞。程功留在车上的钱包，以及下午刚买回来留作纪念的笔记本被盗了。

这让程功很是愤怒。他在意的，不是钱包里那几千块钱，而是那台电脑。

"重要的是，鉴定中心出具的DNA鉴定结果，也在钱包里放着！"程功长吁短叹，一脸懊恼。

所谓的生态园，是建在一座钢结构蔬菜大棚里的绿色餐厅。大棚外面有摄像头，但外边地带开阔，车停得乱七八糟，到处都是，根本没拍到被盗的画面。

程功只好报警。城郊派出所的人很快赶到现场处理。

"无所谓啦！车子可以修，别的丢就丢吧，也不影响什么！"洪运不停地宽慰程功。

晚上，李文璧找到秦向阳，复述了从孙桂珍那得来的信息，还展示了洪运母亲王月梅的字迹照片。

这些信息归纳起来就一句话：程庆良偷挖古董，随后离婚潜逃，使孙桂珍免遭连累。

"事实很清楚，现在你不至于还怀疑程功的身份吧？"李文璧饶有兴趣地盯着秦向阳。

秦向阳了解李文璧那颗八卦的永恒之心，他关上房门，转身笑呵呵地说："现在只能确定一件事，孙桂珍和程庆良的确是王月梅当年所托付的那对新婚夫妇。但还是不能确定程功就是毛蛋。"

"为什么？"李文璧的好奇心越来越强烈。

"因为利益。"秦向阳的目光炯炯有神。

"他要真是冒名顶替，那真是年度特大新闻……可是怎么证明？"

要证明很简单。

第二天一大早，秦向阳叫李天峰赶往洪运委托的那家鉴定中心，调取程功和王月梅的鉴定资料。

结果让秦向阳大吃一惊：那份报告，鉴定中心并未存档。而且，连出具打印报告的笔记本电脑，也被程功买走留作纪念。电脑被程功买走，这就是说，连恢复电脑数据的机会也没了。

程功买走电脑做纪念？这时间点卡得真寸！秦向阳哼了一声，拨通了洪运的电话。

"秦队长，有何贵干？"洪运应该刚起床，声音透着慵懒。

"我和丁局，还有商务局领导在一块呢。商务局领导找你有点事，你最好单独来一趟。"搞起调查，秦向阳的瞎话张嘴就来。

"领导找我？行，我马上到商务局。"洪运答应得很爽快，对秦向阳的话没有一点质疑。

打完电话，秦向阳立刻开车赶到了商务局门口。过了一会，洪运赶到了。

"领导人呢？"

"是我找你有事，随我来吧！"秦向阳笑着，当先开车往市局赶去。

洪运不解，无奈地笑了笑，开车跟随。

秦向阳和洪运赶到丁诚办公室时，孙劲、苏曼宁、李天峰、吴鹏等人按秦向阳的吩咐早已等在那里。这令丁诚深感意外。

"都跑来干吗？也不打个招呼？"丁诚心知这定是有意外情况，赶紧命人准备了一间小会议室。

大家在会议室坐定，秦向阳也不多解释，开门见山问洪运："程功和你母亲那份鉴定报告呢？在不在你这？"

"报告？交给我大哥了！要那做什么？"

"稍后解释。你能不能把报告复印出来？最好别惊动程功！"

洪运摇了摇头，说："都丢了！"接着他把昨晚宝马车被盗的事说了一遍。

"这节点卡得真好！真干净！"听了洪运的复述，秦向阳握紧拳头，指节间咔咔作响。

"到底怎么回事？"丁诚提出了跟洪运相同的疑问。

秦向阳用力搓了搓脸，对洪运说："我怀疑程功不是你要找的人，他是假冒的！"

"啊！那不可能！"洪运的嘴张得老大，"那可是DNA鉴定后的结论！"

"结论跑到证据前面是大忌!根据呢?"丁诚也提出了疑问。

"伪造DNA检材,在国际上一点也不新鲜!"秦向阳整理着思路,说,"要不是突然冒出勒索洪运事件,我还不会往这上头想。"

"你是说勒索动机?但凶手最终还是雇了快递员取箱子,那个事儿能假了不成?"丁诚这次反应很快。

"取箱子也是演戏,那叫有始有终。为什么?很简单,如果你费尽心思连杀五人,会仅仅为了一千万元人民币?围绕洪运父子,能牵连出来的最大利益,是王月梅那份遗嘱!"秦向阳蛮有把握地说。

"要说对遗嘱有想法的,五洲酒店门口的人确实不少。但我母亲当年的亲笔留字,我是看过的,就在孙桂珍手里,那是绝不会错的!"洪运信誓旦旦地说。

"那错不了!你母亲当年疲乏劳顿,绝望关头,误闯的确实是孙桂珍家。但孙桂珍和程庆良就一定没有孩子?"秦向阳说出了久积心中的话。

丁诚对孙桂珍、程庆良等人的诸多详情并不了解,只能凝神倾听。

洪运却是了解的。

"你怀疑程庆良卖完古董潜逃时,孙桂珍怀了孕?"洪运大吃一惊。

"是的!如果我的怀疑是对的,那么,逻辑上,1210案的五名死者当中,定有一人是你要找的人!以此为基础进一步推论,那么,李闯才是你要找的人!"

"李闯?参与孙成茂绑架事件当事人之一?"

"是的!那之后李闯改名吕胜,一直在程功的小企业打工。你或许不清楚一个细节,李闯打工很卖力,一个人做三份工,却甘愿领一份工资,为什么?"

"为什么?"洪运跟着反问。

"这个细节之前我并未太在意。现在看来,答案不是很明显吗?李闯或许无意中应聘到程功那里做工,孙桂珍却通过李闯身上的鱼形玉佩,认出来他就是自己当年收养的孤儿,从而对李闯照顾有加。甚至,孙桂珍还跟李闯表明过身份。不然,李闯的行为实在难以理解!"秦向阳的话听起来很有道理。

"我明白了!李闯之外的四名死者跟程功并无任何交集!只有李闯为程功所熟悉!李闯若是洪运要找的人,那李闯养父李铁柱,不就是隐名换姓的程庆良？"苏曼宁突然插言道。

"很简单，验证后就知道了！"秦向阳的声音很平静。

的确。秦向阳语出惊人的一切推断，只需验证一个点就能验证真伪：验证李闯和王月梅的DNA信息；或者用否定法，再次验证程功和王月梅的DNA信息。

基于秦向阳的合理推论，王月梅和程功的第一份鉴定报告，以及打印鉴定报告的电脑，这两样关键物证的丢失，更加重了所有人对程功的怀疑。

秦向阳起身往分局打了个电话，安排人带着李铁柱的照片，去王各庄镇找老乡辨认。如果李铁柱就是当年潜逃的程庆良，那么逻辑上，就只能是当年程庆良带走了毛蛋。之后毛蛋随着李铁柱改名叫李闯，而孙桂珍当时怀孕，后来生下了程功。

洪运的脸色跟着凝重起来，他说："母亲的遗物还保留着不少。我可以打电话给我姐洪燕，叫她重新做一份鉴定报告，发过来。"

"事关重大。让你姐把报告直接传到我手机上！要快！"丁诚把自己的手机交给洪运。

"这样最好！嘱咐你姐，尽量多做DNA位点。李闯的尸体在我们手里，也有现成的DNA报告。到时候两份报告一对比，就什么都清楚了！"秦向阳对洪运说。

"如果程功真是冒名顶替，他那是怎么做到的呢？"孙劲不解。

"在手臂里植入李闯的一小段血管，不用太长，一到两厘米就足够了！"苏曼宁说。

"还有这种操作？"李天峰也很是诧异。

"这也是凶手带走李闯的头和手脚的目的之一。另一个目的早就清楚了，是为完成李志堂和李闯的身份替换。你要了解这种操作，建议去找一本《法庭DNA鉴定简史》看看。"苏曼宁对李天峰说。

"那头发呢？怎么替换？当时可是有医生在场的！"洪运还是难以相信。

"那对程功来说太简单了，你不知道，程功是个魔术爱好者。"秦向阳说。

"魔术爱好者？要真如此，我倒是记起来提取检材前的一个细节。"洪运迎着大家的目光说，"那天大雪，程功出去待了很久，回来狼狈不堪，连头发都冻住了！我以为他心情激动，当时很是理解。"

"这个嘛……"苏曼宁斟酌道，"要真是他搞的鬼，以我的经验，那他这么做只有一个解释。他提前准备了李闯的头发，但李闯的头和四肢，一定是被冷冻保存过的，他为了不引起或者减轻医生的疑虑，才冲进雪里，把自己的头发也冻住。"

"有道理！"洪运唏嘘道，"可我还是想不通，要真如此，他的动机是怎么产生的？"洪运显然不了解1210案的细节。

"新的DNA比对结果出来前，一切还都是推理。简单地说，三个月多月前，程功在一天之内，先后跟华春晓、高虎、李志堂、黄少飞、郝虹结了怨仇，心里积郁难平。后来定是找到他的员工吕胜，也就是李闯，喝酒倾诉。这是巧合，也是必然。我想，当时李闯听到华春晓等五个人的名字时，一定惊讶极了，以至于酒后吐露自己跟华春晓等人当年绑架孙成茂的秘密！程功掌握了这个秘密后，又无意中从微博或者新闻里，看到了洪运来寻亲的消息。对于当时落魄至极的程功来说，一千万美元的诱惑，诸位能想象吗？或许正是那个时候，也或许更早的时候，他就注意到了李闯身上的鱼形玉佩，以及那张黑白照片。这么一来再结合洪运的微博，他自然就能断定李闯的身份了！"

所有人都紧盯着秦向阳。

他停顿片刻，继续道："他对一千万美元遗产动了心，又掌握了华春晓等人当年的罪恶往事，这才设计出如此处心积虑的连环杀人案。至于整个案件的杀人者，是李志堂单独实施，还是两人合作动手，我还不能确定。但我倾向于前者。"

"为什么不是李志堂策划的？"丁诚问。

"李志堂不具备程功那些先天条件，没有同时跟华春晓等人结怨，更无从得知李闯的真实身份。愤怒、贪婪，是程功罪恶的起点。"秦向阳平静地说。

"那程功如何说服李志堂做这种玩命的事？"洪运皱眉问道。

秦向阳答道："这点目前我也无法解释，也许是利益共享，但李志堂所冒的风险显然太大！而且后来李志堂还暴露了！从案情分析，只能看出本案的策划者很注重对李志堂的保护。先是通过提前三个月的苦心准备，巧妙地用李闯代替了杀手李志堂的身份，同时通过给孙劲发短信的方式，误导警方快速把凶手定性成动机十足的李闯！只可惜这些被一一识破，李志堂浮出水面之后，他又弃车保帅，给李志堂量身定做了勒索动机，来保全自己。"

"程功要取代李闯领遗产，为何不单独干掉李闯，而是策划这场连环局？"洪运自问自答，很快明白过来，"我懂了！连环局更能保证他的安全。他巧用1998年的绑架案，把李闯包装成凶手，从而达成了对李志堂的保护！当替换伎俩被识破，李志堂暴露，他又策划了李志堂对我的勒索动机，从而达成了对自己的保护。对程功来说，连环局是双保险！"

"你分析得很对！"丁诚赞许道，"等你姐姐的报告吧，一切还需验证！"

"要真是这样，那还有个关键人物来配合程功。程功的母亲孙桂珍，她撒谎了！"苏曼宁说。

"是的！"秦向阳把玩着打火机，让它在指缝之间来回翻转了一圈，突然道，"李文璧此前说起过一个细节，孙桂珍说她一直保存着王月梅的留字，就是希望有一天程功他们母子重逢。她说这些话时，很是伤心难过。如果她句句属实，不该是那个精神状态吧？"

"说起来程功也算孝子。他生意破产，诸事不顺，求她母亲撒谎配合谋那份遗产，不是难事。孙桂珍肯定会心软答应。但我估计孙桂珍并不清楚程功在本案的所作所为……"苏曼宁说。

"可孙桂珍知道李闯的真实身份，她怎会同意程功冒险？"洪运不解。

"那很简单。程功一定对孙桂珍说了谎，说李闯杀了华春晓等人，犯下重案在逃，根本不可能领取遗产……"苏曼宁说。

众人正讨论间，孙劲的手机突然震动起来。

他打开手机后，一条短信跳了出来——洪运于今晚20：00至23：00，在五洲酒店六楼宴会厅，为飞虹公司员工举办年会。此人守财如命，不惜向警方坦白其父罪行，出卖我。切齿之恨，我必杀之！古人有云，父债子偿。为父报仇，天公地道。你如何对洪运,与我无关。我只想和你玩一场游戏,对你来说,想抓住我,今晚是唯一机会,望君珍惜。条件唯一:要想抓我,单身前来。若有埋伏,相见无期。

又是不记名电话黑卡。这条消息的突然出现,打破了所有人对案情发展的预判和想象,令人震惊不已。

经洪运确认,有关年会的安排属实,飞虹公司上下无人不知。

谁发的短信?李志堂。这点,大家结论一致。

可他为什么这么做呢?他明确告诉孙劲,要趁开年会的机会去杀洪运。这对警方来说,是块天上掉下来的馅饼。但他明确提出条件,警方不能设伏。

哈密的物流人员取箱子时被抓,让李志堂得到一个信息:洪运向警方坦白交底了。而洪运还活得好好的,李志堂由此不难判断出,孙劲并未因仇恨采取过激行为。短信里,李志堂有怂恿孙劲复仇的言辞,看来,李志堂很希望洪运死,以至于要亲自动手。孙劲是警察,责任上,这的确是抓获李志堂的最好机会。

可是,天底下哪有这么傻的罪犯?

"挑衅!赤裸裸的挑衅!"丁诚怒道,"他说不设伏就不设伏?可笑!"

"把杀人时间、地点、目标,都告诉警察!有这么蠢的凶手?"洪运一脸迷惑。

"他为什么单单挑我去?就因为我和洪运有……仇?"孙劲喃喃自语。

"李志堂是疯了吧?这是自寻死路嘛!"法医吴鹏说。

"是啊!他为什么单单挑你?"李天峰附和着孙劲的话。

"这叫有始有终。以前的短信也都是发给孙劲的好吧。"苏曼宁对李天峰说。

看完短信后,每个人惊讶之余,都说出了自己的第一反应。

秦向阳把打火机甩在桌上,站起来说:"短信意思很明确,李志堂今晚要杀洪运。为什么?咱从凶手角度考虑。以程功是幕后真凶为前提,顺着程功和李志堂勒索洪运的虚假动机继续往下捋。对他们来说,能判断出我们识破了那个虚假动机吗?"

秦向阳扫视着大家，平静地说："我想不能！这就是信息的不对称！此刻的程功，得到了预想的一切，一定得意非凡。那么，在李志堂暴露后，他又给李志堂量身定做了那个虚假动机后，他只有把戏继续演下去，让我们觉得一切顺理成章。怎么演？短信内容再明白不过，你洪运出卖了我李志堂，那我李志堂非杀你洪运不可！大家想，是不是这个逻辑？"

无人插话。

秦向阳继续道："表象说完了，再来看程功的实际意图。对他来说，当前最重要的是什么？"

"是杀掉李志堂灭口？"洪运想也不想，脱口而出，表现出了作为商人的精明天赋。

"没错！"秦向阳拍着洪运的肩膀说，"程功目的已经达成，并且自以为天衣无缝。对他来说当前最大的危机，是他的合作伙伴李志堂。我想，今晚的行动根本就是个阴谋。程功之所以挑孙劲去现场，一来，李志堂是绑架孙成茂事件的唯一幸存者，孙劲杀他再合适不过；二来，孙劲是警察，有责任有义务抓捕或击毙李志堂。这是条借刀杀人计。"

"歹毒！"众人议论纷纷，完全赞同秦向阳的分析。

"那李志堂也不是傻子，他就甘心受程功设计、支配？"苏曼宁说。

"这点，跟前面的疑问一样，程功如何说服李志堂连杀五人？我也想不通，但事实如此。"秦向阳说。

"那孙劲要不要去？"李天峰问。

"我去！这根本没得选择！借刀杀人又怎样？杀不杀李志堂在我。破案期限在即，这可是抓捕李志堂的最好机会。"

孙劲的话说到了所有人的心坎里。毕竟，就算所有推理都正确，是程功策划了1210连环大案，冒名顶替，图谋遗产，但要是抓不到李志堂，就根本没有证据定程功的罪。顶多，程功把遗产退回去，领一个诈骗的罪名。程功所用的血管和头发，并不能作为他幕后策划和杀人的证据。很简单，只要李志堂不被抓，他完全可以把策划和杀人事件，全推到李志堂身上，从而把自己定性成配合李志堂冒领遗产的诈骗从犯。这是个跟主犯天差地别的罪名。

李志堂的重要性，无形中被上升到了最高位置。

所以，孙劲的看法是对的，他一定要去，没得选择。

但秦向阳也分析了，这是个陷阱，目的就是要借孙劲之手除去李志堂。是陷阱就不简单，谁知道接下来的年会上，等待孙劲的是什么？

最关键的是警方不能设伏配合孙劲。

设伏，李志堂就不出现，倘若他就此悄无声息，那又如何定主谋的罪？

不设伏，孙劲能否应付不可知的陷阱呢？

"只能秘密设伏，安排便衣进年会现场，配合孙劲。"丁诚提议。

事实上也只能这么做，要想将计就计，顺着主谋的思路走，肯定不能光明正大派人进去。

但短信里说得很明确："要想抓我，单身前来。若有埋伏，相见无期。"那么凶手总该有个法子，去判断警方有没有设伏吧。

秦向阳提出了这个疑问。

"我想，他只能通过参加年会的人数判断！"无形的紧张和兴奋之下，孙劲两眼发亮。

洪运喷了一声，说："有道理啊！年会名单，连员工以及部分家属、朋友，总共108人，费用我出的，字是我签的，一人一张邀请卡。"

"那服务人员呢？可以让便衣扮成酒店人员进去。"丁诚说。

"酒会是自助性质，正式开始之后，服务人员不会随便进出打扰的。"洪运无奈地说。

秦向阳叫洪运从手机里找出参加年会人员的名单，仔细看了一遍。名单上大部分是飞虹公司的职员。他很快意识到，名单本身绝不会有漏洞。但李志堂要是出现，他就一定是占据了名单里的一个合法身份。能提前找到那个身份吗？逻辑上不可能，年会还没开始，李志堂不会提前暴露。理论上，每个参会人员的邀请卡，都有被李志堂设法借用的可能，警方总不能提前把所有人都保护起来吧？如果那样，李志堂受惊遁逃，不再出现，那又如何是好？

这是个无法回避的矛盾。

看来，只能让事情按主谋设计的方向进行，将计就计，擒获李志堂。

实际上，随着酒会时间的临近，一种无形的压力席卷而来，侵蚀着所有办案警察的神经。那时，他们才意识到，凶手根本不需要判断警方是否设伏，更不需要判断谁是警察。这个，我们稍后再讲。

这时，又有消息传来。

王各庄镇。

带着李铁柱照片暗中调查的警员，打电话向秦向阳汇报，经过很多老乡的辨认，确定李铁柱就是当年的程庆良无疑。

这是个好消息。

到此，案情又朝前大大迈进了一步。

上午十一时，洪运接到程功电话离开市局。在电话里，他对程功谎称，商务局领导找他谈了一上午投资政策问题。临走前，丁诚考虑到洪运的安全，让他穿一件防弹衣回去。洪运拒绝了，他的理由很充分：如果程功真是主谋，那绝不会加害他。他是财神爷。

午后三时，澳门。

洪运大姐洪燕把王月梅的最新DNA详细鉴定报告传给了丁诚。

同一时间，法医吴鹏把王月梅的DNA信息，跟李闯的DNA信息做了比对。

结论：李闯才是王月梅当年遗弃的孩子，毛蛋。

市局会议室。

1210案最新案情汇总——

1984年5月20日，程庆良带孙桂珍上街售卖掏老坟得来的物件，随后跟随商贩去县城取赃款，并于当日跟孙桂珍离婚。两人离了婚，就等于程庆良把盗卖国家文物的罪名，全拢到了自己身上。两人离婚当天，王月梅将毛蛋遗留在程庆良家中。程庆良迅速携赃款潜逃，此后化名为李铁柱。至此，结论已经相当明显，两人分开时，程庆良带走了毛蛋，也就是后来的李闯。而当时新婚不久的孙桂珍一定怀着孩子，那个孩子，也就是后来的程功。

1998年夏天，李闯伙同华春晓、李志堂、高虎、黄少飞、郝虹，接了一单大生意，通过给各个医院免费升级内存，找到了孙成茂"熊猫血"的信息，绑架了孙成茂。而李闯在绑架当日，因欲进火场救孙劲，被华春晓等人杀人灭口，推进火场。

李闯大难不死，救了孙劲之后的生活轨迹不得而知，只知道他后来到程功的小企业打工，并因随身携带的信物，被孙桂珍认出来，他就是李铁柱带走的孩子。故此，孙桂珍对李闯照顾有加。作为回报，李闯拼命干活，不求回报。

2016年9月15日，落魄小老板程功，先后跟华春晓、李志堂、高虎、黄少飞、郝虹结了仇怨。回去跟李闯倾诉。李闯酒后激动之余，把自己跟华春晓等人的秘密，告诉了程功。随后程功意外中发现了洪运来内地寻亲的消息，深受大笔遗产刺激。同时，程功注意到李闯的玉佩和照片，跟洪运微博中的玉佩和照片一致，从而判断出眼前的李闯身上竟然藏着这么一大笔财富，从而动了杀心。

实际上，程功也许忽略了一个事实，李闯作为孙桂珍和程庆良收养的孩子，一旦得到那笔遗产又怎会独享呢？不管怎样，程功总会跟着喝口汤。

这，只能说是也许。欲望支配着贪婪。程功会在乎那口汤吗？人在贪念下的举动，不可以常理论之。

本来，起了贪心和杀心的程功，唯一需要干掉的人是李闯。但那么一来，动机太明显，案子链条太短，极易暴露。程功这才策划出1210连环杀人案，以李闯跟华春晓等五人的恩怨为突破口，设计了一出借刀杀人的好戏。先是通过一系列复杂的痕迹替换，把第一个死者李闯包装成杀手，把杀手李志堂包装成第一个死者。这很合理、巧妙，李闯有十足的杀人动机。随后秦向阳从华晨公寓的近百张视频截图里，发现了四张异样的图片，那四张图片上，李志堂一早一晚的打扮不尽相同，从而逐步识破了杀手身份替换的把戏，把李志堂给揪了出来。李志堂暴露后，主谋又给李志堂设计了相应的勒索动机，此举不为别的，只为继续误导警方，以达成对主谋身份的进一步保护。

逻辑上，1210案总算归于合理。

证据上，目前有两个切实结论。

一、李志堂是杀手。

二、程功冒名顶替，盗用了李闯的血管和头发，图谋巨额遗产。

而最为关键的结论，也就是程功的主谋身份，却没有一丝一毫的证据。要想砸实这个结论，全靠今晚一战，孙劲应邀赴会，独闯陷阱，一举成擒李志堂。

至于其他疑点，还有两个。

一、程功是如何把那一小段血管埋进小臂的？那算个微创手术，却非得有专业人士参与不可。去医院做这种手术显然不合情理，根本没法跟医生解释。排除掉这个可能，那么只能是暗中有人帮助他。这个人是谁？

会议室所有人员不约而同，第一个想到了蒋素素。这时秦向阳想起来一件之前令他奇怪的事，程功为什么突然就跟蒋素素搞到一起了？这难道只是巧合？蒋素素虽说是生殖中心的医生，但在胳膊里埋一小段血管的活，应该不在话下。这么分析下来，如果蒋素素真是被程功利用，那她接下来岂非同样面临被杀人灭口的可能？

蒋素素？蒋素素？蒋斌？秦向阳念叨着蒋素素的名字，自然而然想到了蒋斌。手里把玩的打火机掉到了地上，逻辑上最细微的一根弦被他连上了。没错！程功既然从李闯口中得知了1998年的一切真相，那对他来说，这个微创小手术，计划中最理想的人选该是蒋斌才对。为什么？因为蒋斌杀了李文志，并挪用了肝脏。程功只需以此要挟，蒋斌就只能配合，而且也绝不会出卖程功。只是谁都没料到，蒋斌因艾丽的器官案，被牵连了进去，从而身陷囹圄。对程功来说，这是无法计算的意外。无奈之余，他只好重新物色人选，找到了蒋素素。

二、程功如何说服李志堂参与该案件，并冒死做了杀手？以利益共享说服李志堂是最大的可能。但整件事下来，李志堂所冒的风险，实在太大了，至少程功要比他安全得多！李志堂凭什么舍命做这件事，凭什么那么相信程功会分钱给他？难道他想不到程功事后有卸磨杀驴的可能？这令所有人为之费解。但是这个问题，当前并不重要，重要的是确保孙劲如何抓到李志堂。

下午四时，滨海市局刑警支队，栖凤分局刑警大队，所有刑警全副武装，全部进入待命状态。天空也随之阴沉下来，给人们兴奋的心头带来一丝压抑。

丁诚对所有刑警做了详细分工，他挑选出五男五女，总共十名年轻刑警，把他们安排到五洲酒店做服务生。鉴于酒会的特殊性，他们不必进入会场内部。丁诚把他们安排在酒会外面的走廊上，一旦场内有动静，随时突入现场，协助孙劲，这是第一道封锁线。

此外，丁诚在酒店四周、前后门，安排了大量便装刑警，此举能确保李志堂一旦出现，不等他进入酒店，就能当场将之擒获，这是第二道封锁线。

另外，酒店再往外的所有交通要道，所有路口，都埋伏了刑警，这是第三道封锁线。

下午五时，秦向阳安排李天峰全程盯死蒋素素，并确保对方的安全。

下午六时，市局枪械库。

孙劲在秦向阳要求下，取了一件防弹背心。他的配枪是最常见的64式警枪，他检查好枪械，装满弹药，又额外拿了一盒子弹。

"注意安全！"秦向阳重重地拍着孙劲的肩膀。"一定要活着回来"这种诅咒式的电视剧对白，秦队长不会讲。

"非抓到李志堂那孙子不行。"孙劲做好枪械登记，来到走廊叼起一根烟，放松的表情里隐隐透着兴奋。

他点上烟，深深吸了一口，说："你说丁局这么安排，李志堂那小子还能上钩吗？"

"不好说。换成别人在丁局的位置，也只能这么做。"秦向阳把玩着打火机，琢磨了一会，道，"不过，以本案中李志堂的行事作风，我判断他会出现，他的短信从来不只是说说而已。只是无从判断他出现的方式，至少他会化妆。希望第二道封锁线能派上用处吧，那就用不着你了。"

孙劲打开窗户，深吸了一口冷空气，把父亲惨死的形象从脑海里驱赶走，笑着说："不管怎样，他只要敢来，我一定会抓住他。"

"等你回来庆功！"秦向阳随之一笑。

"我再回分局准备一下。记住，万一我他娘的挂了，我一定会留下你需要的证据。我想这么做……"孙劲一边走一边说。

"你他娘的闭嘴！"秦向阳止住了孙劲的话。

"万一而已。"

"别废话，没万一。"

第十九章　荧光

晚十九时。

五洲酒店。

离年会开始还有一个小时，参加年会的人员陆续到来。

酒店门迎及停车场引导员，都有刑警便衣。便衣紧盯着每个到来的客人，跟脑海中李志堂的样子做着比对。

程功早早赶到了会场。作为工作的准负责人，一会他要做个简单的发言。这是他生平第一次面对这么多人讲话，他既紧张，又兴奋。

洪运面上很轻松，嘴角的笑容令人温暖。实际上只有他自己清楚，当他面对程功时，他感觉眼睛里像是有团雾。

他眼前的程功，皮肤健康，谦逊有礼，浑身充满力量，曾经是个踏实能干的小老板，可谁知道，这个曾经的小老板身上到底有多少秘密。

蒋素素也出现在了会场，打扮得像一只骄傲的孔雀。她现在的身份，是程功的助理。李天峰本来一直跟着她，见她进了酒店，只好远远地停了车，等在外面。

晚二十时。

酒会按时开始。有几个迟到的人步履匆匆地进了酒店。

二十时十分。六楼会场。

与会人员签到表,洪运已经悄悄地看了好几遍。108个人,竟然都到齐了。这很好理解,年会上有不少抽奖环节,奖品都是大额现金,这种活动没人愿意错过。

二十时三十分。

坐在外围指挥车上的丁诚面色还很平静,但他心里已经微微泛起涟漪。

反馈给他的消息无一例外,一切正常。

不管是酒店门口,还是酒会走廊,便衣都未发现李志堂的踪迹。

这太被动了。

还有比今晚更好的机会吗?要是今晚李志堂不出现,案子怕是只能转交给公安部了。丢人!丁诚狠狠地咬着牙,可是他想不出任何更好的法子。

他只有等。

酒店外面,秦向阳和孙劲躲在一辆车里。

孙劲看了看表,忍不住说:"还是没动静。不等了,我进去吧!"

"别急。"秦向阳搓着胡茬说,"我们没按短信要求去做,他不可能轻易出现。等。"

"但是兄弟们都在暗处,他李志堂怎会知道有埋伏?"

"这是逻辑混沌。我们和凶手都在演戏。他不确定是否有埋伏,我们也不确定他是否确定有埋伏。他和我们在信息上是对等的,谁都不确定谁。这时候比的就俩字,耐心。"

二十一时三十分。

前期的主题活动已经结束,员工组织的文艺节目登台,中间不时穿插着抽奖,酒会现场渐渐热闹起来。洪运一直在偷偷观察程功,但没发现对方有什么不对劲。

时间很快来到二十二时。

又是一轮现金大奖开始了,酒会进入高潮,饮品被大量消耗。大厅内部有两个洗手间,但完全不够用。酒会大厅的门早被打开了,人们的进出变得频繁起来,现场秩序慢慢趋向散乱。走廊上扮成服务人员的刑警,警惕性到了顶点。

丁诚在指挥车外面不停地走来走去。他点了根烟，只抽了一口，随手就把烟丢到了地上。

"还没动静？叫孙劲进去！"丁诚再也忍不住了，拿出通话器给秦向阳下命令。

"再等一会吧？"秦向阳建议道。

"再等就他娘的散场了！"丁诚刚要发火，孙劲那边的手机响了。

又是一条短信：我只说一遍，想玩游戏，就撤走你们的人。全部。

"有动静了？"丁诚兴奋起来，"叫我们撤人？"

"他是猜测有埋伏，他这么做是谨慎，也是威胁。"秦向阳在通话器里说。

"我知道！"丁诚重重地呼出一口气，斟酌了一会，说，"可是，撤不撤人，他都不可能知道！我干吗听他的？"

丁诚一边说，一边对指挥车里的技术人员打手势，叫他们查查最新短信的即时位置。

"但是我们自己知道。"秦向阳放慢了语速，说，"我们不把人撤出来，这个信息我们自己清楚。那么，我们就会担心凶手因此不出现。"

"这……这太被动了！"

"是的。但是没有更好的办法。"

"和他赌一把！"丁诚果决地说，"叫孙劲进会场！我一个人也不撤，李志堂会怎么想？"

"他怎么想，都判断不出我们的决定。最好的法子，是什么也不想。"

"你说得对！他也在赌，和我们比耐心。"

"是的。"

"叫孙劲进去！"丁诚下了命令。

孙劲看了看表。二十二时十五分。

他什么也没说，点了根烟，轻松地下了车，往五洲酒店走去。

"小心点，完事回来喝酒。"秦向阳小声说道。

"行。"孙劲没有回头，一边走，一边朝身后摆了摆手，消失在夜色中。

指挥车里。

技术人员告诉丁诚，刚才那条短信，是从两条街外的一个通讯基站附近发出的，手机早就关了。

"两条街外？那范围大了去了！那就意味着李志堂还在某处观察，可是孙劲已经进去了，这狗日的到底会不会上钩？"丁诚走来走去，满头大汗。

酒店六楼。

"孙警官？你怎么来了？"孙劲出现在酒会现场时，正到处敬酒的程功一眼就认出了他。

"有个特殊任务。没事，你忙你的。"他和秦向阳早商量好了，见到程功时言语之间不用打马虎眼。既然对方在演戏，那就顺着对方的期望去演。

孙劲找了个靠墙的角落坐下，仔细观察着大厅里的一切。

二十二时四十分。

孙劲进去已经将近二十五分钟了。酒会接近尾声，已经有人提前离场，但还是没发现有任何异常。

"已经有客人离场，未发现异常。"孙劲通过耳朵里的通话器，小声地把情况通知给了外面。

二十二时四十一分。

丁诚脚下的烟头早就数不过来了。

"等不及了！"丁诚按着通话器对秦向阳说。

"既然赌了，就赌到底！"秦向阳道。

丁诚紧紧地咬着槽牙，停顿了十秒，吐出一个"好"字。

二十二点五十四分。

酒会现场。

所有演出早都结束了。大部分客人开始收拾东西离场。

孙劲靠在沙发上，盯着每个离开的人，手心里早已捏出汗来。

"操！"秦向阳盯着腕表的秒针，扭头对着通话器说，"丁局？"

"输了！"丁诚早就忍不住了，他终于意识到小看了对手。这本是一场再公平不过的赌局,双方谁也不知道对方的决定和意图。输赢之间,看的是谁的心更盛。警方设了埋伏,越是想抓住李志堂,就越会担心对方因此不出现。

"撤!"丁诚几乎是吼着下了命令。

"都撤吗?"通话器里有人问。

"一线,二线全撤!撤到三线这边!"

丁诚坐在指挥车里,满头大汗地盯着监控器。

监控器里显示的,是酒会现场和地下停车场的画面。早在酒会开始之前,就有刑警扮成服务人员,秘密安装了红外摄像头。监控画面很清楚,但糟糕的是,随着离开酒店距离的不断增加,警用通话器里孙劲的声音越来越不清晰。丁诚也不知道要撤出多远,才能达到李志堂心理上的安全距离。

此刻包围圈离五洲酒店,足足有十几分钟的车程了。丁诚倔强的心被深深地羞辱了,却又不得不这么做,一切都是为了引出凶手。他远远望着酒店顶楼的霓虹灯标牌,脸上泛着激动的红光。

晚二十三时。酒会结束了,大厅里的人走了七七八八。蒋素素也不知道去哪了。这点秦向阳不担心,李天峰早就安排了人跟踪蒋素素。

客人全离开之后,电梯也清闲了,程功和洪运才收拾好东西前往地下停车场。两个保镖紧紧跟在洪运身后。

"孙警官,你……"临走时,程功和孙劲打了个招呼。

"一块走。"孙劲跟随程功等人进了电梯。

"你在执行什么任务?怎么不见秦队长?"程功打破了电梯里的沉默。

"不就为这位洪大少爷的安全?"孙劲没好气地说。

这时,丁诚指挥车上的监控画面突然停了。

"糟糕!定是有人剪了线路!"丁诚猛地站了起来,激动之下,头顶撞到了车顶。

"那就是有情况了!"秦向阳的声音从通话器传了出来。

话音未落,秦向阳招呼李天峰,跳上车就窜了出去。

紧接着,他身后的黑暗里齐刷刷亮起无数警灯。警车从四面八方铺天盖地地朝五洲酒店开去。

五洲酒店。

电梯很快来到负二层贵宾停车场。洪运等人走出电梯时，本应立刻亮起的声控灯却没反应。

走在最前面的洪运"咦"了一声。

孙劲面上放松，神经却一直绷着。他见灯光未亮，一把掏出枪，快步走到洪运身边。其他人纷纷掏出手机照亮。

"砰！"黑暗里突然划过一道亮光，一颗子弹射中洪运。

变故来得毫无征兆。

"闪！"孙劲撞倒洪运，弯腰把他拖到一根柱子后面。洪运靠在柱子上痛苦地呻吟了几声，接着就没了动静，不知死活。

"操！"两个保镖弯腰向洪运靠拢。

"小心！兄弟你没事吧？"程功大喊了一声，猫腰跑向孙劲，接着又半路拐了弯，闪身躲到另一根柱子后面。

"砰！砰！"枪声又起，两个保镖应声而倒。

"娘的！"孙劲咬着牙靠在洪运身边，马上意识到杀手一定戴着红外夜视镜。

此时，随着距离的缩短，秦向阳从通话器里听到了枪声。

"什么情况？"秦向阳大声问。

"停车场有枪手！洪运中枪！"孙劲急道。

"拖住他！"秦向阳大声说。

孙劲微微侧身向外看去，可是外边黑漆漆的，除了身边几辆汽车，啥也看不到。

找到对方位置要紧。孙劲抓起洪运的手机，调成手电状态，猛地探身扔了出去。他想用手机吸引对方再次开枪。

"啪！"手机带着光，远远地摔在地上，碎了，四周又归于黑暗。

孙劲期望的枪声并未想起。

第十九章　荧光

真狡猾，不会跑了吧？那大伙所有努力就全费了！孙劲又急又恨，果断地站起来，向前方一根柱子背后冲去。眨眼工夫，他冲到那跟柱子背后，喘了口气，又继续跑向前方临近的另一根柱子。

"砰！"枪响了，一颗子弹从孙劲肩头掠过。

孙劲冷哼了一声，全然无惧。这次他没有停下脚步。他总算看清了子弹射来的大体方向，抬手还击，连射三枪，同时脚底下又向前冲了十几米，随即闪身躲在了一辆车背后。

敌暗我明，这么干可不是办法，再过几秒，怕是又要重新判断对方位置。最要命的是，枪战才一分钟，大部队赶到前，对方完全有机会逃走。想到这，孙劲毫不犹豫地再次冲了出去。

"砰！"枪声还是来自之前的位置。

孙劲暗道一声"好"，向前方百米冲刺，同时还击。

"砰！"对方射出第六枪，击中孙劲右肩。巨大的冲击力透过防弹衣传来，差点把孙劲的身子向后扳倒。

孙劲忍着疼痛，立刻俯低身子蛇形前进，脚下未出现任何迟滞。

"砰！"第七枪。

这一枪击中了孙劲的大腿。他重重摔倒在地。

倒地后，他急忙做了个战术性翻滚，同时快速击发完一梭子子弹，躲了起来。

"被咬了。"他一边喘着粗气，一边换上新弹夹。

"重不重？"秦向阳在耳机里吼道。

"小意思。"

"拖住他！快到了！"

"好！"孙劲说完，猛地又冲了出去。他计算好了，一般手枪的弹夹里都是七颗子弹，要是加上枪膛里的一颗，对方枪里最多还有一发子弹。就算是再被咬一口，他也要找到对方的藏身位置，他不想给对方换子弹的机会。

孙劲继续向前冲，向虚空处连续射击，快如猛虎。

"咔嚓！"孙劲的新弹夹又打空了。

这时对方射出了最后一发子弹，再次击中孙劲。

孙劲捂着小腹朝前一跃，滚到了一辆车旁边。这次，他终于看清了一个人影。他来不及感慨防弹衣的保护，忍痛急促地调整着呼吸。

"没子弹了吧？跟个娘们似的！"孙劲终于反应过来，对方一直单发射击，那是因为子弹有限。他最担心的，是对方趁机逃脱，于是出言挑衅，吸引对方注意力。

就在孙劲准备再次站起来时，耳旁却突然传来一阵劲风。

对方什么时候绕到了自己身后？他明白晚了，赶紧侧身躲避，但还是慢了，头上硬生生挨了一棍子。他的头紧跟着一歪，通讯器从耳朵里滑了出来。

这个事实告诉我们，打架时，塞在耳朵里的便携通讯器很容易掉出来，根本不是电视剧里演的那样，从头戴到尾，一边打一边耍帅。

同一时间，秦向阳耳边骤然响起一阵噪声。

他暗道一声不好，知道孙劲怕是遭了暗算，急切中把油门踩到了底。

孙劲突遭暗袭，眼冒金星，抬手护住头部，急速后退，手里的枪也跟着甩到了脚下。

黑影显然很着急，不给人任何喘息的机会，挥舞着短棍冲向孙劲。

这次孙劲看清楚了，对方个子不高，身形瘦削，打扮利索，穿着紧身的皮衣皮裤，头上是齐肩短发。

"妈的，还真是个娘们！"孙劲大惊之余，和对方缠斗起来。

对方的棍子舞得很花哨，但缺乏力度。

孙劲拳脚威猛，要不是受了伤，早把对方撂倒了。

两人缠斗了一会，互有损伤，女人所戴的夜视镜也被打没了。渐渐地，孙劲占据了主动，他瞅准机会，打飞铁棍，把对方重重地踢了出去。

对方摔倒，急速地咳嗽起来，嘴里吐出了血。

孙劲看不真切，但听声音才恍然大悟，对方也受了枪伤。

对方受了枪伤，这让孙劲找到了一丝平衡感，再怎么说，他都击发完两个弹

第十九章 荧光

夹了!

孙劲捂着腿靠到柱子上,一边调整一边问:"你是谁?"

对方沉默了一会,突然开口道:"你活不过今晚。不怕告诉你,我是你老娘李志堂!"

孙劲听得真真切切,对方是纯正的女人声音,那是装不出来的。

"呸!"孙劲哑然失笑,心里却犹疑不决,"来的应该是李志堂才对,这怎么是个女人?"疑惑归疑惑,这个对话的节奏却正是孙劲想要的。这么拖下去,估计几分钟后秦向阳就到了。

"你拿手机照照就知道。"那人嘴上这么说,手底下却摸起旁边的铁棍,再次向孙劲扑去。

与此同时,有人轻轻摸到了孙劲身后。

孙劲察觉到了对面的动静,正要挣扎着起身,猛然间听到身后又传来一阵风声。

"糟糕!"他这才意识到对面的动作,是为了吸引他的注意力,好让他对身后失去防备。

被前后夹击,这可如何是好。急切间,孙劲抓出一大把子弹,扔到身前的空地上,接着疾速转身,想看清身后的人。

说时迟那时快,此时一块砖头已经砸到眼前,硬生生劈到了他的额头。

恍惚间,他看清了手握砖头的人:程功。

孙劲倒下去的同时,对面的人踩到了光滑的子弹上,重重地摔倒在地。

"戏演完了,我得赶紧走!"那人伤得不轻,挣扎了一会,慢慢地坐了起来。

"是的,一切都结束了!你我终于如愿以偿!"程功一边说,一边捡起孙劲的枪,冲着那人扣下扳机。

"咔嚓。"

空枪。

那人靠在柱子上急促地喘息着,对不远处的一切浑然不觉。

这时，地下室的灯突然亮了起来。

一定是警方通知酒店，去检查了地下室负一层的开关。

程功意识到时间不多了，急忙去孙劲身上摸出个弹夹，可那个弹夹也是空的。急切中，他抬头发现地上竟然散落着很多子弹。

他赶紧蹲下，捡起三颗子弹，一颗颗装进弹夹里。

他装好弹夹，走到杀手正前方，"砰砰砰"，射了三枪，其间没有一丝一毫地停顿和犹豫。

"你……"那人只来得及哼出一个字就倒了下去。

程功把枪放回孙劲手里，又把孙劲扶正，让他靠在柱子上，然后从杀手身上取出那把打空了的枪。

他如法炮制，从地上捡起两颗子弹装填好，站在杀手的位置瞄准孙劲头部，毫不犹豫地扣下了扳机。

"再见！"

"砰砰！"孙劲额头中弹，脖子一歪，靠在了石柱上。

程功转身，又把这把枪轻轻放进杀手的手里。

这时，外边传来连绵不绝的警笛声。

程功不慌不忙地跑到停车场出口，从手上摘下一副轻薄的手套。起初他想把手套塞进口袋，听到警笛声后，又果断地把手套扔进了垃圾箱。

做完这一切，他拍了拍手，又重新跑回停车场……

一分钟后，秦向阳的车像一头疯牛一样冲进停车场。

秦向阳站在停车场中间，见程功扶着洪运慢慢向他走来。

看着眼前骇人的一幕，秦向阳根本不相信自己的眼睛——孙劲和一名黑衣人面对面坐靠在柱子上。在两人身前的空地上散落着很多子弹。孙劲大腿中弹，防弹衣上有一处弹痕，致命伤在头部，有两个弹孔。黑衣人身上有五个弹孔，三枪在胸腹部，两枪在胳膊上。

李天峰跳下车，只看了孙劲一眼就受不了了，一脚就把车门子踹了个坑。

秦向阳蹲下去探了探孙劲的气息，接着把孙劲全身检查了一遍，随后长长地叹了口气，挥手一拳捣在石柱上。

这时吴鹏和苏曼宁从另一辆车上冲下来。两人呆立了片刻，立即提取了孙劲和黑衣人的指纹。孙劲牺牲了，他们心里都很难过，但职责在身，容不得他们过多表露什么，只能硬着心肠立刻勘查现场。

医护人员是省附属医院的，那个医院离五洲酒店最近，一早就安排了人随时待命，所以来得特别快。

初步检查，洪运和两个保镖都是暂时昏迷，没生命危险，这三位占了三副担架。说起来，洪运这两位保镖的内地之行实在丢人，先是被孙劲狠揍了一顿，这里又各自挨了一枪，根本没起到保护主人的作用。洪运雇了这么两位人物，上哪说理去。

黑衣人身中五枪，双目圆睁，脉搏不张。

孙劲额头中弹，医生摇着头，直接给他盖上了布。

怎么会这样！

秦向阳无法接受孙劲被害的事实，眩晕了半天才回过神来。

他拦住第四副担架，翻着黑衣人的眼睛看了看。黑衣人皮肤很白，面目清秀，画着口红、眼影，没有喉结，分明就是个女人。

不对啊？这人到底是谁？来的应该是李志堂才对！难道一切又错了不成？愤怒、惊讶、不解，层层叠叠，令秦向阳窒息。他咬着舌尖深吸一口气，再次仔细凝视担架上那张苍白的脸。

不对。女人的上唇怎会有细密的胡茬？视线中，那些胡茬极短，在化妆品掩盖下本来极难发现，可是经过一番激烈打斗，毛孔出汗颇多，胡茬因此才显露出来。看到这，秦向阳抬手捏了捏黑衣人的头发，指尖微微用力，一下子把头发扯了下来。

竟然是假发。假发和发际线接触部位，有一层稀薄的胶。这么一固定，使得假发在打斗时也不易掉落。

假发之下，露出短短的寸头。秦向阳跟医生要了块棉布，把黑衣人脸上的妆简单地清除了一遍。这时候再仔细端详，那张苍白的脸终于跟秦向阳脑海中李志堂的样貌吻合起来。

这就对了！终于见到了李志堂，只可惜是个奄奄一息的！秦向阳重重地叹了口气。对整个案子来说，这很重要，证明之前的推断无误。

"全力抢救，记得检查这个人的声带。"

他话音未落，医护人员已经抬着担架远去。

秦向阳喊来李天峰，突然问："还记得案发最初对李志堂相貌的描述吗？"

"样貌描述？"李天峰好半天才回过神来，支吾着摇了摇头。

秦向阳说："502案发现场，从死者手机里找到一些照片，有自拍照，有全身照。单从照片上看，李志堂样貌清秀，形体匀称，跟现场死者体型几无差别——这是你当时的原话。忘了？"

李天峰"啊"了一声，想起来了。

"李志堂长得清秀，身高最多170，有男扮女装的先天条件。他还做了声带手术，这就是为啥一直抓不到他的原因。"秦向阳的语气透着对自己的失望。毕竟，他早就料到李志堂会装扮潜入，为此，他也想过很多可能，但就是没想到李志堂男扮女装得这么彻底，竟然做了声带手术。

这也太绝了吧？李志堂何至于如此折腾自己？秦向阳琢磨着这个问题，向程功走去。

程功眼神涣散，正叼着一根烟发呆，见秦向阳走过来，也不主动言语，神情表现很符合一个无辜者的状态。

秦向阳捏起程功嘴边的烟丢到地上，狠狠盯着他。

"秦警官，你们怎么才来……"程功被盯得发毛，情不自禁地咽了口吐沫，语气却显得很无助。

"描述现场情况。"秦向阳盯着程功说。

"怎么说……简直是噩梦……"程功敲着头缓了半天，才道，"当时我们从电梯下来，这里的灯没亮。接着突然就有人开枪。开了好几枪。洪运走在最前边，但当时我也不知道打中了谁，慌乱中藏到了一根柱子后边面。"说着，程功又颤抖着掏出烟，顺手分给秦向阳一支。

秦向阳一巴掌，把烟跟烟盒打飞了。

程功半张着嘴愣了几秒，无奈道："接着就是孙警官冲上去了，不停地打枪。其实当时又惊又怕，啥也看不见，听到连续的枪声，才知道是孙警官，毕竟他有枪嘛。他冲上去后，我就慢慢摸回到了洪运身边，见他受伤昏迷了，一直给他捂着伤口，直到听见警车进来，才放了心……"说完，程功亮了亮他手上的血。

"打斗时，你一直守着洪运？"

"是的！"

秦向阳丢下程功，回头去看现场。

现场最奇怪的，就是那一堆撒在地上的子弹。

"初步检验了指纹，两支枪的枪把上，只有各自主人的指纹。两把都是空枪。最奇怪的，是这些子弹。"吴鹏说。

"子弹是孙劲的，任务前他取了一盒。刚才我检查了，他口袋里还剩半盒。"秦向阳说着，掏出那半盒子弹。

"孙劲的位置有三枚空弹壳，杀手的位置有两枚空弹壳。"苏曼宁说。

"杀手是李志堂！"秦向阳提醒苏曼宁。

苏曼宁眉间一皱，小心地捡起几枚子弹，继续说下去："从这几枚子弹上的痕迹看，它们被人踩踏过，这就不难还原当时的情形。当时一定是有紧急情况，孙劲来不及闪躲，随手抛出这些子弹，导致李志堂踩踏滑倒。还可以肯定的是，当时这两把枪的子弹都打空了。李志堂摔倒后，孙劲就地装弹，同时，李志堂也捡取子弹装弹。然后两人几乎同时开枪……"

"你是说，孙劲这边之所以有三枚空弹壳，是因为他装弹快，那个时间，李志堂仅仅装填了两发，然后他们同时开枪，双双命中？"秦向阳问。

"以我的经验分析，是这样！"苏曼宁果断地说。

秦向阳看了看远处的程功，心里想，要是这样，岂非没程功什么事了？不，这不合理。怎么说，这都应该是程功最后一场戏。这场戏的目的，就是借助孙劲之手，杀掉李志堂灭口。可是李志堂的重要性不言而喻，这点孙劲无比清楚，他又怎么可能杀掉李志堂呢？

这时，他突然想起行动前孙劲说过的那句话："我再回分局准备一下。记住，万一我他娘的挂了，我一定会留下你需要的证据。我想这么做……"

想到这，秦向阳不由自主地吸了一口凉气。

他当时止住了那些不吉利的话，没有任由孙劲说下去。本来，他不让孙劲说丧气话是为对方好。现在想来，只能说孙劲对于这次行动十分看重，也十分谨慎，甚至早就做好了牺牲的心理准备。

想到这，秦向阳一阵干呕，只差把苦胆也吐了出来。他后悔了，后悔打断了孙劲，没让人把那些该死的不吉利话说完。也许让人说完，他会有更好的法子去完善孙劲的想法，那么一来，孙劲或许就不必送命了！

他眼前突然一阵恍惚，好像看到孙劲正叼着烟站在旁边说："哥们先走了。别愁没有程功的证据了。哥们拿命堵了一把，给你留下了证据。谁叫咱是警察呢，是不？"

可是他把孙劲身上摸遍了，除了香烟，就只有那半盒子弹。证据在哪呢？他相信，如果孙劲真留下了证据，就一定在眼皮子底下。自己人没必要打哑谜。

"秦队长，我是不是可以走了？洪运去了哪家医院？我得赶过去！"程功见秦向阳貌似不忙了，悄悄走过去问。

"你？这回你走不了了。"秦向阳扭头喊李天峰，"把他给我带回去！"

李天峰一甩手，把程功铐住了。

"干什么你们！我操！"程功勃然大怒，甩着胳膊极力反抗，被李天峰按着脖子掼进了车里。

同一时间。

正准备休息的李文璧接到了一个电话。

程璇璇？这么晚怎么给我打电话？李文璧纳着闷接了起来。

"姐姐，你睡了吗？"程璇璇清脆地问。

"刚要睡。怎么了小朋友？"

"我不小了好吧？"程璇璇说，"姐姐，有个事，我困惑了很久，实在憋不

第十九章 荧光

住了，可又不知道和谁说。想了很久，只有打给你。"

小孩子能有什么事？李文璧差点憋不住笑出来。她清了清嗓子，才正色道："说吧，是不是早恋了？"

"才不是！你救过我的命，我才和你讲。我信任你，那你也得给我保密！"

"那当然！谢谢你的信任，必须保密！"李文璧心想，这小孩挺精的，啥事也没说，就先给人带上个马嚼子。

"好吧。其实是我爸的事。"

"你爸？他怎么了？"

"我爸这段时间，常和那个叫蒋素素的在一块！我很烦！"

"啊。你不喜欢蒋素素？这事我可管不了！"一听是这种家事，李文璧笑了。

"不知道为什么，我就是看那个女人不顺眼！可是再发展下去，她万一成了我后妈，我不就⋯⋯"

"这是家事，姐姐不便插手。你可以同你奶奶讲。"

"我奶奶？她待我爸，比待我还亲，不会干涉的！"

"那你找我也没用啊！"

"可我认识的大人里，除了老师，好像就你比较靠谱，我亲妈是不会管这种事的。你能不能想个法子，帮我把他俩拆散？"

"这可不行！"李文璧回绝得很干脆。

程璇璇沉默了一会，叹道："哎！真是让我爸给愁死了！"

小孩说大人话，李文璧一听又乐了。

"你不知道！我爸多愁人，他有秘密！"

"哦？秘密？"李文璧把电话挪到了另一只耳朵上。

"一直以来，我都以为我爸是个标准的直男，可是后来我意外发现他弯了！再之后，他又同这个蒋素素在一起了⋯⋯我真是搞不懂他了！太不让人省心了！我真的要被他愁死了！"

"这都什么乱七八糟的！"李文璧一下子没反应过来。

"你不会听不懂吧？"李文璧的反应令程璇璇很意外。

"直男，弯了，又那啥……你再好好说一遍！"在电话里这么讨论别人的父亲，李文璧也难免尴尬。

"哎，你也把我愁死了！"程璇璇叹了口气，说，"通俗地说吧，我爸结过两次婚你晓得吧。嗯，自从那个孙丽萍，也就是王媛她妈跑了路，我爸好像就对女人失望了！这我能理解。我不能理解的是，他竟然和我的美术老师搞到了一起！"

"你的美术老师？"

"李老师，李志堂。"

"你怎么知道？"李文璧虽然对1210案了解得不够细，但她知道案子大体经过，还知道李志堂是重大嫌疑人。此刻突然听程璇璇说起李志堂，立刻警觉起来。

"从手机上看的呗！放学没事时，李老师常常让我去他办公室学画。有次他临时有事出去了，手机落在桌上。我无聊，就拿他手机玩。他手机上有图案锁，我划来划去，不小心就给划开了。哎，然后就看到了很多不该看到的照片，他和我爸竟然……吓得我当时就把手机丢到了地上！"

"天哪！"李文璧考虑到程璇璇的年纪，不知道该说什么了。

"和你说实话吧！我那次逃学，然后被人拐卖，根本不是因为李老师没给我报培训班而心情不好，而是因为看到了那些照片，那几天情绪特别低落。"

"这件事你爸知道吗？"

"不知道！我谁也没告诉！后来李老师就不来学校了，听说是犯事了。再后来我发现我爸又有了女人，觉得他又正常了，本来还为他高兴。不承想，这个蒋素素很讨厌，整天趾高气扬的，我一点也不喜欢她。她要是当了我后妈，我就惨了！"

"那你继续保密！不早了，睡觉吧？明天我去找你！"李文璧软言软语地说。

"那好吧！你看，都这个点了，我爸还不回来！准是又跟蒋素素在一块！愁

死了!"程璇璇又吐槽了一会,好不容易才挂断电话。

此时,秦向阳正返回分局,他收集了枪战现场遗留的所有物件,带回去做详细鉴定。他正开着车,李文璧打来了电话。

"正忙!什么事?"

"就你忙!"李文璧哼道,"得到个意外消息,不知道对你们有没有用。"

"说!"

"程璇璇刚才给我打电话谈心,聊起程功的事。她说李志堂是同性恋,跟程功那个过!"

"什么!"一听这话,秦向阳的方向盘差点脱手。

"程璇璇不喜欢蒋素素,说着说着,就扯出来这么个事。"

"确定?"秦向阳立刻意识到了这条消息的重要性。

"程璇璇从李志堂手机上意外看到的。她说程功经历过两次失败的婚姻,被女人伤透了心。但没想到程功和李志堂搞到了一块!可是之后,程功又正常起来,跟蒋素素好上了……"

"李志堂的手机?"秦向阳直接挂断电话,往分局全速驶去。

"你……"李文璧那边传来"滴滴滴"的忙音。

秦向阳等人很快赶回分局。大部分人都知道了孙劲牺牲的消息,局里的气氛异常紧张。

苏曼宁和吴鹏带着物证袋匆匆进了技术科。

秦向阳突然闯进去,说:"502案发现场那个手机,做个技术还原,立刻马上!"

502案发现场死的人是李闯,但手机是李志堂的。当初李志堂留下那个手机,无非是为进一步误导警方,把李闯当成李志堂。李志堂要是还活着,恐怕他做梦也想不到,案情发展到现在,警方又想起来那部手机。

这时,秦向阳的电话又响了。

"发现了蒋素素,去了省医学院附属医院。"李天峰在电话里说。

"她去那干什么?"

"还不清楚,好像是看洪运。"

"见机行事,把蒋素素控制起来,一定保证她的安全。"

"我知道怎么做。"

凌晨两点,苏曼宁把手机处理完毕,一些早前删除的照片一幅幅传到了电脑上。

那些照片只需看一眼就再明白不过,两个男人在一起亲热,苏曼宁有点不好意思地退到一边。

现在又搞清楚了一个疑问,程功如何说服李志堂参与该案件,冒死做了杀手?李志堂还男扮女装,甚至做了声带的变声手术,他为何这么做?

利益共享是一方面,更重要的,怕是李志堂动了真心,相信了程功的一些谎言。

女人若遇人不淑,用情太深,往往很容易被不法分子控制,甚至自我毁灭。中国最美女死刑犯陶静的人生历程就是如此,先是被毒贩男友诱骗吸毒,其后用出卖身体的方式为男友招徕吸毒客人,最后以身犯险藏毒越境,最终落了个悲惨的结局。

那么男人呢,或者说李志堂这种异性恋呢?为了程功,他的做法岂非同样极致,同样投入了感情?从他做声带变声术上,或许可以猜出一些端倪。李志堂应该有了变性的想法,很想和程功继续发展下去。但犯案期间,根本没有变性的机会。只能在犯案之初先做了变声手术,一来能为各种行为做更好的掩护,二来等程功有了钱,再逃出滨海做个彻底的手术,让自己焕然一新,让李志堂彻底从世上消失。怪不得李志堂不结婚,也没女友,有人介绍对象也不看,原因都在这里。

那程功呢?程功肯定不是完美男人,但有不少优点,起码长相不错,对母亲很孝顺,孙丽萍跑路后还主动抚养王媛,事业上也尽心尽力,勇于拼打。无奈两次婚姻失败,企业破产,心里怨念太重。或者说,程功心里早就隐藏着某种邪性,平常相安无事,遇到重大变故就爆发出来。至于李志堂,对程功来说,一定是感情遭逢打击后起了玩心。恐怕李志堂到死也想不到,他被程功反复利用,算计得死死的。

同一时间，省医学院附属医院。

李志堂重伤不治，抢救失败。经检查，李志堂此前做了声带缩短手术，手术切口在口腔内部，是通过内视镜做的，外表没有伤痕。

李天峰赶到医院后，及时封锁了这个消息，他想看看蒋素素到底干什么。经过抢救，洪运和保镖早就脱离了危险。为防止意外发生，警方把洪运秘密安排在一间看似普通的病房，把守护人员安排在病房里面的隔间，从走廊外边什么也看不出来。

蒋素素以前在附属医院工作过，对环境非常熟，她大模大样地走进医院。其实李天峰封锁消息没错，但他还是想多了，蒋素素确实是来看望洪运的。程功亲手杀了李志堂，根本没必要再冒险让人来打听什么消息。

程功一早就在五洲酒店开了房。酒会结束前，他交给蒋素素一个塑料袋，叫她先回房间。塑料袋里有好几根针管，里面全是冰毒。程功突然发了财，蒋素素对冰毒剂量的索求更大了。

蒋素素跑回房间，一进门就急不可耐地注射了一针。

这些针剂力道大得前所未有。蒋素素美美地享受了一番，差点昏死过去，她好不容易平静下来时，整个人都虚脱了，接着又沉入前所未有的空虚。

她左等右等，就是不见程功回来，这才发现早在凌晨十二点左右，程功给她发了条短信。程功在短信里告诉她，洪运出事了，让她去省医学院附属医院看望洪运，顺便等他做完笔录过去。

蒋素素进了医院，直接找到重症监护室所在楼层的护士站，打听洪运的房间。可是护士一问三不知，就是不说洪运在哪里。

蒋素素被气得不轻，直接找到重症监护室。见有两个警察正坐在椅子上打盹，便上前询问。

刑警一听蒋素素打听洪运的房间，赶紧推说不知道。

"都是些什么人嘛！"蒋素素气呼呼地下了楼，拐进了洗手间。

李天峰从监护室对面房间出来，得知蒋素素的来意，这才放了心，赶紧带人去控制蒋素素。谁知李天峰他们找了半天，也没找到人。蒋素素的车还停在楼下，她的人却突然不见了。

话说蒋素素当时进了洗手间，心里突然又痒痒起来。索性坐在马桶上又给自己注射了一支针剂。她猴急得要命，连洗手间的门扣也忘了别上。

这时洗手间的门突然开了，一个男人闯了进来，拖着蒋素素就往外走。男人力气极大，蒋素素竟一时无法挣扎。

灯光下，蒋素素总算认出来眼前的男人。

阮明涛。

"是你这软蛋！"蒋素素也认出了阮明涛，突然笑了，胸间急促地起伏着。

阮明涛自从一个多月前跳楼自杀未遂，受了伤，一直就在省医学院附属医院住院休养。这期间家人也曾来照料，都被他一一撵了回去。

住了这些天的院，阮明涛也慢慢想明白了：这都是命。要怪，就怪自己多管闲事，当初录下了蒋艳艳出轨的证据，以及开房的房间号，还打电话告诉华春晓。自己要是不那么做，也就不会有后来的悲剧了。最该怪罪的人是蒋素素，就算自己多管闲事，那根子上也是蒋艳艳出轨犯错在先。想不到因为这么点事，蒋素素竟至于生出那么大的恶意！那个该死的女人！阮明涛住院期间，心心念念想的就是蒋素素。那可不是"想念"的"想"，而是"想掐死她"的"想"。可事实上，要真有人把蒋素素突然带到阮明涛眼前来，他还真做不出掐死人的事。哎，这个可怜又有些软弱的男人。"出了院，一定起诉那个该死的女人！"他只能这么嘱咐自己。

蒋素素进洗手间时，阮明涛刚好从洗手间斜对面的病房出来上厕所。

"蒋素素？！"阮明涛几乎一眼就认了出来。

压抑了几十天的火气，腾地在阮明涛身上燃烧起来。他冲进洗手间就把蒋素素给揪了出来。

要打她还是咬她？还是掐死她？阮明涛不知道。他满脑子怒火，唯一的念头，就是先把蒋素素揪到自己眼前再说。不管做什么，最起码，也要让她在自己愤怒的眼神之下，低头认个错！

第十九章 荧光

蒋素素恍惚之间，就被阮明涛拖进了病房。

病房是单间，条件不错。阮明涛有这个经济基础。

"你这贱女人！竟然自己撞到我手里！"阮明涛掐着蒋素素的脖子，咬牙切齿地说。

蒋素素眼神渐渐迷离，喘息声越来越激烈，但头脑还没混沌。

"知道自己错了吗？你！"阮明涛把蒋素素按在床上，努力压着嗓子说，"道歉！我要你道歉！"

"道你妹的歉！软蛋！"

"你……"阮明涛按着蒋素素，大嘴巴子狠狠地扇起来。

兴奋劲还没完全上来的蒋素素，感觉到了疼痛。

"竟然被这软蛋打了！混蛋！"蒋素素昏沉的头脑里突然闪出这么个概念，反射般挣扎起来。她左扭右晃，怎奈力气小，怎么也逃不出阮明涛的掌控。蒋素素急了，手到处抓来抓去，一下子摸到了口袋里的针管。

慌乱中，蒋素素掏出一根针管，用大拇指把注射端往上顶起，瞅准空当，把针管插到了阮明涛脖子上。针剂随之急速地注入阮明涛体内。

打完针，蒋素素的胳膊很快软了下去，整个人翻着白眼，陷入了强烈的兴奋之中。

"什么玩意！"阮明涛叫了一声，赶紧拔出针头看了一眼，也看不出什么东西，随后把针管甩到一边。

"我叫你嘴硬！"阮明涛接着扇耳光。

"来啊！打我啊，软蛋！"蒋素素不知道哪来的力气，猛地掀翻了阮明涛，爬起来急速地甩脱掉外套和几件衣物，直到身上只剩下内衣，接着躺在床上呻吟起来。

阮明涛一下子愣住了。

他也不知道这是什么情况，难道吸食了毒品？这个念头出现的时候，他的眼睛早就通红了，双手也跟着颤抖起来。他感觉喉头发干发痒，全身火烫，眼前的一切开始变得恍惚。

"来啊，软蛋！打我啊！有本事干我！"蒋素素突然缠到了阮明涛身上，身体剧烈抖动，口中泛起白沫。

"艾丽？"蒋素素突然变成了艾丽。

阮明涛使劲晃了晃头，眼前的虚幻又变回赤裸裸的蒋素素。

几分钟之后，阮明涛发现自己的衣服被脱光了。

理智就此消失。

阮明涛狠狠地咬了蒋素素一口，然后喘着粗气，瞪着通红的眼睛骑到了蒋素素身上，像变了个人似的大吼道："贱人！偷我精液样本！不是想给我生孩子吗？来啊……"

蒋素素极力扭动了一阵，突然不动了。

阮明涛渐渐陷入疯狂。他注意不到此时的蒋素素已慢慢口吐白沫，浑身抽搐，不省人事。

几分钟之后，病房的门被突然打开。

凌晨2点29分。栖凤分局。

程功在审讯室里枯坐了好几个小时了，就是不见有人理他。他渐渐变得焦躁不安起来。

技术科里摆放着从现场带回的种种物证：铁棒、弹壳、脚印、防弹衣、指纹、手枪、子弹等。苏曼宁和吴鹏在做最后的鉴定。秦向阳紧张地等在旁边，寸步不离。他相信孙劲，以命相搏之下，就一定会留下证据，证据一定就在这些东西里。

"这是什么？"苏曼宁小心地捏着孙劲那把64手枪，指着扳机部位问吴鹏。

吴鹏透过仪器仔细看了看，吃惊地说："这是黄色荧光粉。哪来的？"

"不知道。"苏曼宁摇着头说，"之前检查枪把，没发现。刚才查扳机时才注意到。"

"我看看！"秦向阳赶紧凑过头去，用仪器看了看，见孙劲手枪的扳机内侧，也就是手指扣动扳机的部位，有极少量的黄色荧光粉存留。

秦向阳"咦"了一声，问："李志堂那把枪呢？"

第十九章　荧光

"这把也有！相同位置！"吴鹏惊道。

"这是哪来的？"苏曼宁不解地望着吴鹏说。

"全都查一遍！"不等秦向阳说这句话，苏曼宁和吴鹏早就开始了进一步检测。这一看不要紧，他们在所有子弹的弹壁位置，都发现了荧光粉末残留，粉末有的多、有的少，但都是同一种物质。

弹壳方面，有八个弹壳很干净，未见荧光粉。

也就是说，李志堂的子弹很干净，而孙劲当晚的所有子弹上，全都有荧光粉。

秦向阳长长地呼出一口气，伸手关了灯。

房间里顿时黑下来。过了好几秒，大家眼前出现了一副奇妙的情景：桌子上整齐摆放的子弹，还有两把手枪的扳机，在黑暗中微微亮起了黄光。

黄色的荧光。

光线比较微弱，但足以刺破周围的黑暗。

"知道了！这就是孙劲留下的证据！"秦向阳打开灯，和苏曼宁同时说道。

有了这些荧光，结论再明显不过了。孙劲出发前在所有子弹上都抹了一层黄色的荧光粉，这就是他最后那句话里提到的"回分局再做些准备"。

荧光粉在黑暗中不会立刻发出亮光，但只要有人动这些子弹，就一定会沾上痕迹。

现在，孙劲和李志堂两把枪的扳机位置，都有荧光粉，但是扳机上却只有各自主人的指纹。怎么才能造成这种情况？只能是有人戴着手套，分别往两把枪里装填了子弹。子弹上的荧光粉沾到了手套上，确切地说，是沾到了手套的食指和拇指上，因为捡子弹和装填子弹，通常只会用到这两根手指。之后，戴手套的人又扣动了扳机，分别射杀了孙劲和李志堂。只有这样，才能同时在两把枪的扳机上留下荧光粉，而不留下第三者的指纹。

那么再明显不过，枪击现场只有程功能做到这一点。

这就是孙劲在危急之时，用命作代价，留下程功的犯罪证据。

秦向阳终于想通了——如果可以活着，谁也不想死。能活着抓到李志堂，自然是最好的结果。但孙劲还是牺牲了，当时的情况，一定非常紧急，非常无奈。

"手套！"

秦向阳说完这两个字，闪电般窜了出去。

分局的人全部发动起来，各种车辆闪着警灯，尾随秦向阳的车向五洲酒店停车场的入口冲去。

秦向阳想得清楚，他是第一个冲进案发现场的，程功的手上当时没戴手套。程功也一定不会把手套藏在身上，他不敢。

他只能把手套扔进停车场门口的垃圾桶。

秦向阳等人上路时，已经是凌晨2点58分。他们必须尽快赶过去，万一垃圾车把东西收走了，那就麻烦了。

他一边开车，一边急匆匆地打电话到市局指挥中心。

他通过指挥中心打电话到五洲酒店前台，叫前台值班人员去停车场入口，把那里的垃圾桶统统看住。

前台的人拖拖拉拉地接了电话，收到了这么一条莫名其妙的要求。

"看垃圾桶？有病！警察了不起？"挂断电话的前台值班人员伸着懒腰嘟囔了几句，低头接着玩手机。

秦向阳又通过指挥中心查找市政信息，得知本市的垃圾车凌晨三点就开工。

"妈的，这么早！"眼看就三点了，秦向阳万分无奈。他以前不了解，作为省会城市，人多，垃圾多。垃圾车开工的时间定得很早，以免天亮后影响社会秩序。

秦向阳他们一路狂飙，只用了不到二十分钟就赶到了目的地。

所有警车赶到停车场入口前停泊，人们涌下车向散落在四周的垃圾桶冲去。

"空了！"

只用了几十秒，警察就把五洲酒店的垃圾桶检查完毕，所有垃圾桶全空了。

"狗日的把那个前台给我拖过来！"秦向阳冲手下吼了一嗓子，接着又揉着脑门说，"算了。垃圾车跑不远，追！"

警车瞬间往四面八方开去，寻找垃圾车。

第十九章　荧光

不到十分钟，有人通知秦向阳找到垃圾车了，就在市政府门口，大伙马上开车围了过去。

市政府门口前，一辆大型垃圾车被数十辆警车围得密不透风。司机和两个工作人员望着四周密密麻麻的警灯，一脸懵相。

秦向阳下车跟司机说明情况，司机这才缓过劲来，为难地说道："那怎么办嘛？"

"很简单，就地卸车！"秦向阳干脆地说。

"卸车？不可能！这里可是政府门口！"

"少废话，叫你卸就卸！"

"警官，要是卸了，我的饭碗怕是就丢了！"

"要不，跟丁诚说说？让他担着点？"苏曼宁在旁边说。

"这么点破事，还用麻烦局长？"秦向阳也理解司机的难处，路灯下，他瞅了瞅不远处的政府牌子，又四下里转了一圈，抬起手指着远处说，"卸到那总行吧？有问题我给你担着！"秦向阳所说的，是政府旁边的一个广场。

"这……这不合规矩嘛！"司机还在犹豫。

"谁会开垃圾车？"秦向阳不和司机废话了，扭头问了手下一句，自己就要往车上爬。他心里着急万分。要找的手套上，残留的荧光粉一定很少，要是等到天亮，再想找到就不可能了。那么一来，孙劲的命就白白浪费了！

"哎，哎！警官，还是我来吧！"司机见人家要来硬的，只好无奈地爬上了车。

很快，大半车垃圾就卸到了政府旁边的广场上。

"目标是一副手套，手套右手拇指、食指，有少量荧光粉，当然，也可能是左手。找仔细！"

秦向阳下完命令，所有警员围拢上去，小心翼翼地寻找起来。

省医学院附属医院。

阮明涛病房的动静闹得不小，第一个闯进去的，是查房的护士。

接着，李天峰在护士的指引下，终于找到了蒋素素。

李天峰眼前的场景非常怪异。阮明涛和蒋素素裸身躺在病床上，两人都是口吐白沫，看起来毫无动静。

李天峰皱着眉头，从地上捡起来一枚空针管。把他针管小心地收起来，叫护士赶紧救人。

阮明涛很快就醒了。

蒋素素的状态很糟糕。医护人员费了很大力气才抢救过来。

负责抢救的医生说："是冰毒！剂量太大，不是人在医院，怕就来不及了！"

李天峰马上问阮明涛怎么回事。

阮明涛看起来迷迷糊糊，捂着脸不知道说什么。

"你被注射了冰毒！"李天峰提醒他。

阮明涛想了半天才缓过劲来，他揉着头懊恼了一阵，断断续续地讲了事情的经过。

"这么说，你强奸了蒋素素？"

"我，不是！当时我什么也不知道！我见她进了洗手间，把她拖进了病房，我只是想出出气！"

"她用冰毒针剂偷袭了你？"

"是的！"阮明涛一边说，一边摸了摸脖子上的针眼。

"这个很简单，查查注射端的指纹就清楚了！"李天峰道。

"哎！"阮明涛颓然地坐了下去，一脸疲惫和不知所措。

"准备戒毒吧！那玩意不能沾！"李天峰的提醒非常到位。

幸好蒋素素没事，不然真没法交代！李天峰捏了一把汗，留下人看护蒋素素和阮明涛。他没有提取指纹的工具，只好找来一卷透明胶，提取了蒋素素的指纹，带着针管赶回分局。

回到局里他才知道，大家都出去找证据了，就留了少数几个技术人员值班。

李天峰拿出那个空针管叫人化验。

有一支烟的工夫，化验结果就出来了，技术人员告诉他，冰毒针剂含量非常

第十九章 荧光

高，是普通剂量的五倍有余！换句话说，蒋素素这是找死！

针管注射端的指纹也和蒋素素的对上了，这能证明阮明涛的确是被强行注射了冰毒。这对阮明涛很重要，将来到法庭上，能证明他的强奸行为并非主观恶意。

李天峰处理好这些事，打电话问了大队人马的地点，立刻赶了过去。

凌晨四点半。市政府门口广场堆起来一座垃圾小山。

寻找工作持续了一个多小时。刑警们各自从不同的位置找起，先是一点点仔细翻找眼前的位置，几乎所有的垃圾都要从手里过一遍。找完眼前的，再把它们搬运到旁边，再继续往垃圾堆内层推进。

风很大，直往人的脖子里钻。大伙谁也不吭声，每个人都是瞪大眼睛默默地翻找，期待那一点荧光在自己视野里亮起。

凌晨五点十五分，天还未亮，但已经能隐隐看到一丝鱼肚白。

垃圾堆已经被翻找了一大半，一直跪在地上扒拉垃圾的秦向阳，微微挺了挺身子。他太累了，更多的却是着急，他随手擦了擦脸上的汗，回头朝东方望了望。

这不是搏杀，不是战斗，对他来说却胜过搏杀，胜过战斗。

他很紧张，从来没这么紧张过。

这证据是战友拿命换来的，可千万不能从自己手里溜走。

那么一瞬间，他感觉兄弟们不是在翻垃圾找证据，而是在祭奠。

找到那点荧光，就是对牺牲者最好的祭奠。

"加油！"他沉着地喊了一嗓子，打破了"哗啦哗啦"的翻找垃圾的声音。

"手套！你到底在哪呢？"秦向阳小声念叨着，又爬进了垃圾堆里。

五点二十五分。

"找、找到了！"苏曼宁的声音突然从垃圾堆另一头传来。她长久没说话，所说的第一个字竟然卡顿了一下。

所有人紧跟着停止了手里的动作，好像不相信似的呆了片刻，才站起来向苏曼宁的方向冲去。

苏曼宁跪在地上,满头大汗。她抬头冲大伙笑了笑。

大家顺着她的眼神看过去,发现在她身前的塑料瓶子上丢落着一只手套。手套的食指和拇指部位,在这黎明前最后的黑暗里,隐隐发着微弱的光。

第二十章　尾声

早晨七点。

当程功发现自己所处的位置，从问询室变成审讯室时，才渐渐地慌了神。

他使劲甩着手铐，向刚刚进门的秦向阳发泄自己的怒气。

秦向阳平静地坐在审讯椅上，心里轻轻地叹了口气，然后死死地盯着程功。

"秦警官，这是什么意思？"程功晃着手铐，迎着秦向阳的目光，大声问道。

"停车场的枪战，你还有什么想说的吗？"秦向阳开门见山，不想耽误时间。

"我？不是都说了吗？"程功反问。

"哦？给你个信息，杀手叫李志堂，他做了变声手术。你有印象吗？"

"李志堂？他和我有什么关系！你们最好赶紧放了我，还有一大摊子事等着我处理，我兄弟洪运还躺在医院！"程功急道。

"李志堂伤的可是你兄弟，你怎么一点也不好奇？"秦向阳逼问道。

"废话！我当然想知道为什么！"程功大声说，"可我又不是警察！我只记得李志堂的通缉令满大街都是。"

"那我来告诉你为什么。"秦向阳随手点了根烟，然后拿起烟盒向程功示意。

程功抬手想接。

秦向阳又把烟盒放在了桌子上。

这可真把程功给气坏了，他皱着眉道："有什么话你赶紧说！"

"李志堂是1210案的凶手，他接连杀了华春晓、李闯、高虎、黄少飞、郝虹，这五个人，然后通过一系列痕迹的替换，把李闯包装成凶手。李志堂为什么杀人呢？因为他们六个，在1998年，曾合伙绑架并贩卖了孙成茂的心脏。买心脏的是谁？是澳门富商洪福，也就是洪运的父亲。对洪福来说，这当然是最大的秘密。之后，李志堂又找到洪运，以这个秘密为要挟，向洪运勒索一千万元！谁知洪福临死却幡然悔悟，还嘱咐洪运向警方坦白自己当年的恶行！如此一来，李志堂的勒索便落了空。这引起李志堂对洪运深深的恨意，随之动了杀心。昨晚的枪战，就是李志堂对洪运的报复——我这么说，你满意吗？"

"啊！我兄弟竟还有这许多隐情……什么叫我满意吗？我替我兄弟叫屈，早知如此，昨晚我一定会走在洪运前面，我宁愿死的人是我！"

"你们，你们竟放任李志堂为非作歹这么久？好在有那位孙警官在，才没让李志堂得逞！真该好好感谢他！哎！可惜了那么一位好警察……

"你们这都查清楚了，怎么还审起我来了？快放了我！"

程功连着说了这些话，整张脸激动得通红。

"接着演，你不当演员真可惜了，都能拿金马奖了！"秦向阳忍不住揶揄道。

"你……"程功突然冷静下来，斜眼盯着秦向阳。

"刚才我说的那些，正是你期望对警方达成的误导。我顺着你的思路说了一遍，你应该很满意，对吧？"

"不明白！"程功皱着眉头说。

秦向阳没吭声，从抽屉里取出几张照片，叫陪审的李天峰递给程功。

那是程功和李志堂苟且时的照片，程功只瞄了半眼就冒了汗，喉咙里咕咚一声，咽了一大口唾沫。

"这……哪来的……"

第二十章 尾声

"我……你们这是侵犯隐私!"

秦向阳仍旧不吭气,接着又叫人取来一双沾满污迹的白手套。

"认得这副手套吗?"秦向阳问。

程功眯着眼看了半天,茫然地摇了摇头。

"两个半小时前,我们从垃圾堆里找到这副手套。两个小时前,我们从手套里提取到仅有的一些皮肤组织碎屑,又拿了你刚才用过的一次性纸杯,经过比对,皮肤组织碎屑跟你的DNA信息一致。这双手套是你的,你只戴过一次,在昨晚的枪战现场。如果你对这个答案不满意,没关系,有话留到法庭上说。"

"是我的又怎样?"程功深深地叹了两口气,反问道。

"我们从这只手套的拇指和食指部位,找到了少量黄色荧光粉。"秦向阳说着,又拿出几张照片给程功亮了亮。

程功半张着嘴,完全搞不懂秦向阳的意思。

"枪战现场留下两把枪。一把是孙劲的,一把是李志堂的。我们从那两把手枪的扳机上,也分别发现了同样的荧光粉。另外,我再给你一个信息,除了李志堂打剩的八个弹壳,现场所有子弹上都发现了同样的荧光粉。好了,把以上信息组织起来,你能得出个什么答案?"

程功可一点也不笨,马上就明白了秦向阳的意思。他的双腿和嘴唇紧跟着剧烈地颤抖起来。

"再给你一个信息。"秦向阳说,"蒋素素已经交代了,昨晚你给了她几支冰毒针剂,针剂的剂量是常规剂量的五倍以上。你想通过蒋素素自己注射针剂,达成你杀人灭口的目的!另外,蒋素素还交代,是她帮你在胳膊上埋了李闯的那段血管。当然,你什么也没告诉她,你善意地提醒她,知道得越多越危险!埋血管的手术,你本来计划的人选是蒋斌对吧?可惜蒋斌因艾丽的器官案被牵扯进去,迫不得已之下,你才选择了蒋素素!程功,现在是时候交代你的罪行了!"秦向阳说完,重重地拍了一下桌子。

程功剧烈地颤抖了一阵,竟然又慢慢地平静了,也不知道他心里在想什么。

秦向阳见他缄默不语,叹道:"你刚才对孙劲的评价,一点也没错!他的确是个好警察，可惜了！为了抓到李志堂，他以身犯险！为了抓到你的罪犯证据，他早早做了最坏的安排，在所有子弹上都抹上了荧光粉！你想不到吧？有这么一种人，他和你不一样！"

沉默。

死死地沉默，程功就是什么也不说。

"我来帮你捋一遍吧！9月15日，你和华春晓、高虎、李志堂、黄少飞、郝虹，这些人，以你自己的认知方式结了怨。之后你找到李闯倾诉，对了，李闯当时还叫吕胜。李闯听了那些人的名字，因为醉酒激动，不慎向你吐露了他和华春晓等人的秘密，也就是1998年他们所做的一切。从这些信息上，你知道了澳门富商洪福的存在。而后，你又从微博或者新闻里，意外发现了洪运来内地寻亲的消息。你当时落魄至极，被那千万美元遗产深深吸引了！这时候，你想起李闯不但有一张黑白照片，还带着一个鱼形玉佩，就跟洪运微博里的照片和玉佩一模一样！从而，你判断李闯就是洪运要找的异姓兄弟！接下来，我不知道你是怎么想出来的一系列计划！不过我想给你点个赞，那的确看起来很美，很完美！有了计划后，你又想到了一个帮手。谁？你失意落寞时的性伙伴李志堂！我不知道你和李志堂之间怎么相处，只能说，李志堂被你深深吸引，甚至投入了很深的感情……你说服了李志堂，还在计划里不断设置假象误导警方，处处保护李志堂。这很自然，保护他，就是保护你自己……"

"够了！"程功突然打断了秦向阳的话，他猛地抬起手铐，用右手狠狠地点着秦向阳。

秦向阳迎着程功的目光，把后一段案情也给说完了。

这场审讯下来，从秦向阳亮出关键性证据那刻起，程功只说了两个字："够了！"

这算不算零口供？

算。

但奇怪的是，程功却主动要求在零口供后面签了字。

其实零口供也不要紧，程功杀人的证据链实在太齐全了。

"对了！你母亲孙桂珍听李文璧说了你的事，她一大早就来自首了！她帮你撒了谎，隐瞒你的身世真相，事不大，你要不要见她？"

程功紧咬着槽牙，腮帮子高高地鼓着。

秦向阳知道，那是愤怒，无声的愤怒！就跟九月十五日那天，他在医院，在贴了罚单的车前，在程璇璇和王媛失踪的事实前，所遭受的那些愤怒一个样。

可是，愤怒又怎么样呢？

秦向阳回瞪了程功一眼，第一次用报复式的口吻道："你和李志堂之间的事，知道是怎么败露的吗？"

程功终于有了愤怒之外的表情，歪着头露出探寻的目光。

秦向阳说："你的女儿，程璇璇。她真的很担心你，替你操心。"

"……"程功的嘴角动了动。

秦向阳知道他想骂人，或者已经骂了……

"李志堂带走的尸骨埋在哪？说不说随你！"秦向阳甩下最后一句，平静地出了审讯室。

至此，1210连环凶杀大案终于真相大白。案件幕后策划者、主犯程功落网，帮凶李志堂死亡。

五天后的大年三十，程功突然在看守所里说了四个字：仓库菜园。

秦向阳得到消息后，立即带人赶往程功在郊外的仓库，从那个简易竹架菜棚里，挖出来五个被粉碎的头颅，及许多零碎的肢体。

秦向阳圈了几圈后才明白过来，仓库里边，有一台用来制作肥料的原料粉碎机。那些人体零碎，一定是用粉碎机磨碎后，才埋到了菜地里。

秦向阳想起来了，他第一次找上门向程功询问时，还曾经从菜地里摘吃了一枚西红柿……

被害人被带走的肢体终于找到了，但还有几个疑问秦向阳一直没弄明白。

作案过程中，李志堂究竟藏身何处？他是怎么躲过警方通缉的，仅仅是男扮女装掩人耳目吗？

李志堂的枪哪来的？凭什么能和孙劲一对一单挑？他是否有练习搏击的经

历？秦向阳想起来了，李志堂的个人资料里，有他当兵两年的记录。难道李志堂的身体素质，是从那时保留下来的？

秦向阳知道，程功绝不会再多说什么，除非他自己想说。

程功面上谨慎细心，其实骨子里是孤傲的。当他自以为计划成功，走上人生巅峰时，突然遭逢沉重打击，被秦向阳打击，由此带来的巨大反差，该把程功的内心带到一个怎样的处境呢？

秦向阳早就想通了，就像多米诺骨牌案一样，几乎没有一个案子是完美的，或多或少，总会有细节成谜之处。

洪运安安稳稳地在医院里度过了一个大年夜。此番遭遇，想起来真是凶险至极。当听说孙劲牺牲的消息，他好一阵无语，默默地留下两行清泪。他知道和孙家父子之间的恩怨，这辈子是算不清了。但他绝不会忘了洪家所欠下的债，更绝不会忘了孙劲。

大年夜的烟花一波接一波地绽放开来，美丽依旧。但秦向阳却高兴不起来。

该伏法的人已经伏法。

该死的人已死。

也有不该死的人。

怎么评价那些人呢？

程功屡遭生活的折磨，在人生最低谷时寻到了千万美元的希望。他犯了法，策划了重大连环杀人案，还杀了人，但他是个彻头彻尾的恶人吗？答案或许不尽然。

李志堂呢？这是个可怜的人，也是个可恨的人。他的可恨，不在于性取向，在于缺乏正念之心，轻易就被程功的计划说服，从而被带进了沟里。

李闯呢？这是个真正可怜的人，一生下来不久就孤苦无依。他心里有着善念，绑架了别人，又想去救别人的孩子，后来又差点因这点善念被杀人灭口。最后，却还是没逃过厄运。

华春晓、高虎、黄少飞、郝虹，他们呢？他们有各自的邪恶，也有各自的悲欢喜乐，他们都罪不至死。但在更大的邪恶面前，他们只能是牺牲品。

程功的母亲孙桂珍呢?她只是个善良又一时糊涂的母亲……

蒋斌呢?

周小娟呢?

还有蒋斌的徒弟刘秀贞。

还有阮明涛,艾丽,黑子张小白……

一张张的脸从秦向阳眼前划过,哎!

他长长地叹了口气,把所有情绪都埋进这声叹息里。

这夜,秦向阳去理了发,刮了胡子。邋遢了将近两个月,终于清爽了!为了清爽吗?也不是。

他想把自己收拾整齐,第二天给孙劲上坟去。

午夜的钟声响起。

又跟着秦向阳忙碌了这么久,苏曼宁真累了,可不是,她还在备孕期呢。

难道和秦向阳在一块,就没有消停的时候?

想到这,她望着远处的星光,微微笑了笑。

这时,她的手机响了起来。哦,是短信提示声。

谁拜年还用短信啊?

苏曼宁打开短信一看,整个人顿时"石化"在原地……